目 录

Contents

写实派小说作家方阵丛书

元宵夜的谋杀

司徒秀彗/著

中国财富出版社

图书在版编目（CIP）数据

元宵夜的谋杀/司徒秀彗著．—北京：中国财富出版社，2014.5
（写实派小说作家方阵丛书）
ISBN 978-7-5047-5142-3

Ⅰ．①元… Ⅱ．①司… Ⅲ．①长篇小说—中国—当代 Ⅳ．①I247.5

中国版本图书馆 CIP 数据核字（2014）第 046873 号

策划编辑 张彩霞　　**责任印制** 方朋远
责任编辑 张彩霞　　**责任校对** 饶莉莉

出版发行 中国财富出版社
社　　址 北京市丰台区南四环西路 188 号 5 区 20 楼　　**邮政编码** 100070
电　　话 010-52227568（发行部）　010-52227588 转 307（总编室）
　　　　　010-68589540（读者服务部）　010-52227588 转 305（质检部）
网　　址 http：//www.cfpress.com.cn
经　　销 新华书店
印　　刷 北京兴星伟业印刷有限公司
书　　号 ISBN 978-7-5047-5142-3/I·0132
开　　本 710mm×1000mm　1/16　　**版　　次** 2014 年 5 月第 1 版
印　　张 17.75　　**印　　次** 2014 年 5 月第 1 次印刷
字　　数 328 千字　　**定　　价** 34.80 元

第一章　惊现蒙面人

一个微暖的春夜，天上飘着墨色的云。月亮和星星像一对猫和老鼠，在云朵的遮掩下，互相追逐着，时隐时现，时快时慢。西天上，一颗彗星和一个不明飞行物，发射出最后的亮点，拖着长长的尾巴，在西方消失了。天空的演变，寻常的百姓往往无心关注，他们常常把目光投向了变化多端的大地。

在浩瀚的云天下，辽宁省江水市区的一家小酒吧里，灯火通明，霓虹灯闪烁。这里的座位多是二人世界，每处座位都有隔断。别看天气很冷，但这里客人始终不少，总是出出进进，接连不断。小酒吧廊柜上方，悬挂着电子钟。上面显示着这天是 1997 年 3 月 4 日晚上七点十五分。

靠窗的一张长方形小餐桌上，坐着一对中年男女。

“来来！明芳，祝你生日快乐，我们干了这杯!”男的是位 40 多岁的中年人，一米七六的大个，白净，微胖，穿一件深蓝色才子西装。他频频举杯。

女的跟男的年龄相仿，脊梁笔直，身材匀称。上身穿一件白色毛衣，下穿棕色裤子，一双黑色皮靴不时在桌下摆动着。不一会儿，女的好像有点儿喝多了，白皙的脸上现出一道晚霞。

“少康！你待我真好，可不像有些男人，一升官发财就不要老婆了。”说着往男人的杯里又倒了一杯红百年葡萄酒。

“唉！人和人就是不一样的。有人好酒，有人好财，有人好色，还有人好修身养性。我就是和别人不一样，人家说，现实人生四大喜事是什么升官、发财、养小妍、死老婆。我看这些人倒是应该早死。”那男的恨恨地说。

“哎！再过两年就是 1999 年了。我最近买了一本书，里面讲了时空真相、生死轮回、飞碟之谜，还讲了法国预言家——诺查丹玛斯的预言，说 1999 年人类要有大劫难。我真的好怕。近来老是做噩梦。”

男的用手轻轻拍了拍女的肩膀，说：“千万别怕，咱可是党的干部，唯物主义者，哪能相信这东西。常言说得好：天塌大个死，过河有矬子。比咱的命值钱的人有的是。”男的随后又笑了笑，再次拍了拍女人的肩头。

窗外，一个黑影在晃动，鬼鬼祟祟，好像在往酒吧里窥视。小酒吧对面，有一个大型彩色广告牌，上写：喝一口江水啤酒，令君想啥啥有。这是江水市啤酒厂的广告。那人在小酒吧窗前站了一会儿，又把视线转向别处。那人内穿保暖内衣，外罩一身黑色风衣，戴着一顶黑色毡质中国传统礼帽，帽檐压得很低，使人看不清他整个脸是什么样子，只能模糊地看到他留着较短的胡髭。他把手伸向里面的上衣口袋，取出打火机，点燃嘴里的雪茄烟，抽了起来。他回头望了望广告牌，然后横穿马路走了过去。来到广告牌下，他转过身，两眼注视着对面的小酒吧和来来往往的车辆。过了一会儿，他又隐没在那巨幅广告牌后，凝视着小酒吧里面的动静。

饭后，男的结了账，女的说："咱俩去歌厅唱唱歌怎么样？"

"好哇！好久没去了。真该唱两嗓子了。"

他们来到不远处一家歌厅，进了一间包房。

小姐过来问："两位点什么歌？"男的说："我就唱李翊君演唱的《爱江山更爱美人》。"说着，接过小姐递过的话筒，唱了起来："道不尽红尘奢恋，诉不完人间恩怨，世世代代都是缘，流着相同的血，喝着相同的水，这条路漫漫又长远。"

上一段刚唱完，女的接过话筒，接唱下一段："红花当然配绿叶，这一辈子谁来陪？……不醉不罢休，愁情烦事别放心头。"

女的刚唱完，小姐又问女的："您还想唱什么歌？"

女的说："谭晶唱的《军人的妻》。"小姐很快就点好了。

女的唱道："这些年的不容易我怎能告诉你，有过多少叹息也有多少挺立……我骄傲，我是军人的妻。"

这是女的最喜欢的一首歌，也是她唱得最好的一首歌。电视画面上的谭晶唱得真好，表演艺术也相当到位。她颀长的身材，娇美的面庞，穿着紫檀色长裙，烫着长发，加上沉稳大方的表演，令许明芳羡慕不已……

"你是我的玫瑰，你是我的花……"歌厅里男的从腰间摘下手机，拿在耳边。"喂！啊啊！我在吃饭！非要我过去不可吗？那好，我马上过去。"

"明芳！你看，我单位来客人了，非要我去陪一下。这……"男的显出无可奈何的样子。"没事的，少康。这生日不是过得很好嘛！你放心去吧！服务员，埋单！"结完账，男的摘下挂在墙上的蓝呢大衣，给女的披在身上。来到门口，男的说："那，就委屈你了。"女的俯在男的耳边，低声说："早点儿回来，我好给你洗脚。"

今天这两个人，男的叫何少康，女的叫许明芳。

这时，天已经很黑了。北风习习，不时飘来几片雪花。在市中心繁华地段，有一栋楼被称为福光大厦，临街而立。它位于市政府东侧，七层高，一楼是商业用，二楼以上是住户。这座楼房是目前全市最好的，不仅设计新颖，造型独特，而且材料和施工也都是一流的。

许明芳家在三楼，面积 136 平方米，是去年 10 月搬进去的。歌厅距福光大厦大约 150 米。许明芳从歌厅里出来，步行来到福光小区，慢步上了台阶，当她上到二楼平台后，忽然觉得头有些晕。可能是酒力作用，她扶着平台上的栏杆站了一会儿。等她喘息均匀，就用钥匙打开楼道门，想尽快回到家休息。她慢步上了楼梯。一抬头，见上面楼梯转角处站着一个人，那个人的脸埋在灯光的黑影里，静静地站着。站着的人使许明芳感到一阵恐慌，稍一迟疑，许明芳转念又一想，可能是自己眼睛看花了，再说，那人也许是楼里的住户，说不定在等什么人。于是，她鼓足勇气，又继续向前走去。

当她与那人正要擦肩而过时，那人猛然抽出刀子，对着许明芳前胸就刺。许明芳被这突如其来的举动吓了一跳，本能地躲闪着。“你要干什么？你，救命……”许明芳终于从惊恐中挣脱出来，用手提兜与凶手扭打了几下，终因男女力量悬殊，没逃过凶手的刀子，栽倒在地。那人见许明芳倒下了，停住手，歇了口气，冲着许明芳的身影小声说：“四嫂！对不起了！”

这时，楼道里正好有一名妇女下楼，那人顿时显得有些慌乱，低头忙冲出楼道。来到街上，忙招手拦了一辆出租车，坐了上去。出租车是个女司机，那人一上车，她就闻到了一股血腥味。“喂！师傅，您身上怎么这么腥啊？”

那人见是个女的，悬起的心顿时放了下来。“噢，托人办事，给人家送点儿牛肉。这不，整身上味了，哎，没办法。”

“可不，这年头办点儿事就要人情。”出租车在一家超市门前停下，那人递过 50 元钞票，说声不要找了，就下了车……

“干，干！祝您好运！”江水市第一粮库餐厅，何少康推杯换盏，在陪客人喝酒。“待会儿喝完酒，我再请各位泡泡脚，怎么样。”

“我们是搞纪检的，得注意自己的形象。这怎么行？”

“那就改天我再陪各位！”何少康笑着说。

“这样吧，您爱人过生日，您可以回家，让黄主任陪我们吧！”

“那不慢待各位了吗？”

“你是我的玫瑰，你是我的花……”何少康的手机铃声响了。“看看，家里来电话了不是。走吧。”一个纪检同志开着玩笑。何少康拿起手机，放到耳边。“啊啊！我马上就到！”何少康的脸色顿时有些发白……

江水市医院急诊室里，医生们在紧急抢救。一个小时过后，许明芳仍没有脱离危险。

“明芳！明芳，你醒醒！”何少康大哭大叫。几次欲冲进急诊室，都被众人拦住了。

公安局刑警队长侯镇闻讯后，立即前来了解情况。他42岁，高个，四方脸，原来在组织部工作，后来左转右转，到了公安局。他为人机警，办事干练，屡破奇案，在江水市有神探的美誉。

何少康好半天才止住泪，断断续续地说：“今天是她生日，我们想出去庆贺一下，酒喝了一半，我单位有事找我，说是福田市纪检来了人。没办法，我是一把手，只好前去应酬。明芳她就自己一个人，披着我的大衣回家了，可谁想到，竟出了这事。”

“看样子，您两口子的关系一直挺和谐的。那么，您爱人最近得罪过谁，或者说有仇家没有？”侯镇坐在一把椅子上，平静地询问着。

“明芳的性格很好，结婚这么些年，没见她跟谁发过脾气。不论是单位还是在家里，都说她是个好人。”

“那么，您身为单位一把手，会不会在某些方面得罪了人，他们怀恨在心，对您不便下手，所以才……”

何少康略一沉思：“这个可能不排除，我是全市廉政模范，工作中有些人不理解，可能得罪过一些人。明芳穿的是我的外衣，凶手可能是把她当我了。”

这时，一个身穿白大褂的医生走了进来，对何少康说：“病人需要做大手术，请您签字。”

“啊啊，好！侯队长，我们就改天再详细谈吧！”

随后，侯镇又领着几名刑警来到福光大厦，这里已有派出所的民警在保护现场。侯镇摘下帽子，让凉风吹着自己的头，好使自己头脑更清醒。这个小区由于临街，一楼正面都出租开了茶庄、影楼、文具店等。小区居民得从楼的背面上楼。在楼背面，一楼向后延伸了十多米，从而使居民有一个宽阔的上下楼平台。平台四周有铁护栏围绕。

侯镇从平地登上了通往二楼平台的台阶，他一个人在楼道里仔细地搜寻着，力求从寻找到的蛛丝马迹中，找到破案线索。打开可视楼门，走进楼道。声控壁灯亮了，这里楼梯全是用人造棕色大理石罩的面，一侧的扶手也是不锈钢制成，楼道的门窗也是新型塑钢窗，显出不同本市一般楼房。楼道里静悄悄的，虽然这里刚刚发生了案件，可这里的居民都安分守已地待在屋里。偶尔有一两个人下楼，也是行色匆匆。从楼道的窗口，可以俯瞰大街。

侯镇在窗口前站了一会儿。看看凶手会不会从二楼窗口逃走。这是一扇推拉式乳白色塑钢窗，窗户有拉手锁住，但用手一扭就可以打开。侯镇戴着白色手套，打开了窗子。

这时，与何少康家对门的邻居家门开了，露出一个女人的头，侯镇刚要上前问话，门突然又关上了。侯镇转身下楼，来到两层楼梯转角处。他弯下腰，先用卷尺量一个鞋印，又从地上拾起几个烟头，悄悄地放入口袋里。

次日，江水市公安局五楼会议室里，公安局局长夏令标主持召开案情分析会议。会议室中间一张长条桌，上面铺着墨绿色毯子。局长夏令标和政委坐在首席，两厢坐着几位副局长和科队长。会上，夏局长点燃一支烟，抽了几口说："昨天，我市福光大厦发生了一起杀人未遂案。今天，我召开这个案情分析会，就是要寻找线索，尽快破案。对案子有什么想法，大家都可以讲出来。这样，我先让刑警队长侯镇简单介绍一下情况。"

侯镇打开笔记本，慢慢地说道："从目前搜集的情况看，昨天发生这起案件，主要目的是谋杀，绝不是抢劫。因为被害人许明芳身上戒指、手链、钱包等一样没少。"说着话，侯镇又拿出一个信封，从里面拿出一枚烟头说，"罪犯在楼中等了很久，这种长白参香烟吸了有十多支。这是我在楼道中找到的，经过化验是同一个人在同一时间所吸。"他喝了一口茶，继续说："从现场的脚印、头发等物证分析，凶手个头大约一米六五，而且是个左撇子。"

"侯队，我打断你一下。当前，我们的任务是成立调查组，抽调精干人员，尽快破案。侯镇，局里人员随你挑。"局长夏令标说。

早上 8 点，侯镇带刑警徐庆和、李春晓去了解情况。

徐庆和是个 24 岁的小伙子，他中等身材，浓眉大眼，是警校高才生，为人勤快，能吃苦耐劳，现在是刑警队一大队长。李春晓也是警校毕业，22 岁，从外地刚刚调到本市公安系统。侯镇暂时让她在刑警队综合科工作。她个子不高，却英俊苗条，工作上机警果敢，能独立执行任务。

三人驱车来到江水市火车站。在行李房，找到了这里的负责同志——方丽媛。"许明芳啊！这个人挺好的，从没跟人吵过架。"方丽媛是个胖大姐，50 多岁，慈眉善目，热情地向侯镇介绍着情况。

"她真的没什么仇人？"李春晓问。

"没有，没有。"

"来来，几位，这有椅子，请坐。"

侯镇坐在一把木椅上，静静地问："她跟异性交往是个什么情况？"

“啊！我们这都是女的，除她爱人外，没见她还跟另外的男人来往。”

一个小时过后，侯镇见实在找不到与案情有关的东西，就向方丽媛告辞。“好吧！我们走了，谢谢您！”侯镇站起身，一摆手，三人离开了售票处。侯镇领着两名助手，一连在市里转了几天，都没有找到有价值的线索。

两周以后，侯镇一行三人又去了一趟医院。在病房，侯镇见到了已经能坐起的许明芳。“明芳同志，对不起，我们是来了解一下你被害时的情况。”

听了侯镇的话，许明芳嘴唇抖动着，好半天没说话。她平静了一会儿情绪，终于开口说：“凶手个子不高，好像还没我高，我一米六八，所以他用刀砍我时，感到很不方便，不然我……”说着说着，她又号啕大哭起来。

李春晓走过去，帮许明芳捶着后背，安慰道：“大姐，别这样，我们一定捉拿凶手，替你报仇。”

次日，侯镇又来到粮库，在挂着主任、书记标牌的办公室里，找到了何少康。何少康很客气，先是说些感谢的话，又让小通讯员给大家沏茶。

“何主任，您爱人被害，您以为是何人所为呢？”

“这个，这个不好乱讲呀！”何少康皱着眉头，显出为难的样子。“我这个工作，是个得罪人的工作。粮库有些落后职工，不是偷粮库的东西，就是迟到早退。没人敢管，也就是我不怕，敢得罪人，敢批评他们，罚他们的款。”何少康喝了一口茶，继续道：“可要说谁是凶手，没有证据，我也不便瞎猜。凶手有可能是冲着我来的，见对我动手不方便，就对明芳下了手。”

谈了一个上午，也没有谈出任何嫌疑人。临别的时候，在侯镇的一再追问下，何少康才说出一个嫌疑人的名字：“这人叫胡十二，是市财办主任胡永福的侄子。他在我们单位是谁也管不了的大爷。几个月前，他拿着一万块钱的借条，到我办公室要我签字。我说单位现在困难，没给他签。这家伙当时气愤地撕碎借条，转身就走了。后来还在半路上堵截我一次，拿出一把匕首威胁我。”

“那为什么不报警？”李春晓问。

“唉！财办是管我们系统的上级单位。为了上下级关系，我就没有声张。”

“那他现在在哪？”侯镇问道。

“他经常三天打鱼，两天晒网。有时几个月也见不到他人影，就是开工资的时候来。”

“他家在哪？”侯镇从文件夹掏出纸笔，准备记录。

“红光街南方委 13 组 4 号。我们也去过他家多次，所以记得很清楚。”

中午，何少康要留侯镇吃饭，侯镇婉言谢绝。

按何少康说出的地点，侯镇三人找到胡十二家。从两间小瓦房里走出一个30多岁的女人，怀里抱着一个孩子。

“是胡十二家吗?”

“是，你们找他干啥?”

“我们是公安局的，想找他了解下情况。”

“他到外地打工去了，走了好几个月了。”

“到哪打工?”

“温州，去了好几个月了。”

“怎么跟他联系?”

“没法联系，只有等他回来。”

一听胡十二的媳妇这么说，侯镇一行觉得已没有进屋的必要，原路又返回局里。案子暂时搁浅。

一个月后，许明芳出院了。

“明芳，身体彻底好了吧?”

“啊，啊，是呀是呀!”这时许明芳单位的一个同志来看望她。

“明芳，你最近还看《圣经》吗?”

“有病这段时间没怎么看。”

“不妨停下来。你知道不，咱市在西郊建寺庙了。我去了那里好几次，寺名叫西方寺。斋堂里有电视，每天都放净空法师的讲法光碟。内容有《十善业道经》《佛说阿弥陀经》《佛说大乘无量寿庄严清净平等觉经》等。我原来也信基督，常看《圣经》，但是《圣经》里对人世间的有些事没有佛经讲得透彻明了。净空法师在讲法中说，《圣经》里说的上帝就是天上许多层天的一层忉利天天主。我们就是生到天堂，也不是究竟。等天福享完了，照样下生人间、畜生、饿鬼、地狱等界，饱受六道轮回之苦。最好的净土是西方极乐世界。那里是想衣衣来，想食食至，黄金为地，琥珀为树，玛瑙为果。没有四季寒暑，终年温凉自在，而且，这是个易修难信之法，只要口念‘阿弥陀佛’这句圣号，就可横超三界，带业往生西方。真是不可思议呀!”

“真的吗?”许明芳听入了迷，顿时来了精神，起身给方丽媛沏了一杯君山毛尖。

“方姐，您什么时间还去西方寺，别忘了给我打个电话。我同你一起去。”

“我现在是每周必去。有时晚上我还在那里绕佛，就是围绕佛像念阿弥陀佛。”

又过了几天，侯镇晚上领人又到许明芳家去了一次。一进门，见许明芳正坐在大厅的棕色真皮沙发上。大厅内富丽堂皇，悬顶枝型灯造型独特，白色落地塑钢窗光彩照人，红木茶几古香古色，二人巨幅彩照栩栩如生。

寒暄过后，许明芳让保姆沏茶。侯镇开门见山，许明芳思考了一会儿说：“我想，凶手可能是个我熟悉的人。”

“您能提供一些细节吗？”

“在我被害昏迷的时候，我隐约听那人说了一句‘四嫂！对不起了’！”

“有这种事？”侯镇一皱眉，头脑中闪出一个念头，这肯定是熟人干的。可是，这熟人又是谁呢？

“侯队长，别再为我费心了。我有预感，我可能活不了多久了，所以我不想让你们再查下去了。好坏都是我的命，我的业力所致。”

“大姐，可不能有这种想法。”李春晓劝道。

许明芳说：“我现在是真信佛了，每天都念《阿弥陀佛经》和《地藏经》。你看《地藏经》说得多对呀！你听，我跟你们背一段，也给你们结个佛缘。地藏经上说：‘四天王、地藏菩萨若遇杀生者，说宿殃短命报；若遇窃盗者，说贫穷苦楚报；若遇邪淫者，说雀鸽鸳鸯报；若遇恶口者，说眷属斗诤报……”

这时，门铃响了。何少康回家来了。何少康从冰箱里拿出一盘进口水果，让大家品尝。大家唠了一会儿家常和一些题外话。何少康低头看了一下表说：“明芳，你该吃药了。”说着走向大厅壁柜，取出药，回身随手端来白水。许明芳接过药和水杯，把药服下，然后又对侯镇说：“我现在信佛了，修净土宗，每天早晚都念《阿弥陀佛经》。这不，昨天我又去了咱市西山的西方寺，已让莲明大师给我皈依了。”说着拿出皈依证给大家看，“人生空苦无常，我想来生有个好去处，所以每日口念阿弥陀佛，以求早日往生西方极乐世界。”

后来，侯镇又几次找许明芳了解情况。这时的许明芳对信佛很虔诚，早晚念经，全天吃素，但她的脸色不是很好。侯镇劝道：“嫂子，看你的脸色，好像病还没彻底好，还是到医院检查一下吧。”

许明芳不以为然地一笑说：“阿弥陀佛。这可能是我的业障太多，怨亲债主找我来了。对，我得念一段《地藏经》，超度一下他们就好了。你们坐着喝水吃水果啊。”回身走进卧室，又开始念《地藏经》了。“……若未来世诸众生等，或梦或寐，见诸鬼神乃及诸形，或悲，或啼，或愁，或叹，或恐，或怖，此皆是一生十生百生千生过去父母、男女弟妹、夫妻眷属，在于恶趣，未得出离，无处希望福力救拔，当告宿世骨肉，使作方便，愿离恶道……”

后来再去她家，许明芳还是以礼相待，给客人点上烟、沏上茶水，然后就又埋头读她的《地藏经》。“……地藏白言，圣母，诸有地狱，在大铁围山之内。其大地狱大一十八所。次有五百，名号各别。次有千百，名字亦别。无间狱者，其狱城周匝八万余里。其城纯铁，高一万里……”

等许明芳念完经，李春晓说：“大姐，光念经是感动不了恶人心的，你应当向我们提供线索，尽早破案，把凶手缉拿归案。”许明芳好像没听见似的，一言不发。再后来去找许明芳，她明明在家，可就是不开门，把侯镇等人拒之门外。

时光如梭，一晃几个月过去了。侯镇又领人去了一趟胡十二家。这天，正好胡十二回来了。“胡十二，知道我们为什么找你吗？”

胡十二，狼眼，草平头，短髭，下巴留着山羊胡子，上身前胸文着弥勒菩萨像，后背文着关云长提着青龙偃月刀的全身像。虽是一脸流氓相，可见是公安局的人来到家门，心里也生几分怯意。

“单位开一份工资，外出打工还挣钱，发财了吧？”

“唉，我这只是癞蛤蟆打苍蝇——将供嘴。跟那些大公仆比起来，差远了。”胡十二光着膀子，见是公安人员，就把披在肩膀上的上衣拿下来，穿在身上，心不在焉地说：“这不，孩子病了，哪都要花钱呀。侯队长，我虽是市财办胡主任的侄子，可我也没干什么违法的事。不信你可以问问街坊四邻，问问单位领导。”

“正是问了这些人我们才来找你的。”听了侯镇的话，胡十二一时有些慌乱，沉默了一会儿说：“侯队长，您说吧，找我到底为什么事？”

“今年 3 月 4 日，粮库主任何少康爱人被歹徒刺杀，是不是你干的？”

听侯镇这么一说，胡十二不但没有吃惊，反倒笑了起来。“就为这事，我可以告诉你我在温州打工的地址，你问问老板，3 月 4 日我是不是在工地干活。”

“听说你向粮库何主任借钱，不借你就用刀子威胁。”

“那是单位欠我朋友钱，我想用这个方法帮他要回来。不信，你再问问何主任。”

离开胡十二家，侯镇看见外面一个人在倒垃圾，哎，这不是小学同学小林子吗？他怎么在这儿？“哎，是小林子吧？”

那人回头一看，也立即认出了侯镇。侯镇赶忙过去跟小林子握手。

“老班长，这是我家，到屋坐会儿吧。”小林子指着胡十二隔壁的一家小院说。

“今天公务在身，改天我再来。”

回到了刑警队办公室，李春晓说：“队长，看胡十二那瘦小身材，跟鼓上蚤石迁似的，好像干偷盗还行，凶杀……”

侯镇皱着眉头，没有说话，走到办公桌前，拿起电话，按胡十二给的地址拨通了电话。电话里，那个南方老板说，胡十二在3月4日的确在他所在的工地干活。侯镇有点儿搞不明白了，市里有人说在案发当天见过胡十二，而且是在福光楼内，这是怎么回事？

第二章　匿名举报

这天下午，侯镇在办公室处理公务。突然，有人敲门。“请进！”侯镇喊了一声。门开了，传达室老孙头儿拿着一封信走进来，递给侯镇。侯镇接过信一看，这是一封挂号信，信封上只写着公安局刑警队侯镇同志收，没有寄信人地址。

侯镇又看看盖在2.80元邮票上的黑邮戳，是本市邮局的钢印，看来信是在本市寄出的。侯镇放下信，从抽屉里拿出剪刀，把信从右侧剪开，从中抽出信纸。打开一看，只见信上写着：

侯队长：

您好！

您正在办案吧！案情进展得怎么样了？我想帮帮您，我知道您现在办案陷入困境的症结所在。办案应有重点，就像箭和弓是一体，箭是由弓射出的一样，看到箭应想到有弓，控制住弓，箭也就不会再发出了。

您了解何少康吗？表面上看，他是个好人、能人、企业带头人。可实际上，他却是一个披着人皮的狼。何少康外号何大拿。为什么这样叫，不就是因为他独断专行吗？工作上，粮库男职工被他欺压的比比皆是。生活上，粮库女职工被他霸占的难以胜数，可以到他办公室看一看，他的脸盆、暖壶、茶杯，几天就得换一茬，都是他在自己办公室污辱女工不从，被女工摔碎的。看看男职工，谁不给他上泡（行贿），他就百般刁难。

他一年搞两次企业内部改革，所谓企业改革，就是企业内部人事变动。

没有上泡的科室人员，都要充实到生产一线，去扛200斤麻袋。有些人身体适应不了，就得认账，就得上礼，百元大票就得多攮点儿，实在不行把媳妇献给他睡也行。在粮库流传着这样的话：谁要想好，一靠后台，二靠钱财，三能献出一块宝地（女人），要不你就装傻发呆。粮库里，最没能力的人要数当打更的了。可就是这些打更当经警的，也得经常到他家串门，否则也别想消停。

在粮库有这样一句话，要想在粮库干好，男的，你得有钱，女的，你得豁出一头来。何少康常年打麻将，一场下来，输赢都在数万元。钱从何来？他一月工资多少？几百元而已。那么，他的钱是从何而来呢？必是从搜刮民脂民膏，挖社会主义墙脚而来。

有一名粮库职工，是个有名的笔杆子，常年替他写材料，念函授，当枪手，可当那名职工想为其老丈人批点苇苫子时，他却说不愿管这事。无奈之下，这名职工千求万求，并说孩子让老丈人看着，买不回去不好交代，贵点也行，这才高价批给了20块。这种禽兽不如的东西，良心的天平已严重失衡。由此判断，304案的幕后指使人就是他。绝无旁人。

一个知情者

1997年8月13日

侯镇把信反复看了好几遍。他觉得反映的内容必须查实后才能做出处理。涉及党纪方面的，应由市纪检委出面查处；涉及法律的，当然要由刑警队侦破。眼下，他觉得这个案情比较复杂。不像往常的案子，抓住线索，顺藤摸瓜，没多长时间就可结案了。正看着这封信，电话铃响了，他接了电话。然后下楼，去处理另一个案子。

晚上，侯镇回到家里，简单地吃了几口饭，就躺在床上，看一本《日本推理小说选》。其中松本清张写的一篇《奇特的被告》引起了他浓厚的兴趣。小说中那名杀人罪犯植木寅夫，先是主动自首，编造出与事实明显不符的谎言。然后在法庭上又说警察刑讯逼供，否认供词。法庭在重新调查中，发现事实和口供的龃龉，警方陷入了罪犯设计好的圈套。最后罪犯被法庭无罪释放。后来辩护律师看到一本英国詹姆斯·海顿《无罪判决案例研究》，并发现罪犯是读过这本书的，用理论指导了实践，警方上了罪犯的当。这是一个典型的罪犯耍警察的案例。侯镇一边看着，一边想着自己的案子如何侦破，想从书中受到启发。看了半宿，还是没有头绪，他就和衣而眠了。

次日一早，侯镇拿着信来到局长办公室。一进门，见夏局长正在看一份文件。他向夏局长简单扼要地汇报了情况，把信交给了夏局长。夏局长放下文件，把信打开，简单地看了一会儿说："你来得正好，市纪委刚才来电话，说他们也收到同样的信，正准备开始调查。我看这样，你同纪委同志一道，下去搞一下群众调查，多听取群众反映。这样可以扩大侦破范围，说不定会有意想不到的收获。这样，我还要到市里参加一个会，具体事宜你跟庄副局长商量吧。这是他分管的工作。"

侯镇走出局长室的门，又来到庄德相副局长办公室。庄副局长可能还没吃早餐，他拿着一个烧鸡腿正嚼着。听了侯镇的汇报，庄副局长说："小侯，这种事最好不查为好，免得对我们个人前途不利。你可是有发展前途的呀！"将近50岁的庄副局长，看上去要比实际年龄偏大，他身体肥胖，小肚朝前，双下颏，细长的眼睛，花白头发在染过的头发根部又冒出一毫米左右。他坐在皮转椅上，刚放下鸡腿，又点燃一支绿摩尔烟，慢悠悠地说。

"那夏局长要我们查，这……"

"唉，出了事，领导能说不让查吗？现在的事是牵耳动腮，别忘了《红楼梦》里的一句话：一损俱损，一荣俱荣。所谓查，一要看上级领导的口气，有时看领导横眉立目，急风暴雨，一定要查。这时要按领导意图去查，牵扯领导本人的事，一定要打埋伏，不能真查；二是群众有举报信，上级不得以而为之，这时不能认真对待，因为领导能明说不查吗？你只要去走走过场，简单汇报一下，以查无实据，平安无事了事。官场上混千万别当真，免得妨碍自己的前途。"

"庄局，那您说我怎么做？"

庄副局长往桌上的白色烟灰缸里掸了掸烟灰，然后说："这件事，我们不要牵头，要纪检委牵头。得罪人的事让别人干，这样，最起码有好事咱就捞一份，出了事由别人兜着。最起码，我们可以坐享其成，当个骑墙派，这多好呀！"

听着庄副局长的话，侯镇心里很不是滋味。一个党的干部，尤其是上层领导干部，对党的事业，怎么能如此不负责任，一事当前，先为自己打算，那党和人民的利益谁来保护？侯镇虽然不同意庄副局长的看法，可转念一想，人家毕竟是上级，也许是出于对自己的关心和爱护，再说人家也说，对与不对，仅供参考，看人家谦虚的态度，也不好争辩什么。先干干看吧。于是，坐了几分钟就出来了。

侯镇穿上便装，一个人来到市委大楼。在一楼，他根据门牌号找到了市纪检委党风室。一进门，见党风室主任莫秋清和科员郑磊正等着他。他们俩，一个矮胖，一个高瘦。莫主任三十多岁，身体微微发福；郑科员二十几岁，细高挑的个子，一看就是个干练的人才。三人交谈了几句后，开始研究下一步对策。

“侯队长，你看这个案子怎么查合适？”莫主任递过来一杯茶，笑着问侯镇。

侯镇笑着说：“查这类案子，我没什么经验，一切听您的。”

“唉，不能这么说，咱们商量着来嘛。这样吧，我先谈谈个人看法。何少康，这是个有背景的人。目前，我们所掌握他的材料，还仅限于个别群众举报。在没有查实的情况下，组织上还不能拿出处理意见，也不能对他进行双规。这就给我们具体办案人员增加了许多困难。根据我们以往的工作经验，不实行双规的干部，即使有问题，一般群众也不敢揭露。要想开展好工作，我们最好找跟我们熟的人。我们一定做好保密工作，让他大胆地跟我们讲实话。侯队长，你在粮食系统有没有熟人呢？”

侯镇想了想，用手拍了拍前额，说：“我认识粮食局的阎副书记。他已退居二线了，就在本市。”“那我们就先从他这儿开始。你领我们去吧。”

侯镇一行又来到已退休的阎副书记家，想通过他了解一下何少康的个人经历。阎副书记是粮食局党委副书记，教师出身，现住在粮食局家属楼三单元三楼 301 号。侯镇领着人敲开了阎书记家门，阎书记正好在家。走进客厅，侯镇见这里挂了不少字画。有八大山人的水墨丹青，郑板桥的翠竹画，黄庭坚的书法，王羲之的《兰亭序》。侯镇欣赏了一会儿，坐在沙发上，然后开门见山，说明了来意。

阎副书记热情地说：“何少康吗？我是看着他长大的。他还是我的学生呢！”阎书记这人总一脸和气，细声慢语，平时喜好读书看报。这几天正没人陪他聊天，所以对侯镇一行的到来非常欢迎。

侯镇坐在沙发上，打量着阎副书记的老伴，好像在哪见过。当她给侯镇端来一杯茶水时，侯镇猛然想起来了，她就是许明芳单位的领导方丽媛。“咦，这不是……”

“对，我是方丽媛。跟许明芳在一个单位。”方丽媛笑着说。

“你们认识？”阎副书记问。“前几天，他们上我们单位去过，想了解许明芳的情况。”

郑磊问：“大婶，今天不是星期天，怎么待在家里呢？”

“啊，我们是倒班制，现在串到白天休息了。”

接着，阎副书记讲了何少康的一些往事。

听阎副书记讲完，侯镇觉得方丽媛那天好像没跟他说实话。于是，就缠住方丽媛，要她再讲讲许明芳的情况。

阎副书记看出侯镇的心思，于是劝说老伴：“老方啊，你要知道，就跟组织上说吧。要相信组织，相信党，把我们这点儿晚年的余热都发挥出来。”

方丽媛看实在托不过去了，就说：“这样吧。我说的话只做参考，你们别记录在册。因为我没有实际见到，只是听说的。我们上班时，有人说许明芳的爱人是粮库主任，他好像跟同一单位的女职工挺要好，听人说何少康常把那人往自己家里领。我们姐妹们一合计，有时不忙，许明芳的那份工作就由我们担了，让她回家去住。可是，尽管我们经常让许明芳回家，可也没听许明芳说她爱人有什么不好，并没有发生什么夫妻不和。我们知道，许明芳和何少康是经人介绍结婚的。当时何少康还是个临时工，许明芳就已经接班在铁路部门工作了。按说，许明芳人挺好的，就是长相差点。不过，也能看得过眼。现在社会上各种传闻都有，甚至有人说许明芳就是何少康亲手害的。”

从阎书记家回来，侯镇又回到刑警队。他有些闷闷不乐，坐在办公室里抽闷烟，因为没有找到跟破案有关的线索。虽然方丽媛讲了一些何少康有外遇的传说，可目前看，好像跟这案子并无多大关联。

下午，他们又去了一趟组织部档案室，把何少康的档案调出来查阅。根据掌握的这些资料，调查组对何少康这个人的情况有了一个初步的认识。

晚上，侯镇在自己办公室挑灯夜战。他在写调查何少康的汇报材料，一边写一边翻阅他的简历材料。

何少康，生于 1957 年 2 月 14 日（农历正月十五），大专文化，政工师。其父何秉正是一个老实厚道的粮库化验员。其母花月芳没有工作，人很贤惠。在这个家里，何少康上有三个哥哥，下有三个妹妹，他自己排行老四。由于何少康一家九张嘴，全靠父亲一双手养活，早年家庭生活比较困难。

1965 年春，何少康先在江水市九泉公社读书，后又因其父工作调转，随家搬到枯树岭。在枯树岭初中毕业后，为了学一门手艺，刚刚 19 岁的何少康又回到枯树岭中学，当时高中有一个木工班，他就在那里学木工。当时因他学习刻苦，表现积极，老师让他当班长和团支部书记。1978 年 4 月木工班学习结束，何少康找不到工作，一度在家待业。后来又随其三哥到内蒙古霍林河打工。

1979年5月，父亲何秉正因身体不好，更为了解决儿女就业，决定提前退休。23岁的何少康接了父亲的班，并于同年7月17日在父亲所在的枯树岭粮库当了一名保管员。当时何少康还有一个三哥，也没有工作，本应按长幼顺序由哥哥先接，但其兄主动，把方便让给了弟弟。上班一段时间后，何少康从枯树岭粮库调到朝圣山粮库，先后担任劳资员、政工干事、团支部书记等职务。在此期间，何少康早来晚走，吃苦耐劳，深受好评。1982年被江水市团市委授予“模范团干部”称号；1983年12加入中国共产党；1985年4月被提拔为朝圣山粮库党支部副书记。

接下来，何少康在事业上如日中天，越走越红。1988年10月，调到湖平粮库任主任兼党支部书记，成为独立掌管一方人财物的法人代表。1990年12月，他又调入县城，担任市第一粮库专职党支部书记，1992年3月又兼任了粮库主任，成为江水市粮食系统大粮库的党政一把手。

整理完汇报材料已经深夜，次日一早，侯镇又来到纪检委党风室。一进门，党风室莫主任就对他说：“侯队长，你在一粮库有没有熟人，是敢说真话的。”“这个，还真把我难住了，我真没有。”侯镇想了想，又挠了挠头皮说。“我有一个。是我小学的同学，他就在一粮库工作，好像现在开茶庄。”郑磊这时说话了。

莫主任说：“那可好了，你带我们去吧，我们就从他这儿再找找线索。”

商业街一楼的清泉茶庄，看上去生意不错。虽然店铺不大，只有一间门脸，但货真价实，品种齐全。牌匾下角，有一块崭新的奖牌，上写：消费者信得过单位。

有一次，郑磊在买云南特级红茶时，无意见到了这里的老板——边喜宽。两人叙了一会儿旧，郑磊买的那盒3元钱的红茶，边喜宽也没要钱。

“嗬，是小郑。老同学，什么风把您给吹来了。”边喜宽见来了客人，急忙迎了上来。

郑磊上前握手，说：“没风就不行来了吗？怎么，不欢迎？”

“瞧你，说哪的话。我是请都请不来呀！来来，请坐，几位坐呀！”

郑磊示意侯镇和莫主任随便坐下，然后笑着说：“老同学，我是无事不登三宝殿，来了是为了麻烦您点事。”

“啥事？不会让我替你杀人放火吧？”

“那哪能啊！想让你帮我们介绍一下何少康的情况。”

“啊，啊，好好，春亭，你看一会前台。我同学小郑来了。”小边招呼着，一个女子从后屋走进前台。“这是我爱人，也放假在家。”边喜宽简单地一介绍，就把几个人领到后屋。

这是一个10平方米大小的地方，用钢管和角钢隔成上下两层空间。下面有桌椅、板凳和日用的炊具，上面是二人卧室，外面用白纱布和铁丝做成活动拉帘。布局新颖，造型别致。

几位刚刚落座，边喜宽就端上了一个透明茶壶，给在座的几位倒水。透过茶壶，可以清楚地看到里面的茶水浸泡着大枣、枸杞、桂圆等滋补中药。

“小边，这位是我的上司，莫主任。这位是公安局的侯警官。”郑磊向边喜宽介绍了一起来的这几个人的身份，各自握了握手。末了，郑磊端起一杯茶问：“老同学，我记得你开铲车来着，怎么干这个来了？”

“说来话长啊，都是让何少康给害的。我本来上中专的时候是学财会的，但我有一张B照（驾驶证）。正赶上单位搞建筑，买了10台翻斗车，要回填场地。何少康就让我开车。数九寒天，我在山上开车，铲车里没有暖风，冻得我手脚发麻，而且相当累人。你想呀，15万平方米的面积，平均要垫两米多深呀，那是30万方土哇！十台车排队拉土，却要我一个人装车。除每月80元工资外，每天补助8毛钱。真是苦死我了。

“最可气的是，那年冬天，何少康给开车司机发皮夹克，每名司机发一件，唯独没有我的。听我们队长解释说，他要提拔我当办公室主任，坐办公室是不需要穿皮夹克的。可是我又连续干了好几个月，也没提我当办公室主任。原来，他这是借口，因为我们车队的司机多是雇来的临时工，每个人都得给他上礼500元，所以他才用公款给大家买了皮夹克。单位要盖楼了，要交一万三千五；是公益性分房，过后房款退回，还给利息。可我当时刚刚结婚，还在租房子住，上哪搞那些钱去。

“有人给我出主意，要我过年时到何少康家去串个门。于是我在正月初四去了他家。那时他人在一粮库，家还在平湖乡。我跟盖春亭打车去了他家。买了100多元的东西，又给他孩子50元钱。那天他没在家，他妻子人不错，还留我吃了晚饭。傍晚，何少康回来了。这时，我俩已在火车站等候回家了。他孩子去火车站找我们回去。”

说到这儿，边喜宽端起茶壶，给客人们续水。

“那后来对你怎样？”侯镇一边端起茶杯一边问，让边喜宽给他续上水。

“警官先生，别急呀，故事长着呢。”边喜宽给大家倒完水，接着讲下去。

“‘哎哟，两人一块来的。来来，这儿坐。’何少康半倚在炕上，抬起头来说。看到何少康那样，大概酒喝了不少。‘你爱人歌唱得不错，确实不错呀！我这个人呢，挺风流的。’何少康转过脸来，一双色眯眯的眼睛盯住我爱人说：‘哎！对了，那次咱单位举办春节联欢会，我看你们两口子也参加了。那次我想约春亭跳舞。’何少康又把脸转向我，接着说：‘我跟你们说，跳舞是一种有益身心的运动，跳舞的时候人没有邪念。’这时，何少康的爱人端上来茶水，他喝了一口茶水，又对我爱人说：‘暂时呢，单位搞建筑，让他开车，放心，过完年我指定不让他开车了。我知道，那玩意儿挺遭罪的，谁都不想干。还有，你们房子的事算包在我身上了。’说着，一双醉眼又向我爱人身上扫去。”

“那后来呢？”侯镇问。

“后来，他说的事一样也没兑现，上楼的钱是我从朋友那借了一部分，春亭单位借了一部分，凑齐了。再后来因为我没把媳妇献给他，他就给我放假了。”

从边喜宽家出来，侯镇对何少康的阴暗面又有了一个新了解。可是，孤证不立，这是谁都知道的道理。就是一个人说的话，还不能算数。还必须更多人也这么说才行。再说，边喜宽反映的事，也不够给何少康定罪的。

回到公安局，他准备把情况跟局长汇报一下，正要出门，夏局长却走进来。“侯镇，我来告诉你一个好消息。何少康明天要随市里考察团去南方考查，你和纪委同志可以趁此机会，到他单位去调查一下他的情况。看看群众对他有什么反映。”

“那可太好了，谢谢局长。”侯镇笑着说。

侯镇、徐庆和与纪委的莫主任、郑磊一行四人来到了粮库。“要说何主任，那是没说的，那都是好哇！”粮库副主任黄标边说边给侯镇一行沏上茶，“不信，一会儿问问职工。”坐了一会儿，黄标找来办公室通讯员，让通讯员出去找人。

侯镇一行离开黄标办公室，来到何少康办公室。通讯员随后把茶杯拿过来。侯镇打开笔记本，摊在膝头，准备记录。职工先后来了五个人，经问询才知道，他们分别是人事、财会、保卫、业务、化验五个科的科长。

第一个进来的是人事科长，他滔滔不绝，侃侃而谈：“啊，何主任这个人，真是难得呀，事业心忒强。每天都起早贪黑的，为企业的发展而操劳。这人，要文能文，要武能武，给个总理都能干，管半个中国不含混，太能干了。就是讲话，在台上说几个小时没有重复句；说干活，二百斤麻袋搬上肩就走，谁也不服。这领导，哪找去呀？”

“他有没有什么缺点呀？”

“缺点吗？我好像没看出来。如果说有，就是不愿意团结女同志。”

人事科长出去后，找来财会科长。“今天，请你谈谈何主任在德、能、勤、绩方面的情况。”

“何主任这人太正统了。总是那么节俭，你看他，穿的是普通得不能再普通了，还没普通职工好呢。来客人，为了省钱，都在粮库食堂招待，而且，多数是让副职陪着，他都不去。现在，上哪找这样的干部。嗨，我们主任真是天上难找，地上难寻呀。”

“缺点有没有？”

“什么？他哪有什么缺点呀，都是优点呀。”

财会科长刚谈完，保卫科长就急匆匆闯进来，边走边说：“我先说两句，因为中午要凑个局，跟朋友喝点酒。说咱们何主任，那是没比的。咋说好呢，那就是，好，很好，非常好。我说完了，我还有事先走了。”说着匆匆离去……

这五位科长都从不同角度反映何少康的正面形象，没有说他有任何错误。经纪委两名同志一再提醒，问有没有缺点，对方只说，没看出来。有的看不说不行，就说缺点是有时发火，学习不够。

等最后一位科长一出门，侯镇对纪检委的两位同志说：“这样问下去不行啊，都是套话。”

莫主任说：“那怎么办？”

“让人事科长把花名册拿来，咱们在花名册上选人，然后再让他们把人找来。这样，也许能听到不同的声音。”

“那好，我去找他们领导说去。”

工夫不大，花名册拿来了，莫主任又在花名册上选了几个名字。人事科长去叫人了。“请你谈一谈你们何主任在工作、生活等方面的情况，可以从正反两方面来谈。”

“何主任，那是好人哪。好人办好事儿，大笔写大字儿。交朋友，处哥们儿，联系事儿，哪方面都行啊。”

“你看他有什么不足吗？”

“好像没有，没有，真的没有。”就这样一连问了四五个职工，他们几乎是如出一辙。侯镇发现，这几个职工在谈话时，跟那几个科长不一样，就是在他们谈话时，忍不住总向门口瞅瞅。侯镇看出端倪，佯装上厕所，看到小通讯员靠在门边的墙上，一见侯镇出来，忙说：“需要开水吗？”侯镇看他几眼，他有点不好意思，就又去取开水去了。

侯镇和莫主任只好又向副主任黄标了解情况。“听说现在粮库效益不好，职工好几个月没开工资了。是什么原因呢？”

“侯队长，这个问题原因很多，我看不能简单说领导无能，而是市场经济太不好掌握。”黄标笑笑说，“效益不好，领导一没贪污，二没受贿，三没浪费。你说能怎样？依我看，做买卖要看窝子，窝子好就赚钱，窝子不好就赔钱。关键是窝子。我们这儿窝子不好，所以没钱可赚。”

“您所说的窝子是什么意思？”郑磊问。

“这个，这个吗……”黄标结巴起来，半天也没说明白。

“可能就是场所、地方的意思。”侯镇替他解释道。

“啊，对对！就是……这个意思。”黄标笑着说。

“你们这场所、设施不是挺好吗？”莫主任问。

“好啥呀，你看，我们粮库跟二库不一样，二库在市郊，我们地处城区。可粮源都在乡下，大老远的，要是送我们这儿，必须过桥，过桥费就是一车10元，来回就是20元，这不增加成本吗？有的就在家跟前卖了。所以，我们除了定购任务以外，议价粮收得很少，而现在主要靠议价粮挣钱呢。唉，我们也不愿给职工放假。可大伙儿都在这儿候着，都没饭吃，不如出去一部分人，出去闯一闯。闯得好可以不回来了。要是不行，回来也可以，我们也是欢迎的。是不是？对吧?！再说，我们也是关心职工的，我们准备盖一幢住托楼，职工都有份，当然了，得花钱买。”

“何为住托楼？”莫主任问。郑磊拉了一下他的衣襟，悄声说：“他把‘宅’字读成‘托’了。就是住宅楼。”

中午时分，正当他们要离开粮库时，一个老太太来到何少康办公室。她衣衫褴褛，满脸皱纹，是本单位伤残职工家属。黑黢黢的手里攥着几张药条子，说找何少康报销药费。一听别人提起何少康，老太太就喋喋不休，大声说：“何书记可是好人啊！没有何书记，我家老头子早死了。他还……”

黄标说：“别说了，快中午了，明天再来吧。侯队长，啊，几位，中午我们去政府殡仪馆吃饭吧。”

徐庆和感到莫名其妙，就问了一句：“谁去世了吗？”

“没有哇！”徐庆和一听笑了，惹得别人也跟着笑了起来。原来，江水政府宾馆有饭店，能招待客人吃饭。而黄标学识浅薄，把殡仪馆（火葬场）跟宾馆等同了，所以引出笑话。侯镇捏了徐庆和的手一下，要他不要说了。

“你看，我就知道你们饿了，我一说上殡仪馆，你们就笑了。”

莫主任说：“不去了，我们还有事，改天吧。”说着几个人一起下楼。回来的路上，莫主任说：“看来，中央要求领导干部加强学习是对的，不然，这么简单的两个词都搞混，那干事业怕是要出大偏差呀！要是做生意的客人来这里，不送宾馆，而送殡仪馆，那生意可就砸锅了。”“我都怀疑，这样的人是怎么当上领导的。”郑磊说。

面对调查上来的情况，纪检的同志觉得光靠这封匿名信，难以给何少康立案。侯镇又去了一趟组织部档案室，想再查阅何少康的相关资料。可到那一看，门反锁着，听传达室的一个妇女说，这里的人都开会去了。

回到刑警队，看了找上来的材料，侯镇觉得此事只能暂时放一放再说。之后，此案的线索越来越少。三个月之后，由于找不到有价值的犯罪线索，市里又发生了几起盗车杀人案件，调查组只好又接了别的案子。时间一久，市民们也没人再提起此事了。

第三章　月圆夜的谋杀

何少康被评为全省廉政模范了，而且是全地区的唯一一个。这是 2000 年的春天，这件喜事伴着春风，传遍了江水市 19 个乡镇。何少康在两年前就当上了江水市粮食收储公司副总经理兼党委副书记。他夫人许明芳却因病于两年前去世，现在，他又找了位新夫人，名叫哈丽娜，是位个体户老板。

时光过得很快，转眼就来到年底。过了年三十，元宵节就不远了。何少康这几年运气不错，年前不仅当上了公司总经理兼党委书记，还同时兼任乡下平西粮库党政一把手。

公历 2001 年 2 月 7 日，是农历正月十五。在东北，十五又叫灯节。这天，是正月里最热闹的一天。所以，这天居民家都悬灯结彩。政府部门还要组织扭秧歌，设灯展，搞歌咏比赛。

江北街和悦楼，是一家有两间店面的二层酒楼。楼上隔出十余个单间。总面积三百多平方米。对店主人来说，今天更是双喜临门，因为这天是何少康的生日。早上，两人刚起床，哈丽娜站在梳妆台前，一边化妆一边对何少康说：“少康，今天是你生日。我为你预订了一块大蛋糕。还有咱们的几个亲戚也要来给你过生日。”

“谢谢。只是我今天得下乡，去平西粮库，那儿好像出了点问题。班子成员之间不团结，互相告状，互相拆台。”

“那咱的生日也得过呀。再说了，亲戚们还要带上礼物来。工作上的事，你就应付一下，抓紧回来吧。”哈丽娜亲昵地说。

何少康刚走，哈丽娜就叫留在店里的两名女服务员洗菜，切菜。因为过年，厨师放假，今天，哈丽娜跟两名服务员一起忙活起来。上午，把要做的菜准备得差不多了，看看快到中午，哈丽娜就跟两名服务员简单吃了一点东西。下午3点，哈丽娜亲自下厨了。她炸鱼，炖肉，熬鸡汤，好一通忙活。一会儿，门铃响了，来的是哈丽娜的大哥——哈福顺。

哈丽娜放下手中的活，给大哥倒了一杯茶。大哥坐在沙发上，从兜里掏出一个精美的硬纸卡片，递给哈丽娜说：“丽娜，这是给少康买的一块劳力士手表。可凭这卡到三鑫表店去取。”

哈丽娜微笑着嗔怪道：“大哥，买这干啥？又不是外人。”

“这两年我往南方发粮，全靠少康帮忙。公路、铁路、各路关口，没有他我肯定过不去。现在挣钱了，能忘了他吗？再说还是亲戚，怎么的也得表表心意。”

哈丽娜把卡片放在桌上，又说：“嗨，谁跟谁，把这钱留给孩子上学多好。你能退了吗？”

“退，那可不行。”

两人正说着，门铃又响了，哈丽娜把门打开一看，门口站着一个50多岁的老头。哈丽娜愣了一下，然后想起来，这是何少康的前妻的大姐夫——奚丙富。他原来在审计局工作，还是个副局长。现在二线在家，在做粮食器材生意。

奚丙富走进屋来，哈丽娜给两人作了介绍，两人坐在沙发上，唠了几句家常。哈福顺见奚丙富可能有事要跟哈丽娜单独谈，就寒暄几句，借口去卫生间，到另一房间去了。

奚丙富见哈福顺走了，就掏出一张卡来，递给哈丽娜说：“这是我给少康买的一套才子男装，请他一定收下。他可以凭卡到咱市天宝商都去试穿。”

“这，真让你费心了。不过，少康的衣服够穿，我给他买不少了。还是留给孩子们吧。”奚丙富好像有些热了，额头浸出了汗珠，他站了起来，把卡塞到哈丽娜手里说：“这几年，我没少麻烦少康。他过生日，我能无动于衷吗？”

哈丽娜再要把卡还回去，门铃又响了。哈丽娜打开门一看，门口是个30多岁的农村汉子，肩上扛着一个麻袋。哈丽娜认出来了，这是她家在农村的三姐夫二搂子来了。二搂子见开了门，就把麻袋放在了门口。

“三姐夫，你怎么知道的信儿，大老远跑来了。”

“少康过生日，我能不来吗。这是我家杀的年猪，给你家拿一半来，农村猪，不喂饲料，肉可香了。年前我出门了，这不昨天才杀的。”二搂子把手伸进麻袋，又掏出一塑料袋东西，“这是血肠，新灌的，味道好着呢。”

……

就这样一连来了好几个亲戚，谁都不空手。

转眼到了下午2点，酒楼的两名女服务员也来了，她们进厨房帮助做菜。3点钟，哈丽娜开始煎炒烹炸了，她要为自己的丈夫何少康、哥哥及亲友们准备一桌丰盛的酒席。厨房里叮叮当当，一阵忙活过后，扣肉、佛手白菜、干炸肉段、红烧猪蹄、榛蘑炖小鸡等一盘盘香喷喷的菜肴端到了转桌上。转桌中心放着一块大蛋糕，上面用奶油写着：何少康生日快乐，长命百岁。

“哎！几点了？少康怎么还不回来。”这样的话，亲友们已经问了好几次了。

“呀，都下午4点了。”奚丙富说，“我家里有点事，要不，我先回去一趟，一会儿再来。”

“他说在开会，要不你们大家别等他了。”哈丽娜说。她转回身从橱柜里取出一瓶酒来，递给哈福顺说：“呶，这是茅台酒，你们先喝吧。边吃边等他吧。”

“别别，今天是少康生日，还是再等一会儿吧。”

哈丽娜转过身来说：“德嘉，这是100元钱，你去四海超市再买两箱啤酒回来，要最好的。顺便再买一斤姜，两盒十三香。”

“好哩！”一个大男孩儿转身跑出去了。

看着那男孩儿下楼的背影，哈丽娜回头对大伙儿说：“德嘉这孩子不错，可听话了。”

肖德嘉，是哈丽娜大姐的儿子，她也一直喜欢这个外甥。外甥家住农村，只有初中文化，今年18岁就来城里找工作。哈丽娜自然会请求何少康帮自己的外甥找工作，但何少康见他还小，就答应让他在哈丽娜身边跑腿，帮忙照顾家里，权且当做工作，每月发工资给外甥。哈丽娜对丈夫的安排自然十二分满意。

门铃又响了，哈丽娜放下手中的活，赶紧去开门，她向楼下一看，见何少康从楼道里风尘仆仆地走上来，忙上前迎接：“少康，你可回来了。大伙儿正等着你呢。”

一听何少康回来了，众人撂下筷子，都起身来迎。

“对不起呀，被公事误了。来来，我将功补过，今儿个，跟大伙儿好好喝喝。”说着，他急忙走到衣架前脱衣换鞋，然后去卫生间洗了手，坐在圆桌的正座上。

饭后，客人们相继离去。哈丽娜对着镜子，略施脂粉。“少康！我去送小菊，一会儿就回来。”她边化妆边说。

小菊是他们的女儿。

“急着送她干什么？在家住一宿吧！”

“怎么？你刚才不是还要我送她吗！再说明天是正月十六，咱这饭店要开张，谁看管她呀！”

“对对！我这是喝多了，有点糊涂了。你去吧！一路小心呀！对了，让德嘉陪你去！”

哈丽娜又找出几件衣服，装在一个大提兜里，让外甥带上。然后，她穿上裘皮大衣抱起小菊说：“小菊跟爸爸拜拜！”

“爸爸，生日快乐，爸爸拜拜。”

何少康来到跟前，亲了小菊一口说：“要听妈妈的话，过几天，爸爸给你买抱抱熊。”

一辆红色出租车开到了楼门口停下，肖德嘉打开前车门，让阿姨先上车，他随后坐上了后座，随即关上出租车门，出租车立即朝富士街南洋委——小菊保姆家驶去。

晚上6点半。刚刚升起的圆月，像个涨红脸的关公，怒视着人间；见月亮脸色不好，星星们都恐惧地眨巴着眼睛；阴云似一块黑纱，笼罩着大半个天际。

北风刺骨，寒气习习。凛冽的狂风一阵紧似一阵。一辆红色夏利在一个胡同口停下来。哈丽娜下了出租车，抱起了孩子。一阵冷风吹来，灌到她脖子里。她不禁打了个寒噤，一想，我穿了裘皮大衣，尚且冷得这样，那德嘉呢？嗨，过几天得给他买件皮衣裳。想到这儿，她就说：“德嘉，今天外面真冷啊，你就别下车了，就在车上等我吧！”

“老姨，你一个人行吗？还是我陪你去吧！”

“不用，没一会儿我就回来了。来，把装衣服的包递给我。”哈丽娜有点心疼，没有让外甥跟她一起进胡同，一个人一手拎包，一手抱着孩子走进了黑漆漆的夜幕中。

这是一个仅有两米左右宽的小胡同，里面住着几百户居民，是一个典型的平民区。胡同两边是住宅人家的正面房屋，东西对面而立。房屋多是解放前盖的青砖平房，房顶用油毡纸罩面，年久失修，破烂不堪。

胡同里漆黑一团，哈丽娜借着两侧住家窗户的幽暗亮光，踽踽独行。胡同里一家院里的黑背狗听见响动，汪汪地叫个不停，那声音大大的，凶凶的，好像要一口把人吞下去，瘆人得很。

白天，她来过这里几次，没觉着害怕，现在这是晚上，她突然感到有些害怕了，她后悔没让外甥陪她一起来。有心往回走，可又觉得走这么远了，回去好像不好意思。于是仗着胆子，继续往前走，当她走近前面的垃圾箱时，她发现黑黢黢的垃圾箱旁有一支红色烟头，闪闪发光，好像有个人蹲在旁边抽烟。好在前面就是小菊保姆家，她还是硬着头皮，挪动脚步从旁边走了过去。

保姆家院门没有锁，可能是给她留的门。哈丽娜径直进院，然后就抱着孩子进屋。

“这么晚了，您一个人来的?”保姆宋婶连忙接过孩子，关切地问。

“我本想再留她在家待两天。嗨，都是让挣钱闹的。明天，我家酒楼开始营业。没人看她，所以只好送回来了。”哈丽娜把装小菊衣服的包交给宋婶，转身就要离开。

“怎么，这就走哇。要不，让你叔送送你，这胡同怪黑的。”

哈丽娜真想让人送她一下，可又一想，宋大哥好像喝醉了，再说人已年过花甲，腿脚也不方便，于是就说：“别送了，我叔那么大年纪了，我一个人敢走，出租车就在胡同外等着。”

就在哈丽娜从宋婶家出来往回走时，胡同一侧的垃圾箱黑暗处突然闪出一个黑衣人，他屏住呼吸，手持利斧，一步步尾随哈丽娜。就在离哈丽娜两三步之遥时，他突然间从后面蹿上去，对准哈丽娜的后脑勺就是一斧子。

哈丽娜意识到危险，本能地头稍微一歪，斧子跑偏了，接着又一斧子砍来，鲜血顿时从她头后部涌出，溅了黑衣人一脸。哈丽娜嘴里只轻轻地“啊”了一声，连一声救命都没来得及喊出来，就跌倒在地上。黑衣人因用力过猛，斧子脱手而飞了出去，他没来得及寻找，撩起衣襟，擦了一把眼睛，又随手捡起地上的砖头，对准哈丽娜头部猛击。

这时，黑背狗叫得更厉害了，挣脱了拴它的锁链，冲出院子。狗主人急忙打开房门，点亮门灯，来到院门口四下张望。借着光亮，黑衣人看到地下的斧子。他立即放下哈丽娜，拾起斧子，迅速地跨上摩托车，消失在胡同口。

半个小时过去了，肖德嘉见老姨这么长时间还不回来，心里忽然有一种不祥之感，于是，他跟司机说："师傅，您再多等一会儿，我去看看我老姨。"说着下了汽车，急忙向保姆家跑去。

年轻人胆子大，他一路小跑过去，一边喊着阿姨。跑到胡同百来米的地方，他被地上一个东西绊了一下，摔了个脚朝天。当他回过神，仔细打量是什么东西时，他看见老姨血肉模糊地倒在地上。

晚上7点多，何少康正跟大舅哥哈福顺在街上看灯展。吉利剧场门前，灯火辉煌。二龙戏珠、百鸟朝凤、唐僧取经等大型彩灯熠熠生辉。

"大哥，您看那，那个灯面上的人能动啊，而且里面点燃的是蜡烛。"

"可不是，没有能量驱动，这是什么原理？"

"少康，你看那儿。走马上任抱外孙，打一日常俗语。"

何少康拍了拍脑门，说："这个我猜着了，是当官做老爷。"说着大笑起来。

两人正说着，忽然，何少康的手机响了。街道上，人山人海，嘈杂如潮。秧歌队的鼓声、喇叭声、吆喝声，声声入耳。

何少康好不容易找到一个角落站住，左手捂住耳朵，右手把手机贴到另一个耳边。当他在嘈杂中听到妻子发生意外时，他的脸刷一下变白了。

哈福顺也感觉情况不妙，急忙上前问怎么回事。何少康抹了一把眼泪说："还问啥，丽娜在送孩子的路上摔伤了，正在市医院抢救呢！"

两人没有打车，因为路上交通堵塞，他俩连跑带颠，飞快来到市医院。

在急诊室，何少康见哈丽娜头上缠着纱布，鼻上插着氧气管，手上扎着吊针，躺在病床上，医护人员正在抢救，外甥静静地站立一旁。

何少康一个箭步冲上去，俯身痛哭："丽娜！你醒醒！丽娜你说句话！丽娜！你看看我呀！"一个男人，泪雨滂沱，悲泣交加，令在场的人倍生同情。

何少康哭累了，有气无力地站起来，用颤抖的双手去抚摸哈丽娜的头发，猛然发现头部有带血的伤口，霎时哭声又暴发出来："妈呀，德嘉！你都十八了，还不懂事吗？这哪是摔的，这不是被人下了毒手吗？快报警！"

医护人员见何少康情绪激动，忙把他拉出急诊室。随后，他又急切地向医生询问着："哈丽娜到底会怎样？你快告诉我！"

"您不要激动，我理解您现在的心情。目前，病人颅骨已经严重损伤，脑内有大量积血，需要做手术把积血取出。如不及时取出，就会影响病人的中枢神经，出现头痛、呕吐和精神失常，甚至死亡。"

“求求您，大夫，一定要把她救活呀！求您了！”

“抢救病人，是医护人员的天职。放心吧！我一定尽力而为。”何少康看看周围人不多，就从手提包里拿出1000元钱，递给医生。“一点小意思，不成敬意，请一定收下。”

“不，我是不能收的，单位有纪律，心意领了！”医生谢绝了，转身回到手术室。

何少康手拿着钱，几滴泪水滴落在百元大钞上。

侯镇接到报警电话，急忙召集警员下楼。案情就是命令，警车呼啸，立即出动，仅用10分钟就赶到伤者所在的市医院。侯镇指挥民警分头行动：“徐庆和，你现在带人去案发地，保护现场，搜寻物证。”

“是。”

警车载着一路人马又奔向南洋委案发现场，他们要进行现场勘察，寻找凶手可能留下的物证；侯镇和其余人等留守医院，等待对伤者和知情人进行询问，以便尽快确定案情。

两路人马分头开始行动。侯镇打开手机，用电话把案发情况报告给公安局长夏令标。

初一和十五，受天气影响，是发案率较高的日子。这天晚上，为了严防意外事故发生，公安局党委召开了党委会，早已做了部署。晚上7点半，公安局长夏令标站在市文化馆门前，正查看这里的社会治安情况。他坐的警车停在一边的人行道上。

江水市文化馆办公楼是一栋坐南朝北的四层小洋楼。始建于日伪时期，仿古造型，风格雅致。正月里的这几天，这里异常热闹。东侧有各种冰雕的彩灯，狮子、老虎、孔雀、龙凤戏珠等，还有各家影楼为了拍照搭建的松树、蜡梅等雪景，还有宫廷内景等各种景观。西侧有各种小摊，红彤彤的冰糖葫芦，膻香扑鼻的新疆烤羊肉串，现炒现卖的糖炒栗子，还有各式各样的干鲜果品，应有尽有。孩子们手提灯笼，放着礼炮、烟花，在一边空场上嬉戏。

文化馆正门前，搭起了40平方米的戏台。本市剧团演员正在台上表演节目。局长夏令标和纪检书记毕蒙辉走到这里，朝上一看，见台上正演着二人转——《猪八戒拱地》：“日出东来还转东，唐僧西天去取经。一路行上收徒弟，个个徒弟有法名。五行山收下孙行者，高老庄收下猪悟能。鹰愁涧收下白龙马，流沙河里收沙僧……妖魔鬼怪到处有，狼虫虎豹乱横行……”

“老夏，你说为什么初一和十五发案率要比平常高呢？”毕书记问。

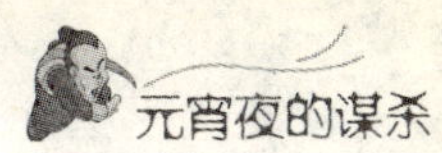

“我看过一本书，说这是由于受太阳和月亮引力的影响。每当初一或十五的时候，太阳、月亮、地球三者就构成一条直线。初一时，月亮在地球和太阳中间，三者成一直线；十五时，地球在月亮和太阳中间，三者又成一直线。所以初一和十五，海水要涨潮。人体80%以上也是水，因此，在初一和十五时，人体的血液流动就跟平常不一样。如果犯罪分子想要作案，但还拿不定主意的话，他往往在初一和十五就忍不住，就要动手了。”

“……相公啊，大嫂哇！我父是有名的朱老元外，母亲就叫朱美容。一母生下哥八个，我是小老疙瘩呀，我叫朱五能……咱们二人成婚配，我保证你有吃有喝有钱花……”台下响起阵阵喝彩声，随后有一人为精彩的节目燃放一挂鞭炮……

夏局长的手机响了。“唉……好好，我马上就到。”

“怎么了，老夏?”毕书记辉问。

“嗨，说曹操，曹操就到，有案子了。”夏局长一招手，停在一旁的轿车开了过来。他对毕书记说：“老毕，咱们运气不好哩，不能看戏了，来，上车。”

于是，二人一起上车，警车直奔案发地点。夏局长坐在车里，大脑里一阵翻江倒海。当他接到凶杀案的报告后，也为之震惊。他想：值此春节喜庆期间，是什么人敢犯下如此惊天罪行？这是对国法的肆意挑衅，也是对我们公安干警的藐视。夏局长皱着眉头，眼睛盯着窗外，一口接一口地吸烟。考虑着下一步如何与犯罪分子周旋。他深知自己肩上义不容辞的责任，必须尽快破案，惩办凶手，才能打击犯罪分子的嚣张气焰，平息市民的恐惧心理。

夏局长今年50多岁，中等身材，文人气质。平时喜好读书，除了读《古代法案选编》《违法犯罪心理》《狄公断案大观》《中国近代案例选》等刑侦类专业书籍外，什么《周礼》《庄子》《忍经》《道德经》、四书、五经等他都喜欢读。他年轻时在江水市油酒厂工作。后来派出所抽人帮忙，他就调到公安部门。由于勤奋好学，他屡破奇案。很快，由派出所所长升任公安局副局长、局长。

一辆警灯闪烁的警车在富士街南洋委停下。夏局长和毕书记走下车来，胡同口已有民警把守。这时月亮高升，把胡同照得通亮。两位领导走进胡同，来到现场。警察们已经用石灰把案发地圈起来了，地上血迹斑斑，还有凶手留下的一些凌乱的脚印。

一个民警牵着警犬嗅着地上血迹的气味，想凭借警犬敏锐的味觉辨别力找到犯罪嫌疑人。可警犬闻到气味后，引领民警到大街上，就不往前走了。

因为警犬虽可嗅到 800 米远左右的气味，可大街上，过往行人成千上万，人多味杂，它也就无能为力了。有的民警还在拍摄现场物证，法医正在忙着采集血样，准备拿回去化验。两辆警车的车灯把现场照得通亮。

侯镇戴着白手套，把从现场捡到的一块带血的砖头递给夏局长："这是从现场找到的唯一凶器，上面没有指纹。"

夏局长拿起砖头，仔细看了看，又交给侯镇，说："把它送技术室化验。还有什么发现没有？"

"刚才有一户居民说，听自家狗叫得厉害，就出来察看，好像看到了凶手。"

"走，你领我到他家看看去。"

这是一个三间老青砖砌成的平房小院。房屋低矮，坐北朝南，院门朝东。侯镇走在前面，敲开了院门。一个 40 多岁的中年人出来，把他们让进了下井的三间小屋。这里外屋一间是厨房，地上安着大锅。西屋两间南面是顺山大炕，中间有隔断。炕上一个妇人在打毛衣，一个十多岁的孩子趴在炕桌上写作业。一只长着黄白花纹的小花猫见来了生人，急忙跑到孩子怀里。

隔断的里屋不时传来老人的咳嗽声。那妇人见来了生人，急忙让出炕上的地方，领着孩子去了里屋。"这是我们公安局的夏局长，想了解一下情况。请您给谈一谈案发时所见到的，好吗？"侯镇说道。夏局长主动上前，同中年人握了握手："您好，给您添麻烦了，您现在在哪个单位上班？"

"您先请坐，我叫奚利民，在市轴承厂工作，已经下岗了，现在开电三轮拉客。将近 7 点钟的时候，我听到外面狗叫得厉害，就出来察看。因为今天我没出车，车就停在院里，怕有人偷车。于是我就来到院外，可仔细一看，我的三轮车还在。这时我听到院外有动静，好像是一个女人的叫声。我又到院门口看看铁门，见门还锁着。朝院外一看，在漆黑的夜幕中，我发现有一个人骑摩托车向胡同外驶去。当时，我想，可能是谁家两口子拌嘴，男的赌气走了，也没太在意。后来才知道这里发生了凶杀案。"

"您看到那人脸了没有？"

"没有。是这样，今天虽是十五，可那会儿月亮没有升高。就是升高了，我们这里是胡同，要等好长时间才能看到月亮。没有亮光，就是见到那人的脸也看不清。"

这时，从里屋走出一位 70 多岁的老太太，对夏局长说："您是公安局的领导吧，可得把坏人抓住，不然我们这老百姓连院都不敢出，我姑娘就是被坏人害死的。"

"这是我母亲。"奚利民介绍道。

"大娘，您放心，我们一定会严惩凶手的。只要大家好好配合警方，就没有破不了的案子，今天我们先谈到这儿。侯镇，你把干警们都叫到这儿来，我们开个临时会议。"

干警都来到这个小屋里，夏局长严肃地对干警们说："同志们，今天是正月十五，在这传统节日里，发生了这样令人痛心的事，我们大家的心情都很沉重。这是犯罪分子在藐视我们人民警察的能力，是在向我们挑战，我们一定要迎接挑战，尽快破案。我市的 40 万人民在期待着我们，上级领导也在期待着我们，现在，情况紧急，我也不多说了。下面我只谈三点意见：一要全体干警放弃休假，加强警力，重拳出击，全力以赴投入破案工作；二要分头调查，互相配合，多处撒网，扩大搜找线索范围；三要引蛇出洞，从常规入手，超常规破案，一定要打掉犯罪分子的嚣张气焰。"

第四章　案情分析会

次日凌晨 6 点，北方的天空还没亮。公安局五楼小会议室里，灯火通明，人头攒动。枝型灯下，夏令标局长召集干警开会，进行案情分析。这里有局党委成员，也有公安局各科科长，还有城区几个派出所所长。人员坐成两排，椭圆形长桌前坐着局党委成员，后排靠窗两侧坐满了干警。夏局长和孔政委并排坐在椭圆形长桌首位，两侧分别坐着几位副局长。

侯镇坐在紧挨副局长的座位上，他打开包从中抽出几张稿纸，看了一会儿，然后站起身走到夏令标局长跟前，将一份侦查材料递给他。夏令标局长接过材料，仔细看了一会儿，喝了一口茶，默默地点点头，然后抬起头说："今天这么早就把大家召集来，就是要群策群力，分析案情，找出线索，抓住罪犯。同时，我们也要研究制定下一步工作方案。今天这个会，我先向大家简要介绍一下案情，然后大家可以自由发表意见，大家可以先酝酿。我先介绍一下案情：昨晚 6 点 40 分左右，我市富士街南洋委发生了一起杀人未遂案，凶手作案后逃离了现场。值得庆幸的是，目前被害人在医院已脱离生命危险。被害人哈丽娜，女，38 岁，是和悦楼酒馆女老板，也就是我市粮食收储公司党委书记兼总经理何少康的第二任妻子。此前，被害人曾两次离婚。昨天晚上，被害人送孩子小菊去保姆家，在回来的胡同里，突遭歹徒袭击。从目前搜集上来的证据看，我们判断凶手使用的凶器可能是斧子，因为被害人有被利刃砍伤和被钝器所伤的痕迹。有关进一步的鉴定结果，可能还要等几个小时……”

几秒钟沉默过后，下面响起一片交谈声。治安科索科长说：“哦，我看哈丽娜被情杀的可能性大，追求她的人可大有人在呀！在咱江水，一提起她，哪有不知道的。”

610办公室卜主任说：“噢，我看奸杀的可能性也不能排除。”

“呃，谋杀？也许是，说不定凶手跟1997年304案是同一个人。”巡警队萧队长说……

10分钟后，夏局长说：“现在，自由议论结束，谁先发言，谈谈个人看法？”

坐在一旁的庄副局长，环顾了一下四周，见没人主动发言，就回过头来说：“我说两句吧。按局党委分工，我分管刑侦工作。现在出现了案子，我想谈谈不太成熟的个人看法，不一定正确。啊，最起码，能起一个抛砖引玉的作用，以便大家打开思路，为下一步破案创造有利条件。前几天，我们公安局破获了几起案子，其中，外地的几起抢车案犯纷纷来到我市，他们把被害人拉到我市乡镇掩埋。可能是我市社会比较安定，他们就把这里当做避风港。我判断，这起凶杀案有可能是外地人所为。啊，其目的只有一个，扰乱我市治安，破坏我市安定和谐的政治局面。这个还有……”

等庄副局长说完，纪检书记毕蒙辉说：“我也谈谈个人看法，供大家参考。昨天是正月十五，晚上我和夏局长正在巡查我市治安情况时接到了报案，我们一起去了现场。从现场的遗留痕迹来看，我觉得凶手肯定认识被害人。大家知道，被害人哈丽娜是个靓丽女子。关于她的传闻很多，追求者一定不少。那么，一个女子，遇到这种情况，她又没有什么信仰，就容易失去理智，就容易处理不好个人感情的问题，而情感旋涡是难以自拔的。由此也就更易引发一系列感情矛盾，一旦矛盾激化，连锁反应引起的各种各样事情就会发生，甚至出现人命。从了解的情况看，哈丽娜现在的婚姻，是她婚姻排行榜的第三次，所以我推测：她这次被害可能与她的婚姻有关。常言道：爱有多深，恨有多深。因情生恨，因恨杀人是完全有可能的。因为案发后，哈丽娜身上的财物一件不少。同时我再说明一点……”

这时庄副局长又讲话了：“我还是认为这起案子是外地人所为，目的就是见财起意，见色生心。因为市内最近几起案子都是这样……”

侯镇坐在庄副局长对面的一把椅子上，他又打开公文包，从里面取出被害人照片、现场勘察照片、医院诊断报告和案情调查谈话记录，放在桌上。他觉得庄副局长说得太没道理，越听越觉得离题万里，如果这样说下去，就会把大家的思路搞乱，把破案方向搞乱。所以没等庄副局长说完，侯镇就举手发言，打断了他的话。他说："庄局，今天是案情分析会，我也想谈谈个人看法。既然是外地人所为，那为什么不取被害人身上财物呢？外地人来我们这里，路费、食宿费应该说是要解决的首要问题呀！因为是外地人，供给是个大问题吧。"

庄副局长还是坚持说："外地人吗？有时也许不缺钱，而缺乏的是亲情和关爱。所以他们往往选择年轻漂亮的女性，以解决性饥渴的问题。"

"可体检证明，哈丽娜没有遭到性侵害，这怎么解释呢？"侯镇又问道。

"这个，这个，也许时间还来不及，也许另有原因。我就谈这些，仅供参考。啊。"庄副局长见自己的观点在理论上是有些站不住脚，就索性撤梯不说了。

侯镇接过他的话头："今天是案情分析会，大家都可谈各自的观点。而我又是刑警队长，在其位谋其政，不能不对案子没有个人看法。我觉得庄副局长的话也有一定道理。不过，我亲自勘查过现场。从凶手隐藏的案发地点和时间来看，我觉得凶手的主要目的是谋杀，而不是为财色而来。何少康的前妻也被人伤害过，至今没有破案。我想，为什么案子总发生在何少康妻子身上，而不发生在别人身上，这更应令我们深思。正月十五这个案子，我认为，是一个有预谋、有组织、有行动的大案。它之所以发生在十五这天，就是想利用十五这天人多，容易隐藏，以求转移视线，便于事发后逃身，达到不利于破案的目的。"

接着，又有几个干警谈了自己的看法。

根据多数干警的发言，最后，案情分析会议达成了五点共识，由侯镇做了笔记：

第一，凶手绝非为财物而来，因为哈丽娜身上的裘皮大衣、白金项链就分别值一万多元，加上高档手机、随身携带的现金，总计 3 万多元。洗劫这些东西，对一个窃贼来说，不过几分钟的事，而这些东西凶手丝毫未动。从而排除了劫财的可能。

第二，哈丽娜姿色出众，人所共知，但体检证明与强奸毫无关联。

第三，经查，哈丽娜在经商过程中从没跟什么人结怨，因此，也可排除仇杀的可能性。

第四，哈丽娜虽曾离过婚，但无婚外越轨行为。尽管如此，两位前夫是否因爱不能而生恨，继而置她于死地呢？因此，情杀的可能性仍然是杀害哈丽娜的主要原因。

一阵议论过后，夏令标在会上作总结，他说："时间不早了，今天这个会，大家都谈了自己的看法。都有各自的道理，分析得很好。总的来说，看法基本上是一致的。从目前的情况来看，我比较赞同侯镇的观点。我们市委市政府对这起案件非常重视，市委书记和市长都打来电话，询问案件侦破进展情况。上午八点半，我还要到市里汇报工作进展情况。所以我希望大家立即行动起来，全力以赴，尽早攻破此案。我们下一步的工作方案是，局党委成立以我为组长，以几位副局长为副组长的破案指挥部。同时组成以侯镇为组长的专案组，发动群众，扩大范围，寻找线索。早日缉拿凶手。"

会后，夏局长把侯镇留下。要他与徐庆和、李春晓组成重案小组，立即开始工作，重点侦破 207 案。

晚上 4 点，法医送来检验报告。从法医鉴定中获悉，哈丽娜确切被害时间为当晚 6 点 40 分至 50 分，致伤原因系遭钝器所伤，造成颅脑严重损坏。从作案现场发现一块碎砖头分析，此物沾有血迹，血型经化验与哈丽娜的一致。因此，可认为此砖头曾为作案凶器，但不排除凶手另有凶器的可能性，如锤子、斧子、管钳子等。

由于线索一时找不到，侯镇陷入了深深的思索中。为更进一步了解情况，他找来刑侦中队长徐庆和商议对策。

徐庆和先说道："现在应该去问问被害人哈丽娜，她也许能说出谁可能要杀害她。"

"她躺在医院病床上，医生说现在不能接受询问。"

"那就再问问她外甥肖德嘉，看看能不能找到有价值的东西。"两人又商量了一阵，最后决定，再次询问一下哈丽娜的外甥。

肖德嘉是个朴实憨厚的农村孩子，瘦高个子，浓眉大眼，一脸稚气。坐在刑警队办公室的凳子上，显得非常拘束。一提起正月十五那天晚上的事，更是心有余悸。在侯镇的安慰和开导下，他吞吞吐吐地说："嗯，那天晚上，我特别闹心，就感觉好像要出什么事。因为我前两晚上常做噩梦。我原以为我妈妈病了，或是家有什么别的事。可我打电话询问，家里还说什么都挺好的。我姨送孩子，我本应陪她一起进去，可她说天太冷，她一会儿就回来，让我就待在车里吧。哪承想这就出事了。"

"你在胡同口没看见什么人吗？"

"当我姨走进胡同，我坐在车里等她回来时，这期间有一个骑摩托车的人从胡同里飞蹿而出。按说，因为居民往路上倒脏水，所以胡同里黑暗路滑，骑车人应该开灯，推车缓行。但此人灯也不开，车骑得很快，一会儿就消失得无影无踪。出事当天天气冷，当时胡同里只出现过这唯一的骑车人，所以，使我记得特别清楚。只因天黑，当时也没有多想，更没有记下车牌号和骑车人的外貌特征。”

“那就对了，外地人作案，不会有车牌号留下的。”庄副局长推门走了进来，一边抽烟一边说，“那天，你还发现有什么不同寻常的事？不要怕，什么事都可以说，警察叔叔会给你做主的。”

肖德嘉见又一个生面孔问话，就更拘束了，嗫嚅地说：“没有了，真的没有了！”

“你再想想，什么时候想起来，随时与我们联系，这是电话号，也可以再来找我们。”侯镇说道。

肖德嘉急着要走，侯镇给他留了名片。送走肖德嘉，侯镇回到办公室，继续和大家商议。庄副局长说：“侯队长，案情有什么新进展吗？”

“目前还没有。”

“要抓紧啊。不过，最起码，每天都要有点收获。我还是觉得这起案子是外地人所为。最好还是按这条路子查一查。”

“既然庄局长这么说了，那我们一定照办，那就试试吧。”

根据肖德嘉提供的新情况，侯镇对现场出现的骑车人给予了高度重视，初步认定，该骑车人很可能就是伤害哈丽娜的凶手。因为，试从凶手的作案心理去分析：这样幽深的胡同里，唯有摩托车机动灵活，速度较快，便于事发后迅速离开作案现场。但骑车人为何置色物于不顾，显然为夺命而来。

江水市是个县级市，凶杀案发生后，立即在全市城乡传开。街谈巷议，各种传说纷至沓来。

“听说有个女的十五那天被害了，脑袋都被砖头打坏了。”

“哎呀，女人可别长太漂亮了，容易出事。”

“还是常言说得好：丑妻近地家中宝。”

“可世人被情所迷，丑妻谁愿娶呀。”

“这年头不太平，咱们还是加点小心好，哪儿也别去了。”

刑警们初步认定哈丽娜案为情杀。她容颜靓丽，又曾两次离婚，两位前夫会不会因情生怨，从而采取过激行动呢？为此，侯镇派干警先后走访了哈丽娜的两个前夫——毛令军和裘福全。详细询问了离婚经过和案发时二人在什么地方。经查，二人均有案发时不在现场的证据。虽然没有找到线索，但侯镇要民警们分头继续侦查，因为不在作案现场不等于不指使别人代替作案。

几天过去了，侦破工作没有新的进展。怎么办？侯镇决定再去一趟医院。

在脑外科医生办公室，侯镇见到了哈丽娜的主治医师——唐田。

“唐医生，我是刑警队长侯镇，想见一下哈丽娜，了解一下案发情况。”侯镇一进门就说明自己的意图。

唐大夫穿着白大褂，坐在椅子上在看一本厚厚的医学书。见侯镇进来，忙在书中夹上书签，合上书，站起身让座。唐大夫跟侯镇唠了几句家常，没有马上回答他提出的要求。片刻之后，唐大夫说：“侯队长，您是为民除害，我是救死扶伤，都是为百姓办事，利益大众，目的是一致的。只是现在病人处于病危状态，最好还是不要打扰为好。”

“唐医生，为了破案，我们刑警队已全部出动，有个别警员还要24小时在外蹲坑，全市派出所民警也都在为此事而奔波，可案件还是不见丝毫线索。市里领导一再督办此事，如果被害人有个好歹，线索断了，我们将更难以侦破此案了。所以，我想见被害人一面，看能否从谈话中获得有价值的东西，现在只有这唯一的办法了。”

唐医生笑着摆摆手，然后从抽屉里拿出哈丽娜的病历。从中抽出一个片子，笑着说：“侯队长，您看，这是患者脑部片子。是从日本进口的CT机上拍摄下来的。您看这儿，患者的大脑这个部位受到严重损伤，虽经手术，但目前还在恢复阶段，能否痊愈目前还很难说。”

“可如果不能痊愈，我们就更无法向她问明情况了。”侯镇一声感叹。

唐医生用手理了理头发，沉默了一下说：“既然侯队长这么说了，那就找时间让您见一面，不过时间不宜过长。明天早上7点吧，怎么样？”

“好，那就一言为定。”侯镇跟唐医生握了握手。第二天一早，侯镇如约来到了医院，唐医生领着他来到213监护室。哈丽娜头缠纱布，仰面躺在床上。

“哈丽娜，刑警队侯队长来看你了。”唐医生走到床边，轻轻地对哈丽娜说。

“哈丽娜，为了尽快抓到凶手，请您给我们提供一些可疑人的情况好吗？”

哈丽娜嘴唇嚅动了几下，发出轻微的声音：“警察杀人，当官的杀人，曹丞相梦中杀人……”

“您觉得谁是凶手?”侯镇声音放大了些说。

“我是狐狸精，我是杨玉环、妲己、貂蝉……”

“您看，是不行吧。病人脑部受损，可能永久失去记忆。将来即使好了，也恐怕记不得以前发生了什么事。”

侯镇坐了一会儿，见真问不出什么，就无奈地离开了医院。

过了几天，侯镇又来到医院。这次唐医生说什么也不让他见哈丽娜了，她对侯镇说：“上次让您见过面后，病人全身发烧，血压升高。这两天刚刚恢复正常。对不起，这次是绝对不行了。”

侯镇下楼，准备离开医院，见庄副局长正从楼梯走上来。侯镇站住脚，跟他打招呼：“庄副局长，这是看谁来了?”

“啊，是侯队长，我这几天感冒了，老也不好。这不，我想打两个吊瓶。好得快点。”

“家里跟人了吗?”

“没有。”

“来，我陪您一会儿吧。”

“哎，侯队长，你工作忙，还是去忙工作吧。我一个人能行，再说还有护士照顾着。”

庄副局长看上下楼的人不多，就把侯镇拉到楼梯转角平台处，小声说道：“老弟呀，今后在公开场合说话，要给我留点面子。不然，我这局长就没法在公安部门混下去了。”

侯镇想起来了，他是为那天在案情分析会上，侯镇与他的看法不一，发生了争执的事。当时，侯镇真没放在心上，可过后一想，人家是老局长，不该直言不讳，而应该更委婉一点，让老局长更体面一点。一想到这儿，侯镇笑着说：“老局长，那天是我有点性急，我向您道歉，请您一定不要放在心上。来，让我陪您看医生，算是赔罪吧。”

“不用，谢谢了。”庄副局长摆摆手，转身走了。

侯镇目送着他，可转念一想，打吊针应在门诊部啊，他怎么上脑外科病房啊。侯镇想看个究竟，于是尾随着庄局长，再次走进病房。侯镇躲在一个角落里，见庄德相来到住院部病房门前，挨个看着房间号，来回走着。走了一会儿，见他走进了213房间，而这个房间正是哈丽娜住的病房。侯镇想：他不是说自己感冒了，来打吊针的吗?可他也没看医生，也没找护士，却进了被害人哈丽娜的房间，这是怎么一回事呢?也许他跟何少康认识，也许他跟哈丽娜家里人有瓜葛，是来看望病人来了。

这天傍晚，侯镇和李春晓开车去找毛令军。在正阳街五湖社区，社区主任领着两人来到一个仅有两间砖平房的小院。走到屋前敲了敲门，一会儿，走出一个十多岁的孩子，脸上还抹了两块黑烟灰。

侯镇问小孩儿：“你爸爸在家吗？”

“他去西山捡柴火去了，可能一会儿就回来。叔叔阿姨，进屋吧！”

他们进外屋一看，见孩子正在生火做饭。来到里屋，只见南面靠窗有一铺大炕，炕头放着炕桌，炕梢放着叠起来的被褥。炕桌上摆着孩子用的课本和钢笔，桌下是书包。地上只有一个老式高低柜，上面有一台 14 英寸黑白电视机。四壁糊着报纸，西山墙上挂着一个装有小照片的镜框。再就没有什么家具了。

落座后，侯镇起身来看镜框。像框里一张毛令军、哈丽娜和孩子一起的 4 寸彩色照片，仍摆在中心位置。侯镇在端详着照片，忽听门外有人在喊开门：“小葫芦，给爸开门！”孩子赶紧跑出去。侯镇也跟了出去。

门开了，见一个中年人站在门口。那人中等身材，面色清癯，眼角有许多鱼尾纹，穿一身洗得发白的工作服，推着一辆破自行车。车后座装着一大捆的干树枝，车大梁两侧挂着毛草。

“爸爸，有人找您！”孩子望了望侯镇，又转眼对毛令军说道。毛令军把车推进院。侯镇帮他卸下了车上的东西，然后来到屋里。“毛大哥，我叫侯镇，是咱市公安局刑警队队长。来这里想跟您了解一下哈丽娜的情况。”

毛令军一听，笑了笑，对孩子说：“小葫芦，到外面用快壶烧壶开水来！”

“哎！”孩子答应一声出去了。

“这孩子，想他妈都快想疯了，可他妈，不知是咋想的，就是不想他。这不，就在年前，我还去找哈丽娜，要她抽空看看孩子。可哈丽娜脸一绷说：‘当初问他愿跟谁，他不是说愿跟你吗？还找我干什么？’为这事，我在和悦楼跟她吵了一架。是的，我是掏出水果刀吓唬了她一下，不过她太气人了，我可能想杀她，可我没杀。”

“毛大哥，您是她的前夫，您觉得这次事件可能跟谁有关呢？”

“警察同志，你们是不是怀疑我呀？那可是天大的笑话。我是宁可自杀也不愿杀人。这里先声明一点，虽然我恨哈丽娜，但我可没杀她，她要是死了也是她咎由自取，跟我可没有任何关系。我这个人总觉得人总得凭良心办事，再怎么说了，她也是我孩子的母亲。”毛令军坐在地下一把小凳上，一边用手巾擦汗一边说。

“我们没有怀疑您，但您跟哈丽娜生活过一段时间，对她的事情总比别人了解得多。所以，请您多谈一点她的情况，这样才有助于抓住凶手，尽早破案。也可以澄清事实，解除对您的嫌疑。”

“她这个人，爱好交际，爱慕虚荣，爱好钱财，经不起诱惑。刚结婚那会，我还觉得她挺好的，可日久见人心，她就原形毕露了。您想，一个好逸恶劳，讲究穿戴，爱好奢华的人，钱从哪来？钱能从正道来吗？当初，裘福全追求她，常上我家来，又给她买好穿好吃好戴的，她就跟人家上床，我一气之下跟她离婚。要是一般人，跟裘福全你就好好过呗！可她看何少康有权有势，又跟何少康不清不白。裘福全可是好脾气，睁一只眼闭一只眼，怎么的都行。可还不行，哈丽娜非要离婚嫁给何少康不可。就是嫁了何少康以后，她还是不本分，常跟到她饭店吃饭的小伙子打情骂俏，跟市里一位高官有瓜葛，还跟一些能给她好处的外地老客到歌厅开房间。这样复杂的背景，想杀她的人就会很多。你想啊，跟小伙子打情骂俏，小伙子的爱人就会想杀她；跟高官有瓜葛，高官夫人也会恨她入骨。这样的人就是没人杀她，离死还会远吗？”

“爸，喝茶吧！”这时，小葫芦端上用小饭碗沏好的红茶，先给他爸端一碗，接着又给客人每人端来一碗。李春晓看孩子小，怕他烫着，忙过来帮他。

“小葫芦，你到外面劈木头，这没你的事了。”毛令军说。小葫芦走后，毛令军又说：“这孩子心思重，我怕他听了咱们说他妈坏话，他会睡不着觉，上火的。咱们小点声……”

根据毛令军的了解，哈丽娜在跟裘福全结婚后，经常到外面做生意。在生意场上认识了一个河北老客，这人是个做钢材生意的，是个50多岁的老头，很有钱。哈丽娜认她做干老，实际是给老头当情妇。后来那人得病，家人把他接回去。

过了不久，哈丽娜又结识了一个家住天津的中年男人，那人名叫宗山，这人专做粮食生意。哈丽娜开始帮他收粮，宗山在利润中给她提成。后来，宗山离家在外，感到寂寞，见哈丽娜姿色出众，就请她吃饭，一来二去，哈丽娜就成了他白天的秘书，晚上的媳妇。甚至在哈丽娜跟何少康结婚时，宗山还特意来东北参加了哈丽娜的婚礼，送她一条白金项链。后来，哈丽娜把这人介绍给何少康，两人一见如故。双方做了几次粮食生意，合作得很愉快。可能这人出手大方，给何少康回扣不少。

可是在最后一次双方做大米生意时，宗山说近来资金周转不开，要何少康赊账给他，一个月内还款。何少康在粮库专用线给他发了好几车皮大米，价值 27 万多元，结果对方半年内都没有回信。无奈，何少康让亲信石洪久去天津找他。石洪久找了两个多月，也没找到，见实在找不到，他准备去北京看看风景，再回去复命。

在一次偶然的机会里，石洪久到北京一家酒店玩小姐，完事后出去买烟，在走廊里无意中看到了宗山。他走过去，一把抓住宗山的臂膀，说明来意。宗山却显得若无其事，说你等着，我去给你开张支票。石洪久把住了出口，等了半天，也不见动静，就四下寻找。可找遍了全楼，也没找到。

原来呀，人家早就从后门溜掉了。钱没要回来，反搭了两万多差旅费。为这事，何少康还跟哈丽娜大吵一通。

末了，毛令军总结性地说："警察同志，你说，哈丽娜的事，会是谁干的？好像谁都有可能，可这必须要有证据才行。我所知道的也就这么多了，你们怀疑我也好，怀疑别人也好，只要找到可靠的证据，就可以抓人，就可以定罪。"

侯镇见他不想再谈什么，就说："好了，等你想起了什么，或发现什么线索，都可以给我们打电话。"侯镇拿出一张名片递给了毛令军。

第五章　迷雾重重

侯镇、徐庆和、李春晓三人回到刑警队，又开始研究毛令军的情况。

徐庆和首先说话了："队长，庄副局长一再说让咱们从外地人作案方向着眼，你觉得有道理吗？"

侯镇抬起头，吐了一口烟说："不能说庄副局长说得没有道理。我们也不是没有注重这方面工作。可是，近来没有外地人到我市作案啊！如果有，我们一定要加强审问，以求找出线索，找出突破口。前一段时间外地人在咱市发生那几起案子都已有了结论。我们还能怎样？对了，要不，你俩明天再去查一查。"

李春晓问："你说毛令军的话可信吗？"侯镇没有吭声，只顾整理桌上的材料。

徐庆和说："看样子好像可信。看毛令军挺老实的，又带着一个孩子。从情理来讲，毛令军不会杀哈丽娜。因为哈丽娜是他孩子的母亲。他不看哈丽娜一面，也得看孩子的一面呀！怎么可能杀她呢？"

听了一会儿两人对案情的分析，侯镇开口道："现在下结论，当然还很难说，做不做坏事不能光看外表。一个人，如果被某种意识冲昏了头脑，丧失理智，就什么都干得出来。毛令军因爱不能而生恨，杀死哈丽娜是完全有可能的。他因为孩子的事，在去年春节前找过哈丽娜，两人吵了起来。后来听说他在临别时对哈丽娜说了一句'叫你不得好死'，并用水果刀威胁哈丽娜。由此可以推断，毛令军也是有杀害哈丽娜的动机的。从作案时间跨度来看，正月十五这天，他说他整天待在家里，而且只有他十多岁的孩子作证。孩子是他儿子，他教孩子怎么说都可以。所以，不能排除毛令军杀哈丽娜的可能。前几天，我还到毛令军所在的铁路单位查过。正月十五这天，他正好休班。他可以先把孩子安顿在家里，自己带上斧头、骑上从亲友那借来的摩托车，在胡同内袭击哈丽娜。"

"那他怎么会知道哈丽娜正在此时送孩子呢?"李春晓问。

"这个好解释，他想杀哈丽娜也不是一天两天了。刚才说了，春节前他同哈丽娜吵架时就有杀哈丽娜之心了，加上他在铁路部门是开火车的，一休班就是一周，他完全可以在一周时间内天天都去和悦楼盯梢哈丽娜，随时寻找时机将其杀掉。"说到这儿，侯镇拍了拍前额，喝了一口李春晓递过来的茶，然后说："对了，从目前我们了解的情况看，谋杀哈丽娜的还有一个嫌疑人。"

"谁?"徐庆和问。

"裘福全，对不对?"李春晓答道。

"对!"侯镇说，"明天，我还要参加一个会，你们俩再去找一找裘福全，再把这几天搜集的情况兜一兜。"

次日傍晚，劳累了一天的徐庆和和李春晓，径直来到刑警队长办公室。"你们俩回来了，辛苦了!"侯镇站起身，为两人沏了两杯茶水。

徐庆和说："裘福全是找到了，他现在的日子过得可惨了，整天蹬倒骑驴（一种人力货车）收破烂，把个5岁的孩子就放在他车上。"

"怎么会是这样？哈丽娜不是从何少康那里要了10万块钱，没给他们吗?"侯镇问。

李春晓拿出手绢，擦了擦鼻子上的汗，接过话头说："听人说，当初何少康是答应过，可真正办理离婚手续后，何少康又不给了。裘福全人也是太窝囊，没敢找何少康去要。他现在住的三间低矮的小土房，还是他父母留给他的。"

"是这样！这就更需要我们注意他了，他杀哈丽娜的动机可能比毛令军还充分。”侯镇问，“正月十五这天他干吗去了？有证人没有？”

徐庆和答道：“他说他白天收了一天破烂，晚上抱孩子看灯去了。我问他灯展情况和市文化馆的灯谜活动，他还真能答上来。”

“这些也不能解除我们对他的怀疑，你想啊！他要是想杀哈丽娜，伪装自己看十五灯展等情况是非常容易的。在收破烂时随便问问别人就可。他还可以先领孩子看一会儿灯展、秧歌、灯谜什么的，然后把孩子寄存在某个地方，等他杀了哈丽娜后，回来再取孩子。这样也不会引起别人的怀疑。”

“你说，毛令军和裘福全两人为什么到现在还不再婚？”李春晓说。

“那我问问你们俩，年龄都不小了，为什么不找对象不结婚？”说着，侯镇哈哈大笑起来。弄得李春晓和徐庆和不好意思地对视了一下，也“嘿嘿”笑了。侯镇感到很热，他解开上衣领口。又从办公桌上拿起一个本夹当扇子，扇了一会儿说：“裘福全对哈丽娜怎样评价？”

李春晓说：“他对哈丽娜没有一点恨意，他只恨那些勾引她的人，对她还是一往情深。”

“那么裘福全就有可能因爱不能而杀死哈丽娜。”侯镇继续说。

“不过，看裘福全的外表可不像，他小名就叫老蔫巴，人家杀鸡他都不敢看，敢杀人吗？”徐庆和说。

“这个可不好说，忘了上回咱俩查的案子，就是没怀疑的地方才是真正作案的地方。对裘福全，我们也不能放松警惕，要继续搜集他和毛令军的情况。找出线索，步步深入，尽早破案。也同时预祝：早喝你们的喜酒。”

“哎呀，还有一件事，我差一点忘了。胡十二因斗殴被拘留了，那个被胡十二打伤的人说，他亲眼看见，胡十二在正月十五那天去过哈丽娜被害的胡同。”徐庆和说。

“他人在哪？”

“在派出所呀！”

“你怎么不早说，走，我们看看去。”

“胡十二，知道我们为什么又找你吗？”侯镇问。胡十二坐在审讯室的一把凳子上，抬头看了一眼坐在办公桌后的三个人，有气无力地说：“知道。我喝多了，跟人抡了两下，抻巴抻巴。不过，咱可是正经人，没做什么违法的事。”

“没做违法的事？那我问你，今年正月十五那天晚上6点半至7点半之间，你在哪里？”

“我在街上看秧歌。”

“谁能证明？”

“没谁能证明，我是一个人去的。怎么？这也犯法……”

“我们怀疑你跟正月十五的凶杀案有关。”

“笑话，我怎么会跟那个案子有关。”

“胡十二，你老实点，你以为你做事很诡秘吗？我们有证据，说明正月十五那天你去过案发现场。说，你去富士街南洋委胡同干什么去了？”

“我，我，嗨，不是，那我就实说了吧。”

“咣”的一声，门开了，副局长庄德相领着几个民警走进来。

“哪位是胡十二？”庄德相说。

“我，我就是。”

“你被释放了。”

“我还没交代完呢。”

庄得相摆摆手说：“走吧，走吧，没你的事了。”

胡十二这才站起身，说了声谢谢，走出看守所。随后，庄副局长对侯镇等人说：“上边有人打电话，我们就得放人，这就叫下级服从上级嘛。”说完，笑着拍了拍侯镇的肩头：“你们辛苦了，回去休息吧。”

侯镇感到莫名其妙，这是怎么回事，我们这边想了解案情，还没问完人就放了。对了，胡十二上面是有人呀！何少康说过，财办主任胡永福是他三叔哇！哼，看是不是你犯了法，要是犯了，等着吧，王子犯法与庶民同罪，老天迟早要找上你的。

这天，侯镇去了趟商场。在上二楼楼梯时，见一个人背着一捆纸壳，吃力地从楼梯上走下来，他后面还跟着一个5岁左右的小孩儿。小孩儿的手上拎着一塑料袋空矿泉水瓶子。侯镇觉得眼前这个人好面熟，就仔细端详了一下，这人30多岁年纪。脸色苍白，眉目端正，上穿一件米黄色夹克，下着深蓝色裤子，脚穿一双黑色军板布鞋。可能是干活的原因，这人衣服和脸上都有一块块尘土。人虽没有缺陷，却是一副苦相。就在这人擦肩而过的时候，侯镇猛然想起来了，这人不是哈丽娜的第二任丈夫裘福全吗？确定了对方是谁之后，侯镇决定跟他再了解一下哈丽娜的情况，于是尾随着来到一楼门口。

见裘福全步履蹒跚，一条腿好像有点瘸，仔细一看，才发现他的脚上缠着纱布，白色纱布上有斑斑血迹。裘福全先蹲下，把身上背的那捆纸壳放下，抽出手来。然后站起，转身接过孩子手里的东西，放在他身旁的一辆车上。这是一辆破旧不堪的三轮平板车，全靠人力驱动的，两轮在前，一轮在后。人骑在后轮的车座上，通过脚踏踏板，转动轮盘和链条使车前行。因这种车与一般车的驱动程序相反，所以东北人管这种车叫倒骑驴。这辆车上已放着不少东西了。什么酒瓶子、旧车胎、废铁片、破大盆，等等。裘福全抹了一把脸上的汗，把纸壳和塑料瓶装上车。又摆布了一会，然后抱起孩子，把他放在一侧车轮的上面一条木板上。最后自己手扶横梁车把，偏腿跨上后座，准备要走。

“师傅，等等，您就是裘福全吧？”侯镇抢步上前说，“我是公安局刑警队侯镇，有件事想跟你谈谈。”

裘福全茫然地打量一下侯镇，说：“我一个收破烂的，没犯什么法，也没什么好谈的。”说完扭过头蹬车要走。

侯镇一把拉住他，严肃地说：“你听好了，我不是在求你，我是人民警察，警察有义务保护人民利益，人民也有义务协助警察破案。知道吗？”

裘福全见躲不过去，于是就说：“这里人多眼杂，说话不方便。到那边广告牌下去吧，那里人少还背风。”来到广告牌附近，裘福全下了车，把车推到广告牌下，然后站在那里等侯镇。

侯镇紧走几步，赶过来说：“裘师傅，干这个每天能赚多少钱呢？”

“嗨，这个活是赚不了大钱的。不过，混口饭吃还是绰绰有余呀。只要勤快点，一天下来20～30元是没问题的。”

“啊，是这样，哈丽娜被人伤害的事我想您已经知道了，在没有抓到真正凶手之前，我想任何人都可能成为怀疑对象。尤其是您，曾跟哈丽娜有过一段共同生活，而且还有个孩子。瞧，这孩子长得多俊。”

裘福全叹了一口气说：“哎，这孩子长得像他妈妈。可这孩子命苦哇，老在默默地想他妈妈。这不，前两天，我还领着孩子去医院看哈丽娜。可医生说了，现在不能见。我把买的东西让医生送进病房，就领着孩子回来了。”

“能谈谈正月十五那天您在干什么吗？”

“嗨，我一个收破烂的，能干什么？无非是走街串巷收破烂呗。”

“恕我直言，我是说那天案发时间您在哪？”

“啊，你问这个，我跟孩子在家里。”

“有谁能证明吗？”

“我孩子小科科。”

“别人还有谁能证明吗？”

“没有了。因为我这一年都没闲着，所以过年了，也想歇几天。再说了，老驴老马还有个年呢。”

“您这腿怎么了？”

“收一件废铁器，往车上搬时，一个零件掉下来，把脚砸伤了。”

“怎么不休息两天？”

“我没什么积蓄，这孩子要上学了，我还得给他攒点学费。”

侯镇一见裘福全这样困难，就从钱包里掏出二百元，递到裘福全手上。裘福全不要，侯镇当着裘福全的面，把钱塞入孩子的上衣兜里。“拿去给孩子买点好吃的。你看，这孩子多瘦哇！”

“侯队长，我知道干你们这行的，工资也不宽裕，每月也就拿几百元钱，也不容易。心意我领了，钱我不能收。”裘福全把钱又从孩子身上取出来，硬是还给了侯镇。见裘福全执意不收，侯镇只好把钱收回。

小孩子也摆了摆手说：“我不要，为谢谢叔叔，我给您背一首古诗吧：生当做人杰，死亦为鬼雄。至今思项羽，不肯过江东。”

“背得好，背得好。”侯镇鼓起掌来。“叔叔，你要是愿意听，改天上我家，我还会背好多呢。”“好，好。今天就这样。下次再给叔叔背啊！拜拜！”侯镇见裘福全也谈不出跟案件有关的东西，就转身告辞了。

两天以后，侯镇在一处小巷口又看见了裘福全。他蹬着倒骑驴，车上靠车厢的一边坐着他的儿子。小孩儿一见侯镇，就笑着打招呼：“侯叔叔，昨天我又会背了一首诗，让我背给您听：红军不怕远征难，万水千山只等闲……”

“科科，别背了，侯队长，我有话要对你说。”裘福全停下车，叫住了侯镇。

晚上，侯镇回到家，坐在书桌前发呆。他在想，裘福全对他说的话是真的，还是有意转移视线呢？不过，要是真的是胡十二，那他杀人的动机是什么呢？就仅仅是为报复何少康吗？那他为什么不找何少康算账，而单单找他的女人下手？如果是为了发泄仇恨，找他儿子下手不是更好吗？侯镇想不出头绪。他决定，还是以先深入了解情况为最重要。

哎，他突然想起来，胡十二的邻居不正是自己的小学同学小林子吗?!对，找他打听一下胡十二的生活习惯，也许可以找到胡十二的作案动机。

侯镇穿上警服，正要出门。这时，有人敲门，侯镇开门一看，是徐庆和。

“队长，我刚刚了解到，正月十五案发时，有人的确发现胡十二从案发胡同口出来。”

“我也正为这事要出去，来，咱俩一起去胡十二邻居家吧。”

“那两口子，成天打架呀！脸盆茶碗常飞，菜刀也扔。”小林子不停地讲述着。侯镇坐在小林子家的土炕上，听着他同学对胡十二的情况介绍。

“按说，胡十二这人也不错，挺能挣钱的，也挺能吃苦。不过，就是脾气不好，媳妇常年被他打得鼻青脸肿的，那媳妇自小就没了爹娘，有时实在被打得受不了，就去她姐姐家躲几天。家里没人的时候，胡十二就去酒店里找小姐，有时还把小姐领回家来，可能是他生理上有毛病，一般的女人是满足不了他的要求的，他媳妇有时实在受不了他的性虐待，就跟他打起来。他一领来小姐，我家就遭了殃，两家就一墙之隔，什么声音都听得到。再加上两人叫床的声音太大，吵得人无法入睡。有时小姐也受不了他那套折腾，宁肯不要钱了，当天晚上就穿上衣服离开了。”

小林子喝了口茶，又起身给侯镇的茶杯续上水，继续说：“别看胡十二那样，也有愿意跟他的人，这真应了那句话：周瑜打黄盖，一个愿打，一个愿挨。他有个情人，家就在富士街南洋委，哎，也就是那天发生案子的胡同。那天，我上街看灯，路过南洋委时，看到胡十二进了哈丽娜被害的胡同。后来，胡十二到我家来跟我说了实话。他那个情人说，那天他要是不见她，她就喝药。”

“结果呢？”徐庆和问。

“唉，不过是吓唬他一下，并没真喝药。”

“你估计哈丽娜是不是胡十二害的？”

小林子皱了一下眉说：“这个可不好说，人命关天，哪能随便说人家杀人放火。这要依靠证据才行，再说咱也没有亲眼看到他杀人。”

“你几点钟看到胡十二进的胡同？”侯镇严肃地问。

小林子想了一会儿：“那天我在我妈妈家喝完酒，出来时是 6 点，走到那南洋委也就是 10 分 20 分的路程。这样算下来，也就是 6 点 10 分到 20 分。”

“从时间上看，胡十二确有作案可能，他现在在家吗？”

“不在。因为他一回来就连吵带闹的，一听就知道。”

“哎，你媳妇呢？”侯镇问。

“不瞒您说，我下岗后，人家就开始嫌弃我了。原来她也没工作，还是我父亲托人搞了个技校毕业证书，给她安排的轴承厂。去年下岗后，开了个天姿美容院。我见她另有所爱，勾勾搭搭，就成全了她。这不，孩子归我，我把他寄存在我母亲那儿了。”

离开小林子家时，侯镇和徐庆和往一墙之隔的胡十二家望了望，发现他家窗户没有亮光。

徐庆和悄声说："才8点多钟，这家人就睡了？"侯镇朝胡十二家大门口看去，见大门上了锁，房屋外面门也上了锁，可能是人没在家。侯镇本想再敲敲门，到他家看一看。可转念一想，就不去了。侯镇和徐庆和走出胡同口，来到大街上。已经是灯火阑珊了，借着路灯光，侯镇一看表，现在是2月21日晚8点35分。正要打车，手机响了，他打开手机，里面传出听了令人恐惧的声音："喂，是侯队长吗？在我市东大桥下，发现一男一女两具尸体。"

"好，我马上赶到。"侯镇合上手机，摆手拦住了一辆出租车。

江水市东大桥全长一公里，造型美观，结构独特，是一座现代化拱形大桥。近年来，辽河水势减弱，只有一条细流在大桥东部缓缓流动。

两具尸体躺在大桥西部桥头水泥墩下面，警车和救护车停在桥上。侯镇走下桥来，见桥下已围了不少人，借着手电筒和远处灯火的光亮，他看到医生们好像刚刚停止抢救，民警们在对现场拍照，搜集物证。

"尸体检查过了，是服老鼠药自杀。"刑警队副队长巩长成向他报告说。

侯镇从巩长成手中接过手电筒，照向死者的脸。当他看完了女尸又看男尸时，不禁大吃一惊："咦，这不是胡十二吗？他怎么跑到大桥底下来，跟一个女的在这里自杀呢？"

侯镇一见顿觉此案异乎寻常，他沉默了一会儿，最后决定，由刑警队副队长巩长成，负责把尸体检验后移送到殡仪馆，自己则带领另外几名民警去胡十二家。

胡十二家的窗户仍然黑着，大门仍然关着，只是刚才房门上有一把铜锁，现在铜锁不见了。敲了半天大门，屋里才传出胡十二媳妇的声音："谁呀？我家十二今天喝醉了，有事明天再说吧！"

"不行，我们是公安局的，今天一定得进你家。"

又过了一会儿，门灯亮了，门拉开一道缝，露出女人的半个脸。侯镇说："你丈夫胡十二在外面出事了，所以来你家寻找物证。"

胡十二的媳妇这才拿出一串钥匙，把院门打开，侯镇领着民警立即进屋搜查。那女人也慌了起来："十二……十二他出了啥事了？"

"现在还不能告诉你。"侯镇边搜查边说。突然，靠北墙的一张木床下的一条裤子引起了侯镇的注意，他弯腰把它从里面拿出来。仔细一看，他发现这条蓝色裤子的裤角有血迹，而且他觉得这条男裤就是胡十二的，他把裤子交给徐庆和说："把它包好，带回去化验一下血迹。"

当晚，化验结果表明：胡十二裤角上的血迹与207案哈丽娜的血型完全一致。由此可以初步认定，胡十二与207案有重大关系。

这几天，夏局长去省里开会去了，庄副局长主持工作。侯镇向庄副局长汇报了案情进展情况，听完侯镇的汇报，庄副局长高兴地说："侯镇，你干得不错呀！最起码，你们找到了胡十二带血的裤子，这就足以证明他就是伤害哈丽娜的凶手。"

说到这儿，庄德相从身边抽屉里拿出一盒香烟，抽出两支，递给侯镇一支，自己叼起一支，他点燃香烟，继续说道："我们可以这样推断：凶手胡十二，长期以来，对单位领导不借他钱怀恨在心。因此伺机报复，于是1997年3月4日晚，就去伤害粮库主任何少康的第一任夫人——许明芳，当他发现警方对此案追得很紧时，为了躲避警察的追捕，于是畏罪潜逃。3年后，见势态平息，他又回到本市。又于2001年2月7日即正月十五晚上再次施行报复，企图杀害何少康的第二任妻子——哈丽娜。与此同时，他的情感世界也出现了危机，他深深陷入了婚外恋的困境中，被情网缠得无法脱身。由于每天精神压力很大，无可奈何之际，他与情人选择了自杀，以求到另一个世界寻求结合。胡十二死了对我们来说也是好事。现在，夏局不在，我主持工作，案子是在我主持工作期间破的。这对我，对大家都是一件来之不易的政绩。反过来讲，这件事，对我们有三点利益。一是我们被207案压得抬不起头，这样可以腾出手来处理别的案子；二是上级对这个案子催得很紧，这下我们完成了任务，可以写个报告交差了；三是这个案子是以你为主侦破的，说不定上级要对你表彰和奖励呢。最起码，咱局里也要对你表扬啊！你说是不是呀，这何乐而不为呢?"说完，庄副局长哈哈笑了起来。

不过，侯镇却没有丝毫高兴的样子，他说："庄局，我觉得这里面还有许多疑点，我们这么早就结案是不是太急了点?"

庄德相一摆手说："不急，行吗？市委市政府的领导都催了几次了。再说了，广大市民也在期盼着我们尽早破案啊。老一辈无产阶级革命家早告诫我们说，要多快好省地建设社会主义，我们这次行动取得的成果就是多快好省的生动体现。怎么，你能说我说得不对吗?"庄副局长又猛抽了几口烟，然后把烟蒂揿灭在桌上的烟灰缸里。他站起来，走到侯镇身边，拍了拍坐在沙发上的侯镇肩头，亲切地说："小伙子，我过的桥比你走的路还多，我们久不破案，这样拖下去是说不过去的。听我的，没错。最起码，给老兄个面子。明天我去市里汇报。"

庄副局长去市里汇报去了。随后宣布207案告破，专案组撤销。可侯镇觉得这里面不对头，他一坐在办公室沙发上，就反复回忆起那天在现场看到的情景。那天，他从死者胡十二的手提兜里发现了许多方型奶糖，当时忘了化验它们。侯镇做了这样的假设：胡十二在这些糖里是做了手脚的。他从街上买来老鼠药，把奶糖掰开，把药放了进去，利用奶糖的可塑性，再把糖恢复原状。本来是想拿这些糖留给自己妻子吃的，可情人突然来了约会电话，于是就急着赶来了。胡十二打了一辆三轮来到桥头，匆匆忙忙下车，来到桥下。见到情人后，先是一阵热烈拥抱接吻，然后两人在一处水泥平台上坐下来。

胡十二和情人正说着话，突然感到肚子有点疼，于是一个人跑到不远处的灌木丛去解手。他走后，情人打开胡十二的手提兜，发现里面有不少奶糖，于是就随便抓起一块吃了起来。那奶糖味道不错，她一连吃了好几块。等胡十二回来时，她又去亲吻胡十二，并将口中没吃完的奶糖，用舌头传入他的嘴里。片刻之间，药性发作，于是就出现了两人双双自杀的假象。

假如这种推断成立，那么207案的凶手就另有他人，可胡十二裤角上的血又是怎么一回事呢，胡十二果真就是凶手吗？可两处血型完全吻合，能说胡十二没到过现场吗？到过现场并有一定的物证，就一定跟案件有牵连。现在胡十二已经死了，无法审问他了，更无法让他开口了。假如胡十二不是凶手，那凶手又是谁呢？侯镇一连想了几天，也没想出个头绪。

第六章　病房里的鬼影

二月初二（公历2001年2月24日），江水市西郊杏花山庄。

这里山清水秀，风景秀丽。山脚下还有一处天然地泉。依山傍水之间，新建起一排排高档别墅。别墅依地势而建，相互间隔很远。每幢别墅都有自己的小院，夏季，这里的奇花异草，争奇斗艳，别有风味。虽然这里还有一片墓地，并且还有一些妖狐鬼怪传说，可这里的风景还是使建起的别墅都卖了出去，而且价格不菲。这里还有一条蜿蜒的小河，河上有一座德明古桥。关于这座桥有不少传说，其中一说有个女鬼常到这里来，晚上能听到她的哭声。加上每年因在河里洗浴，淹死了不少人，所以这里很少有人来。

这天晚上，有一个人在桥下钓鱼。这人穿一身羽绒服，手拿鱼竿，戴着皮帽。眼睛上戴着一副变色镜，一副白口罩把整个脸全部盖住。他把钓竿放在一个砸开的冰窟窿里。借着淡淡的月光，在钓河里的鱼。他不时还看看自己左手的夜光表。“咕咕咕!”不远处一棵榆树上的猫头鹰在不停地鸣叫，给这寂静的夜晚带来瘆人的感觉。在这棵榆树下，有一个人影在晃荡着。晚风吹拂着那人的长发，那人手拿一根长棍舞动着。左一招，右一式，上下翻飞，看不出是在练功还是在等人。

这时，在夜幕的掩护下，一辆黑色出租车悄悄驶向杏花山庄，它在德明桥头停下。从车里走出两个黑影，黑影下车后，朝四处看看，然后向桥下的钓鱼人走去。出租车随后离开。钓鱼人也放下手中的东西，朝大桥下走去。大桥下，昏暗的手电光下，坐着三个人。钓鱼人坐在一块大石头上，另外两个人坐在对面，中间一块大石头上，铺着一张塑料布。上面有几瓶易拉罐啤酒，一只烤鸭，几片面包。钓鱼人戴着太阳镜和口罩，另外两人戴着墨镜，无法看清他们的真面目。

那个钓鱼人说:“哈丽娜没杀死，你们两个知道不?”

矮个戴墨镜的人说:“我已经尽力了，出手挺狠的。怎么会没死呢?”

“就是没死，这我还能不知道。”

“老板，我可是有言在先，事办完了我就来领钱，现在你要是不给钱，可别怪老子不客气。”

“不客气，还没人敢跟我这样讲话。我要想提拔谁，就像买鸟放生，我要是想灭谁，就像踩死一只蚂蚁，知道不?”

“你看，话又说回来了。你说，不为钱，这无冤无仇的，谁肯干这掉脑袋的事?再说，我可是个三进宫的人，受审、过堂、上刑，啥场面没见过?谁要是把我逼急了，我也是啥事都干得出来的。”

“呃，大哥说得对，你是我雇来的，怎么能这样顶撞大哥呢。”另一人忙打圆场。

那杀手见这样也拿不到钱，就放慢了语气说:“盗亦有道，那您说怎么办?”

无人答话。

沉默了一会儿，那个钓鱼人说:“嗯，你再帮我把事办完，我就给钱。这样，你可以在医院每天给她打的吊瓶上做手脚。把药给她换了，让她在不声不响中死去，”

“那药怎么办?”

“药好办，我叫人给你送去。”

“我看过一本书，好像是《中国神经病科学》1983 年第 5 期上，有一篇关于驱虫净能使人得脑炎的文章。这种驱虫净可导致人得一种非特异性脑炎的病。它能使人神志不清，呈精神病症状。我已托人搞到此药。正好她是脑外伤，让她在不声不响中死去，医生是查不出来的。”

“老板，这种药好买吗?”

“当然不好买。可我能买到。”

“老板，这样一来，我们担的风险可更大了。您当初可没说这条是不是?您看是不是……”

“放心，公安局里我有人，保证让你不出事，不就完了吗?”

“老板，说句不敬的话，这事情可是说着容易办着难呀。如果真像您说的这么容易，您为何不自己干呢？雇我们不是还要花钱吗?”

高个子戴墨镜的人说：“哎！怎么能这样跟大哥说话。”

“那您说，我要不为钱，干吗杀一个与我无怨无仇不认识的人呢?”

“好了好了，钱的事我不会少给你的，好好干吧！不过事成之后，你可要守口如瓶，对任何人也不要讲，懂吗?”

“不许动，我是警察。”一声呐喊划破夜空，在寂静的山野里产生回响。这突如其来的喊声，把三个人顿时吓得魂飞天外，目瞪口呆。

“举起手来。”三人慢慢举起手。

“他妈的，给老子老实点。”那人拿棍子挨个点着这三个人的头。那三个人吓得一动也不敢动，都低着头，连偷偷看一眼来人都不敢。就让那人拿着棍子，来来回回地点了好几圈。

5分钟过后，一个人一把把拿棍人的棍子抢下来，厉声骂道：“他妈的，是你呀!”

三人中，当矮个看到这个自称自己是警察的人竟是一个疯子时，猛冲上去，一顿拳打脚踢。疯子是个中年男人，蓬头垢面，衣衫褴褛。挨了一顿打后，倒在地上，流着鼻血。

矮个说：“老板，咱们的话他可都听到了，要不要我把他灭了?”

“行了，这人我认识。一个疯子，还能成啥气候？把他赶走吧。”钓鱼人把塑料布上的吃喝打包，交到那个疯子手上说：“走吧，走吧，拿去吃吧!”然后转过身，对另外两个人说：“这个人是我同学，叫史诗明，他和另一个男人争一个姑娘，搞三角恋爱，他失恋后就疯了。咳！还是古人说得对呀，唯女子与小人难养也，男人最好离女人远点。”

手电筒突然关了。黑暗中，三人又是一阵嘁嘁喳喳密谋。

江水市第一人民医院，地处市区繁华地带。每天患者都很多，前来探望的人也不少。何少康拿着水果、点心、营养品等来住院部看哈丽娜。床头已摆放好多罐头、水果、奶粉等。这都是亲友们送到门口后才拿进来的，因为医生说哈丽娜还不能接待客人，不然影响病情。病床上，哈丽娜头上还缠着绷带，但已经能坐起来跟人讲话。

“丽娜，感觉好些了吗?”何少康关切地问。

“这几天感觉挺好的。就是伤口处疼啊！我看我不如死去的好，当人太遭罪了。”

“怎么能这样想。医生说，伤口痛是好现象，说明那块的器官还有感觉。要是不痛了，就是坏了，就不好了。还想吃什么？跟我说。”

“你都买那么多东西了，我也不想吃什么。孩子好吗？我想孩子了。你明天把她抱来让我看看。”

“哎呀！你还是先养好自己的病吧。来来，看看我给你带来了鸡汤，让我喂你吃吧。”说着何少康拿出装有鸡汤的保温饭盒，来到哈丽娜床前，打开盒盖，一股肉香飘满整个屋子。何少康小心翼翼地用汤匙喂着哈丽娜。

就在何少康去医院的这天下午，一个戴墨镜的男人来到二楼住院部。他来到走廊门口，徘徊了好一会儿。然后仔细抬头看了看挂在走廊中间的标牌，上面写着“脑外科”三个字，下面悬挂着一个长条形电子钟，上面显示着 2001 年 3 月 21 日下午 4 时 13 分。1 分钟过后，那人顺着走廊向里走去。

哈丽娜住的 213 房间在走廊的尽头。那人来到门口，向里面扫视着。这时正赶上哈丽娜的妹妹哈美娜出门，她一天两顿饭，每天都到院外富士小吃店吃饭。那人就急忙闪身，躲在一旁。等哈美娜走远，那人又往屋里看了看，见哈丽娜一个人正躺在床上打点滴。随后，他转身向不远处的厕所走去。两分钟过后，从厕所里走出一位穿白大褂、戴白口罩的医生。他朝四周看了看，然后径直走进了 213 房间。屋里，哈丽娜一个人昏睡在床上，胳臂上还在打点滴。那人撩开内衣拿出一个药瓶来，他把药瓶放在床前小桌上，伸手摘下哈丽娜正在打的吊瓶，放在他兜里。紧接着，他把桌上的吊瓶插上输液管，又重新给哈丽娜挂上。

然而，这一切被医院拖地的女勤杂工发现了。因为这个女工在医院工作多年，从身材和外形上都没见过这个人，又见这人鬼鬼祟祟，顿起疑心。她急忙来到护士办公室，气喘吁吁地说：“辛护士，213 病房来了一个人，身穿白大褂，我看不像咱们医院的人，好像是坏人。快去吧，一会儿就该跑了！”

护士小辛今年 35 岁，卫校毕业生。平时大家都叫她假小子，说起话来咋咋呼呼的，做事总是毛毛草草。一听女工说有坏人，就扎煞着两手，大着嗓门说："在哪？在哪？带我去看看。"说着冲出门去，向走廊里张望着。当她俩一前一后，快步来到哈丽娜住的病房时，从门上的小窗口向里一看，见床头正站着一个穿白大褂的大夫。

"就是他，你敢抓吗？"女勤杂工话还没说完，"咣"的一声，小辛一脚把门踢开，同时大声喊道："你要干什么？"小辛护士这一声不要紧，把床上的哈丽娜和站在她旁边穿白大褂的人都吓了一跳。

穿白大褂的人转过脸来，严肃地对小辛说："小辛，你这是开什么玩笑？"

"我倒要问你，这是要干什么？"穿白大褂的人摘下口罩，小辛一见是主任医师唐田，患者哈丽娜的主治医生，一下子惊呆了。

"唐主任，不好意思。我听说这屋里有坏人捣乱，就急忙赶来了。"

"你把患者吓坏了怎么办？病人要是出了问题，你能负起责任吗？"唐田怒道。

"我错了，我真的错了。"唐田手指小辛，气呼呼地说："你等着，看我不报告院长，扣你这个月的奖金。"然后转身离去。

次日早上，护士突然发现哈丽娜脉搏微弱，呼吸困难。于是医院马上采取急救，氧气管插入鼻空，强心剂通过点滴流入哈丽娜的血管。医生护士忙活了一个上午，可哈丽娜还是抢救无效，于 3 月 22 日上午 11 时 14 分去世了。

就在当天夜晚，漆黑的大桥底下又亮起了昏暗的手电光亮。"老板，我是来取钱的，哈丽娜死了。"

"再等两天，我还要看看最后效果怎样。再说我这两天手紧，没钱。"坐在桥头下底座上的人说。

"说好的，一把一利索，完事就给钱？你不会骗我吧？!"

"阎王爷还会欠小鬼钱？钱会一分不少地给你，不过你可要守口如瓶！否则……"

"那是一定！这个我懂。"

"好了，你回去吧。"那人转身离去。

等那人走远，另一个一同来的人说："大哥，你用那药究竟是什么药呀，这么厉害？我听说医院大夫们也没查出来，说哈丽娜是脑外伤突然引起脑血管破裂死亡。"

"哈哈，我只告诉你一个人吧。所谓的驱虫净与现在街上卖的老鼠药，成分是一样的。我也没搞到驱虫净，用的就是老鼠药。哈哈哈。”

哈丽娜去世了。何少康在医院痛哭一场后，径直驱车去哈丽娜父母家。哈丽娜父母家住郊区，五间土平房，院子很大。哈丽娜的父亲哈思民是个小学教师，母亲没有工作。因孩子多，加上哈丽娜爷爷奶奶的拖累，使他家生活一直没有得到改善。

一进门，何少康“扑通”一声跪下了，冲坐在炕上的哈丽娜的父母说：“爸，妈，丽娜不在了，我就是你们的亲儿子。”说着声泪俱下。老两口一见何少康，失女的痛苦油然而生，也跟着大哭起来。又怕哭坏了何少康，急忙从炕上下地，把何少康扶到炕上。

“爸，妈，丽娜和我夫妻一场，我想把葬礼办得隆重点。我家是楼房，办丧事接人待客也不方便。您看，您这院子大，我想在您这儿搭起灵棚，多超度丽娜几天，好让她的在天之灵得到安息，来生幸福。”

“姑爷，丽娜没了，我还拿你当我的儿子，你说怎么办就怎么办。”哈丽娜的父亲说。

坐了一会儿，何少康起身要走。刚迈过里屋门槛，见哈丽娜的妹妹哈美娜走了进来。“哎呀，美娜也来这儿了。最近没出去演出哇？”“不来这儿来哪？我要扯着你上公安局，你干吗？”哈美娜一脸怒容，气势汹汹地说。

“美娜，你失去姐姐的心情我理解，可你也不能乱说话呀！你这样说，好像我把你姐咋样了。”

哈丽娜的母亲急忙过来解劝：“三冤家，除了不回来，回来就惹气。不好好待着就回去吧。”这时，司仪曹宝乐来找何少康。拉了一下他的衣袖问：“我说何总，故人衣服要穿双数，停灵可停 1 天、3 天、5 天、7 天、9 天、11 天以此类推，尊夫人想停几天？我好有个准备。”

“这个，爸，妈，你们看怎么着好，反正费用是我的。”

“3 天吧。他爸行不？”哈丽娜母亲说。

“行啊。少康，你看呢？”

“爸，妈，我看再多停两天。5 天吧。”

“那也行，就是你太破费了。”哈丽娜父亲说。

“这个我不怕。曹师傅，那就定为 5 天，你就照这个准备吧。”司仪转身离去。

翌日，哈丽娜父母家。

天刚放晴，哈丽娜的灵棚就已经搭好了。灵棚用细松木杆、苇席、防雨苫布精心构建而成。整个灵棚有四百平方米。灵棚正中挂着缠有黑纱的哈丽娜的巨型黑白照片。以照片为中心，两侧是一副挽联：天香国里添新座，世俗人间少故人。照片上面横批上写着：音容宛在。照片下放着供桌，桌面第一行正中摆着一鼎香炉。上面插着三炷高香，香烟缭绕。第二行摆着长面灯、倒头饭。第三行摆着香蕉、哈密瓜、猕猴桃、月饼、芙蓉糕、绿豆酥等哈丽娜生前爱吃的东西。离供桌一米远左右，竖放着一口大棺材。这棺材是连夜在外地特别购得的，上好的红松料，做工细腻，打造精巧，是传统工匠精品之作。

棺材整体涂有紫檀色油漆。棺材头画着一座三层大殿，两侧画有一幅幅精美的烈女图，棺材尾画着三朵水莲花，意在脚踩祥云，成仙得道。棺材头前放着一个黑色泥盆，里面燃着烧纸。棺材四周用六个长条矮茶几围起来，上面放着上百支白色蜡烛。烛光闪闪，把灵堂照得很亮。内侧四周还摆着彩色纸花、纸牛、纸人。

灵堂正门是用粮库用的防水苫布构制而成，留有小门。上部贴着纸画的白鹤、松鸡、梅花鹿，两侧摆着领魂幡和数十个花圈。有两个雇工专门烧着纸钱，纸灰像一只只灰色蝴蝶，在院子上空上下飞舞。一班吹鼓手各执乐器，奏着哀乐。这里边有打鼓的、打锣的、敲罄的、吹喇叭的……乐师中数吹喇叭的吹得最好，那声音如泣如歌，哀怨悲凉，如秋天里的飒飒凉风，似寒冬里呜咽滚动的冰河。那声音像是述说着人间的无边苦恼，变化无常，多灾多难。好像在劝说死者静下心来，不要留恋人间的家亲眷属，让自己灵魂去寻找快乐的彼岸。民间有这样的说法，哀乐可使死者灵魂得以安息，早日超生。

7 点半刚过，就有人前来吊唁。何少康站在灵堂门口，头顶 7 尺长白色孝布，向来人行礼鞠躬致谢。

哈美娜来了，她斜睨了一下何少康，然后，走进灵棚。她跪在棺材前热泪滚滚，大声哭道："姐姐，我一定要抓住凶手，为你报仇。让你的在天之灵得以安息……"说着又大哭起来。

这时前来吊唁的人多了起来。为了不影响别人，何少康过来搀扶哈美娜。"有你这么个好妹妹，你姐姐就知足了。千万不要哭坏了身子。"

哈美娜甩开何少康，怒气冲冲地说："不是你招来的祸，我姐姐能死吗？"

"美娜，你看看这场面，都是我一手张罗的。你这么说可冤死我了。"

哈丽娜的父亲摘下眼镜，擦着泪说："哎呀，快别这么说，我这可是个好姑爷，谁让你姐姐没好命呢。"

“爹，我姐姐都死了，你还护着他。”

哈丽娜的母亲从堂屋里出来，紧走几步过来劝道：“孩子，你姐好坏都是她的命，你看这气派，够了。我要是有那一天，还不一定有这样的场面呢。”

“妈，您说得对。别看丽娜不在了，我就是您的亲儿子，我给二老养老送终。”说着从上衣口袋里取出一万元钱，塞到哈丽娜母亲手上。

3月26日，哈丽娜的葬礼在江水市殡仪馆隆重举行，亲朋故旧，来的真不少，光小轿车就来了40多辆。停尸间摆满了各种花圈。何少康也来参加了葬礼。按民俗，他完全可以不来，因为不来就表示他可以续弦，来了就表示他不再找人了。

“四哥，你不能去呀!”何少康的司机在劝何少康，“民间有这一说，你要一去，就表示你不能再找了。”

“那我也要去，她跟我夫妻一场，说什么我也要送送他。”何少康抹了一把眼泪说，“她的头发作手术时剃掉了，我这给她买了个假头套，还有一双皮鞋。你替我把它交给整容师吧。那件裘皮大衣就别给她穿了，人家说不能穿带毛的。”在告别大厅，哈丽娜的大幅遗像悬挂在大厅正中墙上，两侧是借用江泽民同志为寺庙写的一副对联：晨钟暮鼓警醒世间名利客，经声佛号唤回苦海迷路人。大厅地面正中摆着一张床，上面放着哈丽娜的遗体，四周放着鲜花。

何少康为哈丽娜致悼词，他抹了一把眼泪，手拿几页稿纸，走上临时搭起的主席台。走到台前，他首先给大家三鞠躬，然后，悲痛地说：

各位领导，各位来宾：

今天，我们怀着无比沉痛的心情，悼念哈丽娜同志。哈丽娜同志是大家的亲戚和朋友，也是我深爱着的妻子……

她为人温柔能干，毫无怨言。在家，善持家务，百般殷勤。在外，宽厚待人，谦恭礼贤。对己，洗心修德，从不张扬。她虽然陪伴我的时间不是很长，但我们相处融洽，相敬如宾。睹物思人，历历在目。你我本是前生同林鸟，来在人间续前缘。可叹，天不作美，灾祸临前。悲也，丽娜，痛也，丽娜，呜呼，丽娜，愿来生再见……

火化工开启电钮那一瞬间，何少康抢步上前，大声哭喊：“哈丽娜，你别走啊！你这一走，这让我可怎么活呀!”他好像要用手拉住哈丽娜，但被众人拦住。这一天，他一直哭哭啼啼，念叨着哈丽娜对他的好处。火葬场的大烟囱开始冒烟了，哈丽娜离开了这个世界，就永久地告别了她的亲友和孩子。她才只有 38 岁，并抛下了自己的两个亲生，一个抱养，一共 3 个孩子。

“四哥，骨灰盒买多少钱的?”司机过来问道。

“要最贵的。”“那可是一万多块呀!”“那也买一个。”一会儿，一个 30 公分长，20 公分宽，25 公分高的紫檀色骨灰盒摆在候灰厅的石桌上。在阳光的照射下，紫檀色亮漆闪闪发光。最后，骨灰盒先被寄存在火葬场高级存放室。

葬礼结束，人们对何少康的印象不错。一个男人能对自己的女人这样，也就够意思了。人与人之间，不就有真挚的感情才最珍贵吗?

三天后，何少康又从外地请来风水先生，选了一块风水宝地，穴名叫金冠霞帔。下葬那天是 3 月 29 日，天气晴好。一群人等大车小辆来到坟地，何少康亲自挖土。墓穴挖好了，哈丽娜的骨灰盒又被放入在灵棚曾装过她的棺材里，几名工匠用锤子把钢钉钉入棺口，一群人都整齐地跪在一旁。

曹宝乐高喊：“哈夫人，躲钉啊。……脚踩地，头顶天，代代出高官。……手把金铲向空扬，此处茔地最吉祥。佛光普照吉祥地，子孙兴盛万代昌。”就在哈丽娜的棺材放入穴位时，突然，在穴道周围刮起旋风。一时间，飞沙走石，天昏地暗。领魂鸡受惊飞上天空，嘎嘎嘎发出阴森森的叫声。众人觉得这是闹鬼了，一些岁数小的，吓得哭爹叫娘……

事后，何少康病了。血压升高，心律不齐，整天头痛。他住进了市第一医院高级病房。医生给他做了全面检查，可还是找不出病根，认为他可能是神经系统出了问题，所以每天打一些安神剂、强心剂和一些营养药。何少康在医院期间，要公司党办科员小胡去照顾他。

第一个来看何少康的，是单位财会科副科长白惠珊。她是从市剧团调来的，在粮食局时只是个现金员。当 1998 年 7 月从粮食局又分出一个收储公司后，她被提拔为财会科副科长。“哟，我的何总经理，病了也不说一声。我是到医院看我同学，才知道您病了。”

白惠珊一手拎着一大包东西，站在门口。这是一个 30 多岁的漂亮女人。中等个，身材挺直，烫着短发，面目清秀，小鼻梁，薄嘴唇。身上的白色毛衣使她那女性特征显得格外突出。“我就是有点头痛脑热，没什么事。就不惊动大家了。”何少康笑着说。

“哟，瞧您说的。您行动一定很不方便，是小胡给您打的洗脚水吧。来，我给您洗。”白惠珊放下东西，俯下身子，用她那粉白的手给何少康脱袜子。小胡觉得不方便，就借故上厕所，走出屋去。在走廊里，小胡放慢了脚步，侧耳听到了里面的说话声。“小白，你赶紧找个人家吧。”“就不，我就等你……”

尽管何少康住院，但每天还要接一两个电话，处理一下单位的大事。下葬那天出现的现象，也被人们当成茶余饭后的谈资，传得沸沸扬扬。

第七章　黑影重重

2001 年 4 月 1 日，全国性的清仓查库工作开始了。

何少康一出院就遇到了这样头痛的事。他知道，全公司有 16 家粮库，每个粮库都亏库。亏库的原因是多种多样的，有的是管理混乱，被偷，霉烂；有的是个别经警，互相串通，监守自盗，换取赌资；有的经警与社会黑道上的人联合，里勾外联，合伙作案，背地分赃。而多数大数额亏库的真正原因，是企业领导故意躲避银行监控，偷偷地把粮食卖掉。有的是为了给职工开工资，有的是打着给职工开工资的幌子，自己从中大捞了一把。有的粮库此项账外金额高达几百万。这样的事何少康当然知道，因为他也得过下边粮库给的好处。这次清仓查库，所用的干部都是易地交换，想找人说情很难。他有些害怕了，连续几天睡不着觉，净做噩梦，吃柏子养心丸，天天掐大脚趾两旁的隐白和大敦、二脚趾上的厉兑穴，都不管用。

临近清明节了，街上临时搭起的卖烧纸、金银锞子的摊位日渐增多。看到街上到处有小贩推着倒骑驴（三轮车的一种）卖烧纸和金锞子，何少康一下想起来，4 月 5 日是清明节。他觉得，应该给自己的爷爷奶奶上上坟，更应该到妻子许明芳的坟上烧几张纸。这样，一来，可以缓和一下自己和儿子何丛的关系；二来，可以减轻心理压力，晚上睡个好觉。想到这儿，坐在别克车里的何少康忙叫司机停车，摆手拦住推车的小贩。

“这纸一捆多少钱?”何少康问。

“这个不贵，两元一捆。金锞子、银锞子就贵了点儿，不过像您这样有身份的人，哪能买这便宜纸呢，这金银锞子一个能抵 100 张烧纸。鬼魂也喜欢收哇。”

“金锞子、银锞子各多少钱?”

“金的 4 毛，银的 3 毛。”

“来，10 捆烧纸，再来 500 个金锞子。”

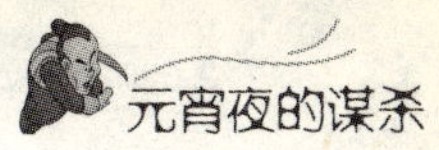

“好哩！”

小贩把东西装在一个黑色塑料袋里，递了过来，司机很会来事，替何少康接过袋子，并替他付了钱。

晚上，吃完晚饭，何少康把15岁的儿子何丛叫到身边，和蔼地说：

“小丛啊，过两天就是清明节了。我想到你妈坟上，烧几张纸，祭奠一下，你去不去呀！”

“都有谁呀？”

“没别人，就咱爷俩。怎么样，去不去？”

“那好吧！”何丛低下头说。自许明芳去世后，何丛很少跟何少康讲话。为了和儿子沟通关系，何少康没少下工夫。买好衣服，做好吃的，大把给零用钱，每天早上还要早早起来亲自给儿子准备早餐。可儿子还是高兴不起来。

4月5日上午，天气晴朗，微风习习。虽然这时东北天气还比较冷，但地上已开始长出嫩草。这天，何少康没有去上班。早上6点，何少康就起床了。他没有叫醒儿子，先到卫生间洗脸刷牙，然后进了厨房，扎上白围裙，轻手轻脚忙活起来，他先用豆浆机打豆浆，又点燃煤气灶，把一锅豆浆熬好，倒在两个高脚透明杯里。他又拿出5个鸡蛋，放在锅里煮，上面装上笼屉，放入几块面包。又在餐桌上放一盘切好的香肠。等到7点30分，何少康才开始喊儿子起床。两人匆忙吃完早餐，何少康领着儿子下楼，何少康自己开着别克牌轿车，领着儿子去西山口上坟。

下了公路，就是土路，路两边开始出现零星的坟墓。车子向南开了5分钟左右，来到了一片开阔地。车子在一片坐西朝东的墓碑附近停住。他们父子俩走下车来，在一排东西走向的三座大坟前，何少康拿出烧纸，在这三座坟头上，分别用青砖压了几张烧纸。然后，他分别跪倒在三座坟前，烧了金锞子和烧纸。何少康让儿子跟他一道给面前的坟墓叩头，一边叩头一边叨念着：

“老祖宗啊，保佑儿孙们吧，晚辈给你们送钱来了。”

面前的这三座坟，葬的是何少康的祖父等上三代人。三座坟墓一字排开。坐西朝东正面第一座坟墓，是何少康的祖父祖母。坟前有一座墓碑，上面竖行写着：

显考何景龙
显妣何黄氏之墓

何少康叩完头，从兜里掏出一张纸来，在面前展开。这是他昨天晚上写的一篇祭文，又让党办秘书帮助润色过。何少康跪在坟前，大声念道：

列祖列宗，世代高风。迁移东北，勤苦躬耕。交友以诚，有求必应。和睦邻里，待人谦恭。早年贫病，孤苦伶仃。志存高远，教子读经。虽未发达，智达开明。灾荒年月，捐衣献食。勇挑重担，呼号西东。凡有乞食，一律施舍。接济他人，不计怨亲。舍己奉献，更不显功。累积功德，泽及后人。当今后辈，承其德业，守法奉公。云开雾散，耀祖光宗。唯一可叹，难见音容。伏乞天地，超生我祖，降福后生。人丁兴旺，所向亨通。……

在给何少康自己的爷爷奶奶上完坟后，爷俩来到许明芳的墓前。墓前立着一块两米高的花岗岩大石碑，上书：爱妻许明芳之墓。儿子何丛一见墓碑，首先跪下，眼泪也随之纷纷坠落。接着，他低着头，把带来的一兜水果，摆放在墓碑前，何少康一见，心里一阵酸痛，也在儿子身边跪了下来。何少康把带来的烧纸和金锞子放在坟前，嘣嘣嘣一连叩了 9 个响头。然后，从烧纸中抽出一沓，来到坟头。把原来坟头的红砖拿起，把烧纸平放在坟头上，再用红砖把纸压住。回过头来，跪在坟前，划火柴把烧纸点燃。随手拾起一个树棍，一只手用来拨动火苗，一只手用来抹眼泪，哀声说道：

"明芳啊，你走得早哇！早年罪没少跟我遭，现在咱家享福了，你却走了。是我对不起你呀。看看，我领着儿子给你烧纸来了。你要是九泉有知，就收下我和儿子这点心意。你走了，不知你在那边怎样，可我跟儿子可是度日如年，整天在悲哀中过日子。明芳，你在那边过得好吗？如果需要什么，就给我托个梦。只要我能办到，我一定会满足你的心愿。明芳，你听到了吗？"

说着，掏出手绢，擦去眼角的泪水，接着说道，"明芳，不管怎样，咱俩是结发夫妻。我和儿子希望你在那边过得好。同时，也希望你的在天之灵，保佑我和你的儿子，让我俩平安快乐地生活。我再给你磕几个头，再多给你烧点纸钱也行啊！"

说着泪雨倾盆，呜咽哀号。何丛自跟何少康上车以来，一句话也没跟他说。他此时见父亲动了真情，大哭不止，他也怕父亲伤了身体，强忍住悲痛，止住自己的泪水，上前拉起父亲，用手绢给父亲擦眼泪，劝道：

"爸呀，别哭了，现在我就剩你这一个爸了，你要是哭坏了，我可咋办啊！"一听儿子何丛如此懂事，何少康心里略感安慰，慢慢止住了啼哭……

上完坟，一通大哭过后，何少康心里痛快不少。晚上，他上商业街给儿子买了一身衣服，又上超市买了不少小食品，打成一个大包。次日，他又让司机把孩子送回封闭学校。送走了孩子，何少康开始琢磨清仓查库的事了。没办法，他又找来了自己的两个亲信——一库、二库主任黄标和贡成。

“大哥，甭怕。尿憋不死人。你信我话，天塌大个死，过河有矬子。实在不行，就让兄弟我替你担着。”

黄标拍着胸脯，哑着嗓子说道。黄标这小子，说话就是爽快，听了让人舒服。可黄标的话，总觉得有点那个。何少康笑了笑，没有表态。贡成磕磕巴巴地说：

“中国的干（官），咳！不，不，不都是银（人）吗。到，到时候，找，找些借口先搪塞一下，然后，好，好酒好菜一招待，外加送上小姐、小礼品。三杯酒下肚，不认识也认识了。到时候，咱们说说咱的难处，让他们把政策放宽一些。咱们少报点亏库，我，我看没事。另外，它，它这是估浪（量），用测量体积，乘粮食比重的方法算重量，免，免不了有误差。出了差错检查人员也好推托。同时咱搭起几个空囤子，不就，减，减少点亏库吗？再，再说了，这是一次全国性的清查。亏库的，全国来说不会光咱这一个地方。法，法还不责正（众）呢，到时候上边为了社会稳定，也，也只好不了了之。另外，秋天收粮，告诉化验室，把玉米水分调高，14 个水的，就说 18 个水，20 水的，就说 25 个水，让卖粮老农给咱奉献点。库就一定涨量，不就解决了吗！”

贡成今年 38 岁，中等身材，细眼，平鼻，长方小脸，瘦瘦的，看上去也就 80 多斤。说话很慢，但也不怎么利落。虽然说话不太利索，口吃加舌头大，可话讲得有道理。他的一席话让何少康顿开茅塞，何少康放下茶杯，笑着说：

“你说得对，就照你的办。要不，这事真把我愁死了，眼下，你们二库就多搭几个假囤子吧，应付上头。也看看你说的好使不。”

为了搞好清仓工作，党委会上，何少康组织学习传达了省粮食厅下发的文件。他对党委会其他成员说：

“4 月 4 日我市的清仓查库工作正式开始。按照国办发〔2001〕7 号文件精神，我们公司也要组织人力，对公司所辖粮库进行一次全面清查。首先，上级要求我们，要成立组织机构。要章董和我共同牵头组成督查组，要层层召开会议，明确任务，落实责任。对工作中发现的问题，要及时召开调度会，现场办公，使问题得以尽快解决。下面由章董念一下由党办起草的工作方案。大家再提提意见，以便减少漏洞，把这项工作真正落到实处。”

章平之拿着党办起草的打印稿，说：“这里面内容挺多，我挑主要的说吧。

方案的主要内容：一是做好清仓查库工作的动员和前期培训工作，使参加具体工作的同志提高认识，掌握清仓查库工作的基本知识。二是公司和所属基层单位分工负责，严肃纪律，确保清查工作顺利进行。三是测量和检斤相结合，以测量计算为主。四是在实物清查的同时，认真做好账目的核查。五是对检查后所有单位再进行一次抽查，复查账实情况，以提高检查质量。六是要周密策划，精确运算，误差不能超过3%。大家看看，有没有什么意见？”

与会的几位领导，都点头认可这一方案。总之，上级满意就行。

这天晚上，何少康陪上级检查人员吃完饭，坐上自己的别克牌轿车回家。车在福光大厦楼前停下，何少康走下车来，向小区内走去。还没走到小区门口，从小区门外一个黑暗角落里，突然冲出一个蒙面人。那人手持匕首，对准何少康前胸便刺。何少康这下可吓坏了，天灵盖呼呼直冒凉风，顿时酒也醒了大半。他左扭右闪，与蒙面人周旋着。这时，给何少康开车的司机刚走不远，他偶然一回头，想看看何总是不是也进入小区了，因为今天何少康酒喝了不少。当他看到何少康跟一个人打起来了，就急忙用手机打了110报警。随即调转车头，来帮何少康。蒙面人一见来了帮手，掉头就跑。没跑多远，110警车就赶到了，很快，蒙面人被捉住。何少康上前揭去面具一看，原来是裘福全。

“嗬，老蔫巴。我当是谁呢？真有你的。就凭你，还想杀我？怎么，杀哈丽娜还嫌不够吗？”

“喔，你，你还我钱，还我人。”

“还你钱，哈丽娜活着还好说，你把她杀了，我还会给你钱吗？”

两人争吵了一会儿，裘福全就一声不吭了。

何少康说：“今天看在丽娜的份上，我先放过你。下次要是让我抓到，咱可就新账老账一起算。”

何少康认识110警车上的几个人，跟他们寒暄几句后，对110干警说：

“你们辛苦了。这是我亡妻的前夫，他的心情可以理解。跟我闹着玩呢！看我薄面，还是把他放了吧！刘师傅，上咱车里拿几条中华和熊猫烟来，让警官先生们品尝一下。”……

第二天，侯镇得知这一情况后，就找来徐庆和商量，是否该找一次裘福全，看他还有什么要说的。当日下午，裘福全被叫到刑警队。他坐在一楼办公室的一把椅子上，接受着询问。

“裘福全，哈丽娜是不是你杀的？”徐庆和问。

“喔，我没杀她。”

“那你为什么要行刺何少康?”

“唔，我恨他。我现在吃苦受罪都是他一手造成的。还有我怀疑哈丽娜是他杀的。”

“有什么证据吗?”

“没有，我就感觉是他杀的。如果没有别的事，我想早点回去，我孩子病了，正在打吊瓶。”

侯镇接过话头说：“办事光凭感觉是不行的，法律是重证据的。你如果没有别的事情要说，可以先回去。告诉你，今后千万不能干傻事了。有什么事可以通过法律解决。”

裘福全走后，徐庆和说：“队长，看他那蔫巴样，你看他像是杀哈丽娜的凶手吗?”

“这个很难说。人一旦因爱生恨，为情所迷，说不定会干出什么傻事来。从行刺何少康来看，不是说明他也敢动刀吗？我们暂时先放他回去，要观察他今后的动静。如果现在扣留他，理由也不充分。”

“裘福全的邻居是我的一个亲戚。我让他留心裘福全的动静就行，就不动用警力了。”

“这样最好，更省事。我们最要紧的是抓到裘福全的涉案线索。”

“裘福全是有作案动机的，哈丽娜抛弃了他，他完全有可能由此心生烦恼，杀死哈丽娜。”

侯镇接着说：“你再去调查一下裘福全的血型，看看是否与杀害哈丽娜的凶手血型一致。”

“队长，裘福全挺倔，随便要化验人家血型，他不会同意的。这个可不好办呀!”

“是不好办呀！好办我一个人就办了，还用你干吗？伙计，干吧！我想你会有办法的。”侯镇拍拍徐庆和的肩膀说。

三天后，徐庆和来到侯镇办公室。

“队长，我去查过了，裘福全的血型是AB型。”

“是吗?”侯镇从座椅上站起来说，“看来我们还真得在这个老蔫巴身上下点工夫。”

徐庆和说：“现在关键是他有没有作案时间，他说他正月十五那天领孩子看灯去了。只有他孩子证明。我一问他孩子，他孩子跟他说的一样。可这不能算数哇！谁都知道孤证不立，尤其是直系亲属的证词，只能算做参考。”

“别急，是狐狸总要露出尾巴的。”

“哦！队长，对了！听人说毛令军最近也常到何少康楼前转悠，不知为何。”

“难道他要行刺何少康，他为何要这样做呢？”

“队长，我看这样。明天晚上咱俩开车在外面观察一下。看看毛令军到底想干什么。”

“好吧！明天白天我还有别的案子，晚上你再提醒我一次。”侯镇拍了拍前额说。

天黑下来了。大街两侧，亮起繁星般的灯火。

商家门匾上的霓虹灯频频闪烁，爵士乐曲调悠扬。大栗子、葵花子、糖葫芦、羊肉串的叫卖声此起彼伏，别看江水是个县级市，夜色也很迷人。超市、歌厅、酒吧、舞厅、餐馆，一家挨着一家。侯镇和徐庆和的车，停在福光大厦楼前的一个不起眼的角落里。他俩坐在车里，从车里向外观察，注意着过往行人。等了一刻钟，果然见一个人，骑着一辆摩托车在福光楼前停下。那人先把车停在大楼一角，然后在楼前徘徊。侯镇端起望远镜对准那个人。

“队长，是毛令军吗？”

“我看像。还穿着那身工作服。我再仔细看看，天太黑了。”

“还是我看看吧，我眼睛好。”

徐庆和接过望远镜，放在眼前，又调了一会儿焦距。

“是他，是毛令军。”

“不会错吗？”

“不错，一定是。他右边鼻翼有一颗黑痣。要不信，我们下去把他抓来问问。”

“那不行，人家又没犯法。”

“那怎么办？”

“观察两天再说。”

两人一直等到毛令军离开，他俩又开车跟踪到毛家才回去。

第三天晚上，毛令军又出现了。

“队长，我下车装着办事，问问他在这干吗。”

“那不行吧！”

“那我就干脆问他，为什么每天都到这儿转悠？”

“这个好像也不妥。”

“这也不行那也不行，那我俩只有在这候着了。”

“哎！队长你看，今天好像有点反常，他要走。”

“跟住他。”

轿车跟着摩托车来到和悦楼对面。摩托车上的人下了车，向和悦楼张望。两分钟过后，一辆出租车在和悦楼前停下，一个人走下车来，走到和悦楼前，掏出钥匙打开门锁，走了进去。看到这一切，徐庆和说：

“门已经封了，上面有封条，怎么还有人进去呢？而且还有钥匙。”

“哎，好像是何少康，他好像在找什么东西。队长，怎么办，要不要过去问问？”

“你看准了，是何少康？”

“千真万确。”

“那好，先别惊动他。我们回去吧。”

“为什么？”

“回去再说。”

三天后，毛令军一个人来到刑警队。

“队长，何少康要毁灭罪证啊！”

“你怎么知道的？”侯镇问道。

“你们不知道，我一直在监视他。和悦楼已经封了，他却私自进去。这里面肯定有鬼呀！”

“好，还有什么情况？”

“没有了。”

毛令军走后，徐庆和说：“他是不是发现我们了，就主动找上门来。我看他是骑摩托车的，207案凶手也是骑摩托车的。会不会是他呢？”

“这个，我们还要继续查一查。他已经发现我们了，就不用再去福光大厦盯梢了。”

“队长，我觉得，我们现在不光不再去福光大厦了，其他有关这个案子调查的事也要停下来。给何少康一个假象，看他还要干什么。再一个就是我们对他的监视活动要绝对保密，千万不能泄露出去。何少康一旦发现我们还暗中监视他，就会收起尾巴来，对我们侦破不利呀。再说，何少康是个头面人物，说不定我们公安队伍里，有跟他要好的人。我们一定要多警惕才行啊！”

“现在，我把监视何少康的人减少到3个。你们一大队第一小组3个人不变。他们都是从警校毕业不久，家在外地，背景清楚。”……

次日一早，侯镇又接到副局长庄德相的电话，要他一个人到他办公室来一下。侯镇真想不去，但转念一想，还是去了。一进门，还没等侯镇开口，庄德相就不高兴地说：

“侯队长，我问你，你眼里还有没有我这个分管刑侦的副局长？如果你觉得我不够格，我可以要求分管别的工作，你们也太无组织无纪律了吧？”

一通噼噼啪啪的批评，使侯镇有点喘不过气来。等到庄副局长说得差不多了，侯镇才问：

“庄局，你这是为啥呀？我们也没背着你干什么呀？”

“还说没干什么。那我问你，你偷偷调查和悦楼是怎么回事？”

“啊，您是为这件事呀！从目前看，207案子还没有结案。何少康身上还有许多疑点，还应继续调查。”

“继续调查？我已经上报结案了。凶手就是胡十二，他已畏罪自杀。这样我们多好呀。现在有线索的案子多的是，我们尚没时间去查个仔细，这没头绪的案子要是查下去，得耗费我们多少时间和精力呀，得白白浪费国家多少资财呀！咱们经费紧张，你又不是不知道。万一出了事，谁负责？”

“庄局，我是这样看，谁负责并不重要。处罚吧，罪是人遭的，杀人也不过头点地。关键是党和人民生命财产谁来保护？我们做警察的，肩负着党的重托，人民的期望。工作做不好，我们就有不可推卸的责任，就是对不起党，对不起人民，自己的良心将受到谴责。”

“好好，我说不过你。如果这样说的话，最起码，我要向上级打报告。就说侯镇不听我指挥，把我调离公安局，干什么都行。”

“我说老局长，您别这么说。好了，也许我刚才挺激动，言语过激，我首先检讨。这件事怪我，处理方法不当，办事不力，您可以随意处分。啊，老局长，别生气了。这么大年纪了，血压又高，为了您的健康，这案子我不查了，您满意了吧？哈哈。”

“你可是说真的，马上停下来？这样，我就不打报告了。嗯，这还差不多。”

离开庄副局长办公室，侯镇心潮起伏，异常不平静。他怎么也没想到庄副局长这个分管刑侦的副局长，一再干涉案件的侦破工作。他听说庄副局长跟何少康有些私交，庄副局长的爱人原来没有工作，前些年倒粮，何少康没少提供方便。可今天发生了这么大的事，他也敢徇私枉法吗？一想到这儿，他真有点不敢往下想。因为前几天他又听人说，庄副局长家的楼是何少康给买的，何少康干吗给他买楼？赠送这么贵重的物品，一定是要做什么重要的或者违法的事。如果庄副局长真的为了个人私情，给何少康通风报信，徇私枉法，那案子真就没个破了。一些人的冤情将永远无法昭雪，那就太可怕了。我们局里内部出现了这样的事，这对我们进一步开展工作可有很大障碍呀！怎么办好呢？把这事跟局长夏令标说说？这样也不好。我也没有确凿的铁证，怎么能乱怀疑人呢？尤其是我的上级。哎，那就这样了，案子不查了？好像又于心不忍。

回到刑警队，侯镇把这事跟指导员杨明光讲述了一遍。杨明光说：

“这样吧，你把这事交给我和副队长巩长成去办。你抓一抓其他案件。我俩把搜集的情况及时向你汇报。这样，一旦庄局追问起来，你可以说不知情搪塞过去。我们既要办案，也要照顾上下级关系。一旦破案证据齐全，时机成熟，我们将向夏局长汇报。到那时他也就不好再说什么了。你看行吗？”

“这个办法好。你这个小诸葛，一肚子锦囊妙计。好，就这么办了。”

“怎么着，听说哈丽娜那个前夫裘福全在找你麻烦。他妈的，我看他是张三不吃死孩子肉，活人惯的。要不要我替大哥教训他一下？”

黄标横眉立目，大骂裘福全，意在讨好何少康。

江水市高级宾馆的一个双人浴间里，何少康和黄标都泡在洁白的浴盆里，他俩洗的是牛奶浴。这里不仅有双人浴缸，还有床和茶几。墙上挂着一幅西洋二人世界春画，让人一看就想入非非。何少康听黄标这么一说，摆了摆手说：

“不用了，能忍则忍吧。我现在事挺多，没工夫理他。他也折腾不到哪去，由他去闹吧。哎，那女人的事，你搞定了吧？”

“搞定了。大哥吩咐的事，我还敢怠慢吗？！我用了看书学的那一招。把她掐昏后，在她肛门里插入一枚戊巴比妥栓剂。这药的特点是见效迅速。就是活人，也就折腾了一分钟，就消停了。何况她还昏昏沉沉的，这种方法就是尸检也查不出破绽。事后，我把她伪装成上吊自杀。就咱市的刑警队，那两下子吧，我想他们这辈子也甭想破这个案子。”

“那就好，千万不能让警方找到丝毫线索，否则对我们不利。”

“清仓查库，你那里完事了吗？”

“完事了。这点事要是摆不平，还能叫老爷们儿。”

“你怎么摆平的？”

“我搭了三十几个空粮囤，再把几个装器材的房式仓假扮作装粮食的，账面所差的粮食就堵上了。”

“他们没进房式仓看吗？”

“看了。我那里面是把粮食（玉米）盖在器材上面的，所以他们看不出来。”咚咚！这时响起了敲门声。

“先生，是312房间吗？我来按摩来了。”

“好了，别说了，我要的小姐来了。咱俩一人一个，乐和乐和。”

“还找小姐呀，昨天媳妇跟我闹，她说万恶淫为首，要我小心点，不然就走向自我毁灭。”

“嗨，女人懂什么，纯是妇人之见。唐代大诗人白居易有一首诗，叫《喻妓》：

烛泪夜沾桃叶袖，酒痕春污石榴裙。
莫辞辛苦供欢宴，老后思量苦煞君。

看看，白居易这样的大诗人尚且亲近女色，何况咱们一般人。古人说得对，食色，性也。”

“还是大哥见多识广啊！我最佩服大哥了，文武双全。”

“哎哎，老妹儿，别闲着，来来。”

小姐走上前来，何少康打量了一下小姐，说：“喂，你会几种按摩？港式？韩式？泰式？”

何少康的双眼直勾勾地盯住进来的小姐，上下扫描着，透过小姐薄如细纱的连衣裙，可以清晰地看到小姐白嫩的乳房……匀称的腰身……颀长的双腿……

“放心吧，先生，我干这个好几年了，啥式的都会。”

“那，特殊服务呢？”

“也会，不过，要另外收费。”

……

第八章　小姐的死因

时光在一天天流逝，案情扑朔迷离，侦破工作几次转变思路，却都没有丝毫进展。

这天傍晚，快要下班的时候，一个郊区农民骑着一辆自行车来到了刑警队大门前。他停下车，轻轻推开大门，然后推车走进来。车身后还驮着一个十几岁的孩子。

侯镇管辖的刑警队有近60名干警。办公楼坐落在公安局办公楼斜对面，两座楼可以遥遥相望。刑警队办公楼是一座5层楼，大楼四周围有高墙。院门墩一侧立有一块白色木牌，上面是用黑色仿宋字书写的大字：江水市刑事犯罪侦察队。

这时的侯镇，正独自坐在办公室书桌前。一边翻着一本卷宗，一边思考着一天的工作。桌上台历已翻到2001年4月9日。

铃铃铃！刑警队办公室的电话又响了。侯镇拿起电话。

“什么，在西山口液化气站发现尸体。好！我马上下楼。”

侯镇下楼，在一楼收发室见到了这两个人。

“队长，他们是来报案的。”李春晓介绍道，“这就是我们队长。”

“咳，队长啊。我是西郊丰产3队的菜农，我叫段百阳。这是我儿子段琼，今年16了。他今天在放羊时发现一具女尸。我想人命关天，就一路打听前来报案。”

侯镇又简单询问了一下情况。然后派出一大队和技术大队前去现场勘查。自己随车前往。

西山口液化气站距市区十余里，坐落在一片沙坨下，沙坨之上是一片墓地。

当侯镇一行赶到案发地点时，天已经黑了。

警车顺土路而行，在液化气站南墙外的一棵老柳树下，有一座大坟。在坟旁，他们找到了那具女尸。在车灯和手电筒的照射下，刑警人员开始对尸体进行检查。女尸看上去是个姑娘，穿着入时，姿容秀美。女尸脖颈上有一道紫红色的痕迹。上身穿一件红色绣金花马夹，下着深蓝色尼裙。腿穿棕色长型棉袜，脚穿黑色皮靴。侯镇站在法医身边，给法医打着手电筒。检查过后，法医根据死者脖下有用绳子勒过的痕迹判断，被害人是因窒息死亡。侯镇让人把死者抬上警车。他步行在大树周围搜索着。这是第一现场还是移尸这里，侯镇边勘察边分析着案情。

“队长，这有条绳子。”

正在用数码相机拍照的徐庆和发现一根尼龙绳子，随手从地上捡起。难道这姑娘是自杀？侯镇看了看绳子，又看了看大树。绳子上光光的，没有系扣的痕迹。侯镇紧锁眉头，深深地思考着。李春晓一看到女性被害，就感到伤感。她拿出手帕，擦去眼角的泪水。然后，帮助侯镇搜集现场的物证。侯镇在想，这个漂亮女子是殉情呢，还是被人谋杀呢？在瞬间，侯镇头脑中闪现出一个热恋中的女子，被恋人抛弃，用一根绳子，自缢于大树上的情景；又闪现出一个独行女子，在一个漆黑的夜晚被暴徒强暴后，手扼其喉，活活窒息死亡的情景；又闪现出一个女子因充当第三者，被对方爱人雇凶杀害的情景……

月亮升起来了，把大地照得通亮。

侯镇站在大树下，低头沉思着。过了一会儿，他用手拍了拍后脑勺，抬头望见远处一片大松林，青翠挺拔，郁郁葱葱。今晚月色挺美呀，他想起来了，今天是农历十六，怪不得月光这么亮。他把目光又转向作案现场，巡视着，思考着，如果这里是第一现场，杀手完全可以在行凶后，逃进树林消失。他真想到树林里再找一找线索，可又一想，已经很晚了，线索怕不好找。欲速则不达，不如先把尸体运回去检验，等弄清情况再说。

“哎，段琼，你常到这里放羊吗？”侯镇问。

“天天来。”

“天天都从这个地方过吗？”

“这个不一定，只是有时过。今天我家头羊不听话，硬跑到这边来。没办法，我就过来了。这时，我突然发现地上躺着一个女的。仔细一看，原来她已经死了。我感到有点害怕，我倒是不怕死人，可我怕活着的坏人。在这荒郊野外，就我一个小孩儿，遇到坏人可就麻烦了。”

“哎，我说这位段大哥，我看这孩子智商蛮高的。干吗不让他读书哇？”

段百阳说：“我是愿意供他。可他妈有病，家里欠了不少债。他说只读完9年义务教育就行了。他要回家照顾他妈。再帮家里挣点钱，添补家用。”

“好了，谢谢你们。春晓，你开车把他们先送回家吧！”

一个小时过后，警车将尸体拉回刑警队。尸检报告很快就出来了。

“死者，22岁左右，死亡时间大约在48小时前。死前有过性行为，也可能服过安眠药，有可能是自杀。现在的年轻人，生活压力大，又没什么信仰，精神空虚，一旦遇到挫折和失败，心理防线就会崩溃，往往选择去死。他们错误地认为，死了就什么也不知道了。但也不排除凶手先杀后奸，或先奸后杀的可能。”

听完李春晓的报告，侯镇没有吭声，他抽着闷烟，想着心事。这又是一桩什么案子，液化气站是不是第一现场，是自杀、奸杀、情杀、谋杀，还是……

“队长，尸体怎么办？”

“拍照后先送法医处冷冻室。”

侯镇话音刚落，李春晓转身出去。

就在这天晚上，段百阳一家人正在吃饭。突然，一个蒙面人闯入了段百阳的家。那人手持一把杀猪刀，阴森森地站在里屋门口，喊道：

“姓段的，警察都问你父子什么了？”

段百阳媳妇一见，顿时吓得又犯病了，一下子倒在炕上。段百阳赶紧回答：

“公安局的人，就问怎样发现女尸的。我跟儿子就如实说了。”

“告诉你，警察要是再问，你就说见那女的吊在树上，是上吊自杀。后来绳子断了掉在地上，懂吗？”

“我懂，我懂。”

“懂就好。就照我的说，你就啥事没有。你要是瞎放屁，你的儿子、媳妇，就再也见不着了。”

那人一走，段百阳家的灯泡突然灭了。段百阳朝窗外看去，见那人上了一辆奥迪牌小轿车。因屋里没有灯光，那车牌号他一下子全看清了。尾号是8674，他暗暗地记在脑子里。

“小琼，去抽屉里先取个灯泡，别人家有灯，一定是咱家灯泡坏了。”

换了灯泡，屋里又亮了起来。段氏父子急忙把炕上的女人扶起来，又掐人中又呼喊。折腾了半天，女人才醒过来。

“段琼，我扶你妈。你快下地取速效救心丸，给你妈吃。”

段琼下地在一个小竹筐里，找到了那盒药。

“这就是，妈，张嘴。哎，对了，吃下去，再喝口水就好了。”

段百阳媳妇吃了药后，休息片刻，渐渐恢复了神志。

段百阳说：“儿子，你把院里大狗的铁链子打开，把狗牵屋里来。让狗护主人吧。真是闭门家中坐，祸从天上来呀！”……

案发后，侯镇几夜睡不着觉，心急如焚。他想，我今年这是怎么了？难道真像别人说的，我今年运气不好吗？一个又一个案子都破不了。是案情复杂，还是我水平跟不上时代，该辞职改行了？

坐在办公室里，他思来想去，一直没想出个头绪。唉！对了。他突然想起昨天看电视剧，一个武功高手用轻功翻跟头，脚落在白纸上却有脚印。那人问师傅是否功夫不到家。师傅却说，是你的心不够空明。师傅这句话也提醒了侯镇。案子破不了，是自己现在心绪太乱，与判断破案方向有关。这就像走路，方向搞对了，目的地就会很快达到。对，就这么干。晚上9点多了，他还是睡不着。于是就打电话让徐庆和到他办公室来一趟。

“怎么了？队长，有情况？”徐庆和很快来到他的办公室。

“怎么，没情况就不行找你了吗？你坐吧！我想跟你商量点事。”

说着，侯镇抽出一支大中华烟，递给徐庆和，打开火机给他点燃。

“你看那小姐的案子，怎么个查法呢？”

徐庆和抽了两口烟说："我看，确定身份很重要。这女子，可能是个服务行业人员，所以，我建议先在我市各娱乐场所、洗浴中心、宾馆酒店查一查。只要掌握了死者的一些自然情况，就可以顺着这条线找到目击证人。这样，离我们揭开谜底也就不远了。"

"你看，这案子是情杀面大、奸杀面大，还是凶杀……"

"我看，现在下结论还为时尚早。我们必须先找到小姐生前工作地点、生活环境、人际关系，才能做出准确判断。"

"那好！明天，把咱刑警队三个大队——60号人都带上，3人一个小组，在全市范围内开展一次猎人行动。我看能有收获。春晓咱们3个还在一组。"

"要不要治安大队配合一下？"

"也好，这样，增加咱们的工作的力度。待会儿我给局里的治安队长打电话。"

第二天一早，庄德相不知什么时候走进了办公室："听说又有案子了，侯队长，怎么又把我给忘了。"

"啊，庄局来了。我正要向您汇报。"侯镇站起身，给庄德相让座。

"不用汇报了，我都知道了。啊，我看，这个案子自杀的可能性很大。你想啊，从现场的绳子、脖子上的勒痕就可以认定。这点常识我都不知道吗？你们就按自杀了结这个案子吧。"

徐庆和说："庄局，这样做，太草率了吧。再说死者家属也不会同意的。"

"人都死了，我们还帮他们找到了尸体，他们还有什么不满足的。这明明是件小事嘛！"

李春晓说："庄局，这样说不对。中央领导都说了，百姓之事无小事。"

"好，好，我还要参加一个会，先不跟你们争论。等我回来再说。"庄德相转身出去了。

傍晚，侯镇准备下班回家，路过法医室，见法医老张还没有走，就推门走了进来。

"老张，干吗还不回家呀？"

"啊，累了，坐一会儿。就走。"

老张答道，说着话，伴着一阵剧烈的咳嗽。老张就一个人，原来也是刑警，后来，法医缺人手，他就干起法医来了。那年，他才39岁，他媳妇知道他改行后，嫌他干的工作太脏了，要他换工作，他没同意。媳妇就不让他回家，说他身上有一种怪味道。先是分居，后来人家凭着自身长相好，找了个能挣大钱的个体户，就跟他摊牌了。好在他俩没有孩子，离婚不存在孩子

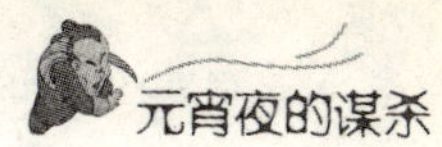

抚养问题。老张今年50岁，还是光棍一条。下班了，有时回到郊区的两间砖房里，有时就住在办公室。这些年，他一个人就这么过来了。

“老张，我这儿有瓶酒。在楼上，我去拿来咱俩喝点儿?”侯镇逗趣地问。

“行啊，反正今天我也不回家了。”

侯镇上楼取来那瓶二锅头，又外出买了两袋花生米、两个咸鸭蛋、一袋面包，摆在办公桌上。

“老张，今天让我陪陪你。”

侯镇打开酒瓶，给老张先倒了一口杯酒。两人用方便筷夹小菜，用茶碗喝酒。老张一边喝酒一边抽烟，把屋里搞得乌烟瘴气。侯镇虽然抽烟，但不抽呛的。老张的烟把他呛得咳嗽起来。

“老张，你抽的什么烟啊？这么呛!”

“啊，老牌子，长白参。”

“真呛呀!”

“受不了了吧？我不抽了。”说完，又是一阵咳嗽。

“老张，你咳得这么厉害，应该上医院检查一下。”

“唉，已到了知天命的年龄，死了也不后悔。”……

半个小时过去，两人都有些微微醉了。侯镇说：

“老张，真对不起你呀。这么多年，我只顾忙着破案了，就让你一个人过，没帮你张罗个媳妇。”

“唉！这怎么能怪你呀，还是我自己不争气，看看我这张难看的脸，谁愿意跟呀!”

“不管怎么说，我还是要再帮你找一个。我就不信，天底下好男人好女人多得是，怎么就不能让咱们碰上一个。”

“队长，你的心意我领了。可我整天跟死人打交道，人家会害怕的。还是不要费心的好。”

“老张，你真的不怕死人吗?”

“白天不怕。”

“那晚上呢?”

“晚上吗？晚上，不说了，说出来你会害怕的。”

“不怕，你说吧。”

“白天做尸检我完全凭科学晚上就凭灵感，回想一下白天有没有失误。说出来真怕你害怕，有时我晚上能看到鬼魂到我身边来。”

“老张，哪有什么鬼魂，你不是做梦吧？”

“不是。”

“那你不害怕吗？”

“我是习惯了。如果我白天的检验报告错了，过一段时间，那鬼魂就一定晚上来找我，点化我无论如何要改过来。”

“怎么点化？”

“就是说，我会无缘无故地遭到磕碰。比如，桌上的水杯洒了，手指碰破了皮，流血了。”

“那409女尸案，你认为是自杀还是他杀？”

“这个，这个嘛，现在不好说。因为刚才我不是说了，要过一段时间才能知道是不是一定鉴定对了。眼下，我做出的是靠科学仪器做出的判断。”

“那你过几天，可一定要给我个准信儿。记住：一、别因工作累坏身子；二、可别因酒误事；三、有困难一定要第一个告诉我。”

“放心吧，我听你的。”

次日一早，阳光明媚。刑警队全体干警身着警服，整齐地聚集在刑警队四楼大会议室。刑警队长侯镇向全体干警交待完任务后，举起右手，领着全体干警一起背诵《中国人民警察誓言》：“我志愿做一名人民警察。我保证忠于中国共产党，忠于祖国，忠于人民，忠于纪律；服从命令，听从指挥；严守纪律，保守秘密；公正执法，清正廉洁；不怕艰苦，不怕牺牲；全心全意为人民服务，坚决维护国家和人民的利益。我愿献身于崇高的人民公安事业，为实现自己的誓言而努力奋斗。”

随后，刑警队综合科的人员留下，其余三个大队人马全部参加行动……

侯镇穿上便装，徐庆和和李春晓穿着警服，乘一辆警车开始寻找新线索。徐庆和边开车边说：

“队长，打个赌怎么样？今天，要是真找到线索，你怎么谢我？”

“我请你俩去老吴头面馆喝散白。”

“哼，才喝散白呀？那谁去呀！”

“那你想喝什么？是人头马、XO，还是路易十三？是不是太贪了？”

“怎么也得喝五粮液呀！”

“你以为我是大款、歌星呀？我家买楼贷款还没还上呢！这不，上个月银行又催我还贷了。你就让我省点吧！哎！我说这打赌可是双方，你要是输了怎么办？”

“那我的女朋友归你。”

“哎！你有女朋友吗？”三人一通大笑。

“有机会，你真该处一个。哎！那照片带来了吗？”

“带来了。”李春晓说，“还是现代好啊，科技发达，根据尸体用电脑就能画出其生前的模样。”

警车在一家酒店门前停下，三人一起下了车……

晚上5点，三个大队长分别向侯镇报告，没有发现目标。侯镇一组三人找了一天，也没查到有关死者的任何线索。

回到刑警队，三人又坐在一起研究对策。

“怎么办好呢？这样查肯定是不行了。”徐庆和说。

李春晓沏了三杯茶水，三人渴了一天了，大口地喝起茶来。喝了一会儿，侯镇放下茶杯说：

“明天，咱们三人乔装打扮，分头行动，我装作外地做生意的，来找一位老相识，庆和也跟我一样。春晓扮成死者的姐姐，寻找失散的妹妹。这样，可以扩大寻找范围。咱们三个手机都开着，谁先找到线索，就通知另外两个人，然后集合一处攻坚。”

三人边喝茶边谈，直到天黑下来，感到肚子饿了，三人才离开办公室。

次日9点，李春晓一副贵夫人打扮，打车来到芳草地洗浴中心。一进门，一个女服务员忙向她走过来。

“小姐，我能帮您做点什么？”

“我要洗浴。”

“好，这边请。”

刚刚洗浴完，小姐便来为她按摩。

“小姐，您的身材真好。”

“是吗？你也不错，干吗出来干这个？”

“还不是让生活逼出来的。父亲得脑血栓瘫痪，弟弟上大学，不干这个多赚点钱，一家人怎么活呢？”

“是呀！怪可怜的。”

“小姐不是本地人吧！”

“我从北京来，来找我一个多年失散的表妹。”

“那恐怕不好找吧！”

按摩完，李春晓拿出一张百元大票。

“呶，这个是给你的小费。”

“呀！给这么多，谢谢小姐！太谢谢了。我叫宋立敏，您要是有什么事要我帮忙，尽管说，我一定尽力。”女服务员捧着百元大钞笑道。

李春晓从精致坤包里取出照片，递给女服务员。

“这是我表妹，你见过她吗?”

女服务员接过照片，仔细看了看，便显出惊讶的样子。

“这个人在我们这待过，做过服务员。跟我住上下铺。”

“她叫什么，哪里人?”

“她叫薛丽白，湖南人。两年前她就离开这里了。哎呀！老板可是不允许说的呀!”女服务员有些紧张地说。

“放心，我会保密的。你们老板叫什么?”

“吴天富。”

“我要找你们老板谈谈。”

说着，李春晓给侯镇和徐庆和打手机。工夫不大，侯镇和徐庆和就赶到芳草地洗浴中心。听完李春晓的汇报，侯镇决定先找老板吴天富了解情况。

在老板办公室，侯镇亮出身份，吴天富赔着笑脸。他四十多岁，中等个，微胖，脸色略黑。他将一杯沏好的茶递给侯镇说：“这人叫薛丽白。两年前跟人出台后就再没回来。由于是小姐，我们也没太深找。我说的都是实话。”

“吴老板，这个薛丽白目前已被人害死。你设法通知家属，到刑警队认领尸体。”

一听这话，吴天富一副害怕的样子。喃喃地说：“啊，她家在湖南，不好办呀!”他用眼又瞅了瞅侯镇，又说，“啊，不过，我一定想想办法，妥善处理。”

侯镇又一次来到段百阳家，想再了解一下案情。

段百阳住的是三间土平房。东西两间住人，各有一铺朝阳南炕。中间一间两侧是灶台。北墙又隔成一间小屋，小屋正面有玻璃窗。玻璃窗下摆放着一个破旧不堪的碗橱。透过碗橱外罩的那层白纱布，可以看见里面摆着一大塑料盆大饼子、一碗咸菜和几棵大葱。侯镇来到东屋，见段百阳不在家，便坐在炕上，跟段百阳的媳妇攀谈起来。

“大嫂，家里还好吧?”

“好，还好。就是我直闹病。”

“侯队长，你找我家百阳还有啥事呀?”

“还是那起案子的事。”

“哎呀，案子的事，我们可不敢说呀。那天晚上，我家进来人了，是个蒙面人。那人不让我们说实话呀!”

说这话时，百阳媳妇显得有些神经兮兮的。

“有这等事？不用怕，有我们人民警察给你做主，你们就谁也别怕。”

这时，门开了，段百阳回来了。

“大哥回来了。我在等你呢。”

“啊，啊，队长来了。我这是回家取点东西……啊……”

段百阳一见到侯镇，一下子就想起那天晚上的可怕情景。蒙面人恶狠狠地对他说——警察要是再问，你就说，看见时那女的吊在树上，是上吊自杀。

“段大哥，我今天来，是想再了解一下你儿子那天见到女尸的具体情景。你不是说你去接你儿子时也见到了吗？现场留没留下包裹之类，或是其他什么凶器之类的东西?”

“哎呀！让我再想一想。”

段百阳用右手拍了拍后脑勺，低下头说，“哦，我差一点忘了一个最关键的，我见到女尸时，她是吊在树上的。她也许是一时想不开，上吊自杀的。”

侯镇皱眉一笑，说：“那天，你好像不是这样说的。刚才嫂子跟我说，那天你家晚上进来一个蒙面人。他是不是对你进行了威胁？如果是那样，你不要怕，由我们警察保护你家，你可以大胆地说。”

“哈哈。”段百阳咧嘴一笑说，“没那事，我家小琼他妈神经不好。她那是梦话，您别往心里去。我确实是见那女的吊在树上。我这人就是有啥说啥。那天我干了一天重活，太累了，我可能说得稀里糊涂的。”

侯镇觉察出来段百阳有顾虑，再问几句，段百阳也没说什么。这时，侯镇的手机响了，是夏局长要他汇报案情。于是，侯镇对段百阳说：

“这样吧，我给你留张名片，你再把你家电话号留给我。等有什么事时，我们再联系。”

一周以后，薛丽白的父母从老家来到江水。

两位老人都已花甲之年，在薛丽白大姐的搀扶下，来到刑警队。在刑警队法医停尸房，见到薛丽白尸体后，号啕大哭。

“侯队长，你可一定要抓到凶手，为我女儿报仇哇!”

望着年迈的父母，白发人送黑发人的场面，侯镇心里也异常难受。作为一名人民警察，不能保证人民生命财产安全，他就不配拿人民给的那份工资，不配穿那身人民警察的制服，就该辞职下岗。他心中暗暗下决心，一定要全力以赴，抓捕罪犯，严惩凶手，给人民一个满意的交代。

回到刑警队办公室，侯镇大脑里又开始翻江倒海了。找到了小姐的工作地点，但还没有找到真正的凶犯。下一步，怎么办好呢？段百阳突然顾虑重重，前后说法不一，受何干扰？庄副局一反常态，干涉207案件的侦破，究竟为何？207案，409案，久攻不克，两案症结在哪里？侯镇想了半天，最后决定调整侦破方向，采取多视角寻找线索，力求尽快打开缺口，攻破此案。他把烟头按在烟灰缸里，站起身，朝门外走去。一个新的破案方式，在他的大脑里形成了。

第三天上午，《江水日报》显要位置上刊登出了警方向社会上征寻破案线索的启事。文中有意向外界披露消息，说警方已初步找到几条有价值的证据，正在全力侦破。启事登出两天后就有了回音，侯镇一天到晚要接十几个电话。侯镇让李春晓和徐庆和把群众举报分门别类，选出有价值的进行重点调查。

果然，409案有了转机。薛丽白在当酒店小姐期间，曾经跟江水市一家国营企业的大老板打得火热。后来她就离开酒店，被这个大老板当二奶包养起来。这天中午，李春晓来找侯镇。一进门就说：

“队长，有好消息了。”

“什么好消息？”

“今天，我二姨妈来我家了。当她知道我当警察时，就问起了409这个案子。我把情况简单介绍给她，并把薛丽白的照片拿给她看。她说这个人她认识。我赶紧问她怎么认识的。她说薛丽白刚来江水的时候，在段百阳家租房子住。跟段百阳家的媳妇处得挺好，认了干姐妹。住了一段时间后，又离开了。后来，薛丽白在段百阳家还生过一个孩子。薛丽白后来把孩子送人了。”

“那孩子送谁了？”

“具体送谁，只有薛丽白知道了。可她死了。哎，对了，我姨夫是这个村的村长。”

侯镇坐在办公桌前思索着，这么说，段百阳的嫌疑可就大了。被害人曾经是他家的房客，跟他媳妇处得又很好，被害后，又是他最先发现的。他报案时为什么隐瞒真情，为什么不说他认识被害人呢？由此看来，段百阳很有可能参与了这起谋杀案。是主谋，是凶手，还是帮凶……

那么，段百阳的作案动机又是什么呢？好色之心驱使？是谋取薛丽白的钱财？还是另有企图？

想了一会儿，侯镇叹了一口气，对李春晓说道：

“真是知人知面不知心哪！从段百阳的外表看，是个老实巴交的人，没想到我们被这样的假外表糊弄了。你要找一下你姨家的地址，过几天，我们再去她家了解一下情况。”

“队长，要不要派人把段百阳监视起来?”

“暂时不要惊动他，他现在也不可能再有什么作为。我明天就去段百阳家住的村子，看能不能找到薛丽白孩子的去向。”

“那我陪你去!”

“不用了。你休息两天吧。哎，别忘了，下班前把你二姨妈家的地址给我。”侯镇话还没说完，手机铃声又响了。他打开手机，里面传来法医老张的声音：

“侯队长，我是老张啊，昨天我灵感又来了。就是说我预感到薛丽白不是自杀，而是他杀。”

侯镇说：“那，你能不能找出点科学依据?”

“这个，现在还不能。不过我会尽力而为的。快了，也许明天就找到了。慢了，一年两年也是它。”

“老张，你最好抓紧点，别忘了，我还帮你张罗媳妇呢。”

第九章　名片的迷惑

参加完薛丽白的葬礼，侯镇就感到薛丽白的案子非同寻常，必须要进一步深挖，才能使案件真相大白。可具体怎么查，他心里还没个成形的方案。当李春晓向他汇报了段百阳的情况后，他决定再去一趟郊区——西坡三队。

次日是星期天。早上，天气晴好。他早早起床，用了早餐。然后身着便装，一个人骑着摩托车，迎着晨风，向郊区驶去。他先来到西郊抛尸现场，希望能再找到一些意想不到的物证。沙丘上长满杂草和野花，侯镇放下摩托车，步行在草丛中，仔细寻找着，这里没有，那里也没有，物证究竟在哪呢?

太阳渐渐升起来了，艳阳高照，侯镇已是汗水涔涔。一上午过去了，他什么也没找到。正当他准备回去时，偶然间，草丛中有一个白色小纸片，引起了他的注意。他走过去，把它拾起来一看，原来是一张名片。正面写着：江水市第一粮库主任兼书记：黄标；背面写着经营范围：玉米，大豆，高粱，葵花，杂粮。这是黄标的名片。他的名片怎么会丢在这儿?黄标这个人，侯镇是认识的。在调查何少康时就跟他打过交道。侯镇没再往下多想。

他掏出手帕，把名片包好，放入自己的钱包，然后揣入一侧的裤兜。

按照李春晓给的地址，侯镇又找到她二姨妈家。侯镇打量了一下这家所处的位置。这幢三间红瓦房，离段百阳家不远，大约隔个五六家的距离。

“汪汪！汪汪！”这家狗挺管事，一见门口有生人就叫个不停。

“哟，这位大兄弟，你找谁呀？”

侯镇刚走进这个三间红房的大院里，一个中年妇女就迎了出来。她上身穿一件天蓝色小褂，下穿黑绸裤子。脚上一双千层底的家做黑布绣花鞋。“这就是郭景海村长的家吧！”

“嗯！对呀！”中年妇女笑着答道。

“我是李春晓一个单位的同志。路过这儿，顺便来看看。”

“来吧，来吧。”

来到屋里，女主人让座，沏茶，显得很好客。侯镇自我介绍说：

“我是刑警队的侯镇。您是李春晓的二姨吧。”

“啊，那您是队长吧。对对，春晓说过。”

“怎么，郭村长不在家？”

“他呀，上街里办事去了，大概一会儿就回来。”

“那我就向您了解一下段百阳的情况吧。听说您知道段百阳家住过一个姑娘。具体是怎么回事？”

“这个，说来话长啊。那姑娘是南方人，来这里三四年了。刚来的时候，说市里房子租金太贵，就租百阳家的房子。大概住的是西间屋。他们家还挺宽敞，三间房中间还栅上一个小屋，是给他儿子用的。夏天儿子就住在那个小屋，冬天三口人住一个炕上。要说那姑娘呀，好像在一家洗浴中心当按摩女郎。后来，跟了一个有钱人，就阔了起来。给百阳家也添了不少东西，好像给他家买了一台彩电。”

“彩电？我到他家去过，没见有彩电呀。”

“段百阳媳妇长年有病，缺钱。彩电后来抵押出去了。”

“那孩子是怎么回事？”

“那是薛丽白跟那个有钱人有的。薛丽白想跟那人结婚，就想生下这个孩子。孩子好像是在段百阳家生的。孩子大约一岁多一点，就抱走了，可能是给那有钱人抚养去了。后来，薛丽白就离开了段百阳家。近日才听说薛丽白上吊自杀了。”

这时，院门响了一下，侯镇朝外一看，见一个中年男人走进院来。这人个子不高，50多岁，微胖，圆脸，大眼，嘴巴上留有短髭。

“哎呀，孩子他爹回来了。”

中年妇女忙起身打开屋门，郭景海一进屋，侯镇忙上前与他握手。中年妇女手指侯镇说：

“这是春晓单位的领导。”

“刑警队长侯镇。”

郭景海握着侯镇的手，笑着说：“大名鼎鼎的侦探，谁不认识。哦，快请坐。”

侯镇又坐到炕上，郭景海拎起暖壶，给侯镇的茶杯又续满了水。

“郭村长，快别忙了。我来这儿，可是给您添麻烦来了。”

“哪的话，那可说远了。以后，还要您多关照我家春晓呢。”

“郭村长，不说可能您也知道，在贵村的地界出了一起人命案。死者薛丽白，听说在村民段百阳家住过。所以我想了解情况，找破案线索。希望您能提供帮助。”

“段百阳家在我们这儿是个困难户，家里的媳妇老闹病。段百阳人还不错，群众口碑也比较好。他有手艺，写写算算，木工瓦工，编筐窝篓，样样精通，在我们村里也是数一数二的。他原来当小学教员，后来因挣钱少，难以养家，就回村种地。村上谁家有困难，他都肯帮忙。他好像不会干什么违法的事。”

“郭村长，您不要被表面现象所蒙蔽。从我们现在掌握的情况看，段百阳在对我们说谎。我们现在还不知道他隐瞒真相的目的。他说薛丽白的尸体是他儿子发现的，也没说过跟死者原来就认识的话。可据我们了解，他不仅认识死者，而且死者生前，就是租用他家房子的房客。所以我怀疑，薛丽白的死跟他有关。”

“有这等事。哎，也许我看人看走眼了。这年头，儒家思想被放弃了，人变化快呀。什么优秀党员，五一奖章获得者，不也有拉出去毙的吗。要是跟段百阳有关的话，他为什么这么干，见色起意，还是图财害命，还是……”说到这儿，郭景海沉思了一会儿，接着又说，“这样吧，这件事容我再向村民调查一下。发现可疑情况，立即报告给您。要是找不到您，我就跟春晓说一声。您看行吗?”

“那样最好，我就告辞了。”

“吃了饭再走，您看，孩子她妈已经买肉回来了。咱俩喝两盅!”郭村长一把拉住侯镇的手。

“谢谢您的好意。只是我公务在身，不能久留，改日再聚。关于段百阳的事，还请您多费心。”

“那是自然。案子发生在我们村的土地范围内，嫌疑人又是我们村民，我这个村长能躲在一旁卖呆吗？放心，我一定尽力。”

周一上班，徐庆和第一个来到侯镇办公室。

“庆和，你来得正好。在409案发现场，我又找到一样新东西。”侯镇把名片递给了徐庆和。

“哦！这不是一库主任黄标的名片吗？”徐庆和说。

“是呀！可它为何落到犯罪现场呢？是偶然的吗？”

“可，光凭这点我们还不能给他定罪，也不能抓他。”

“但我们可以怀疑他，监视他。你通知黄标所在的派出所，留意黄标近来的举动。”

“报告！”

“进来。”

李春晓应声开门，走了进来。

“队长，昨天洗浴中心的宋立敏来找我，向我反映了一个新情况。她说薛丽白曾跟一粮库的黄标很要好，自从结识黄标后，薛丽白就辞掉了洗浴中心的工作，离开那里，说黄标要跟她结婚。”

“有这等事。看来我们真得找黄标谈谈。”

“还有呢，据了解黄标底细的人反映，黄标本是农民。在生产队时，他不务正业，上毛家粮库卖粮，他偷了粮库印有中粮字的十条麻袋，塞在车板子底下。被粮库职工发现，没收并罚款。因罚款单上要有名字，所以黄标的名字就留在毛家粮库了。同时，这人好色得很，把村里的姑娘糟蹋了不少。”

“好。咱马上去粮库。”

一辆警车在一粮库大楼前停下。侯镇、徐庆和、李春晓三人身穿警服，走下车来，他们径直上楼。

“侯队长来了，欢迎，欢迎。”

黄标走出办公室，在二楼台阶上迎接侯镇一行。进了主任室，黄标吩咐通讯员给每人沏上茶。侯镇坐在沙发上，开门见山地说：

“黄主任，我是无事不登三宝殿。最近有一桩人命案，好像跟您有些瓜葛，所以我们来了解一下情况。”

侯镇把目光始终盯在黄标的脸上，看他表情如何。黄标很镇定，慢慢地喝着茶说：

“我这个人，大大咧咧，是个无所谓。有事尽管问，再说，咱们警民一

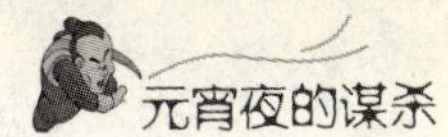

家，为警方提供帮助，也是我应尽的责任。”

“那好，咱市的 409 案，我想您听说了吧？在案发现场，我们发现了点问题。案发现场，我们找到您的一张名片。您能对此做出解释吗？”

一听这话，黄标脸上的肌肉陡然抽搐了一下，为缓解紧张情绪，他端起茶杯，喝了一口茶，沉默了一会儿，开口说道：

“啊，我当是什么事呢。我因为业务联系，所以印了很多个人名片。也发给了许多人，具体我也记不起来了。如果说现场有我的名片，就怀疑我是凶手，好像……”

“另据一洗浴中心服务员介绍，您认识死者薛丽白。”

“认识是认识。干我们这行的，有很多应酬。有时客人有这个爱好，为了谈成生意，我们也不得不领他们到一些娱乐场所。可小姐的话，你们能信吗？”

侯镇严肃地说：“信不信，得看是不是事实。您说是吧？这件事我们还要调查下去。这是上级的要求，也是我们义不容辞的责任。”

“那是，那是，公事公办。不过现在到饭时了，留下在这儿吃饭吧。我个人掏钱请三位，怎么样？”黄标笑着说。

“我们还有事，改天吧。”

侯镇说完，起身下楼。随后驱车离开粮库。回到家里，侯镇没有吃晚饭。他一头砸在床上，思考着该如何理清思路，尽快破案。这时，床前的电话响了。

“喂，哪位？啊，是郭村长。什么？有人说段百阳家前几天进去人了。好，我们马上就到。”

晚上 7 点 30 分，西坡三队的家家户户，炊烟袅袅，灯光点点。一辆警车在段百阳家门前停下。从车上走下侯镇、徐庆和、李春晓和村长郭景海。三人在郭景海的引领下，走进了段百阳家。正好赶上段百阳一家三口正围着炕桌吃晚饭。段百阳见来了警察，急忙穿鞋下地。

“侯队长，要是不嫌弃，就在这儿一块吃吧。”段百阳用手指着桌上的玉米面大饼子说。侯镇摆了摆手说：

“吃过了。我们来是有事要问。到你家西屋行不行？”

“行行，我去开灯。”

在西屋，大家都落了座，段百阳坐在地当中的一个凳子上。侯镇问：

“段百阳，你要对警方说实话，知情不举，或者隐瞒事实真相是犯法的。我的话你听懂了吗。”

段百阳脸上开始冒汗了，低下头说：

“我错了，因为我怕警方怀疑我是凶手，就没有说真话。死者我不但认识，而且她在我家住过，还在我家生过一个孩子。就这些，别的我什么也不知道了。”

“不知道了，就这么简单？要是就这么简单的话，我们还这么费事到你家来吗？你再想想。”

郭景海劝道：

“百阳，你就有一说一，有二说二。现在是警民一家。他们当警察的就是给咱老百姓办事的。侯队长这么晚了又到你这儿来，是最近又听说你家前两天来过一个蒙面人。侯队长是来保护你家的。”

李春晓搬过一个小板凳，让段百阳坐下。段百阳仍低着头，沉默了半天才说：

“我怎么这么倒霉呀，啥事都让我摊上了。就在前两天，哦，就是侯队长来我家调查情况那天。有一个蒙面人就突然闯入我家，让我对警方说薛丽白是上吊自杀。如果不这样说，就要杀我儿子和媳妇。这叫我可咋办好呀？”说着段百阳呜呜哭了起来。

“你先别哭。我们警察是会保护你的安全的。不过，你要对我们讲实话。这样有利于破案，案子破了，我们把犯罪分子绳之以法，老百姓才能真正安居乐业。”

侯镇开导着段百阳，徐庆和走到他跟前，递给他一条手绢。段百阳接过手绢，擦了擦眼泪，停止了哭泣。徐庆和问：

“薛丽白在你家生的是男孩儿还是女孩儿？”

“是女孩儿。”

“孩子现在在哪？”

“是薛丽白抱走的，好像是送人了。”

“送谁了？”

“这个薛丽白没说，我们也不好多问。后来她就离开这里了。临别那天，我家特意买了肉，为她包了一顿饺子。她走后就再没有消息了。哪承想，我家孩子放羊又看见了她的尸体。我怕惹事，就急忙报案。又怕警方怀疑到我们头上，就没说跟死者认识。可还是来事了，蒙面人持刀来我家，不让我说实话。我都不知道咋办对了。你说我家这是怎么了，我得罪谁了？我也没干过啥见不得人的事呀。”

离开段百阳家，侯镇嘱咐郭景海，派村上民兵把段百阳家监视起来。发现蒙面人，立即通知刑警队。

这时，侯镇的手机又响了。侯镇一接，是法医老张打来的。老张说：

“我昨晚又做梦了。根据已往的经验，薛丽白不是自杀，是他杀。”

“老张，凭你的感觉，杀她的人能是个什么人呢？是男的还是女的。”

“是男的。那人也比薛丽白大不了几岁。”

“为什么杀他？”

“为什么，这个我还不知道。”

“那你还能告诉我些什么呢？”

电话里又传来老张一阵剧烈的咳嗽，侯镇不忍再问，就说：

“老张，到医院看看吧。薛丽白的事，等等再说。好了。”

说完，侯镇长出了一口气，关了手机。

“哎，老郭，你这村有没有孤寡单身女性，不超过50的。我们那儿法医老张刚刚50岁，还一个人。要有合适的，帮助撮合撮合。”

“那好，我给你留心一下。再让我家你嫂子帮助找找，碰上相当的，我马上通知你。”

早上明媚的阳光，静静洒向人间，再一次照到刑警队长的办公桌前。侯镇趴在办公桌上，呼呼大睡。这一段时间他太累了。昨天晚上，他看卷宗，查资料，折腾到凌晨一点多。他是坐在办公桌前看卷宗时睡着的。睡梦中，他梦见了薛丽白的身影。她蒙着白色盖头，脸上流着血，穿一件白色连衣裙，一步步向他走来。走到近前，跪了下来。

“侯队长，我死得冤呀，您要为我申冤报仇哇！”

侯镇问：“是谁害了你？”

“那人是男的。”薛丽白说，“那人你认识。你猜猜是谁？”

“我认识的人太多。猜恐怕一时半会儿猜不到。你就直接告诉我吧。”

“那样不行，上面不让。凡事都要有个过程。九九八十一难，少一难都取不来真经。”

“那可不好办了，要等到什么时候呀。再说，上级一再督办，我想等恐怕也不允许呀。”侯镇挠了挠头说。

“那……那我就先告诉你吧。”薛丽白拿起笔，拉过侯镇的手掌，正准备在他手心上写那个人的名字。

“咚咚！”门外响起了一阵敲门声。原来是徐庆和敲门，把侯镇从梦中惊醒。一觉醒来，侯镇揉了揉惺忪睡眼，觉得刚才做的梦有些蹊跷。虽然他是无神论者，可他也读过不少古代小说，里面有不少死者托梦破案的故事。他觉得这个案子一定有冤情。可再查下去，从哪着手呢？他沉思了一会儿，猛然想起，那天李春晓向他提到了洗浴中心的老板，觉得可疑。可疑归可疑，没有证据办不成铁案，也不能乱抓人啊。不行，今天一定得再去一趟芳草地洗浴中心。

“走，庆和，咱们再去一趟芳草地。”

“啊，侯队长，您又大驾光临，有什么事吗？”

吴天富站在芳草地洗浴中心门前，微笑着迎接侯镇一行。

“吴老板，近来生意好吧？”

“啊，托您的福，还可以。”

侯镇和吴天富说着话，走进了吴天富的办公室。吴天富亲自给侯镇沏茶。

“吴老板，您是明白人。我老这么破费您的茶水和宝贵时间，不合适吧？”

吴天富递上碧螺春香茶，笑着说：“那您说怎么办好呢？”

“你给我说实话，我去找那个跟案情有关的人，你不就解脱了吗？”

吴天富一看侯镇缠住他不放，顿时头上冒汗了。他坐在一把椅子上，边用手绢擦汗边说：

“侯队长，您也知道，干我们这行不容易。三教九流，五行八作，我们都得答对。我们要是揭露别人隐私，不仅我们这买卖得关门，就是被揭发的人也不会放过我们的。这叫我如何是好哇!”说着又低下了头。

“吴老板，俗话说得好：多行不义必自毙。犯罪分子受到惩罚，那是他咎由自取。我们揭发犯罪分子的罪行，是每个公民应尽的义务。只有这样，我们每个公民的权利才能真正得到保护。我想，您首先应该明白这样的道理。而且，你跟我们的谈话，我们会严守秘密的。你再想想，假如被害人就是我们的妻子、妹妹、嫂嫂，或是其他什么亲属，我们就忍心看着她们惨遭杀害，沉冤不得昭雪吗？”

听了侯镇这番话，吴天富抬起头来，上牙咬了一下嘴唇，想了一会儿说：

“啊；我说，不过，你们要给我保密呀。那个一粮库的主任黄标，曾跟薛丽白好过一阵。还有，收储公司的领导对薛丽白也挺欣赏。每次来这里都点名要薛丽白陪着。”

“收储公司的领导具体是谁？”

“这个就不好说了，收储公司机关一共有 40 多人。反正来的是科长以上的人。”

徐庆和问：“吴老板，你看，黄标有没有可能是杀薛丽白的凶手?”

“这个，我没有证据，可不敢乱说。诬陷他人也是有罪的。”

这时李春晓的手机响了。她走到门外去接电话，回来后在侯镇耳边说了几句话。侯镇听后，站起身跟吴天富告辞。

侯镇领着徐庆和和李春晓又来到西坡村。原来，村长郭景海又从段百阳家了解到新情况。段百阳想起了那天蒙面人乘坐轿车的车牌号码。于是，郭景海连忙给侯镇打电话，可就在这时，侯镇的手机没电了。所以就把电话打给了李春晓。

郭景海领着三人走在去段百阳家的路上。郭景海说：

“你们走后，我就调查了段百阳家两边的邻居。听他们说，那天晚上，段百阳家来了一辆奥迪 V6 轿车。从车上下来一个人，由于是晚上，没看清那人面孔。我想，段百阳那样的家境，怎么会有坐奥迪轿车的人到他家呢?我又找到段百阳，做他的思想工作，让他放下包袱，相信党和政府，把真话说出来。后来他说，那辆奥迪 V6 轿车是那天晚上蒙面人开来的，他还记下了车牌号。打头写着：辽 C，尾数号码是：8674 号。他还给我看了他记的一个日记本。只是车牌号有 5 位数，他只记下了四位。8 前边的一位数，被泥糊住了，没有看清。”

来到段百阳家，一进院，见段百阳正用草喂一只腿部受伤的小羊羔。进屋后，段百阳说：

“那天晚上，我记下了蒙面人所坐的车牌号。尾号是：8674 号。”

“是吗?这个好像是咱市的车，我好像在哪见过。”侯镇说。

徐庆和说：“刚才听村长说，你把这个号码记在日记本上了，请你拿出来让我们看看。”

“哎，哎，我去拿。”

段百阳打开地上的一个箱子。从里面找出一个本子，随即打开，拿到侯镇跟前说：

“看，就在这儿，这页。看，这不是，8674 号。啊，哪有哇！这页让谁撕去了。咳，这可咋办呢?”段百阳用手使劲砸着自己的脑袋，想了片刻说，“一定是让孩子他妈，把这页当抽烟纸给撕了。这个神经病，让我咋整啊。”

侯镇思考着段百阳说的这个号码，觉得这个号码好像在哪见过。在哪见过呢?

“这个号码好像是咱市的车，是哪个单位的呢？”侯镇自言自语道。

李春晓说：

“队长，给交警队打个电话，让他们在电脑上查一下，不就知道了。”

“你说得对。我找他们队长。”侯镇打开手机，按下几个号码，电话接通了，侯镇说，“崔队长吗，帮我查一下 8674 号是哪个单位的车？好的。我等着。”

打完电话，侯镇拿着手机，等着回音。3 分钟左右，侯镇的手机响了。交警队长告诉他，8674 号车有好多，其中一辆是市第一粮库的轿车。一听到这个消息，侯镇顿感惊讶，他早就怀疑第一粮库主任，只是没有足够的证据。有了这个证据，侯镇觉得应该再找黄标谈一谈。如果此案真与他有关，从交谈中也许要露出一些破绽。他刚要领人去找黄标，徐庆和的手机响了，是副局长庄德相打来的。

“喂，是小徐吗？”

“是呀，是呀。”

“我找侯镇，他手机怎么老是信号不好？”

“我们这儿可能是盲区。”从手机里徐庆和听出庄副局长很焦躁。

“那就找你了。你们在一起吧，你立即告诉他，马上回来。到我办公室来一趟，马上啊。”

“好的，我一定通知到。”

徐庆和马庄副局长手机里的对话，侯镇全都听到了。徐庆和刚想把庄副局长的话转告侯镇，侯镇摇了摇手说：

“好了，我都知道了，不必说了。看来好事多磨呀！”

“队长，依我看，我们该实在的时候实在，不该实在的时候可千万不能实在呀。要不玩点儿《孙子兵法》，我们可就成了坏人的猎物了。”

在庄副局长办公室，庄德相一边抽着烟，一边慢悠悠地对走进门的侯镇说：“请坐，侯队长。近来挺忙啊。怎么样？我这个分管刑侦的副局长，让你汇报一下工作，可以吧？”

“庄局，您看，您又挑理了。”

侯镇一下子坐在沙发上，好半天没有说话。

“好，你不说，我替你说。最近又在查什么 409 案子，对吧？可是，最起码，也要有点收获吧。可是呢？什么也没有，弄得劳民伤财，鸡犬不宁。你看看，连一粮库的黄标主任，市人大代表，你们也敢查。胆子也太大了。你们想过没有，他不光是粮库主任，他还连年被评为财贸系统先进工作者呀。这样的干部，就是有过错，只要不是什么大不了的，上级组织保护还来不及，我们怎么可以乱怀疑，乱侦查呢？再说了，这件事，最起码，你们也要跟我商量一下吧。你想想，你们这是不是犯资产阶级自由化的毛病呀。这不是我给你们扣帽子，上纲上线吧。”

从庄副局长办公室出来，天已经黑了。行人匆匆，霓虹灯闪烁，夜晚是那样的美丽。可侯镇心里却很不好受，他一个人慢步在大街上。脑海里思潮起伏，他在想，下一步，自己该怎么办，如何做？按庄副局长说的，把案子停下来，那样他也不用承担任何责任，可那样，他又觉得不仅对不起党和人民，更对不起生他养他的这片热土，更对不起自己的良心。那样，自己一生的良心都会不安的。人真是个怪动物，怎么会有这么多顾虑，有这么多思想呢？一有思想，就会有包袱，包袱多了会把人压得喘不过气来。咳，不是说车到山前必有路吗？管它呢？一天的事一天了，明天的事，明天再办。要是这点事都办不好，那还也配做刑警队长吗？一路想着心事，也没注意看路，不小心撞倒一个人。侯镇赶忙把那人扶起来，仔细一看，原来是法医老张，站起来的老张一个劲儿咳嗽。侯镇说：

“老张，怎么是你，你怎么才回家？”

“做化验，时间晚了。所以……”

“你还没吃饭吧。来来，前边有家快餐店。来，我请客。”

两人来到一家驴肉饺子馆。这家驴肉饺子馆，一天人客不少，因为在饺子馆的窗户上还贴了一张红纸——工薪消费。意思是这里比一般的饭店要便宜、实惠，适合上班靠工资的人来。这家饭店还真是这样，上菜用的全是鱼盘，菜码比一般饭店大一倍，价格却只有一般饭店的三分之二。侯镇落座以后，要了一个尖椒干豆腐（3 元），一个大骨头（12 元），一斤驴肉饺子（8 元），一斤瓶酒（5 元）。菜上得很快，眨眼之间，饭菜就上齐了。两人一边吃一边谈，平时不甚言语的老张，这时话也多起来。聊了一会儿，老张点燃一支雪茄烟，刚抽几口，又是一阵咳嗽。

“老张，你真应该到医院看看，要是病大发了，可就耽误了。”

“我没事，您放心吧队长。对了，队长，有关薛丽白的尸体分析材料，我给你带来了。”

说着，老张从怀里掏出一个信封，交给了侯镇。侯镇高兴地说：

“老张，真有你的。真不知道你还会这一手。”

第十章　真凶在哪里

清晨，侯镇独自一人又来到西郊案发现场。现场走了一圈后，一回头，侯镇发现一个疯子坐在一棵柳树下。那人高个，瘦瘦的，胡子长得超过脖子了。只见那人头也不抬，正手持一把长木梳，对着初升的阳光，悠闲地整理自己蓬乱的头发。

“侯队长，这么早到这来干什么?”

“你是谁，怎么会认识我?”侯镇问。

“大名鼎鼎的侯探长谁不认识?公安局一楼大厅的光荣榜上，不是有阁下的照片和大名吗?我是个无足轻重的小人物，叫史诗明，人称史疯子。我不光疯，还有点儿二（二曹）。我说侯队长，你这么早来这儿，还是为了那具女尸案吧?”

“你怎么知道?”

“咳，这个谁不知道。我亲眼看见那辆小轿车抛下女尸，挂在树上。又趁着昏暗的月色匆匆逃跑的。我看那女的怪可怜的，在这陪了她几夜，怕老鼠把她给撕破了相。要是那样，那不是白长了一张好看的脸了。”

疯子站了起来，拄着棍子要走。

“哎，等等。”侯镇拦住了疯子，顺手递给他一瓶矿泉水，说：“老哥，先喝口水，慢慢说吧。你记住那车的车牌号没有?”

“那天，我看见那轿车刹车时，尾灯亮了一下，车牌号好像是8674，对，是这个号。是咱本市的车。”

侯镇听他说到“8674”时，不自觉地愣了一下。心想，又一个8674号。是巧合，还是确有其事?

“我说，那天都那么晚了，你待在这干什么，又怎么能看得那么清?”

“哼，侯队长，我外号是个疯子，你要这么说，那咱就拜拜。”

侯镇又一把拉住了他。

“别别，跟你开个玩笑，不能走哇。我还想让你多给我提供点线索呢。”

“那天，来了两辆车，我跟你说的是第一辆，后边那辆车号是8889。”史疯子一边说，侯镇就一边用笔记，两人谈了近一个小时，临别，侯队长把随身带来的吃的都给了疯子，还塞给他五十元钱，让他到医院治疗一下。

这天晚上，已经很晚了，公安局副局长庄德相还在办公室里工作着。他先打了一通电话，然后，点燃了一支高档雪茄烟，慢慢地吸着，看上去好像在想着心事。这时，手机响了，他拿起手机，接了一个电话。“啊，啊，我知道了。猴崽子（指侯镇）他要敢继续查下去，我就敢把他当成一个蚂蚁，用脚蹂了。好好，请放心！我一定办。”

“队长，车牌号我查过了，是一粮库黄标的轿车；另一辆，也就是 8889 号，是一个个体老板的车。虽然咱市的车牌号都是五位数，四位数就有重复号，但从那些重号里，我觉得这两辆车比较可疑。”

晚上，侯镇找来徐庆和，在办公室共同研究史疯子反映的情况。徐庆和喝了一口水，继续说：

“这个史疯子我了解，原来是有正式工作的。在交通系统一个养路段工作。有文才，会写作，经常给领导写个材料什么的。后来，跟咱市剧团一个女演员谈恋爱，女的也真心跟他好。正当俩人爱得死去活来时，史诗明家里人死活不同意，他只好跟那女的黄了。由于伤情伤志，就落下了精神不太正常的毛病。单位的班也不上了，有时也去，可他整日磨叽，也干不了什么。单位人管他叫史大魔怔。家里的父母也去世了，有个已嫁人的姐姐，没有工作，也帮不了太多，他整天穿行于荒郊野外。”

“那，他说的话有多少是可信的呢？”

“这个，现在还说不好。”

“不过，我可以肯定地说，黄标这个人，有重大嫌疑。我们得派人盯住他，看他近来有什么变化。现在，咱们先调查一下你说的那个 8889 号。”

一辆警车在一个豪华别墅大院门前停下。侯镇抬眼望去，见院内不远处正停着一辆标致白色轿车。车尾号码正是 8889。

侯镇从兜里掏出了证件，在院门口的门卫面前晃了晃，说：“同志，我是警察，我想见你家主人。”

门卫是一个 20 多岁的小伙子，中等身材，眉清目秀。听了侯镇的问话，急忙回答：

“对不起，警官先生，我家主人今天不在家。”

“他上哪去了？”

“出门上外地了。大约一周以后回来。”

侯镇往里面看了看，见别墅是法国式建筑，构图奇巧，造型别具一格。院子里还栽了不少珍稀花木，甬道左边有欧洲的瓜叶菊、美洲的珊瑚花，马来西亚的金茶花……右边是梧桐、发财树、巴西木……等了一会儿，也不见主人有回来的迹象，于是侯镇就说：

“回来以后马上通知我们，这是地址。”徐庆和把一张名片递给了门卫。

回来的路上，徐庆和开车，侯镇坐在一旁，抽着烟。

“队长，你说这家主人，会不会是作案后潜逃。”

“难说。现在来看，他跟这个案子是一定有关联。”……

车子回到刑警队，已经下午5点多了。一下车，李春晓就急忙冲他俩走过来，神情紧张地说：

“不好了，庄局来了，像是来兴师问罪的。”

侯镇没有表态，跟着李春晓回到自己的办公室。

一进门，见庄德相坐在自己的办公桌前，正在吸烟。

“啪！——”

“我说侯队长，在你眼里，到底还有没有我这个分管刑侦工作的副局长?”庄德相见侯镇进来，用手一拍桌子，气愤地说。胸脯也一起一伏的。侯镇坐在他对面的沙发上，静静地看着他，没有说话。

“你说，你们刑警队哪一件事事先问过我？你们眼里根本就没有我这个副局长嘛。”

“庄局，是这样。我想，你一天工作也很忙，要会客、要开会、要汇报，还要管局里的一些大事。如果我连一些小事也麻烦您，使您事必躬亲，我怕您也会像诸葛亮一样，会累倒的呀。我这可是为您着想啊……”

“侯镇，你倒是会说话。照你这么说，刑警队的事交由你这个得力下属就行了。想得挺美呀。那样也好，不过我问你，你私自调查案子，惹出事情来，上级追查下来，第一个要找的人是我。我能脱得了干系吗？不能，对不对?”

侯镇点点头，表示同意。庄德相接着说：

“所以，你必须把所有要调查的案子向我汇报，只有我点头才能去查。否则就是个人行为，就是违反纪律。懂了吧。”

侯镇不想和他再次发生正面冲突，没有再说什么。他想，你庄副局每天对刑侦的具体小事都要过问，还要我们做什么。不过他又想，以前，庄副局可不是这个样子。他只过问一些大事，具体小事从来不过问，现在怎么了?这种怪异作风后面，是否隐藏着个人私利和隐情呢？没容他多想，庄德相态度和缓下来，又说：

“侯队长，我也知道，这一段时间你很累。来，留下来陪我吃顿饭吧。我请客，就咱俩。”

“哎呀，我还有不少事呢。”

“你就别说事了。事多我替你处理，怎么样？你要是还把我当成你的领导，就留下来吧。”

“那我就恭敬不如从命了。上哪呀？”

“不远，就西边100多米，有个小饭店。”

两人下楼，步行来到春来早小吃店。进了一个小客间，二人落座。服务员走进来，递上菜谱，轻声说：

“先生，请您点菜。”

“侯镇，你点吧。”

“庄局，你点你点，我吃什么都行。”

“还是你点，今天我请你嘛！”

“那好吧。一盘猪头肉，一盘尖椒干豆腐。”

“再点两个。”

“您点吧。”

“再来一盘酱驴肉，一盘秀菜，四瓶啤酒。”

这里菜上得挺快，工夫不大，菜上齐了。酒过三巡，四瓶啤酒也大半进肚，两人喝得有些醉了。侯镇想，诸葛亮说，交朋友可以醉之以酒而观其性。今天，我再陪他多喝点，看他到底怀的什么心？想到这儿，侯镇说：

“来来，庄局，平时咱们难得一聚，今天咱们一醉方休。服务员！再来四瓶啤酒。”庄德相说：

“侯镇呀，我也不拿你当外人了。有人求我，有些案子你就不要查了。至于为什么？我想我不说你也能知道。”

侯镇这才明白，庄副局是办案藏私呀。要在以前，侯镇会不管是谁，拍案而起，据理力争。可现在他成熟多了，他要虚与委蛇，看看这个庄副局到底要干什么。

“庄局，我这人年轻，你是老前辈，我有时遇事鲁莽，请多担待。来来，我敬您一杯。”

“没说，没说的。小侯哇，我是看着你长大的。这年头，最起码，谁不为自己留条后路。人不为己，天诛地灭。这个社会，是个人顾个人啊。咱们也不是傻子，干吗那么认真？”

侯镇看到庄德相今天真有点儿喝多了，他已经有些酒后吐真言了。侯镇觉得还应该让他再喝高点儿，看看他的进一步表现，于是端起酒杯说：

“庄局，我再敬您一杯。”说完，两人一碰杯，一口把杯中酒干了。

“来，庄局，再干一个。”

“你爱人常下工地，你们两人长期分居，有机会，我帮你把她调到市交通局机关工作。不然孩子都不好带不说，两口子不睡一个被窝，多寂寞呀!”

“来，庄局，为了你这么关心我，再干一个。”

“来，啊，不，最起码再干三个。”

“庄局，薛丽白是被谁杀的，你知道吗?”

“我知道，为这事人家把好处费都塞到，啊……”

庄副局长刚要再往下说，突然有些醒酒，这个可是打死都不能说的呀!连忙打住，不再做声。过几分钟后，才忙顾左右而言他。

两人出了饭店，外面已经黑了。庄德相提出要泡泡脚，侯镇为了进一步了解案情，只好陪着他。他俩打了一辆电动三轮车。当车行驶到一家洗浴中心门前时，庄德相让车停下，两人一先一后走下车来，侯镇付了两元车钱。侯镇抬头看了看霓虹灯招牌，只见上面写着：芳草地洗浴中心。

呀，这不是薛丽白曾经在这里打工的地方嘛?进了屋，侯镇仔细一看，吴老板侧坐在远处的一个沙发上，在跟一个男客聊天。这里正是薛丽白待过的地方，前些天，他还来过这里。侯镇想，今天可千万别让那吴老板认出来，那样可就麻烦了。好在吴老板一直没有回头。一个领班妈咪把他俩领进了一个二人雅间，只见屋里摆着两张床，墙上贴着一张一个女子为男人按摩的半裸画像。当小姐端来洗脚液，为他们泡脚时，庄德相瞅了一眼侯镇，说：

“今天，她们提供的服务，有人替咱们埋单。”

“谁呀?这么大方。”

“这个，你就不要多问了。只管消费就是。”

侯镇略微皱了一下眉，心想，这庄局山猫不是山猫，是鬼兔哇!看来，想从他这儿套出点儿东西，也不是一件容易的事，自己还真得留心点儿。小姐为他俩刚洗完脚，又出去倒水，回来又要为他俩按摩。侯镇想，在这里待时间长了没什么益处，而且庄局长有点醒酒了，也不会再说出什么有价值的东西，不如自己装病，好尽快离开这里。于是，他装出肚子疼的样子，两手抱着肚子直哎哟。庄副局长问：

“怎么了，侯镇?”

侯镇一边哎哟一边说：

“庄局，可能是今天酒喝多了点儿，老毛病阑尾炎又犯了。以前，我总吃消炎片顶着，今天看来不行了。”

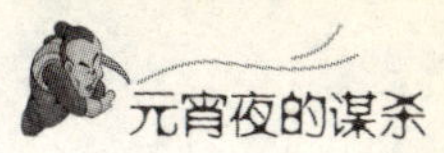

“不是胆囊炎吧？是阑尾炎好办，有时间做手术拿掉它算了。最起码，免除后顾之忧，今后不疼了。要那样，我叫车把你送医院吧。”

“在这个地方叫车，影响不好哇。我还能挺，还是自己去医院吧。”庄德相只好让他一个人回去了……

晚上，侯镇望着窗前的明月，睡不着觉。他在考虑近来的几起案子，从何处下手。

直觉告诉侯镇，207、409 两个案子一定有关联。在调查 409 案的时候，案情只查了一半，线索突然断了。中断几天后，他又接到一个匿名电话，举报何少康就是杀哈丽娜的真凶。话很简短，一句话就撂了。侯镇考虑了一下，这很可能是真的，但又苦于没提供证据，也可能是有人恶意陷害，但也不排除事出有因。怎么办好呢？侯镇经过反复考虑，觉得还是两个案子一起调查最为妥当，这样做，不论是哪一个案子有了头绪，都可以把另一个案子的线索牵扯出来。于是，他又回头开始调查 207 案。凡是跟案件有关，能找到的，他都找到，详细了解案情的来龙去脉。很快，他搜集到大量第一手材料。这里面，有许多是过去没有的，或者说是不够详细的。侯镇从获取的资料中发现：正月十五这天晚上，知道哈丽娜要送女儿小菊的只有 5 个人。一是丈夫何少康；二是哈丽娜的哥哥哈福顺；三是外甥肖德嘉；四是两名雇来的服务员。而且这件事非常有偶然性，即平时小菊都是由服务员和其他亲属送，哈丽娜亲自送时很少。外人根本无法掌握哈丽娜的行动规律。经过查证：两名服务员案发时在和悦楼内，肖德嘉在出租车上；何少康与大舅哥在街上看灯，好像均可排除嫌疑。但从凶手出手迅猛，目标准确，且在案发后能迅速脱离现场看，凶手必然早有准备。而且预先得知哈丽娜必经于此，可以认定是知情人所为。

侯镇仔细翻看着桌案上的材料，对何少康在十五这天突然有雅兴看灯，感到异乎寻常，经过慎重思考，他提出了几点质疑：何少康一身数职，作为市粮食收储公司总经理、平西粮库主任兼党支部书记，每天应酬不断，本来忙得不可开交，怎么会有闲心看灯呢？而且从了解的情况中得知，元宵节看灯又是何少康的主意，而且他主动要妻兄陪同。每年也没有这个爱好，而且在外面逗留了近一个小时，形迹十分反常。同时，还从亲友口中得知，正月十五这天，何少康在平西粮库开了一天的班子会。下午 4 点多，连襟们和哈福顺一起喝酒，就差何少康一人。哈丽娜连打几个电话，何少康仍说在开会，脱不开身，一直到 5 点多才回到家中。

在陪亲属喝酒期间，何少康以外出买烟为名，单独出去一趟。回来后，还用手机接了一个电话。哈福顺在一旁偶然问一句谁来的电话，何少康一时语塞，略一迟疑，忙顾左右而言他。上述种种反常迹象，使何少康的疑点陡然上升。

这几天，侯镇放弃节假日休息，从早到晚四处了解情况。他又去了一趟组织部档案室，查阅何少康的个人资料。从中得知，他是一个从农村到城里的年轻干部，在第一粮库任职期间，该粮库先后被上级评为“一符四无”（账实相符，无虫，无霉，无鼠，无事故）示范库，安全生产先进单位，财贸系统先进单位，精神文明先进单位，重合同守信誉先进单位……

他本人所取得的成绩也着实令人羡慕，被评为财贸系统先进个人，市十大杰出青年，省十大青年企业家……

尽管成绩骄人，可他仍然锲而不舍，凭着自己对工作高度的事业心和责任感，又获得了一个又一个荣誉称号。于是在江水市粮食局缺少纪检书记一职时，组织上考虑到他的工作能力，于1997年12月，提拔他为局纪检委副书记，主持工作。三个月后，又晋升为正职，当上了纪检书记。

在粮食局工作期间，虽然有他个人生活不检点的小道传闻，但没有任何书面证据可查。1998年7月，江水市粮食企业进行机构改革，从原粮食局中又分出一个粮食收储公司，成为与粮食局并列的平行单位，专管基层16家粮库。组织上出于何少康对粮库工作比较熟悉的考虑，让他到收储公司任副总经理兼党委副书记（主持工作）。不久改任总经理兼党委书记，主管财务、人事、安全保卫、多种经营及农村工作。身为总经理的何少康工作热情很高，几乎是每一个大型节假日他都没有认真休息过，每当节假日来临，他都带领公司保卫科的同志下乡巡回检查安全工作落实情况。A省《粮食经济》刊物上还登载了他的事迹——《脚踏实地写春秋》……

看上去很完美，侯镇没有被何少康的档案材料所迷惑，这天晚上，他在稿纸上写出了下面的文字：

207案谁最可疑？

一、2月12日，在警方再次了解哈丽娜的被害原因时，何少康竭力回避其他原因。一口咬定哈丽娜被害是出于抢劫，原因是哈丽娜的衣服扣子被撕开。这与民警现场勘察结果完全不符。

二、2月14日，有证据显示，何少康私下逛了“一品芳”大酒店，并搂着一名小姐上了轿车。哈丽娜还躺在医院，他这么早就另寻新欢。这使人对他说的话及他对哈丽娜的感情产生怀疑。

三、2月18日，调查发现何少康给公安局副局长庄德相打了7次电话，内容不详。可否怀疑他是在刺探警方办案信息。

四、3月26日，出殡这天清早，一大群人聚集在和悦楼上。何少康在和悦楼二楼小卧室里，呼天抢地，捶胸顿足。连说死了两个媳妇了，别人会怎么议论他呀！还拿出刚给哈丽娜买的新皮鞋、假发罩（因哈丽娜做手术时被剃头），大放悲声。然而，细心的人发现，何少康干打雷不下雨，只哭不见泪，有时还从手捂双眼的指缝里看人。

五、3月28日，何少康没用司机，独自开车去了哈美娜家，带去一车礼品。意欲何为？是想封住哈美娜的口吗？

六、3月29日，江水市组织部要考察粮食收储公司领导班子，作为总经理的何少康当然要进行个人述职。当组织部人员打电话要何少康准备述职报告时，偶然发现何少康早已把悲哀抛到九霄云外，言谈话语里，仿佛有一种轻松解脱的感觉。还说葬礼上大伙儿没吃好，过些天要摆上几桌，大宴宾朋。而这是在妻子尸骨未寒，死后的第8天。

七、3月30日，何少康参加了一个市政协会议。他是政协委员，会上，本来没要他讲话，可他还是谈笑风生，侃侃而谈，令在场的人都觉得不像是一个刚刚死去妻子的人。

八、4月1日，有人发现何少康去了一趟省城。好像是在找省里某位高干，意在提拔调转他本人的工作。在妻子丧事还不到一个月的时间里，何少康为何置悲伤于不顾，那么热衷于其他事物呢？答案只有一个，他本来就没有真悲伤过。

以上几点可疑情况，暂时可以归结为一点，何少康确实很可疑。应该列为嫌疑人中的重要一员。

“队长，这么晚了还没睡呀！”刑警徐庆和推门进来。

“我睡不着啊！”

徐庆和来到桌前，拿起侯镇写的材料看了一会儿。

“对，队长，我认为你分析得很对。不过，我看作为上报材料还须再整理一下。”

“好哇！你今晚就代劳吧！”侯镇站起来，冲徐庆和笑了。

次日一早，侯镇将何少康一系列反常行为，以书面材料形式向总指挥部作了汇报。总部对这份材料给予高度重视，决定派出得力干警，对何少康进行严密监控，并令侯镇单独继续对其进行秘密调查。

这天，侯镇和徐庆和又去了趟别墅，找到了车主人。车主人姓华，叫华建锋，是个浙江人。他很瘦，看上去40岁左右，西装革履，面目清癯，像当今有些艺术家一样，留着长发，在背后梳着一个髻。他是到这里做建筑生意的。在别墅的一楼会客厅，侯镇和徐庆和坐在意大利真皮沙发上，打量起周围的环境。这里到处都显示着华贵和气派，墙上挂着一幅油画，是维纳斯裸体睡像，看上去很新。角柜上放着几尊陶瓷塑像，也都是些男女亲吻恋爱内容的。地上铺的是棕色大理石地板。角柜两端摆着两个一人高的青瓷花瓶，上面画着《清明上河图》。看着屋里的摆设，侯镇说：

“华先生，看你这摆设，挺有情趣的嘛!”

华先生笑笑说：

“侯队长，人活着为什么，不过就是吃点喝点玩点嘛! 你看，民间流传的四大美你知道吗? 养情人，坐小轿，新婚娘子，睡早觉。这几美，我都想得到。其实谁都想，可不是谁都能得到。”

“这个嘛，人的世界观不同。现在是改革开放，我这里也不想高谈阔论。说什么三省吾身，说什么舍生取义，说什么像谁谁学习，但做人最起码的一点，要对得起自己的良心。”侯镇严肃地说。

华先生好像很健谈，对侯镇的到来并不感到畏惧，相反，借题发挥，滔滔不绝。为了节省时间，侯镇打断了他的话说：

“华先生，时间有限，我就直说了吧，在一起案子的作案现场有人发现了你的车牌号。这是怎么回事?”

一听这话，华先生轻轻皱了一下眉，好像紧张起来，想了一会儿说：

“警官先生，请相信我，我确实是个守法公民，不会违法乱纪的。犯罪的事跟我更是毫不相干。”

说着从面前的抽屉里拿出一只摩尔香烟，自己点上火，吸了起来。徐庆和说：“华先生，我看你还是配合我们工作为好。违不违法不是你说我们就相信的。有人在作案现场发现你的车牌号出现过。这你怎么解释?”

华先生一听这话，顿时脸红了起了，从沙发上蹿了起来，指着侯镇和徐庆和的鼻子说：

“我是你们这儿市领导招商引资请来的。动我，你们最好要考虑清楚，再说，我犯了什么罪，你们没有证据，没有嘛!”

华先生摊开两手。侯镇见华先生急了，为缓和气氛，侯镇摆摆手示意他坐下，然后说：

“人民警察为人民。我们破案，实际上是为了人民的利益。这当然也包括你。所以请相信我们，配合我们，共同把这项工作做好。”

“那好吧。我的车曾借过人。”

"借过谁?"侯镇问。

"这个，这个，最好就不要问了。人家当时就告诉我不要说，否则……"徐庆和说：

"不行，一定要说。不然，他干的事，罪责由你承担，你干吗?"

"那，那我就说了。我的车，借过一粮库主任黄标。那人跟我一样，是个离不开女人的人。他说要会情人，要用我的车，我就借他了。"

"什么时间?"

"好像是今年几月来着，哎，都是让女人害的，记性不好了。"

华先生拍了拍额头，待了一会儿说：

"是4月的一天。具体我可有点记不清了。"

侯镇问："黄标他自己有车，干吗非用你的车?"

"这个嘛，他说，怕影响不好，得背着点——司机。哎，搞破鞋的事，跟……搞小姐，还不同。小姐是公用的，搞破鞋吗，西门庆还须避一避武大郎。所以，对司机，他也不想让他知道。没办法的事，我只好同意。"

徐庆和说：

"你知道吗?黄标有重大作案嫌疑。你把车借给这种人，你就跟本案脱不了干系。你要证明自己的清白，最好与他划清界限，明白吗?"

"那是，那是，我也不想蹲小号吃窝头。"

说到这儿，华先生头上有点冒汗了。他掏出绣着鸳鸯荷花的手帕，一个劲儿地擦汗。

离开了华先生的家，侯镇和徐庆和把车开到一个山坡下停住，二人走下车来。侯镇点燃了一支烟，重重地抽了一口说：

"这个案子难办了。如果搞不好，这家伙向市委市政府告我们的状，说我们破坏招商引资和市里的经济建设，那案子就更加棘手了。"徐庆和目视着远方，听侯镇这么一说，回过头来说："是呀，是呀。不过我们要是有足够的证据，市领导也说不出什么来，因为我们是在维护改革开放成果，是在维护广大人民群众生命财产安全。这个道理市领导应该比我们更懂吧。"

三天后，侯镇和徐庆和再次来到了这座别墅，跟华先生说明来意。在会客厅，侯镇把一张照片递给了华先生。华先生不看还可，一看照片，顿时目瞪口呆。他颓然地坐在沙发上，坐了一会儿说：

"不过，前一段时间，我的车牌子突然丢了，不过第三天，不知什么人又给送回来了。"

侯镇看到华先生一见薛丽白的照片就颜面变色，觉得华先生一定认识薛丽白。这里面必有隐情。徐庆和问：

“你估计是什么人偷去，又是什么人给你送回来的呢?”

华先生想了想说：

“这个，这个，不好胡乱猜吧。”

“华先生，你在承包什么工程?”侯镇问。

“粮库的浅园仓、立筒仓、地坪，是个世行项目。”

“哪一家粮库?”侯镇继续问。

“市一粮库。”

“就是黄标主任所在粮库。”

“对，对。”

“你们经常在一起吗?”

“有时出去喝喝酒，聊聊工作上的事。”

“喝完酒，聊完天，你们还干什么?”

“啊，没干什么。”

“没干什么，像你这个年龄，又是以吃喝玩乐为人生准则的人，会不去那花天酒地的地方吗?”

徐庆和步步紧逼，想令华先生说出实话。华先生显得有些不知所措，最后无可奈何地说：

“这个，这个，我们是去过洗头房，泡脚屋，按摩院。这都是逢场作戏。不过，杀生害命的事，我可从来没干过。就是跟小姐干事，都是采取措施的，从没让她们怀过孕。”

侯镇和徐庆和交换了一下眼色，心想，真有这种人，说这种话一点都不脸红。搞得别人都替他害臊。可不管怎么样，要想办案，跟什么样的人都得接触，都得应付。就像法医，什么样的气味，什么样的尸体，什么样的环境，都得靠近，都要触摸一样，不然就弄不清事情的来龙去脉。

“照片上的女人——薛丽白，你认识吧?”

华先生低下头，想了一会儿说：“认识，可认识是认识，我跟她扯事都是给钱的。你们可别乱怀疑我，我可没杀她呀。”

“姓华的，你给我好好听着，你跟薛丽白到底怎么回事?我们一提薛丽白，你为何怕到这种程度?”

“我，我，我做梦梦见过她呀，样子难看死了，青面獠牙，披头散发，舌头一尺多长。这些天我一直头疼，我想一定是她的鬼魂闹的。”

第十一章　天知道谜底

要想找到杀哈丽娜的真正作案动机，揭开谜底，还必须对哈丽娜的个人经历有一个全面了解。侯镇领着刑警们从走访知情人入手，沿着这条线索又展开了详细调查。

这一天上午，侯镇等人来到一家红遍天服装精品屋，向曾在和悦楼工作过的服务员了解情况。

“杜鹃小姐，你能给我们谈一谈你在和悦楼的工作情况吗？听说你跟女老板挺好的。”

“我只是个端盘子的，知道的不多，你还是找别人吧！”

杜鹃淡淡地说，她今年刚刚 20 岁，长得小巧玲珑，是个城里姑娘。她对侯镇的提问显然有所顾虑。杜鹃找了个塑料凳坐下，虽然面对着侯镇一行人，可却一言不发。徐庆和仔细端详了一会儿杜鹃，然后出去了，眨眼工夫他又回来了。不知他从哪搞来一朵鲜花，双手捧着献给杜鹃说：

“小杜，你忘了，咱俩是二中校友啊！你在我下两届。在学校时常见面。”

杜鹃拿着花，眼睛顿时放出亮光。她仔细看了看徐庆和，突然拍了拍脑门说：

“哎呀，我想起来了，你是徐庆和，全校体育最棒那个。”

“对对，你记性不错。你歌唱得也挺好啊，学校艺术节上，一首《微山湖》不知要迷倒多少人呀。不然那么多女生，又不在一班，我怎么记得你呀？哎，这样吧！这里的老板是我朋友，听说你一个月工资才 400 元，太低了，我让她加你 50。你陪我聊聊就行，我一定保密，怎么样？成交了吧！”徐庆和半开玩笑地说。

李春晓在一旁笑着说：“他是警校毕业，至今还没女朋友呢！”

杜鹃笑了，把他们领到后屋休息室，杜鹃坐在床上，详细地讲述了哈丽娜的经历。

1962 年 8 月 20 日，哈丽娜出生在东北 B 省的辽城市稻花公社古城街。少女时代的哈丽娜就是个三好学生。高中毕业后她由辽城来到 A 省江水市投亲。后来在江水自己做生意，在经商中逐渐崭露头角。

为躲避媒人的纠缠，刚刚21岁的哈丽娜就结婚了。她第一任丈夫姓毛，在江水市铁路部门工作。婚后，夫妻感情很好，并很快有了爱情的结晶，生下一子。可是好景不长，学生时代就崇拜哈丽娜的裘福全，一直忘不了哈丽娜在自己心目中的美好形象。哈丽娜结婚了，裘福全仍不找对象；哈丽娜有孩子了，他还痴情地等待；有时忍不住，竟带着礼品到哈丽娜家去，以老同学的身份去看望她。对这么一个同学加老弟的痴情，哈丽娜左右为难。怎么办好呢？哈丽娜为此事有过许多不眠之夜。她怕用粗暴的态度来回绝，会使对方走上绝路。于是就用一种比友谊多，比爱情少的方式去感化他。以为这样，慢慢地再帮助他找个合适的对象，结了婚就好了。哈丽娜托人给裘福全介绍了一个又一个对象，甚至把在剧团当演员的堂妹、表妹介绍给他，可裘福全就是看不上眼，在他心目中，只有哈丽娜最好，谁也比不上她。这可让哈丽娜为难了。没办法，哈丽娜只好继续维持这种同学加姐弟的友谊。然而，丈夫毛令军没有理解妻子的用意，一时听信街谈巷议的传闻，以为哈丽娜不守妇道，红杏出墙。在哈丽娜百般解释无效的情况下，两人和平分手，孩子由男方抚养。离婚后，裘福全找到哈丽娜，怪自己不好，致使哈丽娜家庭破碎，愿为此承担一切后果。并请哈丽娜可否考虑同他结婚，哈丽娜当时心灰意懒，哪有再嫁之意，也就没有答应。并多次对裘福全说自己年龄比他大很多，要裘福全另找她人。可过了好长时间，裘福全还是心如磐石，仍没有变更之意。后来，在裘福全的一再恳求下，哈丽娜出于同情和怜悯这个比自己小几岁的老同学，遂与之结成连理。婚后感情融洽，又生下一子。这期间，裘福全和哈丽娜的生活，仍要以哈丽娜出外做生意的收入来维持。可哈丽娜出外经商，不可能不同男同志交往。而这些正常活动，有时，会被人炒作，经过点染的一点小事，就可能变成街谈巷议的桃色新闻。当裘福全在家听到这些花花绿绿的故事后，顿觉五雷轰顶，冷水浇头，他等待多年，心中崇拜的偶像一瞬间破碎了。两人吵了一架之后，了却了一段令人欣羡的姻缘。

此时，何少康已辞去了江水市第一粮库主任兼党支部书记职务，被提拔为粮食局纪检委书记（主持工作）。他妻子已于1998年春去世，留下一子何丛，无人照料。何少康也在为孩子寻找合适的继母，看了好几个，也没有一个中意的。

有人给何少康和哈丽娜搭鹊桥。可哈丽娜觉得自己配不上何少康，就一口回绝了。在媒人的一再劝说下，二人相处了一段时间。相处期间，哈丽娜觉得何少康这个人也挺好的，一米七八的大个，身体健康，相貌潇洒，待人

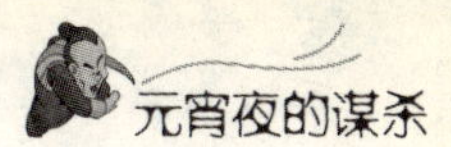

温和有礼，而且勤政务实，事业有成。这一点跟自己尤其相像。从何少康一方来说，他也挺喜欢哈丽娜，因为在与哈丽娜的接触中，觉得这女人不仅容貌出众，百里挑一，而且精明强干，勇于开拓，是个不可多得的女中豪杰。由于情投意合，有共同语言和爱好，两人很快就办理了登记手续，约定了婚期。

1999年4月17日，农历三月初二。清早，旭日东升，霞光万道。刚过8点，临街的人们，就听到大富豪酒楼前响起了震耳欲聋的鞭炮声。随后，嘀嘀嗒嗒，美妙的音乐声声入耳。许多过路人都驻足于大富豪酒楼前，观看这一热闹场面。楼前，临时抬起一座20多平方米的方台，台上披红挂彩。台下摆放着一盆盆绽放的鲜花，树立着一面面五颜六色的彩旗，和一门门气宇轩昂的礼炮车。何少康与哈丽娜要在这里举行隆重的婚礼。

婚礼请来2名司仪、12人乐队、15人歌舞表演、19门礼炮车，光参加婚礼的小轿车就有100多辆。有三家影楼的摄影师为婚礼录像，整场婚礼都在祥和喜庆的气氛下进行。

婚后，何少康又为哈丽娜办理了工作调转，将其在江水豪华家具城的工作关系，调到下属的香山粮库；又通过贷款，投资数十万元，在江水市古城楼北门对面，为其买下二层门市楼，开了一家和悦楼饭店，让哈丽娜当女老板。一时间，两人情投意合，出双入对，相得益彰。为了让何少康高兴，在哈丽娜的提议下，两人共同领养了一个女孩儿。因为哈丽娜与前两任丈夫各有一子，均系剖腹产，从医学角度来说，女性不能进行第三次剖腹手术。所以，不能为何少康生下一男半女的哈丽娜，总觉得对不住何少康。于是决定领养个孩子作为结婚纪念，孩子取名为小菊……

“那后来两人关系为何不好了呢？在2000年的3月份，有人看见何少康的脸被哈丽娜挠过，有明显的手指甲血印。”侯镇问道。

杜鹃想了一会儿说：“人生终究是苦多乐少的，这是自然法则。好过了头，就要物极必反。”

“一看官来二看财，三看福来四看灾，五看眼前好与坏，六看何日上高台……”

一天上午9点，一个南方口音的算命老人，手打竹板，走进和悦楼。哈丽娜正要出门买菜，见来了位老人，就止住了脚步。她搬来一把椅子，先请老人坐下，又亲手给老人沏了一碗上等的君山毛尖，亲切地说：

“老人家，辛苦了，先喝碗茶，坐下歇会儿吧。”

“这姑娘心肠真好，当今世道可是不多见呀！就冲你这样的人品，老夫免费为你算上一卦。请问，姑娘今年多大了。”

“我出生于1962年8月20日，阴历是多少我没记住。”

“无妨，无妨，我会算出来农历的。”老人开始摆弄起自己的手指来，然后喝了一口茶，又说道，“你的生日是农历七月二十一呀。记下吧，下次照这个过生日。你是什么时辰生的?”

“早上七八点钟。”

“啊，是辰时。”老人又摆弄起十个指头，轻轻饮了一小口茶说，“你的四柱八字是：壬寅年，戊申月，庚寅日，庚辰时。若论五行，有三层金，两层木，两层土，一层水。金水若相逢，女子美貌容。可惜，五行不全，命理缺火呀。你丈夫是哪年出生的?”

“1957年农历正月十五。”

“啊，啊，是这个日子。”老人长出了一口气，又说，“唉！真是红颜命薄哇！好人却没有好命啊。”

“老人家，有什么话，但说无妨。”

哈丽娜给老人续了一杯水，老人接着说：

“既然你这样说了，我就不遮遮掩掩的了。你现在待的地方，不是第一家吧。”哈丽娜点了点头。

“你命犯羊刃，是个要喝多家井水的人。现在的婚姻，二人命相不合，你生在壬寅年，属虎，金箔金命；你爱人生在丙申年，属猴，山下火命；年命火克金，这是五行相克。再说属虎之女忌配属猴之男。合婚是下婚，为绝命，这等婚姻，灾害多起，恐难长久……”

哈丽娜没有说话，眼里充满泪水。过了一会儿，哈丽娜擦了一把泪说：

“老人家，可否有破解之法呢?”

老人沉吟了一下说：

“命都是自己过去生造作的，这一生来，因缘聚会，说来就来了。要想改变，异常艰难。如果画符的话，能减轻一点，不过还要守三规六戒，你就是受得了，你丈夫怕是受不了。”

说到这儿，老人站起身要走。

“老人家，看赏。小杜，拿100元钱来。”

“免礼，我说过的，奉送了。”

“老人家，人生不易，你这么大年纪，整日奔波，又何以为生啊!”

说着，忙擦了一把泪，把100元钱塞入老人兜里。老人受了感动，转回身来，从拎着的布袋里掏出一张写着红字的黄纸来，放在桌上，又拿出笔，写上了哈丽娜的名字和几个数字，然后递给哈丽娜。哈丽娜接过一看，见黄纸上写着：

消灾还债表文

今有一泗天下南瞻部洲中国B省江水市

（弟子）信士哈丽娜现年38岁1962年8月20日生。现祈求本师释迦牟尼佛、上师、三宝、大慈大悲救苦救难观世音菩萨、阴曹地府幽冥界教主地藏王菩萨诸官差的慈悲，平等、功德、愿力的加持、加被、弟子能及时消除一切业障、解除一切穷困病苦、消除厄运纠缠。自愿偿还过去、现在父母债、吃生债、杀生债、受生债、做流产、风流债、天地债、官利债、冤债、孽债、一切众生债等。

敬请本方城隍土地，五将军护法善神护送转交各部。谨以黄表为证。

金元宝：200个

冥币：50贯

往生钱：50贯

宝阁

印罗

天运2000年8月20日

哈丽娜问：

“先生，这纸上写的有些我不懂。还得请教您，啥叫金元宝哇？”

老人说：

“就是用金纸叠的金锞子，再买点冥币，这些东西，在市面的佛器店和花圈店里有卖的。晚上，在十字路口，把这表文和买的东西烧了，可以解灾。”说着，头也不回急匆匆离去了。

老人刚走，何少康就回来了。哈丽娜把算命老人的话讲了一遍。何少康一听，哈哈大笑说：

“别听他们胡说八道，咱们是唯物主义者。我是啥也不信呀。”

可是这件事，在二人心灵深处却罩上了一层很大的阴影。两人时常争吵，裂痕越来越大。后经亲友劝解，双方做出让步，两人又一度好起来了。

“那，哈丽娜按老先生的要求去做了吗？”

“好像是没有。”

“为什么？”

"大概是她把表文揣在兜里，晚上洗衣服洗了。"

"第二天，她还派我去街里找过那个算命的老人。可是我找了好几天也没有找到。"

"那后来呢？"

"后来我就不知道了。我就知道这么多，而且多数是哈丽娜跟我讲的。"

"听了你的介绍，使我们对哈丽娜有了更进一步的了解，谢谢你呀！"李春晓笑着对杜鹃说。

侯镇问："听说在和悦楼还有一位服务员，她现在在哪打工？"

"您是说小鹿吧！她在咱市皇妃影楼当化妆师。"

三人离开精品屋，在皇妃影楼，找到了正在给人化妆的鹿梅亭。通过跟老板讲明情况，鹿梅亭把他们领到后屋休息室。小鹿人长得标致，也很爽快。

"今天，我们想请你谈一谈，你在和悦楼工作期间，对哈丽娜和其家人的印象。"

"谈是行，可是，你们得替我保密。"

接着她就讲述了在和悦楼的所见所闻：

一天晚上，已经关店了。哈丽娜来了月经，痛得厉害。她让鹿梅亭给她熬白胡椒水喝，说这偏方挺灵的。药水还没熬好，就听哈丽娜大叫起来。

"哎呀！痛死我了！"哈丽娜突然在自家供的财神爷面前下跪。

"大姐呀，你的死跟我一点没关系呀！"

这一切被在里屋的何少康听到了。他从屋里急忙走出来，对哈丽娜连踢带打。

"她妈的，我看你活腻歪了，你胡说些什么？"

何少康边打哈丽娜的耳光边骂。杜鹃和鹿梅亭知道自己身份太低，不好出来干涉主人的家事。可何少康打哈丽娜太凶了，哈丽娜被打得"哎呀妈呀"直叫，鼻子流着血。后来实在看不下去，两人怕出人命，就急忙从卧室出来劝架。

这样的事后来还发生过好几回。哈丽娜一发病，就好像发神经。她说，可能是自己死去亲人的鬼魂附在她身上，整天神叨叨的，总说某某的死跟她无关。尤其是那天晚发生了的事，让鹿梅亭至今不能理解。

有天夜里，何少康没回来。外面刮起了大风，树梢吹箫，门窗击鼓，房屋像火车头似的，轰隆乱响，真让人害怕。哈丽娜穿一件白色睡袍，独自来到另一间卧室。只见她点亮台灯，然后把装有许明芳照片的大相框拿出来，放在书桌上。然后跪在像前，虔诚地磕头祷告：

“许姐呀，你的死跟我可一点关系也没有哇。你安息吧。”

小鹿上卫生间回来，在过道上，看见昏暗的灯光下，哈丽娜面色苍白，嘴里不停地说：

“许姐呀，你还要什么？我都答应你，请你放过我。”

小鹿在一旁静静地看着哈丽娜，不知道她要搞什么名堂。第二天一早，风小了一些。哈丽娜早早起床，来到小鹿的卧室，一脸阴沉地说：

“小鹿，昨天晚上，你看到什么没有哇？”

小鹿一见哈丽娜苍白发暗的脸，就有些害怕，连忙说：

“老板，我什么也没看到哇。”

“叫我大姐，不要叫我老板。你没看到就好。可我却好像看见有一个人进了咱们的屋，那个人好像是个女的。”

“那女的是谁呀？”

“不说了，说出来怕你害怕。小鹿，你看这件衣服你穿着合适吗？”

说着，哈丽娜用右手指了指，她左手提着的那个塑料袋。小鹿战战兢兢地说：

“大姐，我是一个服务员，怎么好要老板的东西呢。再说我有衣服穿。”

“我说让你穿，你就穿吧。听说过恭敬不如从命这句话吗？”

小鹿抬眼看了看哈丽娜那令人生畏的眼神，怯懦地说：

“啊，我明白。那我就谢谢了。”

哈丽娜走上前来，从塑料袋里拿出来一件墨绿色连衣裙，笑着说：

“穿吧，穿吧。穿上它你就会交好运了。来，把你这身旧衣服脱了，穿上试试。”

她帮着小鹿把衣服脱了，然后换上这件连衣裙。一穿上这件新衣服，小鹿心里还真有说不出的高兴，因为这件衣服不仅美观，而且合身。小鹿忘记了恐惧，笑着对哈丽娜说：

“大姐，你还别说，我穿这件衣服还真合身，也怪好看的。”

“哪的话，就该合身。因为我是量了你的身材才买的。”

“哈姐，你对我真是太好了。让我怎么谢你呢？”

“不用谢，因为你很像我过去一个要好的同学。现在她去了另一个世界，我见不着她了。过一会儿，你陪我去一趟咱市的道庙——清风观。行吗？”

“行啊。不就是北郊那个吗？”小鹿爽快地答应着。

“是呀，是呀。咱俩这就走吧。你看，我线香都买好了。”哈丽娜高兴地说，这时候，她笑容可掬的样子一点也不可怕。

在江水市北郊，有一座道观。道观门前，有一处直径50米的圆坑，是采砂时用推土机推出来的。里面有一方水面，波光粼粼，鱼跃鸟飞，周围长满绿草。道观不大，面积也就三百平方米。正殿飞檐翘脊，雕梁画栋。里面供着太上老君、玉皇大帝、观音、弥勒菩萨彩色塑像。西面侧殿里，供着关羽、张飞、周仓三人的塑像，关羽捧书观看，周仓、张飞手执刀杖。东面侧殿里，供着城隍、土地、灶君、眼光娘娘等的塑像。正殿后面，是三间小寮房，住着观里的师傅徒弟。

小鹿和哈丽娜打车来到道观门前，俩人下车，小鹿抬头一看，只见门楣上挂着一个木匾，上书：清风观。三个隶书大字。

进了庙门，哈丽娜先给三个殿堂的神像上香，然后领着小鹿直奔道士寮房。在寮房，见一个身穿紫色道袍、头戴月牙冠的道士正在做早课——跪地诵《清静经》。

哈丽娜轻轻推开门，静静地站在一旁。道士诵完经，站起身来，捋了一下长髯，抬头对她们二位说：

“无量天尊。两位施主，请坐吧。”

小鹿再看那师傅，年龄在50岁左右，一副道骨仙风模样。哈丽娜问：

“师傅，你还认识我吗？”

“你我还能不认识吗？你不是许明芳吗？”

一听这话，哈丽娜哈哈笑了。这可把小鹿吓坏了。许明芳不是死了吗，怎么哈丽娜突然变成了许明芳了。这难道真是人们常说的借尸还魂吗。再看哈丽娜，举止做派，俨然是另外一个人，早没有平日的气质风度。尤其是眼神，变化更大，她这一变化，把小鹿吓得浑身发抖。道士一见，赶忙口念咒语。又过了几分钟，小鹿才安定下来。沉默了一会儿，道士慢声说道：

“明芳，你还没投胎转世呀！以前，你也来过这里，后来，你不来了。听说你信佛了。今天你来，是有事求我吗？看来，你一定有事了。”

一听这话，哈丽娜嘤嘤哭了起来，小鹿一见，吓得面色苍白。道士说：

“莫寻仇，莫负气，记住，凡事都有因果。你也是修行人，道理也懂，还要我多说吗？晚上，我做晚课——诵救苦经，是超度鬼魂的，回向给你。借此功德，你好投胎转世。来世要好好修，早日成仙得道，脱离苦海。”

说完，又俯在哈丽娜耳边耳语了一阵，好像是念咒语，又好像劝导她，不知怎么的，竟把哈丽娜说得破涕为笑。临别，哈丽娜把线香和100元钱留下。老道坐在炕上一动不动，没有送她们俩。哈丽娜领着小鹿，高高兴兴地

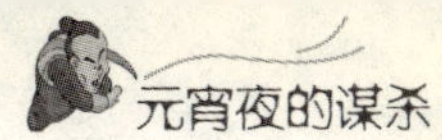

离开了清风观。

说到这儿，小鹿停了一会儿，然后说：

“我当时可害怕了，这不是跟鬼生活在一起吗。真想不在那儿干了，可哈丽娜挺喜欢我，不让我走，给我加薪，还把自己穿过的旧衣服给我。要知道，她的衣服都是高档的，少说也要千八百的。我也就不好意思离开了。”

“小徐，你记一下。”

侯镇让身边的徐庆和作好记录。因为他觉得小鹿讲的事，不仅鲜为人知，而且对破案很有价值。

晚上，侯镇回到家，见家里没人。这才想到在市公路段工作的爱人昨天下工地修路去了，因为工作，她经常不在家。侯镇肚子咕咕直叫，饿得太厉害了。不行，别自己做饭了，到对面清华小酒馆吃点得了。这样一想，侯镇下了二楼，步行来到小酒馆。

这是一个房子下井的地方，卫生条件也不好，到这里吃饭的多数是些贫困的人。屋里有三间房，70 平方米的面积，被三个隔断分开，东面两间全是地桌，西面一间是一半炕桌一半地桌。侯镇进了小酒馆，在西间找了一个背静的地桌坐下。要了一盘大骨头，一盘尖椒炒干豆腐，一瓶啤酒，四个馒头。饭菜很快上齐了。侯镇一天没吃饭了，一阵狼吞虎咽，风卷残云，肚子才稍稍得以平缓。

“哈丽娜被杀的事破案了吗？”

“好像不好破呀！案情复杂呀！”

西面炕上坐着四个小青年。一边喝酒一边在谈论着，四个人中，一个大个，自然卷发；一个小个，留着小胡髭；一个中等个，戴着金丝近视眼镜，留着平头；一个大眼睛，矮胖子。四个人好像喝得很尽兴，两瓶二锅头喝干后，又一连要了十多瓶啤酒。他们边喝边谈。听他们说话的内容，好像是一粮库职工。那个卷头发说：

“要说哈丽娜，唉，跟裘福全过得好好的，干吗又嫁给何少康啊？”

小胡髭说：“你不知道，何少康，是哈丽娜在咱粮库倒粮时认识的，两人一见钟情。为了娶哈丽娜，何少康给了裘福全十万块钱。”

矮胖子说：“裘福全那不跟李甲一样，把媳妇卖了吗？”

金丝眼镜说：“哎！那可不一样，人家裘福全可不是主动要卖。而是木已成舟，他为成全他们二人。哈丽娜临走时，他还说：‘要是有一天何少康不要你了，你就回来，我还要你。’丽娜死后，他不仅参加了葬礼，还上和悦楼给哈丽娜送葬，烧了不少金锞子。”

矮胖子又说："听说哈丽娜挺风流的，跟过的男人可不少，跟过有钱有势的老头、有权有势的有妇之夫、有貌未婚的小伙子。"

小胡髭说：

"你说，不是我狂，我就没看好哈丽娜。她到底哪好？脸长得像倭瓜，眉毛画得像两根烧火棍，嘴巴涂得像鸡屁眼儿，我看呢，她是三大钱儿买个逗杵子（一种鼠），贵贱不是个物。"

卷头发又说："听说何少康很小气，跟咱们职工打麻将，有时赢了收着，输了也不掏钱。"……

侯镇手拿馒头，细嚼慢咽，听着炕上的谈话。这时，侯镇的手机响了。他一接电话，是爱人打来的，说今天走得仓促，不能给他做饭，冰箱里放着给他买的熟食，有猪头肉、酱牛肉、五香干豆腐卷……

接着电话，侯镇突然灵机一动，手机里不是有照相功能吗？我何不把这几个人的相貌录下来，明天跟徐庆和再去一粮库找他们。对，就这么干。他没等爱人把话说完，就把手机关掉了。他假装摆弄手机的功能键，把镜头对准了坐在炕上正在喝酒的几个人，一一把他们拍摄下来。

回到办公室，侯镇思潮起伏。拿出纸笔，他把在酒馆里听到的都记在日记本上。他反复思考着，这一系列细节，又是被一条什么样的线贯穿插着呢？对了，就找他们再了解一下情况，也许就什么都知道了。

"庆和、春晓，你们看看，这是我用手机录下的。"

侯镇打开手机，让他俩看他录下的资料。看了一会儿，徐庆和说：

"手机上的画面人头太小，不如把数据输入电脑，从电脑显示器上放出来，就看得清晰了。"

侯镇一听，觉得说得在理，就说：

"再用彩色打印机，把头像打印出来，那样就更好了。"

徐庆和和李春晓转身出去。工夫不大，两人就回来了。李春晓把四张打印彩照放在桌上，侯镇走过来说：

"对，就是这几个人。不过，不确定他们究竟是哪个单位的。可从他们谈话内容判断，很可能是何少康曾经待过的一粮库。这样，明天我有事，你们俩就辛苦一趟，到一粮库了解一下这几个人的情况。"

这天，一粮库的黄主任出差了。徐庆和就找到了副主任徐光远。副主任徐光远热情地问道：

"啊，你们要了解职工情况。这好办，他们叫什么名字？"

"这个，我只认识人，不知道他们叫什么名字。"

徐副主任说："那也好办，我们单位人事科有职工花名册，上面还有职工照片，你们想看看吗?"

李春晓说："那好，你就带我们看看去吧。"

来到人事科，徐光远把两位介绍给人事科长，人事科长拿出厚厚一本附有个人简历的花名册，让徐庆和和李春晓查看。为了避嫌，徐光远领着人事科长出去了。徐庆和和李春晓一面翻阅着花名册，一面核对着自己带来的照片。果然，卷头发找到了，这人名叫胡丙文，35岁，中专毕业，粮库烘干车间技术员；金丝眼镜找到了，这人名叫肖少陪，29岁，大专文化，粮库保卫科秘书；小胡髭找到了，这人名叫韩必川，26岁，初中文化，经警；矮胖子找到了，这人名叫毛奎志，27岁，初中文化，经警。

找到这四个人，徐庆和准备和这四个人谈一次话。他下楼找来人事科长，把自己的意思对他说了。人事科长说：

"这几个人今天是见不到了。因为经警是倒班工作，现在他们不在班上，烘干车间现在也是淡季，职工轮流上班。你要想找他们，等我跟他们联系上，约个时间见面。"

徐庆和看也只能这样了，就和李春晓离开了一粮库。

两天后，侯镇一行三人再次来到粮库，人事科长说：

"真对不起，你们要找的那几个人昨天被一伙流氓打了，好像伤得还不轻，伤重的，缝了几十针。都在医院呢!"

侯镇一听，立即驱车前往医院。在医院病房里，侯镇见到了被打的这四名粮库职工。正好他们都住在一个病房。只见卷头发胡丙文头上缠着纱布，他的头部被人砍伤；矮胖子毛奎志脸上贴着膏药，手背上缠着纱布；金丝眼镜肖少陪翘着屁股，侧身躺在床上，他屁股上被刀扎伤，缝了5针；小胡髭韩必川伤得较轻，只是嘴巴有些青紫，他被人按在地上扇了嘴巴子。侯镇自我介绍了身份，又一一问了他们的伤势情况。然后，坐在卷头发面前，听他介绍被打的情形。

昨天，他们几个又来到清华小酒馆。也许是酒的刺激性，使他们都兴奋起来，席间，又谈了不少天南地北、东长西短的故事。要回家的时候，已经9点多了。他们几个来到大街上，没有遇见车，就步行了一会儿，当他们看到一辆停在路旁的三轮车时，就走上前，跟司机讲好了价，5元钱把他们送到卷头发胡丙文家。可是就在他们要上车时，猛然冲上来两个人，说车是他们订下的，骂胡丙文等人是撬行。还没等胡丙文等人说什么，两个人拔出刀子，在他们几个人身上乱扎乱捅。小胡髭韩必川上前和这两人争辩，被其中的一个按在地，左右开弓，扇嘴巴子。一边打一边骂道：

“记住，这叫掌嘴，看你往后还乱不乱嘞嘞了。”

听了他们的话，侯镇想，这件事，可能与他们那天讲哈丽娜的事有关。于是就问：

“你们知道何少康和哈丽娜一些私生活的事。能给我详细讲一下吗？”

胡丙文叹了一口气，低声说：

“我们大概就是为这事惹的祸，我可不敢乱讲了。为了管住我这张乌鸦嘴，我爸请人给我写了一张条幅，上书：静坐常思己过，闲谈莫论人非。挂在我家大厅里，以前我是管不住自己。这回可得有点记性了。”

矮胖子也随声附和道：“大哥说得对，古人说：沉默是金。我今后也得有点记性。管住自己的嘴，不该说的，绝不能乱说，坚决不说。”

侯镇劝道：“凡事不可一概而论，该说的还是要说的。不然就不会有仗义执言这句话了。”

听侯镇这么一说，金丝眼镜肖少陪竖起拇指说：

“侯队长说得对，有道是：国家兴亡，还匹夫有责。大丈夫死都不怕，还怕他两个毛贼吗？”

刚说到这儿，他的屁股痛了起来，一只手急忙捂住臀部。哎呀哎呀直叫。小胡髭说：

“这两个人让我恨透了。常言说得好：打人休打脸，骂人不揭短。等找到他们，我一定要好好收拾他们。让他们知道我也曾经练过武。不过，他们好像戴着头套，我没看清他们的脸。他们也好像有意跟我们过不去。要是再见到他们，我好像也认不出他们了。哎，看来此仇难报哇！”

这时，金丝眼镜又说话了：

“对了，他们说话声我听着耳熟。会不会是我们熟悉的人？只要我见着这个人，听他说几句，就知道他是不是那天打咱们的人了。”

卷头发说：“光凭声音，就能认出那人是谁。这能准吗？”

“能准。我从小喜欢听收音机，那里面经常播外国电影录音。什么《追捕》《生死恋》《佐罗》《大篷车》《巴黎圣母院》等，我一听就能分出配音演员是谁。像邱岳峰、刘广宁、毕克、李梓、乔榛、童自荣、丁建华等，我一听就能认准。我还能背大段的电影台词。不信，你们听：杜丘，你看多么蓝的天啊，走过去，你可以融化在蓝天里，去吧，杜丘。怎么了杜丘，快，快走啊。”

金丝眼镜的表演艺术还真不错。屋里这几个人，都全神贯注看他表演，他也有些忘乎所以，来了精神，下床走动起来，突然一高兴，一拍大腿，又疼得他嗷嗷直叫。门开了，护士推着药车走进来，要给这几位患者上药。侯镇待了一会儿，觉得暂时也得不到什么有价值的东西，不如改天再找他们，于是就告辞了……

第十二章　湖畔的推理

时间真快，转眼夏季到了。

天气闷热，案子破不了，精神高度紧张，把侯镇搞得头疼个不停。侯镇坐在办公室里，一个劲儿闷烟。徐庆和走进来说：

“队长，要不，你上医院，要不，你先吃几丸龙胆泻肝丸。过去我头痛就吃这个。哎，对了，明天是星期天，要不，我领你到五一湖钓鱼去。五一湖所在的那个乡，副乡长是我同学。到那儿钓完鱼，中午可到乡里吃烤全羊。那儿的羊汤可好喝了。怎么样?”

“可这眼下的案子，怎么办?”侯镇摊开两手，低声说道。

“不会休息就不会工作。这可是列宁同志说的。”徐庆和说，“再说了，只有把头痛治好了，才能尽早破案，否则，不仅案子破不了，人也累病了。两耽误，得不偿失。这可是过去你教我的。咱不能学曹丞相，头痛不治哟!”

“这就叫，以其人之道还治其人之身。对不对呀!”

李春晓蹦蹦跳跳走进来，拍手解释着，她童真的样子，把侯镇和徐庆和都逗得哈哈大笑。

风轻云淡，两辆摩托车飞驰在柏油马路上。徐庆和车后座坐着李春晓，侯镇自己独自骑一辆。下了公路，来到乡间小路上。徐庆和驾车走在前面，侯镇跟在后面。旷野中的树木花草，绿意正浓，沁人心脾，使侯镇顿时清凉了不少。

“我这个同学，虽没读过大学，可也是个蒲松龄，能写小说诗歌等文学作品。”

“是吗？能不能帮我破破案子，我可搞得焦头烂额了。”

李春晓说：“我看你们俩难得轻松一下，最好别谈工作。”

三人一路交谈着，一会儿工夫，不知不觉来到了五一湖。只见一片沙丘之下，有一大片茫茫湖水。湖上水草茂盛，湖畔一侧有一片茂密的柳林。岸边停着几条船，船边有几名钓客正在垂钓。这时，西部天空隐隐传来雷声，天有些阴了，几块黑云向湖边压了过来。

三人在岸边下了摩托车。只见一个钓客放下手中的鱼杆，走上前来同侯镇握手。

“这是我的同学门喜，这是侯队长，这是我的同事李春晓。”徐庆和介绍着。

门副乡长高个，方脸，一身休闲装。长得有点像体育明星姚明。

“侯队长，您好！早就听庆和说，您的工作能力很棒。一路辛苦了！”

侯镇也热情地握住门副乡长的手说：

“哪里，哪里，您过奖了，我很惭愧。门乡长，待会儿我还要向您请教呢！”

“来来！我已为你们准备了钓鱼工具，每人一份，怎么样，感兴趣吗？”

一到了这里，李春晓显得兴高采烈，她脱了鞋，挽起裤腿说：

“我不会钓鱼，我要下河踩蛤蜊。”说着，拎着鞋就走。

徐庆和说：

“湖很深呀！你一个人去我真不放心，让我陪你去吧！”

两人来到湖边，徐庆和说：

“怎么样？这几个月，在咱刑警队工作习惯不？”

“我感觉挺好的。”

“咱们刑警队有一科四队。一科呢，就是你现在的综合科；四队呢，就是一个技术大队，三个刑警大队。综合科负责财经管理，行政，文件收发、通讯保障等后勤工作；技术大队里由几名法医和一些技术骨干组成，专门负责尸检、化验、尸体储藏等工作；其他三个刑警大队每队又分三个小组，三人一个组，其中一人担任探长职务。我向你介绍这些，就是想为你提供参考，过一段时间你可以根据自己的爱好，选择你愿意去的地方。要是侯队长不答应，到时候凭我薄面，再帮你说说。”

“那就谢谢你了。不过现在我还没想好。等我想好了，一定第一个告诉你，好吗？”

“好，好哇！”

“哎，庆和，你看湖那边的鱼一个劲地往上蹿，这是怎么回事？”

“那是因为湖水太肥了，一些寄生虫就钻入鱼鳞片里，鱼被它一咬，就蹿出水面。”

李春晓听着徐庆和的讲解，不住地点头。

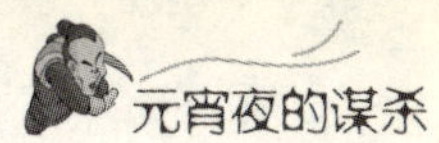

“是吗？我这可是第一次听说。原来我以为，鱼在水里待闷了，想到外面看看风景，所以才蹿出水面。原来不是那么回事呀。还是古人说得对，事不目见耳闻，而臆断其有无，是不可以的呀！”

“哎，这最后一句也是古人说的吗？”

“那是今人我加上去的。”

“关于鱼的事，我也是听人说的。”

“那鱼多难受，怎么办呀？”

“可向湖里投一定剂量的漂白粉，杀死寄生虫，鱼就不上窜了。”

“那你往水里洒点漂白粉吧，鱼多可怜啊。”

“这个好像我管不着。我总不能越俎代庖哇！社会之大，人的能力是有限的。社会上，那些侵害他人生命财产安全的寄生虫，才是我要负责清除的东西。哎，你有什么业余爱好没有，比如说唱歌跳舞什么的？”

“我呀，爱唱京剧。”

“那太好了。京剧是我国的四大国粹（中医、京剧、武术、书法）之一，连美国人都爱听。我呀，会拉京胡。等咱们警队开联欢晚会，你唱京剧，我给你伴奏。”

“那可太好了。”

“那你现在唱一段怎么样？”

“好吧，我就唱一段《苏三起解》：苏三离了洪洞县，将身来在大街前。未曾开言我心好惨，过往的君子听我言。哪一位去往南京转，与我那三郎把信传。就说苏三把命断，来生变犬马我当报还。”

“唱得真好，字正腔圆，有板有眼的。哪天咱俩配合一下，来个彩排，为晚会做准备。哎，我再唱一段《三家店》老生。”

“哎呀，别动，我踩着蛤蜊了。”……

李春晓和徐庆和走后，这边门副乡长帮侯镇装上鱼饵，两人开始放下钓竿垂钓。坐在活动小凳上，侯镇说：

“门乡长，最近乡里忙吧！”

“乡里的事不多，每年就是春秋两季的活。宣传宣传，搞搞监督，就没事了。实际农民会种地，用不着我们这些外行人细管。清静无为才是真。老子早就说过——天下多忌讳，而民弥贫。意思就是，上面条条框框太多，老百姓反倒穷了。您那边现在怎么样？很忙吧！我听庆和说，案子还没线索？”

“是呀是呀！我这几天头痛。也许是让这事闹的。”

“是吗？我家祖传中医，我小时候就读过《濒湖脉学白话解》，是一本号脉的书，明朝李时珍写的。来，您用一只手拿竿，我来给您把把脉。”

侯镇坐在门喜的右侧，他把鱼竿移到右手，把左手递到门喜的右手上。门喜伸出三指，按在侯镇手腕部的寸关尺上。

“关于破案这个事，我是这样看，事物都有它的成长周期性，有时长一点，有时短一点。按照中医理论，男人以 8 为周期，女人以 7 为周期。我们想把事办好，就得按规律办事。您看，我二人都在钓鱼，也都在等待时机。等鱼上来了，还要有钓钩上的鱼饵，有鱼饵还要有垂钓者的技巧，这里头说道可多了。”

“听说您文学不错，而且博览群书，可称得上是位学者。案子的事，虽经过几个月的艰苦努力，寻访了大量的知情人，可案情还在原地踏步。所以请您多帮我出出主意。”

“刑侦工作，我没干过。可我看过不少侦破小说，您若信得着我，我可以帮您想想办法。”

门喜一边说话一边摸脉，等摸完侯镇的左手，又摸右手，门喜说：“左手摸的是心肝肾，右手肺脾命，左手肾，是肾阴，右手命为命门，是肾阳。您的头痛病不是头部本身有毛病，而是由于心脾肾虚和肝郁所至。肾水不养肝木，肝火生风，上升头部巅顶，若吃丸药，可用龙胆泻肝丸、金匮肾气丸、小活络丹三样药合在一起吃，每次每样一丸。若吃汤药，我可以给您开个方子。”……

两人谈得很投机，一晃两个小时过去了。门喜钓上来 5 条 8 两左右的鲤鱼，外加一条草根鱼，侯镇却一条也没钓着。

临近中午，徐庆和跟李春晓回来了，手里拎着一大塑料袋蛤蜊。

“队长，钓着了吗？”李春晓光着脚，抹了一把脸上的汗问。

“运气不好，一条也没钓着。”

“门喜，你是中华诗词学会会员，这样的良辰美景还不作首诗？”徐庆和问。

“以何在为题呢？”李春晓说。

“就以你们队长钓鱼为题吧！”门喜说，“千丈经纶握手中，一番抛去影无踪。凡鱼不敢朝天子，万岁千秋只钓龙。”

门喜吟完诗，徐庆和说：“这诗是不错，只是你把我队长比喻成万岁，好像有点不合适。”

“哦！这诗不是我作的，是明朝解缙作的。你读过毛主席的文章中引用的对子——墙上芦苇，头重脚轻根底浅；山间竹笋，嘴尖皮厚腹中空吗？那对子就是解缙作的。一次，洪武皇帝钓鱼，钓了半天，一条也没钓上来。看到大臣都钓到了大鱼，皇帝面露不快。于是解缙就作了这首诗，把皇帝给逗笑了。说起解缙，确实是个诗词天才。他七岁那年，父亲突然病故。孤儿寡母，无依无靠。偏巧当时劳役摊派颇多，县里派到他家的劳役无力承担。解缙就写了一首《诉苦》诗，请县官给予照顾。”

“那诗是怎么写的呢？”侯镇问。

“母亲在家守父忧，却教儿子诉原由。他年谅有相逢日，好把春风判笔头。诗笺递上去，县官一看，拍案叫绝。但转念一想，一个七岁的孩子怎么能写出诗来，是不是别人代替写的？于是想考考他，把解缙领到后堂小院一棵小松树前，让他以松树为题，另作一首。解缙出口成章，当即吟出一首《赋堂下小松》：

小小青松未出栏，
枝枝叶叶耐霜寒。
如今只好低头看，
他日参天仰面难。

县官听了，大为惊奇，敬佩之至。当即写下判文，免掉他家劳役。”

众人听后，都说门乡长故事讲得有趣，鼓起掌来。

“老门，你看，春晓都笑出眼泪了。”

“呀，是吗？”李春晓用手摸了摸眼角。

“呃！不是眼泪，是下雨了。老门，别光讲故事呀！我肚子饿了。咱们在哪吃饭啊！”徐庆和说。

“本打算请你们吃烤全羊，可昨日我派出的人没买到羊。现在的情况是母羊怀胎，不能卖；趴子（被阉公羊）太瘦，卖不上价。所以农民就养着不卖了。改日我再请你们吃羊，今天我请你们吃鱼宴。哎！就是那儿。”门喜朝不远处的几间红瓦房指了指。接着说，“咱们收拾东西，你们骑车的骑车，我是开家庭轿车来的，这就过去吧！”

来到湖区饭店，众人停下车。雨开始下大了。面前这家饭店，地势很高，红瓦房一共有十几间，外面镶嵌着白色瓷砖。门前铁管幌杆上，挂着四支红幌，房门雨搭是一块金字红底横匾。上写：湖光饭店。店内有十几个雅间，每个雅间，都以江水市内所辖乡镇命名。什么平西乡，靠山乡，凤岭乡……

每个雅间内的布置也都是农家特色，窗帘是用苇子编成的。墙上挂着用玉米棒叶子编成的各种图案。红砖人字形铺地，桌上摆着一把老式白瓷茶壶，茶碗也都是些粗瓷缸子。墙上一架老式挂钟，时值正点，“当当”响了12下。徐庆和端起茶壶，给每个人斟了一碗茶水。大家边说话边品味这里的风景。

一会儿工夫，菜上来了。先端上的是红烧鲤鱼和干炸鱼段。门喜拿起筷子，指着菜说：

“呶，来菜了。大家饿了吧，先吃口菜，边吃边等，后面还有。”

说着启开了一瓶“塞外狼”酒，给每人满了小半碗说：“这里不比城里，你看，酒杯就是这吃饭的小碗。招待不周，可要吃饱，诸位长点伸筷。”

“挺好的，不必客气。”

众人边吃边喝，一会儿又上来了一盆炖鱼和一盘烤鱼。

“来来！今天是鱼宴，大家就多吃点鱼吧！主食我已叫了大饼子，是用玉米面和豆面两掺做的，又暄腾又香甜，可好吃了。对了，还有两个菜。”

“谢谢门乡长，菜已经够多的了，就不要上了。”侯镇劝道。

“今后就叫我老门好了。菜虽不好，但咱要吃好吃饱，对吧！哦，侯队长，刚才说到解缙会作诗，他还会破案您知道吗？待会儿，我把他写的一首破案诗抄给您，托他保佑，保您破案成功。”

“是吗？这个我可不知道。按说我是干公安的，古代公案小说也读了不少，知道狄仁杰、包公会破案。荷兰人格罗佩写的《狄公断狱大观》，我读了好几遍。明朝解缙能破案还是头一回听说。”侯镇拿起一支牙签，递给门喜说。

“咔嚓！”外面一声雷响，把屋里的人吓了一跳。随后，雨点声，也滴滴答答加大起来。

“嗯，我说老门，你作首诗吧！”徐庆和说。

众人一听，都说这个提议好。想一睹门喜的才气。

“作首诗？好！今天高兴，我就献献丑，逗大家开心！不过我作得不好，请众位多多指教。”

“哎呀，老门，你就别谦虚了，你是中国诗歌学会会员，中华诗词学会会员，诗还会差了吗？”

“那好，我就作一首，七律——游五一湖，大家帮我挑挑毛病。我现在念给大家听：

甜甜细浪泛荷香，阳叟偷闲雨妇忙。
旧友新朋寻雅趣，蜜蜂蝴蝶觅芬芳。
湖边垂钓水中宝，午宴欣逢塞外狼。
陶公可知此间美？何妨下界共观光。

大家觉得怎么样？”

“嚯，好诗，好诗呀！”众人交口称赞。只有李春晓歪着头问：

“门乡长，您这诗里的陶公是谁呀？”

“是写《桃花源记》的陶渊明呀！”门喜边说边掏出纸笔，写了一个字条，叠好递给侯镇。

“这是解缙的一首破案诗。回去一看便知。”

侯镇说：“光说别的，还是没入正题。我是三句话不离本行。哎，还是说说我这案子怎么破吧，你给我出出主意。”

门喜手抚额头，想了一会儿说：

“其实，我哪里会破案。不过，看你们急成这样，就帮你们去一去心病吧。”说着又拿出纸和笔，放在侯镇面前说：

“你随便写一个字，我给你解解字。你看如何？”

侯镇看了看李春晓和徐庆和，见他俩没有反对，就拿起笔，在纸上面随意写了一个“警”字。然后递给门喜。门喜看着纸上的字说：

“这个嘛，看字之法，毫不可差，下笔是我，其余是他。子孙父母，官鬼妻财，兄弟之类，次第安排。警字吗？拆开就是敬言。就是说要广取众长，发动群众，才能取得成功。你看言字是三个半人的口。人多出韩信，所以要发动群众才能破案。同时，言字又有吉字之象。再看敬字：草字头，下面句字是狗字一半，说明坏人是个无赖，隐藏在阴暗角落里。右边是个文字，说明这里面的坏人不止一个。其中还有文化人，也就是当官的。”

门喜本是想让大家开心，给大家解解闷，见侯镇等人听得仔细，就又往下多说了两句：

“此案的嫌疑人应更多面向权贵，不应只注重一般的犯罪分子。”

“门乡长，那我再写一字，你再测测。”

侯镇又在纸上写了一个“察”字。门喜拿过一看，说：

“察字是案字头，下面是正反两个夕阳的夕字，和一个示现的示字。正说明此案告破要晚，夕阳落下时案子的凶手才能示现。”

“老门，你开玩笑还可以，可别宣传迷信呀！”徐庆和笑着说。

“好了，好了，你说得对，就此打住。个人观点，谨供参考。”

“你咋这样，让人家把话说完嘛。”李春晓说。

吃完饭，天放晴了。侯镇和门喜又去钓鱼，李春晓和徐庆和去采荷花。下午，侯镇运气不错，一连钓上来9条大鱼。

傍晚，夕阳西下，给湖面抹上一层金黄。月牙伴着晚霞，也早早闪亮在西天。徐庆和拎着一袋藕根，李春晓拿着几朵荷花回来了。大家收拾东西，准备回家了。李春晓说：“看哪，这儿的景色太美了。”

徐庆和说：“门喜，面对良辰美景，再作一首诗吧。”

“好，作一首也行。不过，多提宝贵意见。你们听着：

嫦娥喜泪汇成湖，水伴娇荷女伴夫。
同道联欢情最美，夕阳笑望月牙出。

诸位，听着怎么样？”

“挺好的，寓意深刻，内涵丰富。明天有时间教教我吧。”侯镇笑着说。

李春晓说：“写得不错。不过，门乡长，诗中的嫦娥是什么意思？”

“呃！这个嘛，是传说。一天，月宫里的嫦娥去摘仙桃，因桃子又大又好，把嫦娥高兴坏了。嫦娥就用手拍了拍桃子，这一拍不要紧，桃子突然变成了她心中的白马王子。立在她面前，嫦娥欢喜无比，止不住地流泪，喜泪不慎落到这里，于是，这里就成了一个自然湖泊。因为嫦娥常涂脂抹粉，所以现在这个湖面上，还总散发着淡淡的清香。”

“那女伴夫呢？”

“我们这儿有一说：一般没找对象的，在湖里摘一朵荷花，就会有满意郎君了。”

“哟，你说的真有意思，我刚才摘了，不知您说的是真是假。”李春晓拍手笑了起来。

“春晓，还没对象吧？抓紧处一个，我还等着吃喜糖，喝喜酒呢。哈哈哈！”

……

从五一湖回来，徐庆和来到侯镇家。侯镇当着徐庆和的面，打开字条。只见上面写着：

三桩血案久朦胧，日夜追凶未见凶。
非是寻常功底浅，谜团勘破欠东风。

侯镇挠了挠头，有点搞不明白，解缙为何写了这首诗。徐庆和接过字条，看了一会儿，笑道：

“这哪是什么解缙写的，分明是老门的新作。他是在劝咱们呢！不过，倒也有用，他在劝我们按规律办事，不可操之过急呀！古人说：欲速则不达。就是这个道理。”

“好！这次去五一湖，我们收获不少哇！可是上级要我们尽快破案，咳，只能看天意了。”

“踏破铁鞋无觅处，得来全不费工夫。等我们找对了方向，加上适当的时机，案子自然浮出水面。”

二人正说着话，门铃响了。侯镇一开门，李春晓走进来。

“队长，治头痛的三盒药，我替您买了。”

“噢！多少钱？我给你。”

“钱就免了。”

徐庆和说：“你买的就是老门说的那药吧！试一试吧！他爸爸妈妈都是中医。”

“别说是吃药，跟老门谈了一次话，我这头到现在还没痛，看来他出的方子也一定管用。把药拿来，我这就吃。”

侯镇吃完药，一会儿工夫，头真的不疼了。李春晓说：

“这几天我又读了几本书，受了点启发。我觉得咱们今天遇到的案子，是个复杂的案子。这里面有感情纠葛，有男女关系，有权钱交易，有官场腐败。要想把这个案子理出头绪，必须把整个案子的细节再细化，分门别类地去分析。这就像古今中外名篇小说一样，这里面有案中案，案外案，内外案。总之，我觉得这是一个连环案。如果我们不跳出以往破案的圈子，不采用超常规打法，就很难破获此案。”

“你说得对。我们就是要打破常规，超常规破案。你跟庆和研究一个具体破案计划。然后拿给我看。”……

月色朦胧，徐庆和一个人走在大街上。当他走到大街一个拐角处时，猛然，见到不远处有一伙喝得醉醺醺的地痞，在共同欺负一个女青年，他们已把女青年逼到墙角。

“你们，你们要干什么，我要喊人了。救命，救命啊！”

女青年惊恐的喊叫声促使徐庆和加快了脚步，他赶紧跑上前营救。

“你是谁？来管老子的闲事。我看，你小子是寿星老吃砒霜——活得不耐烦了，来，咱们拾掇拾掇他。”

一个留着两撇八字胡子的人，龇牙咧嘴地说。

“住手，我是警察。”徐庆和大声喊道。

“警察，怎么不见你穿警服哇？我看你是，猪鼻子插大葱——装相。老子管你是谁，捆他！”

为首一人领头先上，一拳朝徐庆和面门打来，徐庆和急忙躲开，随后一个扫堂腿把对方绊倒。又有一人冲了上来，徐庆和一拳点其胸部，那人顿时栽倒在地。

这时有一个人从后面将徐庆和拦腰抱住，又被他搂住头部，一个苏秦背剑，将其反摔在地上。又一个人从侧面冲上来，被他侧飞一脚，踢在裆中，那人号叫着向后退去。又一个人从正面冲上来，徐庆和抓起地上的一根长杆，用力一撑，身体一下子腾出一人多高，顺势飞出两脚，踢在那人脑门上，那人蹬蹬蹬一下子退出老远……

噼噼啪啪，乒乒乓乓，十几个回合下来，徐庆和连续打倒四五个人。剩下的人虽不敢近前，但手持匕首，围成一个圈，向徐庆和逼来。徐庆和急忙用左手扶起地上的姑娘，想边打边护着姑娘逃跑。可姑娘刚一起身，就用左手偷偷拾起地上的一个酒瓶子，她侧身向徐庆和靠近。等她挨着徐庆和身体的时候，一转身，她挥起酒瓶子，向徐庆和的额头击来。徐庆和没有防备，顿时身子一歪，仰面倒了下去。女青年又狠命朝徐庆和的腰身踢了两脚，两撇胡一瘸一拐走过来，踢了徐庆和一脚说：

“看你还公羊配母羊，扬扬得意不？怎么样，霜打的茄子，蔫了吧！”……

“庆和，感觉好点了吗？”

三天后的一个晚上，李春晓到医院来看徐庆和。经过两天来的抢救，徐庆和终于醒过来了。在病房里，徐庆和躺在床上，头上缠着白色纱布。

“好点了，不过那天发生的事，我有点记不起来了。”徐庆和有些吃力地说。

“你出事那天，是我生日。我跟几个同学吃饭回来，正好赶上。是我们一帮同学驱散了那伙歹徒，把你送到这里的。”

“那，他们一个也没被抓到？”

“没有。不过今天听侯队长说好像有线索了。”

“对，你应该再问问侯队长那伙人的线索，以便尽快查清真相。”

“你呀，就是工作第一。还是先养好病再说吧。不然，落下残疾。看有谁还会要你。”说着，李春晓羞涩地笑了。

病房的门慢慢地开了。这时，一个30多岁的女护士，推着药车走进来。她把车停在床前，笑着说：

“您是她爱人吧！一看你俩，就是天生的一对。看，你们俩长得多像。人常说，长得像的男女容易结成伴侣，看来这话不假。昨天，我们这些医护人员就说，你看，瞧那女的对男的多好，连脚都给洗了。哎，你们是新婚吧？”

徐庆和愣愣地看着李春晓，李春晓不好意思地站了起来，不知怎样回答，她转过身，想离开病房。

“哎，别走哇！您帮我一下，把病人胳膊上的袖子挽上来，我给他量一量血压。再给扎一个吊针。”

徐庆和吃惊地望着李春晓，李春晓不好意思地笑了笑。为了掩饰这尴尬的局面，李春晓上前拉起徐庆和的胳膊，把衣服袖子一点点挽了起来。又帮女护士给徐庆和量血压，吊瓶挂好后，护士离开了。李春晓站起身，给徐庆和掖了掖被子。抬头看了看徐庆和，然后说：

“庆和，你受伤的事，你女朋友知道吗？她来看过你吗？”

“看我？跟我早吹了。”

“为什么？”

“跟咱这当警察的，生活没有安全感。”

“当警察怎么了？你没听人说吗，天底下有三种职业是最崇高的。”

“哪三种？”

“这你都不知道。真是傻帽儿。”

说到这儿，李春晓用食指点了一下徐庆和的鼻子。然后娇嗔地说：

“警察，教师，医生。”

“为什么这样说呢？”

“警察给人以安宁的生活，教师塑造人类灵魂，医生挽救人的生命。”

“哎，我这人真笨，这还是听你第一回这样说。对了，今天太晚了，你回去吧。路上要注意安全。”……

李春晓刚走，侯镇就来了。他一句话也没说，自己搬了个塑料凳，坐在床尾，默默地给徐庆和按摩脚趾。一个小时过去了，徐庆和精神起来，额头渗出汗珠，他笑着说：

“队长，歇歇别按了。你这一按，我全身热血沸腾，筋脉通畅，我看明天就可以出院了。”

“哪那么神奇，这是我上中学时学会的，那时我母亲得颈椎病，家里穷，没钱看病。听说按摩能治病，我就买了本书，仔细研读。晚上就给母亲按摩脚后跟的附阳和昆仑穴。结果，当天就效果明显。一周症状减轻。一个月下来就全好了。这两个穴，还可治落枕，一边按一边让患者仰头低头。后来，我还学会了能治多种病的按摩方法。中医最讲远端取穴：病在上，治其下；病在左，治其右；病在前，治其后；病在内，治其外。最后再治病发部位。这样才能收到好的疗效。”

“哎，听你说的这么邪乎（厉害），附阳和昆仑在哪？”

“附阳在外踝尖上四指三寸，腓骨后沿；昆仑在外踝尖后，根骨上沿。”

“好，有时间你教教我，我给你买条烟！”

侯镇一听笑了，抽出一支香烟，刚想抽，又放了回去，他突然想到病房是不能抽烟的。于是找句话，忙掩饰过去。他拍了拍额头说：

“等我退休了，开家按摩院。欢迎你常来呀！”

“那我就天天去，按摩也不给你钱，看你的按摩院不黄了才怪呢。”

“黄不了，别忘了，那时我还有退休金呢。”

“队长，别开玩笑了，你一天挺忙的，回去休息吧。”侯镇刚想要走，就听见走廊里有人高声大喊：“哪屋？哪屋是小徐呀？”

“就这屋，315。”一个女护士领着庄德相走了进来。

“啊，是庄局来了。”侯镇站起身打招呼。庄德相没有答话，径直来到徐庆和床前，关切地说：

“小徐，好些了吗？”

“好多了，过些天我就要出院了。”

“那怎么行？怎么也得一两个月。”

侯镇搬过一把椅子，让庄德相坐下。庄德相看也不看侯镇，一屁股坐在椅子上，怒气冲冲地说：

“这件事，我一定要追查。不光追查那帮浑蛋，还要追查我们内部的责任人。现在有些人，简直是无组织无纪律，无法无天。”

“庄局，我这只是受了点轻伤。就别兴师动众了。”

“不，小徐，我没买什么，给你留下200元钱。你先好好养着。我走了。”庄德相把钱放在床头，转身要走，侯镇送他到门口时，庄德相回过头来说：“侯镇同志，我郑重地告诉你，你被停职了！”说着怒不可遏地走出门去。

第二天上午，庄德相在刑警队召开全体干警大会，当众宣布侯镇三大罪状，并停止工作。一切事务暂由他本人代理。其他事项等夏局长回来时再行定夺。理由是：

一、目无组织纪律，不听上级指挥，我行我素，独断专行。

二、不分轻重缓急，擅自调查 207、409 等一些无关案件，给本来就经费紧张的公安局带来沉重经济负担。

三、由于指挥不当，致使徐庆和同志被歹徒击伤，造成严重后果。

鉴于以上三点原因，责令侯镇同志立即停止对目前一切案件之调查，交出调查材料。停职反省，等待组织上处理。

侯镇被停职检查，207 案和 409 案的调查工作也随之停止。他一个人赋闲在家，每天读读书，上街买买菜，做些家务。一有空闲，他就继续研究 207 和 409 两个案子。

徐庆和出院后，找到李春晓。和李春晓一商量，决定一起去找刑警队指导员杨明光，想让杨明光向上级说明情况，让侯镇尽快回到刑警队。

“指导员，这么做太不公平了。”

“什么事?”

“侯队长被停职的事。”

“啊，这件事我正在做工作，找庄局几次了，他都说不行。我想等夏局长出门回来，我亲自去找他。再带上一封请愿信，上面有咱刑警队一名副队长、一名指导员，和全体警员的签名，我想夏局长一定能答应。你们放心好了。”

第十三章　谁最可疑

8 月 8 日这天，侯镇单独去了一趟哈丽娜父母家。为了找到新的证据和线索，他想通过哈丽娜父母再做深入了解。哈丽娜父母现在都退休在家。他们现在都是 60 多岁的人了，步履蹒跚，白发苍苍。当侯镇问起哈丽娜的死因，二老有什么看法时，哈丽娜的母亲哭了，断断续续地说：

“还说啥，人都死了。好歹都是她的命呀。”

侯镇见两位老人明显心存顾虑，就做他们的思想工作。终于，哈丽娜的父亲说话了。他擦擦眼角，哀声说道：

“我们也怀疑，咱家姑娘是被姑爷害死了。可是，姑爷在咱市也是个东头一走，西头乱颤的人物。咱这小门小户，能告得倒人家吗？还是忍了吧。我想，不用我报复，如果姑爷真的做了那伤天害理的事，天地不容。自有老天惩罚他，我何必兴师动众，搞得许多人因我而鸡犬不宁呢?”

“那您有没有感到，何少康有什么反常的行为?”侯镇问。

“有。何少康很有钱，但花钱却很小气，打麻将赢了照收不误，输了就想欠着不给。这是熟悉他的人都知道的。就是过年跟我家人玩，有时也是一样。有一回输了不掏钱，被美娜说得他脸红一阵白一阵的。而这次丽娜的葬礼，他却舍得破费，在20万元左右。给我们二老就是10万，加上选寿衣、备棺材、搭灵棚、订骨灰盒、买牛眠宝地、请风水先生、雇鼓乐匠子、招待亲朋好友，如此等等，我们粗略算了一下，没个10万元钱，准下不来。我们总觉着不对劲。一个这么吝啬的人，怎么突然间良心发现，如此大方起来了。这里面一定有鬼。”

侯镇问：“如果说哈丽娜是被他害死的，那一定是何少康雇人所为。您觉得他可能通过谁来充当中间人，具体办这事呢?”

“这个我可不知道。我刚才也说过了，就是直觉告诉我可疑，可又找不出证据。就是这种情况。我是无能为力了，剩下的，就看你们公安局的了。”

“好吧，今天就谈到这儿。什么时候想起了什么，需要告诉我们的，请打这个电话。”侯镇拿出一张个人名片，递给了哈丽娜的父亲。

侯镇刚回到家门口，天已经黑了。顺着楼道走上楼梯，见自家楼门前站着一男一女两个人。仔细一看，原来是李春晓和徐庆和。徐庆和一见侯镇上楼，就大声说：

“队长，告诉你一个好消息，夏局回来了。他让你明天上班。”

侯镇侧耳一听，笑着跑上楼，跟他们一一握手，然后关切地问：“你们吃饭了吗?”

李春晓噘着嘴说：“没有哇，一听局长要你回队，急着赶来了。哪顾上这个呀。”

“来，我也没吃。先进屋，你嫂子没在家，咱们现吃现做。”三个人兴高采烈地走进屋去。

与此同时，就在这天晚上7点，夜幕刚刚降临，芳草地大厦门前，乐曲悠扬，七彩灯频频闪烁。数十辆标致、别克、尼桑等名牌轿车缓缓驶入楼前大院，依次停在大厦门前。

何少康身着笔挺盛装，被一大群人簇拥着，乘电梯来到13层。一行人进了一个大型包房。这里是一个200多平方米的大厅，集餐饮、茶道、卡拉OK、卫生间于一体。正面墙上，一幅一米长半米宽的竖匾格外引人注目。正中是一个黑色的‘酒’字。字写得是个酒坛子的形状，两边是两行鎏金小字：开怀畅饮，醉也风流。门旁左右站着两位靓丽的红裙小姐。

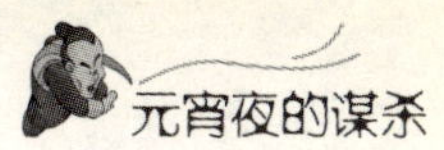

何少康坐在餐桌首席，依他左边而坐的，是公司董事长章平之和几个公司副总，他右边是市里两家大粮库的主任。他现在是公司总经理兼党委书记，同时他还兼任平西粮库主任和党支部书记职务。

“慢回身，上菜了！”

伴着娇媚的女声，红裙小姐翩翩走来。不一会儿，烤乳猪、红烧鹿蹄、油炸飞龙、清蒸海参等十几道名菜上来了，满满地摆了一桌子。小姐又依次给各位倒酒。当给何少康倒酒时，正赶上何少康伸筷子夹菜，小姐娇嫩的脸无意刮到何少康的耳朵上。小姐连说对不起，何少康轻轻摇摇头，眉开眼笑。他首先拿起筷子，夹了一块肉，放入口中，边吃边说：

“好！好！味道不错。”众人们也都伸出筷子，吃了几口菜。过了一会儿，何少康看了看身边的章董：

“平之兄，您是公司法人代表，您起杯吧！”

章董笑了笑说：“还是您起，您是党委书记，党指挥枪嘛！”

在收储公司，何少康是党政一肩挑，总经理兼党委书记。而他的同学章平之却是个只有空头衔的董事长，名义上的法人代表。他俩同在粮食收储公司工作，既有同志之情又有同学之谊，可章董对何少康的行为却很看不惯。他常说：“得道多助，失道寡助。”何少康对他的告诫却不以为然，常常对之予以嘲笑。

在职工群众眼里，章董资历深，有经验，会管理，应当重任。可前任市委领导曾吃过何少康当粮库主任时的许多好处，就把实权授给了他，而真正有德有能的章董事长只得了个虚名。两人谦让了一会儿，最后何少康端起高脚杯说：

“那我就恭敬不如从命了。诸位，今年，鄙人被市里评为全市廉政模范，全仗在座各位大力支持。今天，我把大家请来，在这里举办一个宴会，一来是庆贺一下，二来是咱们大伙儿好久没在一起了，趁此机会聚一聚，以此加深感情，促进工作。来！闲言少叙，为了公司的美好明天，干杯！”

一阵乒乒乓乓的碰杯声后，何少康放下酒杯。小姐走到何少康身边，给他斟满一杯酒，娇声说道：

“哎呀！真是不说不知道呀！您就是大名鼎鼎的何少康总经理吧！我在电视上见过您。今天，见到您本人容貌，真是三生有幸啊！我就崇拜廉洁的官。这样，我唱一首《好人一生平安》献给您，以表达我对您的敬意。”

何少康不置可否，只是脸上露出淡淡的微笑。红裙小姐拿起话筒，对着电视唱起来：

有过多少往事，仿佛就在昨天。
有过多少朋友，仿佛还在身边。
也曾心意沉沉，相逢是苦是甜，
如今举杯祝愿，好人一生平安。
谁能与我同醉，相知年年岁岁。
咫尺天涯皆有缘，此情温暖人间。
谁能与我同醉，相知年年岁岁。
咫尺天涯皆有缘，此情温暖人间……

一曲终了，红裙小姐还要再唱一首，章董事长挥手制止。他环顾了一下在座的人，严肃地说：

“好人一生平安，这个词，对我们这些人来说怕是太大了点。我怕是担当不起呀！因为事物总是在不断变化的。姑娘，你看我们这桌上谁是好人，谁不是好人？谁现在是好人，将来还能不能继续是好人？这个问题您能答得上来吗？能答得准吗？这正如逆水行舟，不进则退，曾国藩的老师曾赠给他两句名言：不学圣贤，便为禽兽……”

听章董这么一说，何少康心怀不悦，琢磨了一会儿，拿着桌子上的酒瓶说：

“哎，看这酒瓶。人家说是酒瓶盖最大。实际上，我看当盖最不合适，它最小了。酒瓶一起开，盖就没什么用，就让人给扔了。”

说着哈哈大笑起来。又用眼瞅了瞅右边。他右边的一粮库主任，是他一手提拔起来的嫡系铁哥们儿——黄标。黄标一脸横肉，黑红脸膛，最近，唇上留一撮斯大林式的黑胡子。他大声说道：

“诸位，我说两句，章董说得对，好人坏人不好分辨。那，就不要管它。我看这年头，对上头是谁泡硬（指给上级行贿）谁上；对下头，是谁操他妈他管谁叫爹。管那么多干吗？诗人李白说得对：人生得意须尽吹（应是欢），莫使金樽空对月。人吗！及时行乐，不白来一回就行！”

二库主任贡成说：“哎！这，这人啊，每，每个人背后都有诽谤。都褒贬不一。你知道，现在有，多少人说我们这些干部是什么？一个屁股坐……坐俩豆包儿……没一个好饼。听了这话我们就不，活了，不，吃不喝了。不，行吧。哎！对了，有一首歌，叫《不白活一回》。小姐，唱个《不白活一回》，怎，怎么样？”

黄标咧着大嘴，立即拍手叫好，众人也跟着鼓掌欢迎。章董瞪了他们几眼，没有说话。黄标起身，来到小姐身旁：

“小姐，咱哥俩，一块唱一宿（首），毛阿你（敏）的《不白活一回》，以助有（酒）兴。”

黄标在电视柜上拿了个无线麦克，他和小姐一人一个，对着电视唱了起来。一曲终了，屋内响起一阵掌声。黄标又把麦克递给桌上的人，桌上的人乘着酒兴，轮流跟小姐对唱。

小姐：“不白活一回，凤飞彩云追。”

黄标：“不白活一回，雁叫鸟相随。”

何少康：“不白活一回，金翅那个鲤鱼敢玩水。”

小姐：“不白活一回，大鹏腾空往高飞。

黄标：“活就活它个船撵浪呀，活就活它个龙摆尾。”

小姐：“活就活它个云生霞，活就活它个地增辉。”

黄标：“不白活一回，活它个拼命三郎才有滋味。”

副总：“不白活一回，苦也不觉得累。”

何少康：“不白活一回，难也吓不倒谁。”

贡成：“不白活一回，姑娘那个小伙子撒欢美。”

黄标：“不白活一回，一辈一辈胜一辈。”

何少康：“活就活它个老变少呀。”

小姐：“活就活它个瘦赶肥。”

黄标：“活就活它个穷变富呀。”

副总：“活就活它个虎生威。”

何少康：“不白活一回，活它个心想事成笑声脆，笑声脆。”

一首歌结束，何少康好不得意，他笑着对章董说：

“老同学，你也唱一首，乐呵乐呵！”章董不唱，何少康一再劝说，最后，他站起身来说：

“那，我就给各位学唱一首《少年壮志不言愁》。”

“好，让老同学也唱一个。”何少康拍着手说。章董接过话筒，唱道：

几度风雨，几度春秋。
风霜雪雨搏击流，
历经苦难痴心不改，
少年壮志不言愁。
金色盾牌，
热血铸就。

危难之中显身手，
显身手。
为了母亲的微笑，
为了大地的丰收，
峥嵘岁月，何惧风流。

章董唱完，把话筒交给小姐，就坐回自己的位置。何少康站起来，走到小姐近前说：

“我看，《不白活一回》这首歌挺有意思的，这歌词也好。我得好好学学，小姐，您愿意教我吗？”何少康又喝了一口茅台酒道。

“能给何总效劳，那可是我的造化了。”

小姐上前，又给何少康斟了一杯酒，何少康一把抓住了她的玉手。

“来，咱俩定个君子协议，拉钩上吊，一百年不再变。”说着又是一阵大笑。

“钱算什么？李白说了，人生得意须尽欢，莫使青春空空过。对不？”何少康又从手提兜里取出一沓百元钞票，塞到小姐手里说，“小姐，这是一千元，我先交学费了。”

章董低头用眼睛的余光朝他扫了扫，见那沓两公分厚的钱足有一万多。他想何少康今天，可能也是像过去一个粮库主任一样，把一万元当一千元，给小姐打小费了。但那是那个主任一时疏忽，第二天又找小姐要了回来。可看今天何少康这架势，怕是不准备要回来了吧。

第二天，何少康在自己办公室安装了一套卡拉 OK 装置，一有空，就用轿车请那小姐来教他唱《不白活一回》。弄得下属们不敢进他的办公室请示工作。

也许这首歌激活了何少康身体内潜伏的东西。他连续召开党委会，提了一大批不合格的干部。就连基层大粮库的一把手，公司党委组委、宣委这些应由市财办、组织部任免的干部，他不经请示，一纸空文就都给任免了。任免事宜当然是遵从他的人生哲学——看菜单，谁泡硬谁上了。当他看着家里抽屉里一沓沓钞票时，他仰面笑了，觉得自己真是不白活一回了。按照干部制度，收储公司党委的组委、宣委、党办主任由市委组织部任命，大粮库一把手由市财办（财贸系统办公室）任命。可何少康仗着自己的关系网，上面有人，就熊瞎子打立正，一手遮天。事后证明，谁也没把他怎么样。

“怎么了，多少天也不打个电话给我，是不是把我给忘了？”

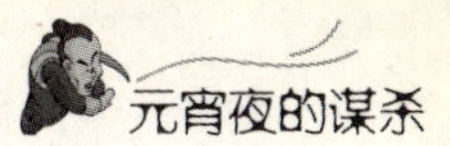

一天晚上，一个时髦女郎走进何少康的别墅大厅，大声地对何少康说。

何少康在市西郊有一处别墅。别墅全是欧式建筑风格。格调高雅，造型别致，四周用高高的铁栅栏围起来，整个别墅占地5000多平方米。院门口有两棵法国梧桐，绿叶婆娑，随风摇动。中间是花岗石铺成的甬道，两侧种有各类名贵花卉，竞相开放，花香扑鼻。爬山虎顺着别墅外曲折的山墙，扶摇直上，把整幢别墅包围起来。如果说别墅是一个美丽少女的话，那绿意融融的爬山虎，就是半披在少女脸上的面纱。别墅造价60多万元，装修又花了20多万元。加上添加空调、冰箱、彩电、沙发、浴盆等高档家具，总计100多万元。

何少康刚刚打发走一个卖淫的小姐，正躺在席梦思床上，被闯进来的人吓了一跳。定睛一看，是白惠珊，就笑着说：

“进来怎么也不敲个门?”

“敲门怕你就不让我进来了。”

白惠珊放下手中拎着的两个包，一下扑到何少康怀里。双手似蛇一样，把何少康紧紧缠住。

“别这样，让人看见。”

“谁，谁看见？你又有人了?”

“没有，没有。你先放开我好不好?”

“放开你行，那你得答应跟我上床。”

“哎呀，我一天到晚忙于工作，这两天身体不行，过两天吧。”

“没关系，我给你带来东西了。”

“带来什么东西了？市场那些壮阳药我可不吃了。”

“不是，这是我托人配的一种药酒。”白惠珊拿出一个方形的五市斤装的塑料酒壶，介绍道：

“这里面有白酒4斤。蛇床子4钱，五味子3钱，肉苁蓉3钱，菟丝子3钱，远志2钱。这五味药泡酒，可以壮阳强身。据说此药名叫秃鸡散。因公鸡吃了人扔掉的药渣，追上母鸡交配个没完，并啄掉母鸡身上的毛而得名。听人说，如果没有性伴侣者，不可贸然服用。”

“那我，就属于那种不可贸然服用的了。”

“你这人怎么这样。我丈夫都没两年了，你还怕什么。”

白惠珊开始动手动脚了。忙活了一阵，白惠珊拿来杯子，打开拿来的酒壶，放在沙发前的茶几上。

“来，我给你倒上一杯，我自己也倒上一杯。今儿个咱俩一醉方休。”

对于白惠珊的热情，何少康反应冷淡。

“没事，我又不让你娶我，喝吧。我先喝。”

白惠珊举起酒杯，一饮而尽。何少康只得跟着喝了两口。两人喝了片刻，药效发作了，何少康有点不能把持自己了。他拥住白惠珊，狂吻起来……

一场云雨过后，何少康穿了件睡衣，问道：

“惠珊，到这里找我有事吧？”

“没事我就不能来了？我想你了。”

何少康摇了摇头，笑道：

“真的吗？那咱就打个赌，今天你一件事也不能求我，敢打这个赌吗？”

“我的大经理，你可真行，真是什么事也瞒不过你呀。说说，你怎么猜到的？”

“直说了吧，我想通过提拔干部搞点钱。公司党办的几个人，已经下去考核后备干部去了。这两天，给我打电话求情买官的人，可以说是络绎不绝呀。你一定是为这事来的吧。”

“哎，你还真猜中了。噢，我说，粮库主任一类的官一般要卖多少钱？”

“这个吗？一般来说，副主任两万，正主任三万。这是指乡下粮库。国家直属库，城内粮库的干部，还要加倍。”

“哎哟，那么贵呀。”

“哼，我这个官也是花钱来的。我总得想法子捞回来。这年头，谁干赔本的买卖。不过要是你的亲属，看在你的份上，我可以照顾。”

“我兄弟来找我，他在一粮库当团书记兼工会副主席。还是个后备干部，都备了好几年了。您看能不能，在城里粮库给他弄个副职干干？”

“好吧，我试试。”

“别试试呀，你可是一把手，就定下来吧。”

“这需要通过公司党委会，9个党委成员呢。”

“哈，我的何总经理，你别当官不认人嘛！这官吗，是挺享福，可铁打的衙门流水的官，官有总当的吗？常言说得好：人生好似一场戏，没有不下的台。下台还有用吗？干吗不在台上的时候多交几个人呢？”……

第二天晚上，白惠珊又来找何少康。何少康说：

“你兄弟的事我调查过了，他既不是后备干部，也不是团书记和工会副主席，而是个白丁啊。”

“哎哟，不是呀，那是你们粮库主任没及时任命，让人给顶了，要是任人唯贤，他早就当上了。”

白惠珊走到何少康身边说：

“这是两万块钱，一点小意思。你先拿着，行个方便，不够的话，我再给你送。”

白惠珊递过来一个牛皮信封。然后，把脸贴在何少康的脸上，何少康接过信封说：

“难怪你叫白惠珊啊，你可是真会煽啊。那，那我就不客气了。这事就包在我身上了。你就静候佳音吧。”

说完，一伸手，把白惠珊按翻在床，一阵哈哈大笑……

“白蜀生、贾贝京提为一粮库副主任。大家有意见没有？”

这是在公司党委会上，何少康手拿单子，在念被提拔人名单。他知道，这是严重违背组织提拔程序的。本来，这些事，都是由党委组委向大会成员介绍被提拔人的自然情况，谁有意见，都可以当场提出来。可何少康偏不这样，因为那样做，别人不同意怎么办？他已经收了人家的钱了。他自己念名单，谁都不好意思反驳。这样就可蒙混过关。

“这两个人不是后备干部呀，怎么一下子就提拔呢？”

党委副书记卢旺生严肃地说。何少康笑了笑，他万没想到有人竟提出这个问题来。过了一会儿，他说：

“这个嘛，市里领导说话了。为照顾上下级关系，我们也就只能照办。这个，就通过吧。下一个是毛东峰，一粮库工人，43 岁。”

党委副书记卢旺生又说：“一粮库都提拔两个副主任了，再提一个是不是太多了。我们党委下过文件，大库一正三副，小库一正两副。现在一粮库是 9 个正副主任，已多得不能再多了。再说后备干部要低于 35 岁，这是党委会通过的。这个毛东峰都 43 岁了，也不是后备干部，怎么能提拔呢？”

在场各位一时无语，大家谁都不说话。为了打破僵局，党办主任兼党委组委魏学伍说：

“哎，二粮库的武义山、童刚两名职工要入党，组织部已经谈完话了，需要党委通过一下，履行一下手续。大家看行不行？”

副总经理华良说话了：“他们给没给你上泡呀？上泡了就通过，不的不行。”

卢副书记也调侃道：“谁想入党，你得让他递菜单，要分别看菜单，谁的菜单硬，你就让谁入。”

实际上大家都清楚，目前入党，一般是没有送礼的，所以说得大家不约而同地笑了。笑过之后，大家就举手通过了。何少康又接着说：

“刚才这件事，我看得一事一论，特事特办。实话说吧，这些不合格的，哪个不是上边领导打过招呼的。不办吧，明天就会给你小鞋穿。这不，听说还要把咱收储公司并回粮食局去。那时候，别说我们提干部权没有了，就是我们这些人，还不知被人安排到哪个阴暗角落里呢！依我看，上边说的，咱们就照办吧。有口头通话，还有条子。我们怕什么，市委组织部来查，一看这条子，他们也不敢怎么样。”一听何少康这么一说，大伙儿沉默了一会儿，一想，也是这么个理，也就没再说什么，何少康借此机会又念了几个他自己想提拔的人，也都通过了。为了堵党委成员的嘴，他私下答应每位成员，可提拔一名他们自己的亲戚或朋友。

一个月后，何少康把公司盈余资金全部拿出，投入盖家属楼的二期工程。这样，通过承包人给回扣，几百万元公款又划入他个人账户。为这事，章董没少跟何少康吵架。

这天早上刚上班，章董上楼，何少康下楼。两人正好在楼梯口碰上。章董对何少康说：

“少康呀，这样下去是要出大事的。我是既站在公家立场上，也看在你我在粮食企业工作多年，以及你我过去的情分上奉劝你的。要是这样干下去，那就是走向反面，与党和人民为敌，要遭千夫所指呀！”

何少康淡淡地笑了笑，没有说话。他双手插兜，转身下楼，坐车离去。章平之原来在一家粮办工业企业当厂长。他为人耿直，秉公办事，联系群众，使企业经济效益连年跃上新台阶。来到公司机关后，先后担任党委副书记，副董事长、董事长职务。在跟何少康搭班子后，发生了几次口角。后来，章董以大局为重，遇事忍让三分，使他俩的关系又趋于缓和。一天，市委将公司人事科长提拔当公司纪检委书记，人事科长一职成为空缺。一时间，公司内部，争夺这一职位之战愈演愈烈。原来在人事科当过科员，现任纪检科长的郝力民想回人事科当科长，而农村科的科员屠维高也看好这个位子。按理说，郝力民担任这这个职务较为合适。因为他业务熟，人品端正，能联系群众；可屠维高则不然，他是个唯利是图，溜须拍马，克扣百姓的能手。在人事任用上，章董同意郝力民，何少康想任用屠维高。一天下午，在小会议室召开了党委会，何少康主持会议并首先讲了话。他说：

“这不，岳明立现在是咱公司纪检书记了，人事科长一职，大家看看，谁当合适。”

还没等别人说话，他又说：

“这个，屠维高怎么样？”

在座的几位副职装作低头喝茶，没有人吱声。沉默了一会儿，章董说话了：

“我看不妥呀！人事科是关乎职工工资管理和企业形象的窗口部门，应选择品德端正，业务精通的人来担任。所以，我觉得郝力民比较合适。他从事这项工作多年，熟悉业务。在群众中有良好的口碑，而且文化素质和敬业精神都很高。因此，我的意见是让郝力民同志担任。真正实现能者上，平者让，庸者下。”

章董刚一说完，几位副总就撂下手中的茶碗，默默地点了点头。何少康一听这话，一见这态势，心中好恼，脸色渐渐发白。他先低头喝了两口茶，然后抬起头来说：

“做任何事都要与实际相结合，就是马克思主义理论，也要同中国实际情况相结合。屠维高当人事科长一事，市里主要领导是给我打过电话的，下级服从上级，这是党的组织原则。所以，今天这个事，是行也得行，不行也得行。”

说着，把手中的茶碗重重地往身旁的茶几上一蹾，弄得茶水飞溅他一身。章董也来了倔脾气，针锋相对地说：

“我们公司的科长要是都由市长来任免，那还要我们这些局级领导干吗？这等势利小人，要是进人事科，他还能办人事吗？”

“好了，散会！”何少康不耐烦地说，随后站起身走出会议室。党委会不欢而散。

章董回到自己的办公室，副总丁广恩前来劝解。丁广恩今年50多岁，原是江水市机关党工委书记。可老马恋厩，为了再多干几年，就主动要求下基层企业，当了个收储公司副总，正局级待遇。他一进门就说：

“章董，别生气了。凡事忍为贵，和为高。得注意内部团结呀！”

“不，我还要监督呢。”

“胳膊扭不过大腿呀，人大、政协不也监督吗？可他们连个市委常委都不是，咋监督哇！现在市面上流传这样的话：党委有权，政府有钱，人大举手，政协发言。咱们就学学郑板桥，难得糊涂吧。”

几天后，为缓和紧张局面，何少康要请章董吃饭。打了几次电话，可章董都说有事脱不开身。后来，何少康亲自到章董家中去请。章董为了便于两人今后的工作，就随何少康去了一家酒吧。这次，何少康只请章董一个人。在一个单间的酒桌上，两人先谈了一段同学时的趣事，接着何少康慢慢步入正题。

“来来，再喝一个!”何少康满面春风，边劝酒边为章董夹菜说，“咱们中国这块土地上，搞民主是行不通的，不信咱们回头看看。孙中山搞三民主义多少年，没成功吧？蒋介石推行资产阶级民主不也失败了吗？这就是说，在中国这块土地上不适合搞民主。你看，法国的孟德斯鸠，早在18世纪就提出了地理环境对人类社会制度的影响。他认为，人类的生存和植物生长一样，是由地理环境决定的。不同的地理环境，就生长出不同的植物，假使在不同地区生长着同一植物，其果实、枝叶、枝干也有很大区别。生于淮南则为桔，生于淮北则为枳，就是这个道理。有味中药叫红花，西藏生长的红花叫藏红花，内地生长的红花叫草红花，也叫红花。两者本是同一植物，却因不同的生长地而有很大区别。藏地生长的红花与内地生长的红花相比，不论是颜色、成分、药效都要高得多。来来，别光顾说话，再喝一个，这可是真正的茅台酒呀!”何少康猛喝了一大口，然后说，“孟德斯鸠他老人家说呀，热带民族跟老年人一样胆怯，寒带民族则像青年一样勇敢；热带民族的怠惰几乎使他们成为奴隶，寒带民族的勇敢则使他们保持自由。亚洲之所以出现专制主义大帝国，是因为它有较大的平原。西欧之所以有民族自由的传统，是因为那里天然地划分成不大不小的国家。这是我在党校学习期间，在教材《马克思主义原理》第134页上看到的，你看，我还是很注重学习充电的吧!”

章董说：“别的我不知道，藏红花是鸢尾科的，性寒；红花是菊科的，性温，两者科不同，不是同一植物。这一点我还是知道的。”说着又喝了一口茶水。几杯酒下肚，章董的脸渐渐也红润起来。听了何少康说了这么多话，章董一直保持着沉默。见何少康不再说什么了，章董才开口道：

“少康啊！你我同学一场，我是想对你负责呀！我们都是局级领导干部，可谁也没法跟中央领导比吧！看看他们中的个别人，不好好干，结果不是坐牢就是枪毙，下场多可悲呀！那么大的领导，到头来倒不如一个穷苦百姓了。人还是走正道的好。来来！为了今后工作愉快，咱俩再喝一杯!”……

几天以后，何少康没经党委会同意，就让党办主任下文，任命屠维高为公司人事科长。一时间，群众舆论哗然。可何少康不管这些，他认为市长说话了，我这是执行上级命令，出了事由上级负责好了。至于我个人得点好处，那也算不了什么，上级领导不是带头先得了吗，我得点不是理所应当的吗？这样一想，心里也就坦然了，不必受良心谴责了。为了赶走章平之，他在一粮库院内，成立了一家江水米业有限公司，主要生产加工大米。让章董兼任那里的一把手，黄标、贡成、徐光远分别任副经理。因那里业务很忙，章董就常常不回公司办公了。对何少康来说，省得碍眼了。

这天晚上，一辆别克轿车到何少康别墅前停下，贡成走下车来，一个人独自走进别墅。

“放……放火，这事行吗?”贡成有些慌张地说。

“怎么不行，他是咱的死敌。雷锋说过，对敌人要像严冬一样残酷无情。你就大胆地干吧，出了事，由我兜着。”

“那，那，我就恭敬不如从命了。具体派谁干呢?”

“你呗，怎么，害怕了?”

“没，没有。”贡成挺了挺腰杆说，“那，什么时间?”

“你等我电话吧。”

“那，那还有别，别的事吗?”

“没有了。”

“那，那我就走了。”

贡成走后，何少康皱着眉头，在屋里来回走着，他在想，贡成出个主意还行，让他干真的却是差了点。这事还得让黄标、石洪久这样的人干，这就是干啥活用啥人的道理。想到这儿，他拿起电话，拨通了贡成的手机：

“贡成吗？我是何少康，那件事你先放一放，过后有事我再通知你。啊，好，再见。”

何少康放下电话，他的脑海里又波涛汹涌了。他在房间里来回地走动着，一根接一根地抽烟。当他把最后一根烟头放在烟缸里后，他又拨通了黄标的电话：

“标弟呀，那件事还是你亲自办吧，我看贡成干这个事不太妥当。”

……

“哎，庆和，我有点搞不明白。何少康要那么多职务干吗？难道总经理兼党委书记还不够他干的?”

“啊，这个我调查过，由于何少康工作扎实，业绩突出，致使2000年福田地区粮食工作现场会在江水市粮食收储公司召开。在会上，何少康代表公司向全地区兄弟粮库介绍工作经验，被评为先进典型。后来，基层单位缺少干部，有些单位不好管理，职工敢动手打领导，搞得没人愿意去。他又主动要求下基层工作，于是就在2000年12月2日，担任平西粮库主任兼党支部书记。何少康虽然一身数职，奔走于城乡之间，工作异常繁忙，但每年春节，还备些礼品，看望一些退休老领导。这跟一般的年轻干部不同，只看在职的，退休了就不认识了。所以，有些干部都替他说好话。”

“他最近有什么动向?”侯镇问。

“他现在整天很少上班，多数时间都待在酒店里，可能在赌博，或是酗酿什么阴谋。听说他通过黑道上的人，在办出国手续。好像是去一个小国。”侯镇点点头，然后严肃地对徐庆和说：

“他可能听到了什么风声，想在国外避一避。也许他是狡兔三窟，不管他去哪里，我们都要把他截住，不能让他像赖昌星一样逃走。注意，千万不能让他跑了！就是跑了，我们也要把他抓回来。在中国犯下滔天罪行，跑到外国去逍遥自在，那可没那么便宜。”

在与徐庆和交谈后，侯镇有一种说不出来的喜悦。因为他知道，有了这些新证据垫底，何少康可以作为一个重大嫌疑人锁定了。

第十四章　失火还是纵火

福田地区粮食系统要召开一次安全工作现场会，选来选去再次选定了江水市粮食收储公司。何少康感到很高兴，因为这是上级对他工作的肯定。他通知一个副总，一定要做好准备工作。地点定在了平西粮库。他打电话要粮库副主任杀 5 头猪、10 只羊，瓜果梨桃要应有尽有，一定要办得体面、排场，像个样子。

2001 年 9 月 4 日那天，艳阳高照，微风习习。宝马、奔驰、别克、尼桑等一辆辆轿车开进了平西粮库。来自全地区 5 个市县 50 多个粮库的领导，乘坐豪华轿车来这里参观学习。省市电视台记者也蜂拥而至，采写新闻报道。

平西粮库始建于 1948 年。位于江水市西北部，离城 50 余里，占地 10 万平方米。现有铁路专用线，风雨罩棚，日产 400 吨的烘干塔，8 万平方米的水泥晒台。年储粮 10 万吨以上，年经营量 5 万吨。何少康到任后，又几次投资，把高架线改成地埋线，把原来碱土铺成的晒台，全都变成水泥地坪，盖起了 4 层高的办公楼。在办公楼和后院餐厅宿舍之间，建起了花园小区。这里有亭台假山，奇花异草。小区中间，是用大理石铺成的甬道，两侧一面是养鱼池，一面是桃树、柳树、樱桃树、葡萄树等。甬道上方是用细钢筋搭起的拱形葡萄架，上面爬满了绿莹莹的葡萄藤，藤上已结下一串串紫色葡萄粒，好似染色的珍珠一般，煞是好看。

客人们下车后，在何少康等人的引领下，分别参观了这里的防火井、避雷针、消防车、蓄水池等防火设施；又参观了储粮场区的立筒仓、浅圆仓、房式仓；接着参观了花园小区。在参观防火设施时，何少康领头走着，边走边介绍着情况："这个，我们去年又更新了设备，配备了两台防火车，修建了 20 多平方米的蓄水池。"

在储粮区，何少康接着介绍说："这里的房式仓能装粮 3000 吨，浅圆仓和立筒仓能装粮 10000 吨，而且不用人工检温，全是办公室电脑操作。"

在花园小区，何少康继续介绍说："为丰富职工生活，我们在办公楼和宿舍之间，修建了凉亭，栽花种草。劳逸结合，陶冶情操。"

这边说着，后边的一些人私下议论着。

一个说："这里风景不错，有塞外江南之感。"

另一个说："哎呀，要是在这里谈恋爱，一定别有一番情趣。"

一个说："难保有人不这么干。咱要是学范蠡，领着西施到一个没有人烟的世外桃源生活，那该有多好。"

另一个说："现在，养情人、包二奶已属稀松平常的小事。遇到合适的，不妨搞一个。哎，人生苦短，去日苦多。及时行乐，方为上策呀。"

一个说："是呀，是呀。既要抓好工作，又要会搞女人，这才是今天干部应有的特色。哈哈……"

在花园小区逗留了一会儿，众人来到办公楼 4 楼会议室，听何少康作工作报告。何少康谈笑风生，抑扬顿挫掌握得很好，措辞也很动听。他先给在场的人行鞠躬礼，然后说：

尊敬的各位领导，各位来宾，同志们：

大家好！

今天，全地区粮食系统安全生产会议，在我们江水市召开。这是上级领导和兄弟单位对我们最大的信任和支持，同时，也是对我们工作的鞭策和鼓舞。这使我们全体干部职工感到无比荣幸和自豪。为此，我们衷心地感谢上级领导为我们提供了这次极其难得和珍贵的机会，让这么多兄弟单位的领导，来我们这里参加现场会，以达到相互学习、增进友谊、交流经验、共同提高的目的。同时，借此机会，我们也真诚地感谢在过去的工作中，给予我们大力支持和帮助的各位领导、各兄弟单位。下面，请允许我代表收储公司党委及公司全体干部职工，再一次向今天到会的各位领导，各位来宾，以及在座的同志们，表示热烈欢迎和诚挚的谢意。

说到这儿，台下顿时响起一片掌声。等掌声略微平息，何少康继续说道：

多少年来，火灾一直困扰着我们粮食企业，威胁着国家财产和人民生命安全。今天，我们在安全工作上，之所以能取得这样一点点的成绩，这与上级政府的正确领导和兄弟单位的大力支持是分不开的。如果说有点滴的成绩的话，成绩应归功于党和政府的方针政策，归功于上级相关部门的正确指导，归功于兄弟单位的大力支持，归功于默默无闻辛勤工作在一线的基层干部和职工同志们。

台下又是一阵雷鸣般的掌声。等了两分钟，何少康接着说道：

下面，对近两年来我们粮食收储公司的安全防火工作，我作以简要汇报。

我们主要采取了以下四项措施。

一、加强组织领导，努力健全各项规章制度

我们粮食收储公司自成立之初，就非常注重安全防火工作。始终把这项工作当一项重要工作来抓。……

二、广泛宣传，在提高认识上下工夫

我们公司机关党委，除了以文件形式下发安全防火通知，按季节提醒基层单位注意防火外，还利用板报、简报、广播、标语等形式宣传防火知识……

三、加强演练，增强实际防火能力和水平

为增强广大干部职工的实际防火能力，做到临危不乱，沉着应对，公司每年举办一次大型防火演练比赛。通过比赛的观摩学习，使广大职工进一步加深了对消防栓、灭火器、消防井等消防器材在使用方法上的认识。使广大干部职工真正成为召之即来，来之能战，战之能胜的精兵强将。为提高防火实战能力打下坚实基础……

四、关口前移，把隐患消灭在萌芽状态

为了把安全工作扎实有效地开展起来，我们公司从上到下狠抓落实工作。主要采取责任约束、检查监督、奖罚分明、及时整改等方法，具体抓了三个重点，一个关键。三个重点是对午间、晚间、双休日重点检查，一个关键是对可能引发火灾的关键部位，严加巡查……

五、突出重点，努力推进防火设施的更新换代

由于我们粮食企业近年来一直处于资金紧张状态，所以，我们根据实际情况，克服资金上的困难，本着重点先解决的原则，有针对性地逐步更新换

代防火设施。前两年，我们共投资75万元。内容包括给270个灭火器换药；购消防水带5400米；打防火井一眼；建蓄水池一个；新增水泵两台，安装避雷针58个。到目前，全公司所有粮库都已铺设有地下电缆，每个粮库的防火井都有专线供电。有的单位还在粮库周围建成地下环型消防栓，每个间隔120米……

以上是我们收储公司安全防火工作的几点做法和体会，谨供大家今后工作中参考。我们深知，我们的工作，还有这样和那样的疏漏和不足，恳请大家多提宝贵意见，以便我们在今后的工作中，加以改进和提高。共同把安全防火工作扎扎实实开展起来。同时，我们还要更多地向兄弟单位学习，学习他们在安全防火中好的经验和做法，使我们安全防火工作措施更得力、更周密、更细致、更富于可操作性，努力做到消除大险、清除隐患、杜绝违章。最后，让我们大家在今后的工作中，互相学习、互相帮助、共同提高，为确保我们在各项工作中不出偏差，确保我们储存的粮食质量不出偏差，确保党和人民的生命财产安全，作出新的更大的贡献。

谢谢大家！

何少康的讲话确实很精彩，这不光是秘书稿子写得好，他的表演艺术也确实不错。高高低低、错落有致、声情并茂。所以不时赢得台下阵阵掌声。有时讲话还被掌声所打断。

何少康讲话后，大家开始座谈。外地一个粮库领导说："江水这地方真好，一路走来所见到的真是不错，尤其是平西粮库，囤垛整齐，摆布合理，库区整洁，井井有条。真是太好了。"何少康听后，得意地笑了。

中午，在粮库四楼会议室，摆起了三排宽1.5米，长十多米的临时餐桌。每个座位上整齐有序地放着碗筷。

桌上的盘子里，摆着手把肉、羊汤、猪蹄、烤羊腿。盘子旁边放有小碟佐料。桌面上，还摆着剑南春白酒和哈尔滨啤酒。席间，地区粮食局的一位副局长对羊汤里有白血感到蹊跷，就问何少康：

"何经理，这羊汤里的红血我不奇怪，可这白血是怎么做出来的呢?"

一听这话，何少康笑了笑，说：

"这个嘛，是我们这里的一绝，别处你是见不到的。这白血做起来说容易就容易，说难也难。"何少康喝了一口汽水，继续说，"本来，这一绝活的秘密是不能外传的，但今天局长大驾光临，问起这事，我就当一件礼物公开，送给在座的每一位。请注意听：先把正常的羊血放入盆里，通过沉淀，上面漂起一层透明的液体。把透明液体用汤匙撇出，放在锅里煮，就是白血了。怎么样，哈哈，各位交点学费吧。”

大家听了，一阵哈哈大笑。这时，尚副主任走到何少康身边，低声说道：“外面来了个二人转戏班子，要给咱演一场二人转和小品什么的，用不用?”

“这个嘛，这个?”何少康想了想，有些犹豫。

“用，用。我爱看二人转。”

一个外地来客大声说，接着又有几人随声附和。于是何少康点头应允。工夫不大，在大会议室主席台上，二人转开演了。头一出演的是《杨三姐告状》：

自古衙门都朝南
乱世无道出赃官
民国女子杨三姐
拼死告状洗沉冤
唱的是河北滦县
有一个姓高的大户家有钱
老高家买卖兴隆
有当铺和地产
六个儿子有的做生意有的种庄田
最小的儿子在学馆
高小六子又懒又馋
又滑又奸
游手好闲
又臭又酸
常搞破鞋
和他嫂子钩打连环
……

两个二人转演员水平不错，刚一开场就赢得阵阵掌声。何少康呆呆地看着台上，神态木然，没有任何表示。

……

高小六子一听气冒了眼
咬牙切齿紧攥拳
留着这个娘们儿是祸害
不如杀死少麻烦
小六子说出杀人的话
大嫂吓得一拘挛
说话可别高声喊
小心有人在门前
……

尚副主任见大家看着来劲，就和通讯员一起拿着两小盆熟瓜子，走上前排，分发给外来的领导们。客人更高兴了，一个劲地叫好。

……
杨三姐奔丧之后回到家园
整日里以泪洗面阵阵疑团
为什么二姐无病突然亡故
为什么手带伤痕还包着棉
为什么两个嫂子挤眉弄眼
为什么高小六子神情恍然
为什么高家匆忙当天就下葬
为什么想看遗容不准靠前
这一宗这一件发人深省
莫不是二姐被害高家遮拦
……

二人转里面的唱词，让何少康心神不安，一听就头皮发炸，不一会儿就大汗淋漓。坐在前排，他非常不自在。心中暗想，那么多二人转段子，是谁点这么一出戏呢？再往台上一看，那个二人转女演员，好面熟哇，谁呢？哎，好像是哈美娜，怎么是哈美娜呀！她还在剧团吗，她不是早下岗了吗？怎么？她这是跟人家搭班子，又蹬台了？哎，再看看，还真是她。看着台上哈美娜唱的这出戏，何少康越听越不是滋味，听得他心慌气短，好像戏里的高小六子说的就是他，于是连说要去厕所，悄悄离开了会场。等他上厕所回来，台上的二人转还没唱完，还在演唱：

……
我的二姐死得冤
难道是谁把她害
杀人就是你高家男
就是我害怎么样
叫你偿命脑袋搬
黄毛丫头见识短
想办大事难上天
回家准备大洋钱
别看姑奶奶年岁小
蚂蚁虽小掏空山
扳不倒你我改姓
下有王法上有天
天王老子我不怕
小样儿，今儿个我陪你玩玩（念白）
……

何少康回来，见这场戏还在演，就又转身出去了。

……
杨三姐气得浑身颤
把那高小六赶出门外边
起身告状我要上路
母亲上前把她拦
妈的三丫头哇
娘的三丫头你要听娘劝
官司输赢打的就是钱
老高家有钱还有势力
咱们家穷来有谁能向着咱
再者说丫头怎好抛头露面
咱们穷人屈死咱也不喊冤

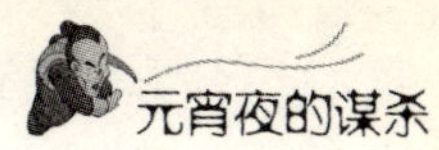

丫头哇
我的糊涂妈呀
孩子，还是跟妈回家吧
说什么穷人不告状
说什么屈死不喊冤
我二姐是你的亲骨肉
她的灵魂日夜呼唤咱
卖了房子卖了地
此仇我不报心不甘
法律不公天长眼
打不赢官司我誓不还……

过了一会儿，尚副主任出去找何少康，问如何安排晚饭和其他的事。何少康就跟着尚副主任回来待了一会儿。看着看着，实在看不下去了，就跟尚副主任说遇事可以看着办，然后又一次溜出会场。

他走后，台上的戏还在继续演唱：

……
厅长这里传号令
杨三姐脸上露笑颜
吓跑了滦县的牛帮办
高贵和逃出了山海关
大嫂五嫂下了地狱
高占英枪崩雪仇冤
这就是不畏豪强不怕官
人若有志推倒山
告状烈女杨三姐
百年传唱在人间
……

晚上，送走宾客，何少康躺在自己办公室的床上，通讯员给他沏了一杯北芪神茶。他一边喝茶，一边想着心事，渐渐恢复了体力。这时，他的手机响了，他起身打开手机。

“喂，我是何少康。哪位？啊，是洪久啊。忙啥呢？好，好，我说，那个事你准备得怎么样了？啊，这样最好。对，一定要保密，跟谁也不能说，跟媳妇也不能说。有金一邦的消息吗？有的话立即告诉我。他要在外面混不下去，回来我给他找点活儿。哎，什么？董事长要到市里当官，工会主席。是吗？这事我都不知道，你还真行，消息比我灵通。可是，我看他是拐子踩高跷，早晚有他好看的。有什么情况，及时给我打电话。”

放下电话，何少康打开电视，想看看当晚本市和地区新闻，因为今天平西粮库的事迹要上晚间新闻。刚打开电视机，上面正演唱着二人转《杨三姐告状》：

民女我叫杨三姐
这有诉状呈青天
本县今天不理此案
不知你都有什么冤
我的冤情都在状上写
大人过目都了然
拿来，我瞧一瞧。
你把你的姐夫告
说他杀人罪恶滔天
你的证据在哪里
……

何少康叹了一口气，我今天是怎么了，怎么哪壶不开提哪壶哇。老遇上这烦心的事。

正要更换频道，见电视屏幕又唱道：

……
高占英，是个混蛋
怕我牛成立此案
送来300现大洋
请我给他掂量着办
不用人说我就知道
这小子就是一个杀人犯
他杀人，我不判
杨家肯定就不能干

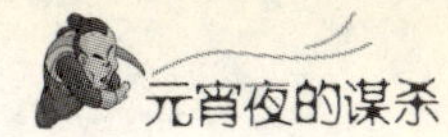

继续上告我慢慢审
高家送钱就不能断
杨家有冤我不管
我与高家消灾难
不管它法律我讲情面
拿了人家的我手头短
想到此处我上大堂
冤枉
……
这药方是物证，还有人证
看起来无事
退堂
高占英退堂我笑开颜
看起来我是没有白花钱
我爹前后就把银两送
现大洋花了一千三
托付县长快了此案
给三娥一点钱让她回家园
我再也没麻烦
……

何少康一边看一边想着心事：哎！你还别说，看了这出戏，倒是给我提了个醒。我得打电话给庄德相，他那边的事办得怎么样了？回头拨通了电话：

“喂，庄兄吗？你那边有什么新动静啊？”……

就在何少康作完经验汇报第 9 天，他曾经工作过的一家粮库出事了，发生了有史以来的第一场大火。这无疑是何少康自己打自己的嘴巴子。可何少康有他高明的地方，火灾责任却由董事长章平之一个人承担了。

那天是 9 月 13 日，对于坐落在一粮库的江水米业公司来说，是个不幸的日子。这天晚上，是分管保卫的徐光远副经理值班。他七点钟准时来到二楼自己的办公室，他沏了一杯茶水，喝了一会儿。然后，来到粮库一楼大厅，看了看今天的值班黑板，上面有他和职工值班的名字。他转身进了值班室。值班室只有一张床，上面已铺好了被子。枕头上有一个凹下去的坑。徐光远以为值班的黄伯信一定是来了，不然枕头上怎么会有睡过的坑呢。于是回到自己的公室就睡下了，因为今天中午他一个战友来了，他陪着有点喝多了。他想，粮库四周有两米多高的围墙，围墙四角有十多米高的二层岗楼。再加上粮库保卫科每天都有人值班，可保万无一失。于是，他放心大胆地睡下了，一倒在床上就打起了呼噜。其实，这天晚上，黄伯信并没有来值班。在下班时，他故意把值班室的床铺伪装了一下，给人以他曾睡过的假象，让来查岗的人觉得他刚刚出去，因为枕头上有凹陷的坑。

夜半时分，粮库静悄悄的。一个黑影手拎黑兜，从正门溜进了粮库。他先是沿着大墙根走，然后来到器材库房。站了一分钟后，那人从黑兜里取出了啤酒瓶子。啤酒瓶口塞着盖子，里面装着汽油，外面用沾着柴油的毛巾包裹。那人从兜里取出火机，点燃啤酒瓶，然后，顺着器材库开着的窗户，投了进去。“叭！”一声爆响，啤酒瓶落到器材库水泥地上摔碎了。顿时器材库亮堂起来，火光开始蔓延。而那人则悄悄走到粮库大墙角，顺着墙根儿，快步溜出了粮库。

这天晚上，业务科的白科长在业务科约人打麻将。原因是他这几天斗鸡输了不少，想再捞一捞。在家里玩吧，又怕公安局来抓赌，于是就在自己的业务室玩。偏巧这天他多约来一个人，他就对那人说：

“老六，你就帮助往外看着点，别让公安抓赌的人把咱逮着。”

几个人挑灯夜战，结果，白科长战果不错，七圈下来他就赢了一千多。

“老六，几点了？”白科长问。

“唔，一点多了。”

“老六，你再往外多留点神，再玩一会儿，我请大伙儿喝酒去。”

四个人又玩了两把。第三把的时候，四个人中，经警潘小东的媳妇悄然出现在麻将桌前。这媳妇不到 30 岁，个头不高。虽然没有正式工作，可管老爷们却是得心应手。潘小东是有名的痞子，在领导面前是一头虎，在她媳妇面前就是一头羊。“啪啪！”两记清脆的耳光把桌上的人都惊呆了。

“我跟你说啥来的，你的脸呢？让熊瞎子舔了？走，我找你领导去。”

潘小东媳妇还要再打，潘小东两手捂脸。众人忙把她拉开。这时，放哨的老六又把脸转向窗外，老六向外一看，失声喊道：

“啊！不好了！”

玩麻将的人吓得顿时忙了起来，以为抓赌的警察来了。三下五除二，收起麻将，揣起钞票。白科长还算镇静，连喊不要怕。

“老六，来了几个警察？”

老六没有好声地说：“不是警察，是粮库着火了。”

白科长立即冲出门去，见粮库西南方向的器材库火光冲天。

“失火了！救火吧！”白科长大声疾呼，“你们去打 119，我去喊岗楼的经警。”白科长撒开两腿，四处奔跑。把岗楼里熟睡的经警都叫了起来，然后分头喊人救火。

10 分钟过后，五辆红色消防车警笛轰鸣着驰入粮库院内。消防队员拿起水龙头，对着仓库喷射。粮库职工听到消息，也从四面八方赶来救火。粮库的洋井、机井都开动起来了，但由于消防水带不够长，于是大家用脸盆端水，用铁镐刨土，用铁锹挖土、用麻袋兜着土，向火海一般的器材库掷去。器材库里有大量器材：丙烯片、麻袋、袋线、竹签、苫布、温度计……

火势越来越大，丝毫没有熄灭的迹象。噼噼啪啪的爆破声响彻云霄。在 2000 多平方米的器材库周围，聚集了两百多名粮库职工和消防队员。由于火势太大，难于在短时间内扑灭。消防官兵向粮库领导建议，控制火势，防止蔓延。派人把火区周围苇苫子铺盖的 22 个粮囤，喷水扬土，严密看护起来。

大火燃烧了整整一个白天，在邻近几个县市的消防警力的帮助下，于晚上 5 点被扑灭。在扑救这场大火的过程中，粮库的一名职工从房上掉下来，一条腿摔断了；十多名粮库职工和两名消防队员，分别在手部、脸部和其他部位受了轻伤。

火灾发生后的第三天上午，侯镇前来调查大火的起因。

“啊，侯，侯队长，根据我们目前掌握的情况，主要原因是，那天夜里，专用线火车进入粮库。机车头是燃煤的，加，加上有风，火星飞溅到仓库内，把器材点燃，引起大火。”

一粮库主任黄标坐在办公桌前，磕磕绊绊地汇报情况。他今天好像喝多了，所以说起话来不太利索。

“黄主任，能否是有人故意纵火？我听说失火当天粮库来了五个外来人。”

“不，不错。是来，来了几个外来人，是他们打麻将发现失火的。这几个人，我，我们调查过了。说他们就是纵火犯，好像不大可能。看，这，这有他们的姓名和住址。”

说着，黄标递过来一张纸单，侯镇接过来看了看，然后放入兜里。

“有没有可能是粮库内部人所为？”侯镇继续问道。

“好像也不，大，大可能。我们粮库，四周有二起式岗楼，经警昼夜值班，坚守岗位。再加上有保卫科人员查岗巡逻，粮库主要领导班子成员带班。纵火者也会有所考虑，得手后如何脱身？所以说纵火的可能性不，不大。”

黄标虽然脸色有些苍白，但说起话来还是有条有理。

“这样吧，我，我再领你们到现场看一看。如果能查出纵火原因，那样更好。”

“好吧，那就请黄主任带我们看一看吧。”

侯镇站起身来，黄标也起身陪他下楼。经过二楼人事科时，黄标推开门，让人事科长出来，并给侯镇作了介绍。

“任科长，给侯队长介绍一下咱单位的情况。”

黄标让任科长一同陪侯镇去出事现场。任科长一边走一边介绍着：

“侯队长，我们粮库始建于1948年，占地15万平方米，有房式仓两栋，器材库三栋，烘干塔一座，固定资产2600多万元，年经营量12万吨以上，储存量8万吨以上。有双轨铁路专用线2.6公里，可同时装卸70节火车车箱。”

侯镇在黄标等人的陪同下，站在粮库四角岗楼上，四下瞭望，力图找到破案线索。粮库的大墙外是广大的居民区，两米高的围墙上架着铁丝网，把粮库和居民区划分成两个不同的世界。外人想进粮库放火，必须要越过高墙和铁丝网，还要挡住经警们的视线。侯镇让徐庆和仔细查看了铁丝网，没有发现被人破坏的痕迹。难道真如黄主任所说，是火车头喷出火星引起的吗？

侯镇满腹狐疑，调查了一天，也没有找到有效的线索。

次日，徐庆和根据黄标提供的名单，找到去粮库打麻将的五个人。从他们的言谈话语中，丝毫也没找到纵火的蛛丝马迹。

一周以后，粮库和江水米业公司在向上级汇报损失时，说只烧了价值10万元的器材。黄标本人只领了个记过处分，而董事长章平之却被市纪检委给予记大过处分，何少康没有处分。章董外调的事也只能放在一边了。

“你相信粮库起火是火车头造成的吗？”侯镇问徐庆和。

“这个嘛，我看暂时是这样。”

“为什么？”

“我认为，现在也只能这么说，因为这样的理由，对事故责任人有利。不然的话，就要求我们找出纵火者是谁。可我们又一时找不出来。纵火者要有作案动机，为什么要纵火？报仇，借机偷盗，嫁祸于人？好像都不是。我们现在还找不出有力的证据来证明它。现在我们只能凭第六感觉，说这种定论值得怀疑，值得商榷。队长，您说对吧？”

徐庆和一边在办公桌上写汇报材料，一边跟侯镇说着话。

“这件事还没完，我一定要查下去。我想，如果说，是有人故意纵火，必然要露马脚。只要有耐心，就没有破不了的案子。历史上，有些案子，就是过了上百年，上千年，后人不是根据资料把案子给翻过来了吗？”侯镇挠

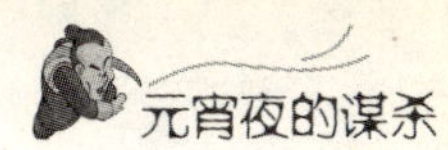

了挠头皮，坚定地说，“我们同时还要注意一下粮库职工的议论。听到有价值的，就用笔记下来，留着我们将来破案用。”

“那是行，不过那是 8 小时以外的劳动，您得请我。”

“好！晚上我请你去清华面馆，吃酱大骨头、驴肉饺子。”

“这可是您说的，待会儿别说有案子，就不请了。”

说到这儿，两人同时大笑起来。

“你们在什么单位?”

侯镇在业务科白科长的引领下，又在调查到粮库玩麻将的几个人。

一个说：“我在土地局，跟白科长是同学，他说聚一聚，我就来了。我可没放火呀!”

一个说：“我是从家偷着出来的，还被老婆打了。我可没放火呀。”

一个说：“借我个胆子，我也不敢干那事呀!”

一连忙了几天，侯镇把那天玩麻将的几个人都调查过了，也没发现什么新问题。没有突破口，怎么办?

这天，侯镇突然想到，粮库保卫科的科长还没有找，怎么把他给忘了。于是，忙打电话给一粮库主任黄标。

“喂！黄主任吗？我是刑警队的侯镇。关于粮库失火一事我们还想更进一步了解情况。请让你们单位的保卫科长石洪久到我们这里来一趟吧。”

“唉，侯队长，这事不巧。这不，粮库失火，我们得加强防火工作。我已派他到外地去采购消防器材去了。您看，让保卫科副科长去行不行啊!”

“也可以，那就派他来吧!”

“好好!”

一辆奥迪 V6 把保卫科副科长常顺送到公安局楼下，然后就掉头回去了。在刑警队长办公室里，侯镇详细询问了粮库经警的值班情况。

“你们经警几班倒?”

“三班。”

“多少人?”

“不算内勤，每个岗楼 3 人，共计 12 人。”

“对经警有什么奖惩制度?”

“我们把经警划分成几个分管区。每个值班经警手里有四个牌。在不同时间，经警手中的牌要挂到辖粮囤的探杆（检测粮温的一种仪器）上，我们内勤人员可以通过检查挂牌，来约束经警。”

“失火那天挂牌是个什么情况?”

“那天不是我班，是科长石洪久的班，听他说该挂的牌都挂了。”

“真是那样，那是不是就可以排除外来人放火了？”

侯镇看出常副科长有些紧张，就起身给他倒杯水。常副科长喝了几口，神情松弛了许多。

“粮库职工对这件事有什么反映？”

“这个，这个，我还真没听到。您想，他们要是真有不同意见，也不会同我们这些保卫科的人说。现在的人，都怕惹事呀。”

接着，侯镇又问了他家有几口人都在干什么等一些题外话。最后常科长放下茶杯说：

“侯队长，我所知道的也就是这些。”

“那好，你可以回去了。”

望着常副科长下楼的身影，侯镇叹了一口气说：

“看来，要想找出真正的线索，的确不是件容易的事呀！”

侯镇从调查中得知：第一粮库和江水米业发生大火，粮食器材库被烧毁，另有十几个粮囤被烟熏火燎。损失估计达150多万元。

自从那次跟何少康吵了一架后，章董见何少康已不可救药，吵架和苦劝都解决不了问题，出了问题自己又要负连带责任，就常在位于一粮库的米业公司办公。同时他还向上级打报告，要求外调。由于托了熟人，报告很快有了结果。市委组织部来到收储公司调查，通过召开职工大会，发放民主测评票和个别谈话，群众反映还不错。一周以后（9月12日），市委周副书记找章董谈话，要调他到市总工会当工会主席，问他有什么意见。章董当然同意。因现在工会主席已经离任退休，上级要他次日（9月13日）到工会报到。然而，就在9月13日这天晚上，章董分管的米业公司安全上出了大娄子。米业公司辖区内的器材库被大火烧毁，章董别说外调哇，他是一个分管米业公司的主要领导，又在自己分片包干的粮库出事，能脱得了干系吗？只有等着领处分的份了。

章董被提拔的事泡汤了。何少康除了幸灾乐祸之外，也被这起事故吓坏了。因为他也是要负连带责任的。他除了跟市里几位领导打过招呼外，还专程去了一趟福田地区。找到原来在江水市当过市委书记，现在是福田市常务副市长的刘季才。在刘季才家里，何少康说：

“刘哥，不好意思，又来找您帮忙了。”

“这没什么，咱们是老乡，又是老朋友。你有事不找我，而去找别人，那才是见外了，我还要挑你的理呢。”

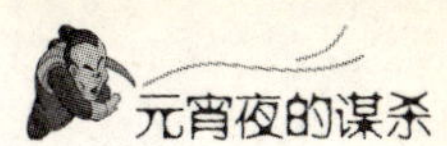

刘副市长今年50多岁，身体微胖，坐在沙发上，笑容可掬地说。

“我们下属有个单位最近发生了火灾。我虽不是直接责任人，可也要负一定责任。所以，请您给江水市委主要领导打个电话，帮我讲讲情。行吗?”

“可以，我明天就可以给他们打电话。不过，有些事你还要亲自出马，要拜访他们一下。这个你明白吗?”

“这个，我当然懂。我就是怕人微言轻，人家不当回事。”

说到这儿，何少康用眼睛四下看了看。刘副市长这三室一厅的装潢，的确太简单太陈旧了，屋里没有什么像样的家具，就连电视也是一台17寸普通小彩电。完全不像领导家的样子。大领导们真是智者呀！有钱存起来，把肉埋在碗里，不做表面文章，不显山露水，这多好哇！这才叫韬光养晦，用老百姓的话说，这叫哑巴吃饺子，心里有数。

“刘哥，看您生活这样，也不富裕。我这兜里有10个数，给您留下，把楼房装修一下吧。这是我一点心意。”

“这怎么行?”

何少康忙起身，向门口走去。

“按说应该留下吃顿饭，可要是被别人碰上，对你还不好，就不留你了。你说的那个事，请不必担心，包在我身上了。”

刘副市长走过去，亲自给何少康开门，拍了拍他的肩膀。

一个月后，市委组织部正式作出处理决定：免去章平之同志公司董事长职务，担任副董事长一职，记大过一次；何少康在这次事故中，没有受丝毫处分。收储公司党委也作出决定：给徐光远记过处分，外调乡下其他单位。

这天晚上，何少康没有闲着。他自己开着车一连来到了好几位市领导家，送出了20多万元。这是他事成之后，再一次向给他提供帮助的人表示谢意。事后，他和黄标一起去了一品香大酒店。在一个备有两张床的雅间里，两个小姐为他俩分别进行了泰式、港式、韩式按摩。一阵销魂节目过后，小姐端上来一壶桂圆香茶，用南泥扣碗分别为他俩斟了一碗。何少康对两位小姐说：

“你们下去吧，我俩单独唠一会儿嗑儿。这是小费。”

说完将两张百元大钞递到小姐手里。小姐走后，何少康对黄标低声说：

“咱们这回搞得不错，神不知鬼不觉就把事给办了。”

“市里那面，会不会给咱们处分?”黄标问。

“不会，我都打点过了，你就放心跟我干吧。哈哈哈……”何少康得意地笑了起来。

第十五章　另案的转机

这天，侯镇又接到一个匿名电话。打电话的是个女同志，说要提供 306 案线索。侯镇问她在哪里，她说在家里。侯镇就想到她家当面谈一谈。她说最好到一间咖啡屋。最后，约定在晚上 6 点在玫瑰咖啡屋 12 号房间会面。

晚上，侯镇换上便装，提着一个薄薄的手提兜，里面装着公文包和几本学生课外读物，一副教师打扮，独自来到下四马路的玫瑰咖啡屋。

这是一处装潢考究，富丽堂皇，集唱歌、茶道、品咖啡三位一体的娱乐场所。室内设有十余个房间，供客人唱歌、品茶、喝咖啡等消遣娱乐。每个屋的名字也别有风味，什么藏金阁，翡翠屋，解忧亭，难忘怀……

在服务员的引领下，侯镇推开了 12 号房间的门。抬头一看，见一个少妇坐在茶几一角。她看上去大约三十几岁，高挑的身材，梳着荷叶头。一张白静好看的脸上，镶嵌着挺直的鼻梁，红润的嘴唇，黑葡萄般的眼睛。她穿一件藕荷色连衣裙，上身外罩一件粉红色马夹。肩挎一只橙色坤包。侯镇刚走进屋，服务员就转身出去了，随手带上了房门。侯镇打量了一下周围的环境，墙上挂着一幅八大山人画的花鸟图，看上去很新，一定是后人临摹之作。地上是新铺的木质地板。茶色玻璃桌上摆着茶具。

“您就是侯队长吧！久闻大名，很有气魄。”

对方主动伸出了手，与侯镇握手，自我介绍说：

“我叫宋艳梅，与何少康家住对门。”

这女人很活泼，像个毛愣愣的孩子。一提起何少康的邻居，侯镇突然想起来了，当初他在何少康家楼道内搜集物证时，好像见过一面。二人落座后，侯镇把里面装有录音机的黑色公文包放在茶几上，随手打开了包里面的录音机的开关。然后冲门外喊道：

“服务员！来两杯雀巢咖啡！”

话音刚落，服务员就端上两杯咖啡，放到茶几上。

“请先喝杯咖啡吧！”

侯镇用手一指咖啡，宋艳梅端起杯子，喝了一小口，然后放下杯子说：

“杀许明芳的凶手我亲眼见过，他就是何少康早期所在单位的一名职工。这个人案发前多次到过何少康家，看来关系非同一般。案发那天，我就见那人在楼前楼后转悠。他走进楼道时，没有戴头套。后来听许明芳说那人戴着头套，我想，他可能在临要行凶时才戴上去的。这些情况，本来在案发当天就该向您反映，可我家是平头百姓，丈夫是出租车司机，我是个卖肉的，所以有点不敢惹事。我丈夫更是怕事，他是个树叶掉了都怕砸脑袋的人。可是，前两天，何少康酒后驾车把我家出租车车门撞坏了，事后逃逸。当我丈夫追上他时，他还不承认。我家修车花了近 2000 元。为了出这口气，我丈夫让我打电话给您，并将何少康杀妻的实情告诉公安部门。”

宋艳梅说这些话时，情绪激动，激昂慷慨。好不容易侯镇才插进一句话：

“如果现在把凶犯的照片拿来，您能辨认出来吗?”

“能，一定能。因为我多次见过他，印象很深。”

侯镇端起咖啡，轻轻地啜了一小口。

“那好，明天我把一粮库职工照片搞到手，到时候请你辨认。服务员，结账!”

结完账，为了宋艳梅的安全，侯镇让宋艳梅先走。宋艳梅眉毛一扬说：

“我不怕，我整天卖肉，还杀过猪，他们要是敢动我，我就敢同他们动刀子。”

听了宋艳梅的话，侯镇笑着说：“您这种精神可嘉，可还是不出事为好。”

等宋艳梅打车消失在街道的车流中，侯镇才离开咖啡屋门前，一个人回到刑警队。

侯镇领着专案组来到收储公司人事科，调阅了一粮库 300 多名职工档案，将每个档案中的照片都用数码相机拍摄下来，然后回刑警队输入电脑。在电脑中，他又把这些照片整理了一下，在每张照片下标出姓名。再用彩色打印机输出一份。侯镇看了看表，现在是上午 10 点 20 分，然后拿出手机，拨通了一个号码。很快，一辆蓝色夏利出租车驶入刑警队大门，从车上下来一位戴墨镜的女人。她直接上楼，来到刑警队队长室，轻轻敲了敲门。

“请进!”

李春晓走过去，把门打开，把她让了进去。

“宋艳梅同志，您好!”

正在电脑桌旁整理材料的侯镇，见宋艳梅来了，忙站起身和她握手。李春晓见她脸上带着汗珠，就给她沏了一杯西湖龙井。

“看把你累的，来，喝杯茶，解解渴。”

“谢谢！”

宋艳梅接过茶，喝了几口，就来到办公桌前，李春晓把印有一粮库职工照片的打印纸拿出来，摆在宋艳梅面前，让她一一辨认。

“这个不是，这个也不是。……”

宋艳梅手里拿着一支红蓝铅笔，在照片上仔细地辨认着。一个小时过去了，打印纸已看完了 51 张，还是没有结果。侯镇皱起了眉头，难道这个凶犯不是一粮库职工？如果是那样，可就不好查了。全市有 40 多万人口，就是在全市派出所电脑里查个遍，40 多万人啊，一个一个查，何时才能找到哇！不，不可能，既然宋艳梅见过他，而且那么肯定，说明那个人不在一粮库，也得在粮食系统。那么，是不是因为照片上人的年龄与现在实际年龄差距过大，相隔时间太久，造成不易辨认呢？

“这个好像是，我再看看，……对，就是他。”

宋艳梅突然大声说道，她在第一百一十二张打印纸上终于选中了一个目标。侯镇走过来，看了看照片。只见这个人大眼，扫帚眉，方口，脸上隐含着几分凶气。侯镇用笔在选中的照片底下打了一个对号。再仔细一看照片底部，这人名叫石洪久。

“这个石洪久好像听说过，在哪？会是谁呢？”侯镇自言自语地说。

“从脸像上看，这人有侠客之风，这样的人在咱们市面上，也会有很多人认识他。”徐庆和说。

“这个人好像有瘆人毛，我丈夫见他都害怕。我在楼道见过他几回，倒没觉得害怕。他也两胳膊两腿，也没比我多啥。他咋的，我咋的，我就不信他敢把谁吃了。再说，人，我不敢杀，动物，可没少宰。嗬，有一次我杀猪，刀捅浅了，猪没杀死，带着刀跑了，我一个人把它撵上，又补上一刀。猪就瘫了。”宋艳梅说。

李春晓瞪大眼睛看了看她，说：

“哟，从你这漂亮模样上真看不出来呀。当初，要是参军或是当警察就好了。”

说着笑了起来，又转过脸来对侯镇说：

“队长，我们现在怎么办？”

侯镇点燃一支香烟，抽了一口说：

“不急，有了照片，还能跑了他。我们现在，先不要打草惊蛇。今天上午就这样吧，大家先回去休息。谢谢艳梅。”

送走了宋艳梅，侯镇等人并没有休息，他们又返回到收储公司人事科，再从电脑档案中找出这个人的简历。此人生于 1961 年 10 月，现年 40 岁，高中文化，东北 A 省江水市人。1979 年 8 月参加工作，现任市第一粮库保卫科长。看着石洪久的照片，徐庆和说：

“这个人好像在哪见过。嗨！对了，前几天扫黄打非，抓到的正是这小子。他在寻芳园洗浴中心嫖娼，被当场抓获。经交罚金 5000 元，保释出了拘留所。要不再把他抓回来？”

侯镇沉吟了一会儿说：

“这样不妥呀！现在抓他还不是时候，因为这样会打骡子马惊，对全局不利。这样，先派人对他进行监视，等时机成熟再抓不迟。就这么办，你去布置一下吧！”

“是！”徐庆和转身离去。在楼道里遇见李春晓走上楼来，李春晓说：

“队长在吗？”

“在呀。”

“我这儿刚刚又发现一个新情况。”

“那快去吧，我去办别的事。哎，我兜里有一包真情牌瓜子，没空吃，送你吧。”

说着从口袋里掏出来，递给李春晓。李春晓笑着接了这包瓜子，看了看，装入衣兜。当她推开侯镇办公室的门时，见侯镇还在电脑前查阅资料。

“队长！跟您汇报一个情况。”

“讲吧！”

“我家老邻居也是一名一粮库女工，何少康经常调戏她，她不从，就给她放假回家。她说，石洪久和金一邦都是何少康黑道上的朋友。金一邦是接他父亲班才有了工作的。上班后不务正业，整天游手好闲，晚来早走。就因何少康说他两句，他就酒后提着裤子，在何少康办公室门前撒尿。何少康为了树立自己的威信，罚了金一邦 50 元。过后，为了拉拢他，打一巴掌给个甜枣，又让金一邦偷开一个 200 元的饭条子，给全额报销了。金一邦扣除罚款，反而净赚 150 元。有人发现，在 207 案发后，此人在江水市消失了。”听到这，侯镇放下手里的鼠标，转过身来对李春晓说：

“立即派人去查一下金一邦的去向。回头向我报告。”

这时，电话铃又响了。侯镇一接，是夏令标局长的电话。电话里，夏局长告诉侯镇，地委和地区公安局对此案特别重视，要公安机关抓紧破案。侯镇表示一定全力以赴，此案不破，就地辞职。除此之外，夏局长跟侯镇又谈了一些工作上的事。刚放下电话，李春晓又回到他的办公室。

“报告!”

“进来。”

“队长，金一邦的事我查过了。”

“情况怎么样?”

侯镇放下报纸，抬头看着李春晓。

李春晓把一个档案袋放在侯镇办公桌上，然后坐在对面的沙发上说：

“据金一邦家人说，金一邦上南方打工，因为经常更换地址，所以家人也不知道他现在在什么地方。不过，年终他会回来的。”

侯镇拿起金一邦的档案，看了起来。金一邦，生于1964年5月，1980年11月参加工作。在单位工作期间，常常违纪，屡教不改。档案里还有他记过处分的材料。侯镇看了一会儿，合上档案说：

“这个人品质太恶劣了，你再了解一下单位职工对他的看法。”

“好！我有个亲属，听说他跟金一邦曾是邻居。还有，有粮库职工反映，石洪久原来家住农村，何少康下乡时就认识他，当时就处得不错。后来何少康当粮库主任，他俩在一个单位，何就提拔他当了保卫科长。”

“看来，这案子还真是复杂呀!”侯镇点燃了一支烟，吸了起来。

“春晓，你看，宋艳梅反映的情况，我们目前该怎么办好?”李春晓沉思了一会儿，突然哈哈大笑，走到侯镇近前，用手指了指他玻璃板下的一行字说：

“这里不是说得很清楚吗?”

侯镇低头一看，只见那行字写的是孔子的一句话：“勿欲速，欲速则不达。”侯镇又抬起头来，把手上的香烟往烟灰缸里掸了掸灰，看了看李春晓说：

“我有点让你给搞糊涂了，你就明白地说吧。”

“队长，依我看，宋艳梅所反映的情况，虽然很重要，但我们还不能断定它的真实性。就算她说的是真话，可你想过没有，我们目前警力有限，不可能把所有人提供的线索，都一一调查清楚。所以，这要求我们还要等待新的机会出现。那时，时机成熟了，我们办案也就容易多了。不知我的想法是否正确?”

这时，徐庆和推门进来。

“队长，庄副局刚才来电话，让我们带着案子的调查材料，到他那儿去汇报。”

“不去，就说我外出办案去了，刚才我看手机和座机是他的号，就没接。”

……

“看来你挺难请啊，你还真来了。”庄德相坐在自己的办公桌前，头也不抬，在看一份法制新报。一边看报一边说着话。侯镇、徐庆和、李春晓坐在对面的长椅上，听着庄德相训话。

“侯队长，我这里有举报信。有人告你知法犯法，与异性朋友出入低级娱乐场所。有这事吧？”

庄德相仍然不抬头，一字一板地说着话。还没等侯镇解释，李春晓说：

“庄副局长，我们警察怎么了，就不能结交异性朋友了，宪法上有这条规定吗？”

庄德相这才抬起头来，仔细瞅了瞅李春晓，紧绷着的脸，略微有了点笑模样，放下手中的报纸，喝了一口茶说：

“小李呀，遇事不可感情用事，要讲党性，要讲原则。中央还强调三讲教育：讲学习，讲政治，讲正气。你这种忠心护主的精神可嘉。可是作为一个公安干部，必须严格要求自己，不该去的地方坚决不去。再说，市里三令五申，多次下发红头文件，要求我们党员干部，绝不可出入灯红酒绿的地方。这你不会不知道吧？”

徐庆和说：“庄副局长，我想问一下是什么人举报，凡事不可一味听任举报人的话。如果犯罪分子为了逃脱法律制裁，捏造事实，恶意诬陷，我们领导被蒙在鼓里，反而对自己的同志搞残酷斗争，无情打击，我觉得这样做是不对的。有时公安人员为了办案，打入匪巢，那是与犯罪分子斗法的一种特殊方式。这又有什么可非议的呢？清代学者赵藩在四川武侯祠题的一副对联，我想，对我们如何处理复杂的实际工作问题，是再好不过了。那对联的上联是：能攻心则反侧自消，自古知兵非好战；下联是：不审势即宽严皆误，后来治蜀要深思。这里的不审势即宽严皆误，就是说不依据工作实际，就采取放宽或是从严的方法都是错误的。所以，我们处理问题不能死搬教条，要具体问题具体处理，根据具体情况，制定适当方法才行。”

听了这样一番有理有据、激昂慷慨的话，庄德相真是无言以对。但作为上级，作为领导，他又不愿意在下级面前丢面子，只好哈哈大笑，以此来表示对别人意见的否定。心里面盘算着，该如何应对今天这个局面。他本想借侯镇与宋艳梅出入咖啡馆单独会面这件事为借口，来破坏侯镇的侦破工作。在他内心深处，也知道侯镇是个正派人，不会做出违反纪律等出格的事来。可何少康那方告诉他，侯镇跟一个陌生女子在咖啡馆单独会面，可能是为调查案子，要他想法阻止。他就想出了这个主意，意在扰乱侯镇的侦破计划，使他没法继续开展工作，以达到他的预期目的。没想到刚一出手，就被侯镇手下人反问得无话可说，首长吃了士兵的罚酒，一时心里真不是个滋味。他不再说话，一个劲地抽烟，把屋里搞得满是烟雾。

侯镇见大家都不说话，就抬起头对庄德相说：

“庄副局长，我同意组织上对我考察，但不能停职，必须让我继续工作，直到案件侦破为止。因为我是立了军令状的，破不了案，我自动辞职。”

听侯镇这么一说，庄德相好像抓到了救命稻草，找到了反驳的话题，他用手指往烟灰缸里掸了掸烟灰，慢声说道：

“我的刑警队长，动不动就辞职，这是谁教你的计策呀？我可没说要你辞职。记住，这可是你说的。那好，既然你要辞职，我就成全你。你写个报告，我就一定照批不误。你看，辞职报告什么时候写呀？要不，在这儿写也行。我这里有纸和笔。”

庄德相这一招很厉害，他有意偷换话题，变被动为主动。这样做，一来可以使自己摆脱被动局面，要是侯镇真的一气之下辞职，那是再好不过了，案子也就搁浅了；要是侯镇不辞职，他也可以反戈一击，说侯镇是贪权独断，尸位素餐。他正为自己的得意之作高兴时，侯镇说话了。

“庄局长，案子现在正在侦破之中，而且，我已经发现了很有价值的线索。这个时候，如果有人要我辞职，那不是有意在帮犯罪分子吗？”

侯镇一语中的，点到庄德相的疼处，把他搞得脸红脖子粗，但又无可奈何。

“这，这……你这是，你这是怎么跟上级讲话呢？”

庄德相使劲地抽了几口烟，没了话说，这时，何少康的一句话在他耳边响起——“要搞清侯镇的工作目标。”想到这儿，他眉头一皱，计上心来，于是他哈哈大笑起来：

“既然你说了有新线索，那你就讲出来，是什么线索？你讲啊，讲啊。”

侯镇镇定自若地说：“我会讲的，但不是在这里。”

庄德相大怒，大声吼道：“你还有一点组织原则没有哇！别忘了，我们党的组织原则是——下级服从上级，全党服从中央。你不服从我，就是不服从上级，就是不服从中央。明白吗？”

这时，办公室的一个科员走进来说：

“庄副局，夏局长找您。要您马上去。”

“好，好，我回来再跟你们算账。”……

“当当当！”侯镇的办公室响起了敲门声。

“请进！”

侯镇一抬头，见段百阳还是那副农民打扮，走了进来。侯镇赶紧起身来迎。就在侯镇对案件感到为难之际，段百阳又送来一件新东西。段百阳从上衣口袋里掏出一个信封，递给侯镇。

“这是什么？”侯镇问。

段百阳现出紧张惊恐的样子，想了好一会儿才说：

“这是薛丽白的遗书。上面说，哈丽娜是她杀的。还说……”

一听段百阳这样说，侯镇赶紧把信打开。只见上面写着：

自白书

亲人们，朋友们：

当你们看到我这封信的时候，我已经不在人世了。既然我去了另一个世界，就不想让在这个世界的人为一个谜团而苦苦寻找。我原本也是一个善良的人，但人世间邪恶的东西太多了，我不断地受骗、吃亏、上当，慢慢地，我的心也开始变化了。我也不再讲什么诚信，讲什么仁义道德，讲什么天理良心。我由一个人人称道的好人，逐渐变成一个自私自利，心肠歹毒的女人。凡得罪过我的人，我都要报复。而且报复得相当惨烈。哈丽娜是我杀的。胡十二也是我杀的。杀哈丽娜是因为她嫉妒我，坑过我，骗过我，杀胡十二是因为他强奸过我，他上酒店玩弄我后，还不给我钱。天底下哪有那么便宜的事。

哈丽娜原来也是当过小姐的。我俩曾在一个酒店待过。她嫉妒我，有时跟我为了争一个客人，争风吃醋，双方打起来。后来，我就想找个机会报复她。我还要让江水市其他人的死都和我有关，所以，我的死也是值得的。大仇已报，虽死无憾，哈哈哈。

既然我是一个要死的人，也没什么可怕的了，我可以明白地告诉你们，何少康找哈丽娜，他一定会后悔的。那个娘们儿，是吕后、武则天、西太后，是人间的妖孽，谁要是沾上她，就要走霉运，都不会有好下场的。可叹啊，人间竟有那么多傻男人，痴心于她，被她搞得神魂颠倒。可耻，可笑，可悲，可叹！

我不敢说我是好女人，但我是有恩必报、有仇也必报的人。凡是对我好的人，对我有恩的人，哪怕是一点点的恩情，一有机会我都要尽我所能，竭尽全力，回报他们。可那些坑我、骗我、整我的人，我也是忘不了他们，一有机会，我是不会让他们好受的。我死了，没什么遗憾的，父母，在我活着的时候，我把大部分积蓄都给了他们，他们用这笔钱颐养天年，我感觉是没问题了。他们想吃水果，几十元一斤的进口水果我也给他们买。他们想看看祖国的大好河山，我领他们坐火车、飞机、轮船，到处游玩。天上的、地下的、水里的，能见的见过，想吃的吃过，该玩的玩过，也算得上尽孝道了。再说，我还有两个哥哥，虽在农村，家里也比较富裕。所以说，我就是死了，也没有什么牵挂了。

薛丽白于

2001 年 4 月 4 日晚

侯镇把这封信反复看了几遍。逐字推敲，他用心地琢磨着，这纸上的字迹是薛丽白的吗？假如就是薛丽白写的，那么，为什么才出现呢？那样的话，能给破案带来转机吗？这又会不会是有人故意设下迷魂阵，要转移我们的视线呢？如果是那样，那个幕后的人又是谁呢？侯镇仔细分析着信中的内容和行文语气，不放过一丝一毫的细节。

侯镇领着徐庆和，对薛丽白的这封信展开了调查。首先，他俩还是来到薛丽白工作过的酒店，看看有没有薛丽白留下的字迹。如果找到薛丽白留下的字迹，与信上的字进行对照，就能查出这封信的真假。侯镇和徐庆和在酒店找了一天，也没找到，因为被问到的人说，跟薛丽白接触少，她又不是大明星，所以不会有找她签字留念之类的事发生。

次日一早，侯镇接到一个电话，一个小姐说，她曾让薛丽白帮她抄写过电视剧《美观》的歌词。侯镇一听，如获至宝，立即骑车前往。

来到酒店，侯镇先到吧台。通过吧台找到了跟薛丽白一起工作过的那名小姐，那名小姐很活泼，说话比比划划，手舞足蹈的，并不畏惧侯镇是警察。小姐说：

“这是薛丽白给我抄的歌词。我喜欢听二人转，有一回听薛丽白唱《美观》这首歌，离远听，就跟唱二人转似的，也许这是二人转演员唱的原因，总改不了自家腔调。又觉得里面词挺好的，所以，就请她给我抄下来。”侯镇从小姐手里接过一个塑料皮大日记本。翻开几页，看到被折叠的一页。只见上面写着电视剧《美观》的歌词，落款是：薛丽白于 2000 年 2 月 9 日。

侯镇又问：“你这儿，还有薛丽白别的什么东西吗？”

小姐说：“没有了，再说了，死人的东西我也不想留，就是有也早扔了。”

侯镇看找不出什么新东西，就想离去。这时吧台一个领班说：

“侯队长，有一次，我家里有事，小薛替了我几天，那几天顾客住宿记录是她写的，你是不是要看一下。”

“那好哇！你帮我找找吧。”可小姐找了半天也没找到。于是就说：

“不好意思了，先生，现在找不到了。等找到了再通知你。”

侯镇把日记本拿回刑警队，叫来徐庆和和李春晓，把《美观》歌词纸和薛丽白的遗书放到一起对照，看笔体是不是一致。看了几遍，三个人都觉得确实很像一个人写的。李春晓说：

“我看是薛丽白的字。你看，这行笔、运笔、结构，多么相像，这内容，多么符合我们侦察的实际情况。”

徐庆和说：

“如果看一般的笔迹，我们也许能看得准。可这是一个复杂的案子，要因此而定下结论，办治铁案。我看，必须请有关方面的专家来定。那样才更可靠。”

侯镇一直没有出声，他想，还是徐庆和说得对，这件事必须请专家来鉴定一下才更可靠。万一这是有人企图转移视线，我们可就被他引入歧途，陷入迷魂阵了。于是，他对李春晓说：

“明天，你带着东西去一趟省城，请字迹专家帮助鉴定一下，看两张纸上的字迹是否出自一人之手。”

次日一早，吧台小姐来到刑警队，把薛丽白写的客人住宿记录本送给侯镇。

两天以后，李春晓回来了。经专家鉴定，《美观》歌词和吧台记录是一人笔体，那就是说是薛丽白写的。可那份遗书虽然跟前两份字体很像，但是细微处露出马脚，却是另一种笔体。侯镇反复看着李春晓递过来的报告，细细地琢磨着其中的奥秘。鉴定出来了，遗书是假的。那么，薛丽白的那份假遗书又是谁写的呢？这个人这样做的目的又是干什么呢？

晚上，侯镇又失眠了。都是因为几起案件久攻不破，悬而未决。这是他从警以来第一次遇到的这样棘手的案子。看来，想在短期内就把事情搞定，已经不可能了。现在，只能随着事态的发展来进行下一步侦破工作，要看对手如何出招了。他原来想在一两个月左右，就把案子搞个水落石出的想法，看来是无法实现了。那么，下一步，只有等那个幕后老板出手了，他不会久沉于水底吧？他一定会露头的，等他一露头，抢抓时机，将其一伙一网打尽。可是时间、案子、上级不等人啊，上面也一再催着。那么，什么事能把他逼出来呢，他想，假定凶手知道案子有线索了，那他会怎么样，必然要惊慌，必然会出逃。为实现这个目标，那就可以采取虚张声势，诱骗对方的手段，让对方自己浮出水面，那时采取行动就可以轻而易举，顺藤摸瓜了。于是，在以后的日子里，侯镇想利用一下庄德相，让他充当蒋干，把一些假线索故意向庄德相汇报，意在让庄德相成为传声筒，凶犯也就会自投罗网了……

第十六章　无偿的剥削

何少康要上楼了。这是侯镇在一次婚宴酒会上听说的。因为有些人是要参加这个聚会庆典，随份子钱的。上至中央政权，下至县级政府多次下红头文件，不准领导干部巧立名目，借婚丧寿喜之名，大搞个人敛财活动。可有些人还是置若罔闻，我行我素。

"大哥，听说你上楼要张罗张罗？"

黄标一个人来到何少康办公室，他是来给何少康送信的。因为他听说有人为这事等着向纪检委举报呢。

"啊，是有这事。"

何少康坐在办公桌前的转椅上，边说边指了指对面的沙发，示意黄标坐下。黄标说：

"现在，市里有文件，不让搞这些。咱们是不是就……"

"怕什么，咱是谁？啥场面没见过。我就不信邪。不过，要搞得巧，搞得不露声色。到时候你就知道了。来，抽支烟吧。熊猫牌的，听说邓小平爱抽这烟。专供出口，20 支装，一百元一盒，5 盒一条。"说着何少康递过一支烟来。

盗虽小人，智过君子。这件事，何少康的确棋高一筹，他名义上上楼，等收完礼后，他又转手把楼卖了。不过，他搞得比较诡秘，他定好的 10 月 25 日在芳草地大厦招待来宾，可来宾们一到，把份子钱给了他，他又说不举办了。来的人又不能把钱要回来，又没吃到饭，让何少康给白白地耍了一通。这是他故弄玄虚，他怕有人告他违反规定，搞个人敛财，所以才想出这样一条诡计。钱也收了，宴会也没举行。两头都得了，有人想告，可告什么？我不是响应上级号召，把庆典取消了吗？收钱？谁看见了，这是死无对证的事。为了表示自己清白，何少康开了一个机关职工大会，会上宣布，所有职工谁也别搞上楼宴请。他自己已经率先垂范了。

这天，侯镇正在看一本卷宗。徐庆和拿着一本第10期《塞外文学》来找侯镇。

“队长，请看看这个。”

“哎呀，工作这么忙，你还让我看这个？”

“哎，这是纪检委党风室莫秋清主任给我的。他说这本书可能跟案子有关。所以，就送我一本，他那儿还有一本呢。”

“是吗？他们是怎么搞到的？”

“这个，他没说，不过，听他们一个科室的郑磊说，好像是有人故意给他们邮寄的，意在让他们查一查我市的腐败案件。这里面有一篇中篇小说，我一看就猜出，是咱市粮食收储公司机关的人写的。因为它反映了粮食企业内部的腐败行为，可能与何少康有关。你看看就在45页。”

侯镇打开《塞外文学》这本书，翻到了45页。见上面有一篇标题为《上楼的烦恼》的小说。下边一行有作者所在的省份，但作者的名字叫胡玲。可能用的是笔名，也不知是男是女。听徐庆和说跟案件有关，侯镇就仔细地看了起来。

一、上楼

我家住在东北辽河岸边。在我们那儿，管从平房搬到楼房住叫上楼，管从楼房搬到平房住叫下楼。我这里要讲的是一段我上楼下楼的故事。

上楼真好，上楼真美，感谢老天！我上楼了，上了全市最好的家属楼。然而，在我上楼不到一年时间里，上楼的负面效应就铺天盖地而来。我不再感到上楼是那么美了，真是祸里包着福，福里包着祸。上楼容易下楼难哪！回想起来，我忽然感到人间真是太苦了，在万般无奈的情况下，我选择了自杀，自杀不算什么可耻的事，琼瑶、三毛、老舍不也都有此经历吗？我听说在美国每17分钟就有一人成功自杀，中国每年有20万人死于自杀。于是，我喝下了家里消毒用的一瓶来苏儿，想以此来摆脱这烦恼的人生。但说来也怪，喝了这么多来苏儿，本来可以死定了，但我却奇迹般地活了下来。我想，可能是因为我一生中做过一些善事吧，所以，天国没去了，福分不够；到了城隍府，阎王一查生死簿，善可抵过，命不当绝，就被小鬼架着遣送回人间了。按照佛家六道轮回的说法，我能在三善道（天人、非天、人间）的世间为人，没入畜生、饿鬼、地狱三恶道，就算上幸运的了。

我想，这件事还得从头说起。两年前，我丈夫单位要盖家属楼。在职工大会上，公司郝总经理神采飞扬，侃侃而谈，说什么此番建楼用最好的材料，一定得跟上时代：棕色大理石楼梯；白塑钢窗；不锈钢楼梯护栏；楼价按使用面积计算；取暖费也按使用面积收缴，每平方米15元钱；如此好的家属楼，难免让我这没上过楼的人动心。当时，在场职工无不欢欣鼓舞，纷纷鼓掌，就差三呼领导万岁了。

丈夫原在粮库工作，后被抽到粮食收储公司机关。我家住在郊区，离丈夫现在的工作单位十余里，丈夫和我每天都要骑车上班，而我们的小宝宝上学也要我俩骑车接送。由于工作很忙，加上上下班路途远，所以我俩一天到晚都觉得很累。再说住在东北，冬天很冷，还是上楼好。听说盖家属楼，我俩都很高兴，因为上了楼，我们就不会因上班路远而发愁了。几年来，我和他省吃俭用，攒下了一点家产。除了拥有我们现在住的房子，街里还有前后各一间半的瓦房，而且在对外出租，每月租金都在200元左右。我们计算了一下，上楼需资金6.5万元，卖掉所有房子就差不多凑够6万元。余下的向亲友借一点，足可以上这朝思暮想的高楼了。

为了上楼，我们首先张罗把街里出租的房子卖出。贴了第一批售房广告后，时间过去一个多月，也没有几个买房子的主，来看房的给价也很低，大大出乎我们的意料。为了早点把房子卖出去，晚上，我用手写了一大堆售房广告，白天让丈夫四处粘贴。写广告得用正楷字，虽然我的字写得不错，在学校艺术节比赛上获过奖，但一笔一画地反复抄写，还是把我那白皙娇嫩的手磨出了大泡。这一切我全然不顾，能上楼就行，上了楼，一切困难不就都解决了吗？果然，工夫不负有心人，我们街里的房子，在第一批交楼款时，终于出手了。卖价不低，干赚3.5万元，交易税及过户手续都由对方负责。有了喜事，脸上就有了喜色，走路也神气起来，同志们见了我，也说我更漂亮了。在他们眼里，我可以和饰演貂蝉的电影明星陈红相提并论，因我多次登台演出，并在业余歌手大奖赛上获过大奖。

第二年夏天，工期两年的家属楼已建到6层，还差一层就要交工。单位开始催交第二批楼款，这一下我们可犯难了。眼下，我们在郊区的住房，因离街远而不好卖出，卖低了，上楼资金就会出现严重缺口，卖高了又没有人认可。一时间，我和丈夫像两条被盐水浸泡的活泥鳅，上蹿下跳，惶惶不可终日。最后，还是亲友们伸出了援助之手，给我们解了围。第一个给我打电话的是我二姐，她答应借给我五千，第二个答应借给我钱的是我妈，她将爸爸的伤残金两万元借给我，第三个是丈夫单位的同事，借给我们六千元。这下，我们总算凑足了上楼的资金，我高兴得不得了！危楼高百尺，手可摘星辰，当人上人的梦就要实现了。

8月16日，楼房竣工了。公司搞了一个庆祝活动，那天，全体职工都聚集在家属楼门前，郝总经理致词后，大家鼓了三次掌，接着鼓乐齐鸣，礼炮声声，好不热闹。全市上下都说我们家属楼是最好的。我听说完工的消息，急忙骑自行车去看个究竟：啊！好漂亮的楼！楼面四周，如白玉一般，全是白色新型瓷砖镶装的；每个单元，正面卧室阳台护栏，银光闪闪，全是一根根5公分直径的不锈钢柱；正面大厅阳台，是横三栏竖四道的奶白色塑钢窗框，上下栏是各4扇固定窗，中间栏8扇窗可以自由对开。大楼外甬道地面，10公分见方的彩色小瓷砖，拼成了各式各样图案，阳光一照，熠熠生辉。同时，甬道拐角正面墙上，画着一幅大型彩色山水中堂，画工精湛，栩栩如生。这楼里住的人家不少，总共7个单元7层楼，一个单元一层平均住两户，除去住楼中楼的人家也有80余户。上楼之前，家家户户都开始了装潢，看着人家买千元地毯，万元沙发，进口大理石地面，听说有人修个灶台，就花了几万元……我也不甘寂寞，也要风光一下。因为我们结婚时太寒酸了，我要把它补回来。但后来结果却出乎我们意料，这次装潢，给我带来的遗憾，比给我带来的快乐要多好几倍。

二、装潢

要装潢新居，我俩本是外行，但看看其他人家怎么装，咱就学着点儿呗。大厅地面，我买的是60×60公分亚光瓷砖，瓷砖颜色是浅棕色的，很是素气；卧室是50×50公分亚光瓷砖，颜色是深棕色地板条纹状的，显得华贵，乍看上去好像木制地板。墙围踢角线，我选择了15×50长条瓷砖，黑底带花，呈现端庄。外面阳台地面，我选择了白底兰彩50×50公分瓷砖，洁白无瑕，清纯淡雅。东西买好了，我开始找瓦匠师傅，一连找了几天，终于找到了在别人家干完活的师傅。看这人手艺不错，我才选择他的。手工钱讲好300元。那师傅姓郑，还带了一个叫“小胖”的徒弟，师徒二人起早贪黑，只用了两天半时间，就完活了。

瓷砖缝对得齐极了，简直就是一条直线。这期间，孩子已经开学。丈夫说请人刮一下大白，就准备上楼，可省得每天接送孩子。我看了一下这楼里的家家户户，都在大搞装修，有花两万三万的，也有花十万二十万的，我为什么不好好装一下，不装，不白活一回吗？当我想起毛阿敏唱的《不白活一回》里的歌词，就豁出去了，想来一个心想事成笑声脆，想活他个拼命三郎才有滋味。

我又回了趟娘家，从姐妹手中借了1.5万元，想搞一次有生以来第一次大装潢。丈夫苦口婆心地劝我，说条件不成熟，可我硬是不听，还闹到丈夫办公室。当着他同事的面，破口大骂他无能，把钱摔到他办公室的一张床上，逼丈夫去买装潢材料。在办公室同志的再三劝说下，丈夫才低下头勉强同意。接下来，他早出晚归，四处张罗材料。我又找来我表叔，他是个农村木匠，领来一伙人，开始给我干木工活。我家楼房是7楼，总面积101平方米：室内25平方米的大厅，正面朝南是三面白色拉门落地窗；落地窗外是地面宽1.5米，高2米的白色塑钢窗阳台；落地窗左面一条窄墙上，是从上到下竖装的暖气片，右边一面窄墙空着，为了对称，我让木匠包装一新，两边都做成格状散热木窗。左边是真的，右边是假的，假的这边里面是书柜，一进大厅，令人耳目一新，煞是好看；南北卧室，各有一条窗帘架，窗纱落地；长长的壁柜，和进卧室的古装门一同包装，可谓珠连璧合，天衣无缝；南北卧室走廊中间，是浴室和卫生间，一大一小；厨房也上下各打两柜，洗菜占东边，烹饪占西边，木料全用的红松，外用材料是榉木胶合板。一个月下来，装修总算差不多了。我高兴得心花怒放，丈夫却被油漆味熏出了哮喘病，咳嗽不断，几个月后才见好转。

这年农历八月十五，单位破例放假了，我们三口人在小家又过了最后一个月圆节。丈夫单位分了月饼，是芙蓉馅的，很好吃。夜晚，站在阳台窗前，对着明月，吃着月饼，我憧憬着将要到来的美好生活。第二天是八月十六，我们全家乘搬家车一举登上新居。我还买了鞭炮，让人在楼上阳台里放。搬完东西，已是中午，我们全家，和来帮忙的亲属在饭店大吃了一顿。其乐融融，好不惬意，接下来是11月份，该交取暖费了。公司机关有两个家属楼，一个在东街，就是这个新建的，一个在西街，是老楼。两地相距3里左右。这时，电厂集体供暖接到西街，每平方米20元；而东街没有接到，仍需自己供暖。但单位取暖费标准要统一，否则怕有意见。原来一直是15元一平方米，现在却突然冒高，要收20，而且按建筑面积收费。一下子要交两千多，一个人半年多的工资呀！职工们闻听如此高的取暖费，私下里怨声载道，议论纷纷。办公室主任一连好几天也没收上一分钱。为这事，王副总经理给大伙儿开了一个会，说什么单位也不想收这么多，原因是两处家属楼要统一收费标准，而且单位经济形势不好，等有所好转，也可能给大伙儿补一些。但现在不能许这个愿，个人梦个人圆。谁不交钱，就交房门钥匙，单位给你卖楼。职工们无奈，东求西借总算交上了取暖费。领导当初可不是这样说的，要是这样说，我说啥也不上这楼。只要是人说的，无论是谁说的，随着时间、条件的变迁，都会改变。这一下，使我又想起我俩的婚姻，我怎么这么倒

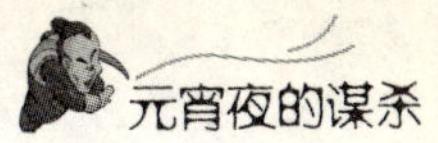

霉呢！干什么都功亏一篑。

三、结婚

说起我俩结婚的事，我就感到心酸，原因是结婚时他家一人未出，都是我家张罗的。我俩恋爱时，他那时在农村粮库工作，我家在城里。他父母家也在城里。为了回城，他考上了在职上学，那次他考得不错，全国成人高考，他是全市总分第一名。那时我俩才刚刚认识不到一周。我家里人说完了，他考上学，见了世面，一定会变心的，好友也对我说，这年月守身如玉的柳下惠不多，忘恩负义的陈世美比比皆是，劝我早日了结为好。我心里害怕极了，白天干活老是出错，晚上翻来覆去睡不着觉，几天过去了，七情化火，嘴上烧起一层层大泡。在我的印象中，他帅极了，近一米八的大个，眉清目秀，让女孩子看上一眼就会动心的。而我当时还没有个正式工作，我可怎么办呢？我真愁死了。那年9月的一天，当我坐火车陪他到明城上学时，我脸上尽量表现出高兴的样子，其实我心里一点也高兴不起来，到学院报完到，他送我上回家的火车，并将一枚戒指送给我。我知道他这是安慰我，这之前，他还跟我在明城车站合了影。火车上，我默默地流下了眼泪。我知道他给我买的戒指不贵，只有5块钱。但造型美观，还镶了人造宝石。看看戒指，晶莹剔透，光彩照人，我想起了人们常说的"情义无价"这句话，顿时，心里升起一缕希望之光。

两年后，他毕业了，而且真的又回到我身边，我真不知道这两年我是怎么熬过来的。这两年，度过了多少不眠之夜，流了多少眼泪，写过多少封信，我已经记不清了。总之，人们常说的"树不保身，人不保心"的话，在他身上没有应验。但我还是生怕他被别人抢去，我向他提出，先把婚事办了，没想到他二话没说，一下子就答应了。在张罗结婚的日子里，他父母答应给我钱装修一下旧房。他家在市郊有三间平房挂瓦的砖房，正没人住。而他父母在市里开一家杂货店，整天都吃住在店里。我想这样可不错，别人也说我的命够好的。他开始张罗装修房子了。他从农村粮库要来一汽车苇苫子，用于平房挂瓦起脊，又找同学帮忙，拉了几汽车黑油砂土。最后，找瓦匠修房子。瓦匠讲好600元手工，挺便宜的。可是由于师傅手艺不精，又惦记着回家秋收庄稼，致使活干得不够理想。他父母不干了，整天嚷着要抹工钱。一连几天急风暴雨的争吵过后，师傅交工时只拿到400元就走了。余下来要找木匠。他又回家要钱，买了根圆木红松，破成寸方，用来打门窗。他请来一个河南小师傅，打了一周，总算有些眉目。这时已是11月份了，外面很冷，这天突然气温下降，天上飘雪，地上冻冰，他就在没有门的屋里睡了一宿。第二天一早，他起不来了，可能是受了寒冷和潮湿。而我也不懂事，为了快些结婚，还逼着他去跟家里要钱。当时他父母也许没有太多钱，看看给出的一千多元钱，房子才修了一半，这样下去，还得一千元才能修完，加上嫌门窗都是旧的，摆放不合理，很不高兴，不再给钱了。一连几天，他愁眉紧锁，一脸憔悴，而我因急着跟他结婚，又一次次催他，还骂他无能。他火了，伸手来打我。我也急了，胡乱地反击着，长长的手指甲划在他脸上，留下了三条深深的血痕。有一条离眼睛还很近。他提出分手，我大哭起来。因为我只是不懂事，不是有意跟他闹别扭。最后我俩决定，放弃住他父母房子的计划。我们在城里租了一间半平房，是三间房对面屋，30 元一个月。这房子挺旧，青砖结构，平房挂瓦，只是屋里没有暖气。我二姐还找来她大伯子，重新搭炕，我俩还用刷墙粉将屋墙又涂了一层。我们先订作了三件家具：一个平柜（150 元），一个梳妆台（250 元），一个立柜（300 元）；我俩又上街，花 200 元买了锅碗瓢盆；还办了购煤证，买了 150 元一吨的“刘房子”煤；一切准备就绪，结婚定在 1990 年 11 月 18 日。

结婚那天是个晴天，只是傍晚下了点清雪。我们家人客不少，虽不是很多，总共也有几十人，而且我单位同志也来了。而他这一方，因他没有通知，不但家人没来，也没有单位同志。他，一个人，孤零零地跟我上了火车。旅行结婚嘛，也许就该是这个样子的。在地区福田市仁兴照相馆，我俩照了两张结婚彩照。吃了中午饭，我俩就坐 1 点半的火车返回了。晚上 4 点多，火车到站，天还没黑，站台上，姐妹们和她们的家人来接我们，我俩一起坐车回到了我们租的房子，开始了婚后生活。一周后，丈夫上班了，每天往返二十多里，累得他够呛，而且由于是新建的粮库，领导让他开铲车，回填单位场地。因为他学过开车，有 B 型大货驾驶证。三九天，我家北墙有 1 寸多厚的冰霜。他早上 5 点就要起床，提前发动铲车，上山铲土，供 5 台翻斗车来回运输。他一天挺累，我家买了闹钟，不然怕他迟到。没想到，一个文弱书生，竟忍受住了这样的生活痛苦。我独自哭过好几场，有一次我寂寞难耐，哭着让他晚上陪我回娘家看看。他说这样吧，家里还有 500 元，本打算给自己买辆新自行车，那就别买了，给你买台黑白电视机。就这样，花 450 元买了一台 14 英寸熊猫牌电视。他花 15 元买了辆自行车，每天骑它上下班。那辆自行车破得也真够可以的，你想，15 元还能买什么像样的车？车坏了他总是自己修，舍不得花钱到修车部去。有时车半路坏了，就推着走回来。我们租的这间房子，屋里没有暖气，炉子也不好烧，花 15 元买了一个引风机还被人偷了去。晚上，我俩冻得睡不着，就披着大棉被看台湾电视剧《情义无价》，以此来打发这难挨的冬季。直到第二年春天，他单位盖家属房，我们分得很小的两间，50平方米，艰苦的生活才算告一段落。这样，我们开始了有甜味的生活。

几年后，市里要写《财贸志》，其中一块是粮食企业发展史。这一下给我丈夫提供了大显身手的机会。粮食局党办的汪主任看我丈夫文笔不错，就向粮库要人，抽他去写材料。单位领导百般推托，说单位忙，离不开他，但胳膊扭不过大腿，他还是被派了出去。在抽调期间，丈夫早出晚归，仅用几个月时间就将4万多字的《粮食志》杀青了。然而好景不长，1998年6月，全国性的粮企改革开始了，粮库要落实“四分开一完善”，即政企分开；中央与地方财政分开；储备和经营分开；新老财务账目分开；完善粮食价格机制。丈夫被当作富余人员精简下来。放假期间，每月发200元工资。可这时，全市急着出《县志》，原来的《财贸志》要扩大篇幅，仍缺搞文字材料的人。局长一个电话，使我丈夫又去局里了。稿子催得很急，他先是去几个地方收集材料，回来后就把自己关在屋里。一关就是十几天，等他走出屋来时，我见他身体瘦了一圈，脸色尤其难看，像个木雕泥塑一样。但当他一看到桌上一沓厚厚的稿子，顿时眉开眼笑了。由此可以证明他是个活人。这年7月28日，粮食系统实行重大改革。原来的粮食局分出两个单位，一个还称为粮食局，重点监督粮食政策落实情况；一个称为收储公司，分管市内（县级市）各粮库的业务活动。由于我丈夫的出色表现，他被留到收储公司工作。

四、卖血

接下来他一干又是3年。虽然他工作出色，各级领导对他的工作都表示满意。有一年，还被市委授予优秀共产党员称号。但他都快40岁的人了，连个编制还没混上。尤其是上楼后的第二年，他办公室汪主任因病去世，空出个编制。我想这下该轮到他了，可还是被别人挤了去。他每月只有四百零几元的工资，由于单位经济形势不景气，有时工资一拖延就是几个月。后来还工资打八折，他每月只能领到345元工资。真令人发愁啊！可取暖费却涨价了，原定15，改为20，原定按使用面积，现在改为按建筑面积，这一下，我家101平方米，每年取暖费要交两千多，把我丈夫每年工资砍去一大半。这叫我们怎么活？我开点工资还得还欠债呀！再说我也开不了多少钱，每月最多也就500多元钱。而且由于厂里前些年一直没给我们交养老保险金，说我们是事业单位编制，企业化管理，不用交。现在不行了，新上任的市长为了表现出自己的工作力度，说哪个单位不交，单位领导就让出位子。这一下，除单位上缴外，我个人补交了10多年的养老保险。这一下每月只能开200多元，日子过得一天比一天暗淡。

上楼时是10月份。正值秋菜上市，青菜便宜得很。我家腌了两坛子咸菜，成本还不到20元。平时生活上，除了给孩子买几次肉外，我俩就是米饭咸菜。12月24日，农历腊月初一，是孩子10岁生日。孩子嚷着要去饭店过生日，因为别人家孩子都是这样过的，可我家现在太缺钱了，真想不去，后来，他爸说可以去吃自助餐，20元一位。为了节省资金，孩子说："爸，你在外面等着，我自己进去吃，省一块钱是一块钱呀！"就这样，孩子总算过了一个满意的生日。

转眼冬去春来，2001年3月1日，孩子又开学了。除去上学期预交这学期书费100元不算，开学就要交杂费270元之多。我看着孩子拿回的通知书愣愣地发傻。当孩子再一次向我要钱时，我就偷偷地告诉他，爸爸有钱，找他要去。他爸也不知道从哪借的，好几天才给孩子凑齐了学费。我把钱用牛皮信封包好，装在书包里，要孩子一到学校就交给老师，千万别弄丢了。生活中，我开始沉默寡言了，我不知道下一步该怎么走。

夏季到了，天气一天比一天热。丈夫穿了7年的皮凉鞋，再也不能为他服务了，他就把仓房里的破布鞋找出来。这双鞋是厚胶皮底，鞋面布又薄，他穿这鞋，走路很不跟脚。但他却一直忍着，没有任何怨言。有一天，我跟同事去逛市场，看到同事给爱人又买西装又买皮鞋，我不禁为丈夫鸣不平。他活这么大，就没穿过什么像样的衣服，即便跟我结婚后，衣服也不是拣人家穿过的，就是10元一件的过时货。有时我给他买他也不要，我有些搞不明白，他不也是人吗？人家都好这好那，而他，为什么享乐的东西他一概拒绝呢？在同事的劝说下，我看到有一双皮凉鞋对他很合适。通过一番讨价还价，以60元成交。回到家，我满心欢喜地把鞋拿出来，他看后只是笑了笑，说谢谢我。然后把鞋装入盒里，放在立柜上，一连几天，他都一直没穿。后来，他觉得在单位同事面前过意不去，就花15元买了一双人造革凉鞋。而我给他买的那双鞋，他却送朋友还人情。在我看来，他简直傻透了，八成是小时候大脑被人穿刺了。孩子又要交校服钱80元，我唆使孩子还找他爸要去，虽然我兜里还有八百元钱。丈夫终于被激怒了，告诉孩子书别念了，一连几天住在单位没回家。他是想我有钱给他买鞋，为啥没钱给孩子校服钱，他单位已经半年没开工资了。

后来，他在我的劝说下回家住了。孩子校服钱是87元，我拿70元，余下 17 元我还是让他支付。这种时候我也顾不上什么夫妻情分了，能挤他一点就挤一点。晚上，我俩分别睡在两个房间，我跟儿子在北屋，他独自一人在南屋。我们这样住已经好几年了。为了买到便宜菜，他早上 6 点去赶早市，西红柿、茄子、黄瓜、葡萄，一买一堆。因为他不怕遛腿，总能买到一元钱一堆的菜。有他的努力，我们的日子，还可以沐浴到夏日的一点点阳光。一天，我在报上看到了他发表的一首诗《献血感怀》：

若识输血似甘霖，滴水何妨早出心。
扶困常嫌囊冷涩，开发自我正当寻。

晚上，我潜入他的卧室，见他睡着了。就偷偷摸他脱下的外衣，结果发现兜里有 200 元钱。好家伙，得了稿费不交出来，孩子又要交下学期学费了。一股无明火顿时烧了起来。我把 200 元偷偷拿出，没有告诉他。之后的几天，我发现他精神恍惚，心神不安，可我仍没有告诉他实情。他嘴上起泡了，我没在意；他偷偷去外面贴广告，要教楼里小孩儿书法，我偷着乐；直到他昏倒在单位走廊里，被人扶着送回家，头破血流，我还是守口如瓶，始终没把那 200 元给他。后来，我才知道，他那 200 元是单位给献血职工补养身体的费用。我想也对，一首诗，稿费也就 20～30 元，哪会得那么多呢？我丈夫可能以为，他那 200 元被小偷偷走了，没想到那个小偷竟是我——他的妻子。

侯镇一口气看完，对徐庆和说："我说庆和，这篇小说还没载完啊。下边的呢？"

徐庆和说："下边可要等下期了，这是第 10 期，等第 11 期来了，我再拿给你看。"

侯镇站了起来，在屋里踱着步，他又对徐庆和说：

"看来粮食系统问题还很多，邪恶势力还很猖獗，我们真得抓紧调查，争取早日把案子拿下。"

"听说这篇小说是何少康所在公司秘书科一个科员写的。虽然是小说，里面有虚构的成分。可反映的事有些是属实的，从另一个侧面反映了何少康自私自利、为政不廉的事例。写小说这人是个男的，40 多岁，确有才干，文采飞扬。在国内外文艺刊物上发表了不少作品。给何少康写讲话稿十多年了，还替他念过函授大学、研究生班什么的。还获过文学硕士结业证书。他因住楼费用太高，自己工资太少，官场腐败，加上家庭矛盾，已经上五台山出家了。”

“看来何少康盖楼为自己变相洗钱。答应职工的事没有兑现。这家伙中饱私囊，可把职工坑苦了。我听说，住那个楼的不少人都张罗赔钱卖楼呢。”

第十七章　策划新的阴谋

这几天，何少康心里异常烦躁。他从书柜上随便翻了一本书，打开一看，只见上面写着：“欲不除，如蛾扑火，焚身乃止。贪无了，如猩嗜酒，鞭血方休。”何少康不愿看这样的话。他立即把书合上。

生活中，他常听说“四”字不吉祥，自己在兄妹中又偏偏排行老四。公司后院盖的家属楼，其他员工按来公司顺序选楼层，剩下的好楼层，他提意公司领导抓阄，结果他抓了个在 4 单元 4 楼。为此他懊恼不已，行政办主任劝他，4 这个数有什么不好？这就看怎么用了。4 在乐谱中要读“发”，发还不好吗？并讲了个故事安慰他。说邮电局有一个 1414 电话号码，人们认为不吉祥，说是要死要死，没人愿意要。后来，被一个音乐老师高兴地拿走了，原因是按音谱读音是‘抖发抖发’。而且后来证明这音乐老师运气很好。何少康听了，只是淡淡地笑了笑。说了一声“借你吉言”。但过后，何少康还是把楼空起来，搁在那没住。他每天还是闷闷不乐，因为除此之外，他还有烦心事：一来是工作不顺心，下面一家粮库又因打雷引起火灾，烧了两个囤——近三百吨粮食，他因此要负连带责任，上级可能要给他处分；二来已经得知有人举报他杀妻的事实，公安机关已把他当成重点目标了；三来是他怀疑这是章董搞的鬼，他想杀掉章董，但新的杀人计划是否能顺利实现，还是一个未知数。

晚上，何少康感到头痛。他躺在床上，翻来覆去睡不着。这几天他玩的小姐太多，身子有些掏空了。正如中医五行所云：肝为木，肾为水，水不涵木，木不得水滋养营卫，肝阴虚则阳盛生风，风上冲于头，必然导致失眠。他两眼望着房间的枝型灯，躺着躺着，忽然，门开了。闯进来几个身穿警察制服的人。几个人不由分说，上来给他戴上手铐，连推带搡把他投入外面的警车里。何少康想，这下完了，自己过去拥有的一切，都将付诸东流。不容他多想，车子开得很快，一到公安局办公楼，突然，那青堂瓦舍的办公楼，一下子变成黑压压的刑场，抬头一看，只见上面黑底白字的匾额上写着：“鬼门关”三个大字。那些抓他的警察突然变成了青面獠牙的厉鬼。两个小鬼上来，把他倒背双手，按倒在地，五花大绑后，把他推到孽镜台前。何少康抬头一看，这个台子有一丈多高，镜子呈椭圆形，上书：孽镜台前无好人。照过孽镜台，见过自己过去杀生、偷盗、奸淫等无边无际的罪，何少康吓瘫了，这无量无边的罪业，何时才能还完。稍息片刻，用眼平视，见冥王端坐在一个桌案之后，两边分别坐着判官，各执簿籍，在念他的罪行。念完罪行，刑罚就开始了，牛头马面两鬼，和一个无常大鬼一个拿着刀、一个拿着斧，一个拿着叉向他走来，他们把他绑在一根铜柱上，开始行刑，一个执刀的走上前来，把他腿上的肉一刀一刀地割，一个手持利斧，在他的脚趾上一斧一斧地跺，一个拿着钢叉，在他胸膛上一点一点往里刺，何少康疼得哇哇直叫，呜呜大哭……过了好久，刑罚终于结束，牛头马面二鬼把他押往望乡台。所谓望乡台，呈半圆形，面向东、南、西三个方向。弯面81里，呈弓形。站在望乡台上，何少康看到家里的、单位的、社会上的男男女女，楼房起火了，财产被抢光了，朋友们欠债不还了，儿子打架入狱，妻子偷情改嫁……

这时，一个鬼说："该给他灌孟婆汤了。"

孟婆汤是由酸甜苦辣咸五味药物组成，这是所有鬼魂在转世之前喝的汤，为使其忘记前生所有的事。鬼魂在转世时，都要被迫满饮此汤。药力也与身相随。比如说，好想事的人，就因思伤脾，好流口水；好笑好乐之人，因喜伤心而好出汗；好忧虑的人，因忧而伤肺好流鼻涕……总之，要令个个都带些病痛，以示惩戒。

猛然间，停刑铃响了。原来，是家里的座机电话铃响声把他惊醒。一场噩梦过去了，何少康真有些后怕。他没有去接电话，掀开被子，坐了起来。想想梦中情景，真有些太残酷了……

这天傍晚，天气晴好。落日的余晖，给江水市的大地抹上了一层亮丽的色彩。何少康突然来了精神，独自一人步行去西街散步。在晚市的一个角落里，有一个老头在算命，那老头戴一副墨镜，留着一尺长髯。地上有一块一米见方的红布，上面绣着八卦图。何少康慢步走上前去说：

"老先生，算一次多少钱呀？"

"不贵，10元一算，先算后付账，不准不要钱。"

老头手捋长髯，微笑着，慢慢说道。

"老先生，算命为什么会准呢？"

何少康俯身蹲下，向老者问道。老头见自己这几天生意冷清，就借机多说几句，权当做广告。于是就说：

“算命也是一门科学。是先人前辈们从实践中得出的经验，写成书，后辈遵照而行。在我国，算命兴起于唐朝，据《唐史》记载，当时有个叫李虚中的人，用人的年月日三柱配上天干地支，以预测人一生的贫富夭寿。当时李先生很有名气，他去世后，大文学家韩愈亲自为他作墓志铭。唐朝算命，可算得上算命历史的初始阶段。到了宋朝，出了一个叫徐子平的人。他在李先生年月日三柱算命基础上，加上时柱，并以日柱为主，算命的准确率大大提高。延至今日，代代大师都以子平书为圭臬，对人生进行实际预测。”

老头来了兴致，口若悬河，滔滔不绝。

“老先生，恕我直言。算命为何有时准有时不准呢？”

老头笑了，挥了挥手说：

“这个不难解释。这就像医学，医学的基础理论是正确的。医生是能够治病的。可治病要靠医生如何把理论和实际有机结合起来，把理论如何正确运用。运用好了，病人就得救了；运用不好，病人就遭殃了。算命准与不准是师傅的手艺问题，不是算命理论不正确。算命师傅手艺高超，就没有算不准的。可以这样讲，一个人，如果不是信仰佛教或是其他宗教，他的命运就完全可以用四柱之法预测，而且一定会测准。有信仰的人，依仗神佛的保佑，平日积累功德，改变人体五行结构，命运会有所改变，所以算不准。”

“老先生，您一天能挣多少钱？”

“百八十块而已。”

“那好，我给您一百元，跟我走吧！哎！三轮车。”

两人乘三轮车来到一家茶吧停下。二人下了车，茶吧门口立着一位小姐，小姐身旁有一块招牌，上面写着：二人世界，每小时 10 元。走进茶吧，二人来到一个房间。这里装潢时尚，古香古色。正面墙上挂着一幅字画，背景是长江一处石壁，有一树杏花开放。文字内容是宋朝李之仪的一首词——《卜算子》：

我住长江头，
君住长江尾，
日日思君不见君，
共饮长江水。
此水几时休？
此恨何时已？
只愿君心似我心，
定不负相思义。

二人依桌落座，小姐走上前来。

“二位先生，请问喝什么茶？我们这的茶分红茶、绿茶、花茶、乌龙茶、紧压茶六大类。”

“要绿茶！医生说过，茶多酚含量高，可预防多种疾病。”

“绿茶有大方、龙井、旗枪、毛峰、碧螺春……”

没等小姐说完，何少康就说：

“来一壶西湖龙井吧！另外水果、麻圆、酥饼各上一盘。”

小姐转身出去，工夫不大，所点的东西上齐了。何少康说：

“我们谈一会儿话，请不要让人打扰。”

小姐应声出去了。何少康走过去把门插好，然后回身指着桌上的东西说：

“师傅，请随便品尝！”

二人吃了一会儿，何少康报上自己的生日时辰。老头搬弄五指，掐指沉思，过了一会儿说：

“先生的命是富贵之命，真可谓是腰缠万贯，遍地开花哟！”

何少康双目紧盯着算命先生，微笑着说：“先生，有话还请直言相告。”

“看您心诚，我就有啥说啥了。您命犯羊刃，今年日柱又冲太岁。实话告诉您，百日之内有牢狱之灾，弄不好有性命之虞呀！”

何少康全神贯注地，认真听着先生说的每一句话。听完算命先生的讲解，他陡然一惊。

“先生，可有破解之法？”

“说句实在话，命我能算准，可怎样破解，我可是爱莫能助哇！”

何少康连喝两口茶，微微低下头，他开始冒汗了。沉默了一会儿，何少康抬起头来说：

“我听说改名能改变人的命运。”

“这个您也知道？是这样，我国古代有好几种起名方法。有梅花一撮金；有用文字偏旁，补命里所缺的金木水火土；还有五格剖象法。如果用五格剖象来算你的名字，那么，应该是这样：何字是7画加1画等于8画，为天格，五行属金；少字是4画，少和何加起来是11画，易象旱苗逢雨，五行属木；康字11画，与少字4画加起来是15画，易象福报广大，五行属土。外格是康字画数加1，是12画，易象掘井无水，五行属木；姓名三字加起来是22画，易象秋风衰草。五行属木。五格数理还可以，就是天地人三才金木土不和呀！再说，您不是普通人。改名怕是不易呀！实在不行，只有靠佛法慈悲，保佑您平安了！您可以去庙里许个愿……”

何少康听到这儿，顿觉眼前一亮，猛然抬起头来……

三天后，天刚蒙蒙亮，一个农民模样，外戴一副墨镜的人来到火车站。这人就是何少康。看看四周没有熟人，他就钻进售票处，先看车次，接着排队买票。然后来到火车站候车室，坐在红漆椅上，他东张西望，看有没有人盯梢。

“各位旅客，开往伏龙岭的列车马上就要检票了，请您拿好随身携带的物品，到检票口检票。”喇叭里传来广播员的声音……

8 点一刻，何少康坐上开往 B 省伏龙岭市的列车。在他上车的瞬间，他觉得好像有人跟着他。这人好像是白惠珊，细看又不是。一路上，他不停地想，这人到底会是谁呢？在伏龙岭市，他向人打听哪里有庙，人家告诉他虎口山上有庙。他打车来到虎口山。在山下，他朝山上望了望，见一座古庙耸立在山顶。沿着石阶步行上山，来到清明寺。先到大雄宝殿拜佛，见这里有几位尼姑，而且派出所就在庙里，这令他感到有些不安。于是急忙下山。在路过山下的太虚庙时，见庙宇古香古色，有心进去看看，但为了尽快赶到西方禅寺，他还是赶紧下山，然后又坐公共汽车到虎口山市。他要去西方禅寺，想通过拜佛消灾解难。在虎口山街上的一个路口，何少康下了车。售票员告诉他一直朝前走，拐两个弯，过了岳飞城，就到西方禅寺了。

西方禅寺建筑规模宏大，是东北地区的一处佛教圣地，位于虎口山风景区内。虎口山，方圆数十里，传说因历史上岳飞在此山斩虎而得名。走了一段路后，何少康来到古香古色的岳飞城。山门匾额上，是钱义洋先生题写的“岳飞城”三个大字。穿过岳飞城，前面就是西方禅寺了。远远就能听到寺里传出的佛号声，悠扬悦耳，淡雅清凉。在寺前银水桥下，有几个摆地摊算命的。

“先生，算一卦吧！算一卦拜佛也灵啊！”

一个算命人对何少康打招呼。何少康摆摆手，没有理会，继续往前走。在寺门口，他买了 5 元一张的香花券，凭券入寺。这里有三层大殿。何少康先后去了大雄宝殿和观音殿，在大雄宝殿，他见到了庙里塑立着数尊金色大佛，每尊佛都有三层楼高。大佛手打莲花印，端庄清秀。中间的一尊佛他认识，是释迦牟尼佛。大殿两侧，靠墙一端分别供着护法神、四大天王和十八罗汉等。一见大佛，何少康被大佛的端庄所折服，连忙俯身下拜。心里默念着，大慈大悲的佛菩萨，请保佑我，放过我，不要追究我，还要让我下一个计划圆满实现。这时，一个和尚走进来，何少康赶紧喊了一声：

“师傅，请告诉我功德箱在哪？我要为庙里捐款。”

师傅走过来，双手合十，说了一声：

“阿弥陀佛。”

然后一边念往生咒一边手指功德箱。何少康从上衣兜里抽出100元，在师傅面前晃了晃，放入功德箱中。他一边投一边心里想着，佛可千万要保佑我，升大官发大财，平安无事。我可是花了一百元钱大钞哇！

从寺庙中出来，何少康心情好了许多。他想佛是万能的，我已给佛上供了，佛一定能成全我。那样我就不用出国了，这回我就大胆地干吧！他在山下又发现一处飞檐流丹的庙宇。他走近一看，是座道观，名为德阳宫。院内古树参天，画阁雕栏，清新典雅。拾阶而上，十多级的台阶转眼走到尽头。抬头一看，大庙房檐下画着观音菩萨、善财童子、玉皇大帝拯救人间苦难的图画。正面老君殿里，供奉着老君太清道德天尊、上清灵宝天尊、玉清元始天尊等。他跪倒在塑像前，上了三炷香。在大殿后院，有一处房舍，何少康觉得这可能是道士的住处，就走过去敲门。

“无量天尊！请进，请进。”

门开了，一个50多岁的道士站在门口。何少康打量了一下老道，只见此人身材颀长，五官端正，面色清白，蓄留须发。头戴月牙冠，身穿紫色道袍，静静地立在里屋一旁。

“施主，请到里屋坐吧。”

何少康随道士走进里屋，见正面墙上，挂着一幅纯阳帝君吕祖圣像。画像上的吕祖驾着祥云，身着仙衣，背着宝剑，在身后的太阳光照耀下，威严壮观。旁边还有一幅字画，上写：

不知足歌

终日忙碌只为饥，才得饱来便思衣。
绫罗绸缎买几件，回头看看房屋低。
高楼大厦盖几座，房中又少美貌妻。
娶了娇妻生下子，恨无田地少根基。
置得良田千万顷，出入无轿少马骑。
槽头栓了骡和马，叹无官职让人欺。
五品六品还嫌小，三品四品还嫌低。
当朝一品为宰相，还想面南去登基。
心满意足为天子，更望万世死无期。
人心不足蛇吞象，不种善根费心机。

若要世人心满足，除非南柯一梦西。

下面有一张八仙桌，上面摆着《道德经》《太上感应篇》《玄门日诵早晚课》《四书五经》等书籍。南炕西面墙上，挂着八大山人水墨丹青和一幅郑板桥的题字翠竹画。何少康仔细看了看郑板桥的字画。只见上面写着：

老书生，白屋中，
说黄虞，道古风。
许多后辈高科中。
门前仆童雄如虎，
陌上旌旗去似龙。
一朝势落成春梦，
倒不如蓬门陋巷，
教几个小小蒙童。

何少康坐在里屋炕上。老道端来茶水，递到何少康手上。然后坐在炕上说：

"施主，请用茶。既然能见面，就是有缘人。"

何少康喝了一小口茶，问道："师傅，何为道？"

"所谓道，乃虚无之系，造化之根，神明之本，天地之元，万象以之生，五行以之成。通俗地讲，就是宇宙的万事万物，都是由它衍生出来的。道教信徒是以学道、修道、行道为主。信仰的是'道'，所以就称道教。我们以老子的《道德经》为经典，进行修行。道教在我国唐朝成为国教，排名第一，据说李氏皇帝认为，他们的祖先就是老子李耳。道教已经有两千多年历史了。在我国乃至全世界都在传承。"

"师傅原来干什么工作？"

老道叹了一口气说："咳，我是个教书的。"

"干吗入道哇？"

"万物皆有因缘，人法地，地法天，天法道，道法自然。"

"师傅今年高寿了？"

"道不言寿。恕不奉告。施主有什么事，我可以尽力而为。"

何少康简单介绍了自己的情况。老道沉吟了一会儿说：

"求老祖爷保佑，升道黄疏吧！"

何少康说："师傅，我想升两道疏，一为活人，二为亡灵。"

"那就再升道白疏。"

说着，拉开抽屉，拿出印有字迹的两张纸：一白一黄。问了何少康本人和亡人的姓名、住址。接着刷刷点点，一气写完。何少康在一旁仔细一看，只见白疏上写：

今据
中华人民共和国A省江水市福光大厦居住
奉
道修斋礼忏拔苦报恩不孝
是日泣血投诚冒干
慈化伏为亡故妻子许明芳之灵魂业
累多生因根所造过患多端
诚难具述今则身归地府冤
业难除仰祈
幽冥教主重开济渡之门
救苦天尊不舍慈悲之念息辛酸
而净尽拔幽爽以无余利洽
四生恩沾七祖蠢识含灵蒙
光托化
谨疏
师道
宝经

天运二〇〇一年十一月三日具疏

看完白疏，何少康又看黄疏，只见上写：

今据
中华人民共和国辽宁省江水市福光大厦居住
奉
道启建坛场祈福消灾迎祥善信弟子何少康暨合家人等即日
沐手焚香谨秉丹诚叩干

洪造意者窃念弟子众等叨逢盛世忝列人伦仰仗
神明之护佑愧无答报之微诚今值
吉日良辰就于本宫殿前
虔备香烛凡仪焚香化疏祈恩永佑下情繁昌伏祈善
信弟子众等合家平安岁岁吉祥学业事业有成身体健康
家庭和睦生意兴隆财源茂盛诸事顺遂吉曜临宫灾星远
退
所祈所愿一切遂心凡在
光中均叨默佑
谨具墨疏
上奉
圣前呈进恭望
洪慈俯垂
洞鉴文疏
师道
宝经

天运二〇〇一年十一月三日具疏

随后，老道将白纸黄纸打折，分别放在一白一黄两个长条方纸筒内。何少康手拿黄色方疏，走出房屋，来到大殿，他跪在护法大仙黑老太近前，点燃方疏。老道手击木鱼，口中念着：

弥罗宝诰：太上弥罗无上天，妙有玄真境，渺渺紫金阙。太微玉清宫，无极无上圣，廓落发光明。寂寂浩无宗。玄范总十方，湛寂真常道，恢漠大神通。玉皇大天尊。玄穹高上帝……

事毕，何少康往功德箱里投了五十元钱……

就在他要走出道庙那一刻，他看到清静无人的庙门口有个人影，一晃就不见了。他急忙走到门口，四下看了看，并没看到有什么人影。他沉思了一会儿，觉得也许自己走累了，眼睛花了，就径直朝山下走去。

晚上5点，在伏龙岭市火车站，何少康乘上了回家的列车。坐在车窗旁，他眺望着树林、远山、田野和西下的夕阳。

“哪位旅客买香肠啤酒茶蛋了!”列车上的手推售货车从身边经过。一见吃喝，何少康感到有点饿了。他叫住了售货员，从上衣口袋里拿出五十元，递了过去。售货员把两根香肠、两瓶听装啤酒递了过来。又把找回的零钱放在旅客桌上。何少康打开啤酒，抓起香肠，临窗大吃起来。吃喝完，何少康感到有些困，慢慢地睡着了。

朦胧中，忽然，他感到有一只手在摸他的上衣口袋，那里放着一千元钱。他立即睁开了眼睛，用手猛地按住了那只摸钱的手。何少康抬眼一看，见一个三十多岁的黑脸男人在偷他的钱包。那人穿一身黑色休闲装，浓眉，大嘴，满脸疙瘩，一双狼眼，一看就知道不是好人。何少康知道不能硬碰硬，自己斗不过眼前这家伙，不如化敌为友。于是他主动把手松开了，笑着说：

“兄弟，这点够吗？来，我拿给你。”

说着，何少康把上衣兜里的一千元拿出来，送给黑脸人。黑脸人见何少康这样慷慨，反倒有些不好意思了。

“拿着吧！交个朋友。”何少康劝道。

黑脸人收了钱，要请何少康喝酒。二人来到餐车，要了四个炒菜，一瓶白酒，对饮起来。

黑脸人说：

“真不好意思，大哥，这让我怎么谢您呢？”

何少康低声说：

“兄弟，不用谢，这算不了什么。我家里原来也很穷，可现在穷得只剩下钱了。来，为咱哥俩有缘相识，干杯!”

“兄弟，不瞒你说，我现在是江水市粮食收储公司的总经理，真不缺钱，只是工作上不顺心。有个人总欺负我。这不，我没办法，到庙里烧烧香，寻求解脱。”

“大哥，是哪个狗卵子活腻了，敢欺负大哥你，你告诉我。欺负我大哥，那就是往我脖颈上拉屎。那我还饶得了他，我……我让他白刀子进去，红……红刀子出来。”

“谢谢，干杯!”

“实，实话，跟大哥讲吧，我这是三进宫，才出来。一个人无牵无挂，常在生死线和鬼门关上跑。干，干掉个人，跟碾死个臭虫差不多嘛!”

“要是那样，你帮我杀个人，事成后我再给您两万元，怎么样？”

“甭——提钱。干这种事，对我来说，那是张飞吃豆芽菜——小，小菜一碟。为朋友，我不怕两肋插刀。”

黑脸人“咣咣”拍了拍露出黑毛的胸脯，哈哈大笑……

晚上，列车在江水站停下，走出站台，何少康又回头看看，觉得还是有人跟着他。来到公路上，他准备打车回家，这时，有人轻轻地拍了拍他的肩头。这可把何少康吓得一拘挛，他以为一定又遇到打劫的了。他把手伸进口袋，正准备破财免灾时，定睛一看，原来是白惠珊。

“亲爱的，多日不见了。跟我走吧!”白惠珊娇滴滴地说。

“我还有事要办，改天怎么样?”

“不行，我已经等了好一会了。求求你了。”

“那好吧。”

白惠珊拦了一辆出租车，一手挽着何少康，两人一同钻了进去。

次日一早，天气晴好，曙光遍地。何少康踏着晨光，步行来到市政府。进了大楼，一直走到三层，朝着陈副市长办公室走去。敲开门，陈副市长正好在，屋里还有几个人，陈副市长给他们写了几张字条，他们就一一离开了。当屋里最后两个人离去后，何少康站起身，把一盒精装茶叶放在办公桌上，这是高档茶，500元一斤的。

“这是上南方回来给你捎的，尝尝吧!”

“那就谢谢了。这次上南方有什么感触和体会吗?”

“感触和体会倒是不少，不过，我觉得学习南方经验，应立足于本地实际。应从改革开放大局出发，解放思想入手，通过大胆创新，改变经营理念，改变经营方式，最终促进经济增长。”

“好哇，你能有这种体会，说明是不虚此行啊！今后，还应该多去几次。”

“陈市长，还多去呢，我现在身体都吃不消了。”

“怎么啦?”

“三高一低（高血糖、高血脂、高血压，职位低），再加上胆囊炎。我可真吃不消了。这不，我想跟您说一声，辞职算了。”

“这怎么行，你可以请几天假，先看看病。收储公司说实在的，还离不开你。”

何少康心想，我就等你这句话。笑着说：

“谢谢市长的信任，那，既然市长挽留，我就唯命是从了。我想请几天假，到北京检查一下。”

“行，几天都行。”

陈副市长笑着说。其实何少康明为去北京看病，实为借机旅游消遣，化解心中的郁闷。他先通过江水市设在北京的办事处，在北京阜外医院，预约了最好的教授，以便他到北京后为他进行全面体检。两周后，何少康从北京回来，异常高兴，他花了两万五千多，结果什么病也没检验出来。体检结果让何少康感到非常兴奋。他觉得只要自己身体好，就会长寿，就会永享人间快乐。

这天上午，公司又召开党委会，在用人问题上，他同章董又争执起来。何少康说：

“您是董事长，只管把董事会开好，研究点大政方针就行了。现在我是总经理兼党委书记，负责具体事物，对不对？”

章平之大声说：

“选人用人一定要慎重。太仓粮库的刘主任为了企业发展，尽快走出困境，从做大生意的妻子手里借出100多万，交给单位使用。对这样的干部我们怎么能说撤就撤呢？就是撤职也行，人家个人的钱，也应按约定还给人家。怎么能既撤职又不还钱，这今后，谁还借给我们企业钱呢？这件事，当初还是看了我个人面子借的，这样失信于人，我还有什么脸面去见人呢？”

“这个我不管，反正现在他所在的企业职工上访，拖欠工资较多，我也是不得已而为之。以后，我看您还是别掺和为好。”党委会最后不欢而散……

晚上，何少康也气得够呛，为了排解心中不快，他独自去了一品香大酒店，找来小姐给他洗脚、按摩、陪酒、聊天，一直闹腾到大半夜。从一品香出来，他打手机把在火车上认识的杀手约了出来。在一间聊吧的包房内，两人见了面。

“兄弟，跟我干吧！我这人，交朋友不让朋友后悔。”何少康拍着杀手的肩膀，说着把一万元现钞递到杀手的手里。

“放心，大哥。有什么事，尽管吩咐。”

何少康从上衣口袋里掏出章董的照片，递到了杀手手里。

“就是他。一定要干掉他，省得在我身边碍手碍脚的。”何少康咬牙切齿地说，“到时候咱哥们儿把董事长、党委书记和总经理一肩挑，你办点啥事，那不是小菜一碟吗！”

杀手说：“那时候，大哥身份一变，不会不认识小弟吧？”

何少康拉着杀手的手说：

“我怎么会把兄弟忘了呢。你放心，事成之后，我必有重谢。”

杀手说：“那咱就一言为定。明天我就乔装打扮，到你们公司看看，那位脏东西（章董）长得啥德性。”……

第十八章　平民的艰难

外面，起风了。徐庆和领着两个人走进侯镇的办公室。

“侯队长，多日不见，你好哇!”

“啊，是莫主任，你好哇！啊，小郑也来了。来来，请坐。”

来人分别是纪检委党风室主任莫秋清和科员郑磊，侯镇从抽屉里取出香烟，递给莫主任和小郑。徐庆和用火机给两位客人点燃了香烟。莫主任打开公文包，从里面取出一本杂志。小郑站起身把它递给侯镇。

“队长，第 11 期来了，你看看吧。”侯镇一看，又是一本崭新的《塞外文学》。

“莫主任，你们是怎么搞到这本书的?”

“有人给我们寄呀。开始我们还不明白是怎么回事。后来才知道，这是用一种特殊方式，向我们反映我市粮食系统高层的腐败情况啊。所以，我们就开始立案审查了。”

“写这个小说的人是谁呢?”侯镇问。

“我们已经调查过了，这个人真名叫宇文静默，在公司机关秘书科工作。他真像小说里说的那样，出家了。所以说，小说中许多方面的细节是真实的。这个刊物是他们单位其他同志寄给我们的。”

“那个人又是谁呢?”

“这个，我们也调查过，不过还没有找到。我想，这个案子主要牵扯何少康。我知道，你们也在找他，再说咱们也合作过，我看这样：我们两家最好联合起来，互通信息，互相帮助，联手办案。及早铲除这个危害党和人民的毒瘤。”

“我同意，那样最好。小徐，记下两位领导的手机号。”侯镇说。

晚上，侯镇翻开了那本杂志。又看到了小说《上楼的烦恼》的下半部分。

五、出走

他卧病在家，从夏到秋几个月里，他只是自己去药店买点药，从不花钱去医院看病。他提出离婚，让我再找一个能挣钱的。我没有同意。他一天到晚多是躺在床上，有时坐起来，就看一本老子写的《道德经》。我有时问他为啥要看这本晦涩难懂的书，他说此书趣味无穷，老子宣扬的清净无为、柔能克刚并不是消极的世界观。就连大作家贾平凹也说这书好，读过好多遍呢！他还给我讲老子思想，我才不相信他这一套呢，那本书真的那么好，为什么它不能指导你去挣来养家活命的钱。现在，挣钱才是硬道理，只要有了钱，贫可变富，贱可变贵，死可变生，什么能离开钱呢？就是神佛，不也是要靠钱来供养吗？

为此他还写了一首诗词反驳我，题目是《说钱》。内容是：

白紫黄红喜变颜，横行亘古总飘然。
千般拥有千般好，一事囊空一事难。
能使鬼，可移天，神通广大死生还。
人间喜作财仙梦，不拜孔兄是圣贤。

他还说我是下士，是善根不好。我问什么是下士？他说人有上中下三种，即：“上士闻道，勤而行之；中士闻道，若存若亡；下士闻道，大笑之。”当时我听不懂，后来我才知道，这些内容是《道德经》里的原话，意思是：上等人听到道理，就认真按照道理的要求去做；中等人听到道理，半信半疑；下等人听到道理，就会哈哈大笑。

他自称是上士，并找到街里仅存的明月观，跟庙里唯一的道士谈经论道。这期间，我发现他脸色红润，神采飞扬，气力倍增。每天读书写作到深夜，写的小说、诗歌、诗词也发表了不少，而且有的还登在国家级刊物上。但此时，我心里却不知怎么的，有一种不祥的预感，也可能是精神作用，因为他对我比以前更好了。突然有一天，他不见了，仅留给我一封信，说是去外地一个什么山上修道去了。要我好自为之。信后还附有一首诗：

人生

七律

一梦人生感叹多，心安可抵万千波。
无形大道埋因果，有字鸿文看咏哦。
朝圣临池学菡萏，洗身凭水效白鹅。
悟空七彩真颜色，世事艰辛值几何？

难道他上千山或是九华山了，这该死的冤家，把我这黄脸婆和10岁的孩子扔下不要了，自己享清福去了！想修道就近还不行吗？就在本市明月观当个道士也是可以的，干吗非去外地？往日，他在家时我并没觉得他怎么重要，有时我上来了脾气，想骂就骂他一顿，过后也没当那么回事。这回他这一走，我心里却有一种难言的苦痛。我没敢去告知他父母，怕他们说人是我逼走的。我领孩子回到娘家，父母姐妹都说我不对，我成了众矢之的。一周以后，我丈夫单位领导找到我家了解情况，我拿出他留下的那封信。单位领导走后，他父母也来了，说了许多难听的话，并扬言万一他有个三长两短，唯我是问。我欲哭无泪，心如刀绞。

一周以后，单位要我参加市里举办的庆祝新中国成立52周年演唱会。我真不想去，我这时哪有这个心情，但单位里就我一个人能唱，我不去谁去呢？何况当初是因为我会唱歌才被调到这个单位的。演唱会上，我的一首《万事如意》很受观众喜爱：……春联写满吉祥，酒杯盛满富裕……红灯照，照出全家福，红烛摇摇摇，摇来好消息……这样美好的歌词，加上我出色的演唱，引来观众阵阵掌声。

哎！万事如意，人人都想万事如意，可我现在是事事不如意。真是祸不单行，这天晚上，演唱会结束后，我一个人骑自行车回家。谁知在立交桥桥洞里，我被一个男人劫持了。以前，每次唱歌回来晚了，都是丈夫接我，现在谁会接我呀！我遇到的那个家伙太可怕了，一对发光的鬼眼，满脸剑丛似的胡髭，他先将手里的小手枪在我面前晃了几下，一反腕用枪管顶住我后脖颈，把我逼到立交桥上，这里四下无人，几条南北通行铁轨，横七竖八的，好像躺在地上的几具尸体，东西两侧，是巨大的广告牌，像两座黑山一样，狼牙怪状，阴森怕人，那家伙不由分说，先是拽下了我的坤包，丢在一旁，接着就将我按倒在地，欲行不轨……

月凉如冰，寒星似铁。我流着眼泪，一个人走回家，忍着两腿间隐隐苦痛。我反复回忆着那个人的面貌，好像在哪见过。是谁呢？在哪见过呢？

几个星期过去了，丈夫一点消息也没有。我精神委靡，没有去上班。孩子也直哭，跟我要爸爸，并说爸爸是被我气走的。我给孩子买了许多玩具，总算把他哄好了。可一到晚上，我仍然辗转反侧，噩梦缠绕。想起往事，真是万剑穿心，生不如死呀！仔细回味，人活着有什么意思，难怪宗教界人士说，人活在迷中，人活着不是目的，人活着不是为了当人，而是应该通过修炼，回到天国中去。这个世界污浊不堪，空苦无常，也许他们的说法是对的？不然，人生的路怎么会越走越窄，从中央领导到平民百姓，哪一个能摆脱生老病死，以及各种生活烦恼，一想到这些，我心中又亮堂起来。为斩断这万般烦恼，我何不早点死去，好早点升入极乐世界。听人讲，佛教净土宗法门有这样的说法，一个人只要临死前念几声阿弥陀佛，发心向西，就可往生净土。当晚，我先把孩子哄睡觉，又给家人写下一份遗书。然后，将我最喜欢穿的白色纱裙拿出来，描了眉，涂了口红，穿戴整齐。一切准备就绪之后，从柜子里，我拿出家里搞卫生用的半瓶来苏儿，打开瓶盖，那东西气味一下子冲出来，呛得我直咳嗽，我捏着鼻子，硬是把瓶子放入嘴里，一饮而尽。我静静地躺在大厅的瓷砖上，专等着阿弥陀佛的接引……

佛来了，真的手持莲花来了，佛的左右，还有观世音和大势至菩萨，随之而来的那青、黄、赤、白各色彩光，一下子都照到我身上。我高兴极了，乐得手舞足蹈。

突然，美好的景象不见了。我循着佛留下的香气，向前一路前行。不知过去了多少年，我历尽千辛万苦，好不容易才到了西方净土。在那里，见到的一切好像跟人间差不多，只是那里的树，跟我们这儿不一样，有金树、银树、玻璃树、水晶树、琥珀树、美玉树，这些宝树随处可见。清风吹来，枝叶飘动，随之奏出各种美妙音乐。白鹤、孔雀、鹦鹉随乐演唱，出和雅音，悦耳动听。神仙们驾着五彩祥云，四处飘荡。穿的衣服都是白色的。好像每天都不用做饭，吃饭时，各种食物随欲而至。食毕，不必收拾，全然隐去。房子和道路都是金子做的，七宝池，八功德水，盛开的莲花，遍地可见。抬眼望去，祥云朵朵，山水相间，琼楼玉宇，一派美景。我向驾着云彩的神仙打听，人家告诉我，这个天国就是极乐世界，其国众生，无有众苦，但受诸乐，故名极乐。我在这里大约待了一个多月，才见到观世音菩萨。我给菩萨叩头，想让她收我为徒。但她只是微微冲着我笑，始终不语，最后我急了，大喊一声。菩萨只轻轻在我头上拍了一下，这一拍拍得我如梦方醒。抬眼一看，是我那十岁的儿子在用手拍我，他两眼通红，整个脸都哭肿了。家人们都围在我身边。啊！这不是西天，是医院，我并没有死，后来我知道，我喝药不久，儿子下地小便，发现了我躺在地上，是他打的110，警察里有一个人懂医，把我搬上椅背，头朝下，肚脐上二指处，压抵椅背上沿，然后用力按了我后背几下，我就把药全吐了。

六、售楼

两周以后，我出院了，身体虽然恢复得差不多了，但经受了这么严重的精神打击，今后的人生路，我该怎么走，我感到迷茫。难道我也去出家？那样的话，孩子交给谁？死过一次的人，往往就更珍惜自己的生命了，我应该顽强地活下去。我领着孩子回娘家去住，在本市报上刊登了卖楼广告，广告登了大约一个月，5月7日上午，丈夫单位曲姨给我打来电话，说有个买楼的，是曲姨丈夫单位的同志，问我卖多少钱。我说卖7.5万元，仓房另算。曲姨是我家邻居，在我家楼下，我家在顶楼7楼，她家在6楼。只有一层楼板相隔。下午，曲姨又打来电话，说4楼道7楼一家也要卖，听说装得也不错，才要7.7万元，我说曲姨替我拿主意吧。曲姨说那就7.5万吧！仓房在内。5月9日，曲姨又打来电话，说对方要看看楼房，不过对方在铁路工作，白天没空，必须晚上来看。晚上8点，我先敲开了曲姨家门，买主已等在曲姨家里。曲姨夫妇和买主一同来到我家看房，先看大厅，接着又看了厨房和卧室。买主看得很仔细，看来是有点相中了，他看过之后，坐在我家大厅沙发上，说他这是看的第三个楼了，他所在的铁路单位给报销取暖费，所以他不怕楼房面积大。曲姨夫向双方介绍情况，说一方是他单位同志，一方是上下楼邻居，他只起中间人的作用，不会偏袒任何一方，让谁多占谁两千元钱也不好。话虽这样说，可由于他与对方的关系很深，在以后双方关于楼价问题上，他还是在为对方说话。先是在看房那天晚上，对方对7.5万元的要价没有提出异议，曲姨夫以楼房还没有办房照为由，让我再让利两千元。那天晚上，我没有直接回家，我也怕楼房卖低了，我赔得太多，就去铁路住宅楼找女大仙吴春玲，求她给算一算。女大仙先点上三炷香，过了片刻对我说："你是属黑兔的，命太薄，谁也靠不住。101平方米，楼价要得太低。我家妹妹买楼花8万多呢！才70平方米。嗨！买早了。要不，你再拖拖他，看能不能要个好价钱。不过哪！你现在条件不好，该卖还是得卖呀！现在不是有好多楼卖不出去吗！"告别吴大仙，我回到家一夜都没睡好。5月9日下午2点，曲姨又打来电话，说对方说要7万元买楼，楼照对方自己办，劝我同意。我真是六神无主了，没怎么多想，就答应了。3点多，曲姨又来电话，说她刚才说的话是曲姨夫说的，买主没说，也许是她后来良心发现了，也许是想管我要点人情，也许觉得这样乘人之危讹人不好，也许是其他什么原因。哎哟！这不是玩猫捉老鼠游戏，拿人寻开心玩吗？我心里这样想着，嘴上还得装着客气，我说曲姨你替我决定吧！曲姨说我看就卖7.1万元吧。晚上，买方夫妇又到我家去看楼，每到房间一处，看到那女人就露出惊喜的目光，我想她一定是相中了。就目前来看，因为我家的楼在质量和价格上，都可以说是到家了。在价格上，对方还想让我再做出让步，我没有答应。最后确定第二天写协议并交款。卖了楼，我粗略算了一下，不算别的，只从楼本身算，买楼花6.5万多元，加上装修花的一万多，总计要花7.6万元以上，

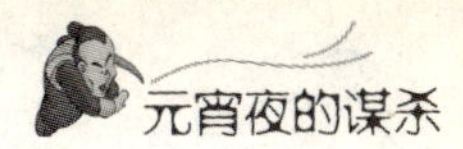

这次卖楼我要赔5千多元。嗨！不管怎样，到底赔钱把楼卖了。在母亲家附近，我又花1.5万元买了三间平房。卖楼后，我还了外债，去掉买房子的钱，还剩下5万多元，如果节省着花，我和孩子的生活是没问题的。但丈夫走了，短期可能不会回来，今后人生的路怎么走？我应该有自己的信仰，自己的人生准则。经过一番打听，我领着孩子找到了市里唯一的古庙明月观。它坐落在一个居民区里，坐北朝南的两间连脊砖平房，乍看跟民房没什么两样。只是院外两扇大铁门，是用红色磁漆涂刷的，两间房门窗也是红色的，进了院门，房门两侧贴着一副对联，写的是：爱河千尺浪，苦海万丈深。横批是：回头是岸。刚打开门，就见一个妇女跪在地上，为她死去的丈夫超度。她手里捧着点燃的白疏，虔诚地跪在一块坡形木板上。她面前一米多高的小平柜上，摆着黑老太铜像，老道头戴莲花冠，身着黑色道袍，手击铜磬，口中念念有词：……大圣大慈，大悲大愿。十方化号，普度众生……唯愿垂光来救苦，众等稽首礼慈容……

事毕，我被老道让进了里间，这里南面有一铺大炕，炕上铺着一领竹席；北面一排长条柜上，摆着老子、玉皇大帝、关公等许多神仙塑像，水果和香炉供在塑像前；西面山墙上，挂一幅太上老君彩色画像，下面一张八仙桌上，摆着《玄门日诵早晚课》《三世因果经》《太上感应篇》等书籍。这里房间虽然不大，但我却感到窗明几净，柳暗花明。在庙里，老道劝我顺其自然，珍惜生命。像我这样自杀的人，不走完人生自然历程，就是违背天条，就是有罪，是去不了西方净土的，就是死了，也会一世比一世苦。想往生净土，要从做好人开始。他对我说："善人者，不善之师，不善人者，善人之资。"随后又作了解释：就是以好人好事为老师，去学习；以坏人坏事作鉴戒，每日反省检查自己。这位法号智阳子的道士跟我唠了一个下午，使我渐渐懂得了做人的道理。也许像丈夫说的三种人，经过这次磨难，我吃亏得智，由下士、中士，一跃而成为上士了吧！日子一天天地过去，天上飘来了雪花，我真希望那雪花就是丈夫寄来的信。如果他能回来，我一定痛改前非，做一个驯顺的妻子，好好待他。哪怕是天天给他洗脚，我也认可。丈夫，你在哪里？

七、落寞

日出日落，月圆月缺，一晃一年过去了，还是没有丈夫的音讯。当年，丈夫在我身边的时候，我没觉着他怎么重要，现在他离开了，我才真正体会到他是我遮风挡雨的靠山。虽然卖楼余下了一笔钱，加上我每月500多元的工资，我和儿子在吃穿上是不会发愁的。可住平房和住楼是不一样的，住楼房可以什么都不去管，因为楼房统一供电、供水、供暖，住平房就不同了，要买煤、劈引柴、生炉子、修年炕、还要维修房子，如此等等，真够麻烦的。以前，这些事我从来不沾边，都是丈夫一个人包了。现在，我只干了他所做的一半，有些事还求别人帮忙，就受不了。哎！想想我丈夫真够伟大的。

我买的这三间小瓦房很宽敞，是一个四四方方的独门独院，有400多平方米，三面是红砖砌起的高墙，正面院门处还有两小间门洞房。这年夏天，一个中学时代的女同学在此路过，见到我，就顺便到我家坐了一会儿，她见我门洞房空着，就劝我租出去，房租费100元。如果我同意，她可以帮助介绍她家亲属来住，在她的劝说下，我想闲着也是闲着，就答应了。几天后，她领来了一家三口人，这对30多岁的夫妇，领着一个10岁左右的男孩儿。男的穿着朴素，像个农村人，女的打扮入时，跟城里人一样，两人待在一起，看上去很不般配。头一天，这家人给我印象挺好，先交了100元房租，接着就用三轮车拉来几件简单家具。这小两口很自觉，饮水只用我家院里的手动小洋铁井，而不去我屋里去放自来水。一个月过去了，我们两家相安无事，处得还不错，两家孩子常在一起玩。但这家人究竟做什么生意，我却始终不知道。每天上午，都是男的9点多钟走，女的10点多钟再走，孩子多数时间就待在家里。这年冬天，我劈柴不慎弄伤了手，那女的知道后，就让她家男人替我劈柴、生炉子，还给我买了一只烧鸡。这让我一时感激得不知如何是好，为表示谢意，我免掉他家一个月的房租费。

转眼到了第二年夏天，孩子放暑假了。一天，我打听到丈夫在千山一个道观当了道士，就领着孩子坐火车去找。火车早上8点发车，11点多就到了辽宁省鞍山市。下了火车，我和孩子又乘汽车到千山。千山，因有山（999座）近千而得名。这里游人很多，门票每人30元。我抬眼一看，宽敞明亮的千山山门蔚为壮观，山门高15米，宽30米，四个攒尖式柱顶，由绿色琉璃瓦镶嵌而成，飞檐卷浪，气势恢弘。山门正中，悬挂着蓝底金字横幅匾额，中国佛教协会会长赵朴初题写的“千山”二字，阳光一照，蓝底衬金字，熠熠生辉。门口两侧各矗立着一座石狮，和苍劲挺拔的迎客松。山门广场有商店、摊档、照相馆。一进山门，我就东看西看，寻找丈夫可能藏身的地方。占地40多平方公里的群山，峰峦起伏，秀木茂密，峻石碧水，古刹相间。道观、寺庙、凉亭都建在山上。我先后来到龙泉寺、无量观、南泉庵打听他的消息，但庙里的主持都说不知道这个人，直到晚上，我也没有找到他。我就领着孩子住在千山旅馆。次日一早，我买了一张旅游图，按图索

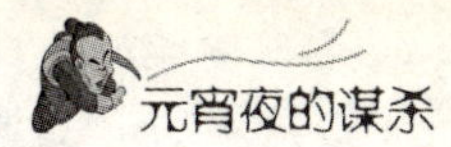

骥，领着孩子又开始了寻夫历程。

在一个半山腰的道观里，我终于找到了他。尽管他身着袖宽一尺八的紫色道袍，头戴逍遥巾，一副仙风道骨的模样，但还是被我认了出来。他把我俩领到他所住的寮房，给我沏了茶，问了家里一些情况，就劝我早点回去，说他尘缘已尽，开弓没有回头箭，已不可能回去了。嗨！都怪我当初对不起他，他才离家出走，现在已无可挽回了。这一回就算是一次千山旅游吧！

回到家的第二天，我就病了。深更半夜，突然间肚子疼得不行，在炕上翻身打滚，叫喊声惊动了前屋的房户。前屋夫妇俩来到我家，女的扶着我，把我掴到她丈夫身上，然后把我背到外面他家三轮车上，亲自蹬车送我去医院。次日，我父母和姐妹们先后来到医院，在医生会诊后，决定给我做阑尾切除手术。阑尾炎手术恢复得快，两周以后，我就出院了。在家休息了几天后，我觉得前屋不对劲，因为我想谢谢这一家人，但我只看到了那个男人，他家媳妇和孩子有好几天都没看到。后来我才知道，那女的领孩子跟山东一个农村木匠跑了。听完那男人的讲述，我说，这女的心太狠了，十几年的夫妻，怎么就忍心呢？为同情他的遭遇，我不收他房租子，还时常接济他一些粮食和日常用品。他每天起得很早，帮我劈柴、倒垃圾、扫院子。有时还给我买一只乌鸡，让我补身子。一个月后的一天晚上，他来到我的屋里，先给我跪下，然后向我求婚。我一下子蒙了，我 40 岁，比他大七八岁，这能行吗？我没办离婚手续不说，他媳妇也没跟他办手续呀！这怎么可以，我不答应，他就不起来，没办法，我答应了他。晚上，他在我家住了一夜。一个月同居的日子，他没有什么变化，白天在蹬三轮车，晚上就来陪我，还常给孩子买玩具，孩子也挺喜欢他的。可后来，我发现他变了，整天喝得醉醺醺的，他还常管我要钱，有时给得迟了，张嘴就骂，举手就打。他要是兽性来了，也不温存，跟土匪胡子似的，搬鞍上马，纵横驰骋，任意行事。真是的，我成他什么人了？从前，我总觉得丈夫窝囊，挣不了大钱，现在看来，跟他一比较，我丈夫真是最好的男人。可惜我不珍惜，他从我手中溜掉了。我找来女同学，把他撵走。谁知，女同学来了后，他又是下跪又是忏悔，我又一时心软把他留下。

一个月后的一天，我偶尔回家，发现他把酒店小妞拉到我家行苟且之事，就打了 110 报警，终于把他赶了出去。这天晚上，我一夜无眠。哎，突然想起那个不幸的晚上，那个强暴我的人怎么像粮食收储公司的郝总经理呀。以前就听说过他作风不好，有一次我们两口子去他家送礼，他话里话外地调戏过我，当时我也没在意。难道真的是他……

八、生活

很长一段时间，我没去上班，因为身体撑不住，头晕、头痛、浑身乏力，所以就请了长假。过几天，稍好一点，上市中心医院看病，医生发给我一大沓化验、透视等单据，到划价处一算，80多块，哎！真是的，还没吃药就花80多元，我钱包里的钱还真不够。没交上款，我就又到另一家中医院，花一元钱挂号中医科。医生先用听诊器给我听了一会儿，接着给我量血压。血压是高压110，低压75。然后，我把手放在医生办公桌的小枕头上，医生用三指给我号脉。医生是位中年人，医道医德在我市都是很有名，我静静地坐在凳子上，观察着医生的表情，只见他脸上皱纹时而微微皱起，时而轻轻舒展。过了好一会儿，他摸完我左右手脉象，告诉我，病是脾肾虚肝郁所致，随后拿笔在处方单上写下：党参15克、柴胡15克、车前子10克、阿胶10克等十多味药。我下楼一划价，6服药还不到50元钱。吃了医生开的几服中药后，我的身体渐渐好转。后来，为了省钱，我偷偷抄下医生开的药方，到站前“爱民”药店去抓，每服药只花5元就够了。

我又上班了，接下来我又过上了一段平静的日子。可是好景不长，几个月后，单位搞下岗分流，职工全员买断。工龄每年给500元安置费，我是1963年6月出生的，如今已40多岁了，18年工龄的我，只领到9000元解除合同费。不过下岗后可以竞岗回聘，我这40多岁的人，怎么能竞争过单位里的年轻人！再说一共留不到30人，单位年轻力壮的就100多人，回聘上岗，在年龄和文化上我都不占优势。于是，我放弃了回聘的念头，没有参加考试，就在街里市场门口摆了一个摊，卖自己炒的瓜子（葵花子）、花生、糖葫芦，附带卖几包廉价香烟。这活不累，一天能挣30多元。

一天，一个穿着考究的老人来买我两串糖葫芦，我看这人挺面熟，但一时还想不起来他是谁。第二天中午，那人又来了，那人见到我，好像也觉得面熟，就仔细打量我，后来竟一下子叫出我的名字。原来他就是我中学时的语文老师——钱启昂。那时候，钱老师对我可好了，手把手地教我做作业，可惜后来我没考上大学，毕业后，我们也就失去联系了。交谈中，我得知钱老师在我毕业后调到粮食收储公司工会工作，是个工会副主席。现在早已退休在家，老伴去年去世，他自己一个人在100多平方米的家属楼住。哎，就是跟我原来卖的是同一幢楼。临别，他留给我一张名片，他现在是中国作家协会会员，聘任制作家，常在家用电脑写书，已出版好几部小说了。以后，我和几个同学在他家聚会了一次。看老师一个人挺孤单的，过年我还独自去了他家，给他买了些礼物，还帮他洗洗涮涮，料理一下家务。他见我家孩子作文较差，就帮我辅导孩子功课，我们之间来往日渐增多，慢慢产生了感情。终于有一天，他提出要娶我，我虽心里愿意，但这世俗观念，还有他一双儿女会同意吗？为这事，他给儿女们拍了电报。他一双儿女，一个在美国，一个在日本。两个孩子回电是：恭贺新禧，晚年幸福。我父母也无意见，他们认为年龄不是什么问题，关键是要对我好。但我还是觉得诚惶诚恐的。

一个月后，我把我住的房子全都租出去，把家具搬到他的楼里，我又上楼了。婚后的日子过得很和谐，他凡事都征求我的意见，给我买漂亮衣服、高档皮鞋、进口水果。他还给我讲了收储公司郝总经理的许多风流韵事，其中还提到他用玩具手枪强暴女职工的事……

我过上了一段无忧、无虑、无矛盾的甜蜜生活。在外面，人家看着我俩不般配，好像父女，而实际生活中，我们的二人世界却过得很甜美。正如人们常说的，般配的婚姻不和谐，和谐的婚姻不般配。可惜，好景不长，我们结婚第三年春季的一天，他突然感到身体不适，经市中心医院诊断，他患了肝炎。采用西医方法治了几个月后，仍没见什么大的效果。我领他到北京去确诊，协和医院的医疗专家会诊后，说他患了肺癌，需住院治疗。在北京不到半年的时间里，就花掉他所有的积蓄——10 万元，还有我积攒下的 5 万元。因其癌肿瘤长在心脏附近，所以一时无法手术治疗。后来，药剂不起作用，癌细胞周身扩散，最后扩散到大脑。为了能用放射线治疗，先给他剃了头，但疗效也不显著。他已经预知到自己的日子不多了。清醒的时候，为了我今后的生活，他亲笔给我写下遗嘱：楼房及家里一切财产归我。医生告诉我，他是肺癌晚期，生命只有一个月左右。他不想死在外地，既然无药可医，我们就又回到本地医院治疗。回来的日子，一日三餐，我给他做他最爱吃的东西，还要伺候他大小便。同室病房的患者见了，都说我是他的孝顺姑娘。医生说得不错，果然，回来不到三周，他开始说胡话了，也不认人了。因为肿瘤扩散，压迫大脑。不到一个月，他就离我而去，撒手人寰。

我和儿子住在他留下的楼上，开始几天，我几乎是天天睡不着觉，就是睡着了也尽做噩梦，一次，我梦见郝总雇凶把媳妇杀了，好像还不止杀了一个，粮库那场火也是他指使人放的，他还强奸了粮库内外好多良家妇女。做梦也总是怪怪的，好像没多久，他就被抓了，判了死刑。这个梦真可怕，醒了还哆嗦了好几天。在楼上住了不到三个月，老师的女儿从日本回来了，以我与其父结婚时间短为由，要继承这楼房。她在日本被丈夫抛弃，这次是回国谋生。嗨！都是女人，都是没法子，我没拿出她爸爸留下的遗嘱，更没跟她上法院打官司，就做出让步。我又从楼上搬到平房去住。两次从这幢豪华楼房搬下来，不能说这地方风水不好，而是我的命不好。我吃一堑，长一智。我从此悟出了“性定菜根香，平平淡淡才是真”的道理，我决定不再离开这里。从此，布衣素食，自食其力，把孩子养大。一个人，做平民，过一辈子。

合上书，侯镇心里一阵难受，没想到我们有些领导干部竟腐败到这种程度。正是他们的胡作非为，欺骗坑害善良群众，使得黎民百姓生活在水深火热之中，整天不得安宁。侯镇觉得作者的文笔不错，很有文才。这个人为什么不直接向上级举报，而采取写小说的方式来表达内心世界呢？难道说他有什么苦衷吗？侯镇下定决心，不管市纪检委那方如何查处，自己这方一定要尽快破案，让那些腐败分子早日现出原形，给人民群众一个满意的交代。

第十九章　杀手落网

粮库的火灾事故调查报告是这样写的：这是一起自然事故。火车机车进入粮库铁路专用线，烟囱火星外泄，随风刮入器材库里，由此引发大火。可侯镇觉得事情并没那么简单，他又开始了秘密调查。

夜已经很深了，侯镇躺在床上，还在看一本日本侦探小说。小说的主人公就是一名罪犯，他是个十分懦弱的男人，有一种喜新厌旧的病态心理，想离婚却又怕丢人。因此，一次又一次，残忍地杀死跟他结婚的女人。他总共杀害了三个妻子，而外人谁也没有怀疑到他。看到这，好像有一股电流，冲击侯镇的神经，他一下子想起了何少康在哈丽娜葬礼上的哭述：“都死了两个媳妇了！这事咋都让我摊上了，让人家咋说呀！”他放下书，站起身，来到书桌旁。拿出纸笔，飞快地写出如下文字：

根据调查的大量事实情况分析，何少康很可能是这多起案件的主谋。推断如下：

1. 304 案，何少康的第一个夫人许明芳，并非因病死亡，实际上是被他用慢性毒药——砒霜所杀；

2.207 案，第二个夫人哈丽娜也是他雇凶杀害，因感情破裂，婚后两人关系恶化；

3.409 案，小姐薛丽白也是他派人杀害，因薛丽白不听他的话，非要生下其女孩儿，那女孩儿，就是后来何少康抱养的小菊；

4.913 案，为了报复章平之董事长，在章董事长临上任的前一天，何少康让人在一粮库的江水米业公司放火，以达到阻止章董外调的目的，以便有朝一日自己当市总工会主席。

……

整整一晚上，侯镇都没有休息。他写一会儿，再看一会儿小说，用看小说作为一种休息方式，同时也能诱发自己丰富的想象。

次日一早，他来到局长办公室，把整理出的书面材料亲自交给局长夏令标。并请求以 207 案为突破口，加大力量，攻破此案。夏局长命他调集警力，秘密布防，并利用高科技手段，对何少康的私人电话进行 24 小时监听。

听完侯镇的汇报，夏局长带上侯镇写的材料下楼，坐轿车离去。他要携材料亲赴福田市，把情况向上级公安机关汇报。

侯镇看着夏局长离去的背影，转身上了自己的车，驾车向殡仪馆驶去。

在殡仪馆同志的帮助下，侯镇打开寄存处 198 号小柜。从许明芳的骨灰盒里，取出了几块骨灰，用手绢包好，并立即拿去化验。因为侯镇听说，许明芳每次吃药都是何少康亲自递上，侯镇怀疑何少康将砒霜掺在药里，长期给许明芳吃下，好让她慢慢地死去。为此，何少康还上医院查了许明芳临终前一段时间的病历。从病历上得知，许明芳自述自己的头、手指、脚趾经常疼痛，而且特烦油腻。根据他所掌握的医学知识，这正是砒霜中毒的表现。

2001 年 11 月 22 日下午 2 时，总指挥部在福田市（地区级）公安局三楼召开专题会议。会议由福田市副市长、公安局长郑光达主持。郑副市长铿锵有力地说：

“同志们，由于我们广大干警的共同努力，使 207 案取得了较大突破。犯罪嫌疑人目前已经锁定，就是江水市收储公司总经理兼党委书记——何少康，他的罪行可能还不止我们了解的这些。由于我们有了新的证据，所以，可以推翻 207 案原来的错误结论。这也反映了我党有错必纠的一贯作风。下一步，我们就是要继续搜集有力证据，彻底揭开谜底，把犯罪嫌疑人抓捕归案。从目前情况来看，如果设定他是主谋的话，那么，下一步我们的问题是，要不要动他。我想，这个案子很复杂，嫌疑人也不止一个。目前的问题是，如果先抓了何少康，会给我们抓捕其他犯罪分子带来困难。如何解决这一问题呢?”

……

在这次案情分析会上，根据掌握的大量事实，干警们一致认为，何少康就是207凶杀案的幕后策划者。买凶杀人的性质初步确定。怀疑何少康买凶杀人的主要依据是：

一、欲置哈丽娜于死地，必先想到要掩盖自己的罪责，而何少康恰好不在作案现场，在案发时坚持要哈福顺陪同看灯，以成为其人证。

二、作案人，必须能事先准确计算出，哈丽娜在何时何地到达案发地点，然后秘密布置，才能设伏杀人。而何少康又是5个知情者之一，并拥有手机，联系方便。

三、如果将何少康定为元凶，他必是派人下手。以何少康的身份、财力、喜欢歃血为盟的一贯交友方式，找一个杀手可谓小事一桩。

四、在杀害哈丽娜之前，凶手必须与何少康保持联系。经查，案发前期何少康与石洪久联系频繁，有时一天十几个电话。

五、由于何少康被确定为案件主谋，因此，可以排除胡十二是207案凶手的嫌疑。

从以上推理可以得出结论，解开何少康雇凶杀妻之谜，只不过是时间上的问题了。

据派出的侦查员报告，在临近207案发生前的一段时间，江水市第一粮库职工石洪久和金一邦经常与何少康会面。这两人均系胆大妄为之徒。石洪久，因其护驾有功，是何少康一手提拔起来的粮库保卫科长，金一邦也是何少康不打不相识的铁哥们儿。二人年轻力壮，行动敏捷，何少康当粮库主任时，曾多次给二人经济实惠。当何少康有求于二人时，出于报恩，必会铤而走险。而且石洪久就是个有名的左撇子，个头也与304案犯相符，因此怀疑他就是伤害许明芳的凶手。侯镇把自己对案件的分析写成书面材料，再次上报福田地区总指挥部。

为慎重起见，将案犯一网打尽，总指挥部决定：暂时不对何少康采取任何行动，以免打草惊蛇，只对其进行24小时监控。利用何少康这棵大树做幌子，采取欲擒故纵的打法，让涉案牵线人和凶手觉得平安无事，等他们浮出水面，一举抓获。

果然，几天之后，凶手露头了。

据警方一名侦察员提供的新情况，一个形迹可疑的外地人进入警方视

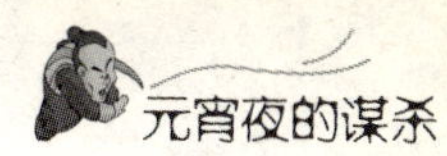

线，此人名叫秦柏发，黑龙江省鹤岗市人，现在是清水饭店老板。207案发生后，有人发现秦柏发手头阔绰起来，花2900元为自己配了一部三星牌手机，还给媳妇买了一条白金项链，并常到大酒店、洗头房、泡脚屋，尽情潇洒。该人已于11月20日回老家探亲。

沿着秦柏发这条线索查下去，发现金一邦是秦柏发媳妇的亲姨父。案发后，两人相继消失。经过对这一情况分析，秦柏发是凶手的嫌疑直线上升。江水市警方立即派人前往鹤岗市调查。2001年11月24日，经过驱车20多个小时的行程后，侯镇等一行到达黑龙江省鹤岗市。

在鹤岗市警方的大力配合下，对秦柏发的个人经历有了更翔实的了解。于是，侯镇决定将其在鹤岗秘密抓捕。但此时秦柏发正在潜回江水途中……

晚上，侯镇翻开秦柏发的档案，映入眼帘的是其斑斑劣迹。秦柏发，35岁，此人惯盗成性，曾被判8年长刑。服刑期间，妻子与其离婚，孩子由其父母抚养。1998年出狱后，来到A省凤凰岭市，在站前火车头餐厅学厨师。在此期间，秦柏发认识了江水市南洋街红星村妇女吴明花。吴明花当时在火车头餐厅当服务员，两人经人介绍，处了一段时间，渐渐有了感情。1999年，秦柏发和吴明花回到江水市。二人在市郊红星村一道沟开了个清水小吃部……

夜，已经很深了，江水市公安局办公室的灯还亮着。侯镇跟干警们顾不上休息，根据新搜集到的情况，研究制订下一步工作计划。经过反复论证，一个新的抓捕方案敲定了。

2001年11月27日凌晨，天刚蒙蒙亮。侯镇接到报告，秦柏发已回到江水家中。他立即领着刑警队，驱车包围了清水小吃店。

清水小吃店坐落在西郊道边上，白底红字的招牌已破旧不堪。3米多高的幌杆上空空荡荡，早已不见酒幌的影子。

此时屋里的秦柏发，还毫无防备，光着身子大睡。侯镇把门锁撬开，领人冲进屋内，他上前一把将秦柏发从被窝里拽出来。他媳妇吴明花从梦中惊醒，当她看到来的是一群警察时，就大声问道：

“干吗抓我家爷们，他犯啥法了？”

侯镇给秦柏发出示了逮捕证，戴上了手铐。秦柏发倒显得很驯顺，没有什么反抗，也不说话。因为他这几天太累了。按摩、泡脚、玩女人，加上几天来的长途旅行，使他昨天一上炕就打起呼噜来，梦里，他觉得自己突然被两个黑白无常大鬼抓去，阎王、判官一行人等审问他的罪行，最后被判下阿鼻地狱，千刀万剐。两个青面獠牙的小鬼，手拿判决书，把他拖下去，就要行刑，正好侯镇把他拽醒了。

秦柏发认为梦境有时是很准的，它可以预见未来发生的事，今天的事，看来他只有认栽了。侯镇让民警给他戴上头套，拉上警车。警车送走了秦柏发，侯镇留下来，对吴明花家进行搜查。

这是一个三间小瓦房后带背包房的店家，前临公路，后面还有100多平方米的小院。前面三间房开小吃店，后面背包房一间是后厨，两间是住家。中间有一条小走廊隔开。侯镇和民警们有的上后院，有的上前厅，四下分散，分别搜寻着秦柏发的犯罪证据。侯镇先来到厨房，见这里有一排砖砌的灶台，灶台上有三个炉口，一个坐着一个白色高压铝锅，一个坐着一个黑色马勺，一个坐着烧水用的白铁茶壶。灶上的器具落满灰尘，好像很长时间没有用过。侯镇走过去，拎起茶壶向下一看，见里面有一个黑色塑料包，脏兮兮，鼓鼓的，不知是什么东西。侯镇一伸手把它拿出来，打开一看，见里面装的是一件黑色头套，露着两个眼孔，上面沾满了血迹。侯镇又打开另外两个炉口，发现一个炉口里有一把带血的斧子，侯镇把斧子和头套放在一起。他想，秦柏发是作厨师的，经常杀鸡宰羊，光凭这些还不能作为犯罪证据。要看最后的化验结果，看衣服上是不是人血，是不是哈丽娜的血。

“报告!”

一个刑警走过来，说从后院木材堆上，发现秦柏发带血的夹克上衣。同时，还发现了靴子、摩托车等作案工具。找到了证据，还不算完，侯镇在前厅开始审问吴明花。

“你叫什么名字?”

“吴明花。”

“跟秦柏发是正式夫妻吗?”

“是。”

“有结婚证吗?”

“没有。”

“没结婚证就是非法同居。是违法的，你知道吗?”

“反正家前庙后的人，都知道我俩在一起过。结婚请了客，喝了酒，也有介绍人。我们也算得上有三媒六证了。”

“好，先不问你这个，秦柏发在干犯法的事，你知道吗?”

一听侯镇这么说，吴明花立即惊恐失色，脖子上的白金项链也随之颤抖，双唇上下抖动着说：

“这，这，这我可不知道。跟我没关系呀!”

侯镇进一步问道："他涉嫌行凶杀人，而且杀的是个女的，你不会一点不知道吧。"

吴明花嘤嘤哭起来，边哭边说：

"我这命咋这么不好呀，连找了两个丈夫，没一个是正经人。这，这个项链是他给我买的，你们拿去吧。看是不是那个被他害的女人的。我可活够了。"

说着，从脖子上摘下项链……

抓住了凶手，江水警方，立即向福田办案总指挥部报告。郑光达副市长指示：为安全起见，将秦柏发解往福田市秘密审讯。

在秦柏发接受警方突审的同时，福田警方用高新技术化验秦柏发的带血衣物。上午9点多钟，令人振奋的消息传来，化验结果表明，秦柏发衣物器具上的血斑与哈丽娜的血型相吻合。然而，秦柏发在被抓的当天，没经审问就突然口吐鲜血死亡。从他身上搜出一份医疗检验单，上面写着秦柏发的姓名，诊断结果为肝癌晚期。经过对秦柏发尸体解剖，发现秦柏发确有此病症。而他的直接死因是他吞服了烈性毒药。线索断了，怎么办？

侯镇向总指挥部建议，马上抓捕另外两名嫌疑人，以求打开缺口。随即，抓捕石洪久、金一邦的行动又一次展开。

就在这天晚上，何少康躺在家里床上直闹心。近几天，他就一直五脊六兽的。突然，"吱"的一声，门突然开了，把何少康吓了一跳，从门口探出一个女人的头。何少康仗着胆子，一看，好像是许明芳，仍梳着五号头，铁青着脸，好像有满腹怨言，但又不愿说出来；再仔细一看，不是许明芳，是哈丽娜，她穿一身白色孝袍，梳着烫发，一边脸上流着血，龇牙咧嘴，样子异常可怕；再一看，又不是哈丽娜，这个人好像川剧的变脸，一会儿，头部又换作薛丽白，半露酥胸，穿一件黑色乔琪沙百褶裙，梳着披肩发，一脸哀怨，正一步步向他走来，何少康顿时吓得浑身是汗，哇哇怪叫，却又无法脱身，等那女子走到他近旁，再一看，前面看到的都不是，而是自己单位财会科副科长白惠珊。她走上前来，先给何少康按摩肩膀，然后又对何少康献上百般温柔。一阵殷勤献过之后，何少康推开白惠珊问：

"你是怎么进来的？"

白惠珊又献出一脸媚态，娇滴滴地说：

"我偷偷配了你门上的钥匙，是准备随时来伺候你的。"

何少康一听，大怒道：

"哼，是谁授给你这样的权力，臭娘们儿，你给我滚开。"

他一把将白惠珊推下床去。白惠珊可能是摔痛了，躺在地上哎哟了半天，过了一会儿，她趴在地上，眼泪扑簌簌地流起来，回头乞怜地望着何少康说：

“呦，干吗这么大劲。你把人家都弄疼了。”

说着，一边用手揉被打部位，一边开口唱起了二人转《刘云打母》一段：

……
老太太在上房挨了一顿打呀
来到坟前我把老头子叫哇
哎呀，我的老头子
老头子，你两眼一闭只顾自己呀
撇下老身苦度光阴
天哪
自从打老头子你下世去了
撇下我和刘云苦度光阴啊
苦一把，累一把
我把他拉扯大
他竟然每日还要打老身呀
老头子你要是有灵有势把我来叫去
我一到那阎王殿上去告刘云
哎呀，我的老头子
我狠心的丈夫啊
……

“白惠珊，赶紧找个男的，嫁人吧。”

何少康又缓和下来，用和蔼的口气说。白惠珊突然站了起来，大声说：

“不嘛，我就要你。”

何少康急忙下床，从她手里夺过钥匙，然后就要赶她走。何少康把她拖到门边，这时，电话铃响了。何少康放下白惠珊，来到电话机旁，拿起听筒，里面传出黄标的声音：

“四哥，忘了告诉你，前阶段，是我派人把徐庆和收拾了一下。给他个警告处分，让他也知道马王爷的厉害。这样，他们的气焰才能有所收敛。你说对吧，四哥？”

“啊，打徐庆和是你干的，我还真不知道呢。这事庄局长打电话问过我，我说咱可没干。他要咱们小心一点。”

“啊，我知道了。”

“不过，今后，做事要做得不露痕迹。”

何少康放下电话，仍然要赶白惠珊出门，白惠珊突然爆发出一阵冷笑，拉长声说道：

“姓何的，你想甩掉我，没那么容易，远的不说，你让黄标打警察，这可是袭警啊，我是不懂法，可最起码也得蹲两天小号吧。我要是去告你，你就是堂堂的总经理，身生六臂，手眼通天，在党纪国法面前，也要败下阵来吧。”

白惠珊一席话，把何少康说得立在那儿呆若木鸡，好半天没说一句话。白惠珊见何少康被她镇住了，就又凑上前去，用白嫩的双手给何少康按摩。何少康的脑海里一片空白，等到白惠珊给他按摩时，他才醒过神来。一种无可奈何的情绪涌上何少康的心头，这个娘们儿，怎么办好呢？要不，找个杀手灭了她，那样不行，杀人太多也不好；给她介绍一个对象，一般的人她看不上眼；要不，给她调转一下工作，怕她又不想去。哎，都怪她男人死得早，也怪我好拈花惹草……

石洪久家住江水市北洋街，近来他颇不顺心。一是何少康走后，他与黄标合不来，就是老百姓说的，一个槽头拴不了两叫驴；二就是工资额太低，每月工资不足400元；三是色瘾太大，嫖娼又屡屡犯事。近来他头痛得厉害，而且有些气喘。去医院治了几次，可还是不见好。这些天，他一直待在家里，没有上班。中午时分，媳妇回来了。她在地毯厂工作，也面临下岗危机。

“哎，洪久，头痛好点了吗？”

“没有哇！还是痛。”

“我单位有一个懂中医的人，外号邢大魔掌，人家癌症都自个治好了。我把你的情况说了，人家说你是肾虚、肝郁什么的引起的头疼，需要滋肝补肾，理气化郁。我听他说得在理，就请他给咱出了个药方。你看行吗？”

说着把药方递给石洪久。石洪久接过药方，只见上面写着：

生地15克，泽泻9克，山药9克，山栀9克，牡丹皮9克，车前子9克，瓜蒌9克，续断9克，桑寄生9克，仙鹤草15克，阿胶9克（烊冲）。

注意：车前子用布包，单熬后放在一起服用。每服药熬 15 分钟。

“咱这命没那么值钱，再说这药方也许真行。行，就拿它上药店抓药吧。”

次日，石洪久的媳妇照方子抓了三服药，还别说，吃过头一服，石洪久的头痛就不那么厉害了。三服药吃过，基本上不疼了。可他还是不上班，也不出外散步。这把前来抓他的大队长徐庆和累坏了。上级交代，抓捕石洪久先不要惊动他的家人。不能到他家，就只有在他家外面等，一连等了几天，也没有等到他出来的机会。2001 年 11 月 28 日这天下午，机会终于来了。石洪久的一个同学找上门来看他。这人是外地的，路过此地要请石洪久吃饭。徐庆和领着两名侦察员等他们在饭店吃完饭，石洪久在回家路上，将其悄无声息地擒获。

11 月 29 日上午 8 点，江水市公安局刑警支队审讯室里，石洪久在接受审讯。审讯室里，灯光昏暗，只有一盏灯，照在审讯桌上。借着灯光，还可以看到一面墙上写着“改恶从善，认罪伏法”八个大字。两名刑警坐在黑色审讯桌后，石洪久坐在对面的一把椅子上。在刑侦干警面前，石洪久还想哥们儿意气用事，死保后台何少康。他先是咬紧牙关，一言不发，接着又矢口否认，始终不肯与警方合作。

11 月 30 日上午 11 点半，刑警队长侯镇来到审讯室，亲自审问石洪久。当石洪久走到审讯桌前坐下时，侯镇打量了一下石洪久，这人有一米六左右的个头，长方脸形。宽大的额头，扫帚眉，大眼，高高的鼻梁，厚厚的嘴唇。那张脸，让人一看上去就觉得阴森森的，颇像旧社会有钱人家的打手。侯镇坐在审讯桌前，问道：

“石洪久，你知道我们为什么抓你吗?”

“不知道。”

“你最好老实交代。不要以为我们不知道你的所作所为。到了这里，我想你应该清醒了吧。”

审讯了一会儿后，石洪久还在与警方兜圈子，没有交代实质上的问题。

侯镇从抽屉里取出一盒红河烟来，从里面抽出两支，自己叼起一支，另一支递给了石洪久，并用打火机为他点燃香烟。石洪久面带感激之情，慢慢地吸着香烟。当香烟就要吸完之际，石洪久拿嘴巴上的烟头，往地上一扔说：

“我说，我向政府坦白。”

这时，门开了，石洪久的妻子和孩子走了进来。

“洪久，有什么事你就跟警方说了吧，你看，在你被抓后，孩子出麻疹了，是侯队长先给咱用香菜水洗身子，还帮助送到医院。医生说要是再晚几个小时，就有生命危险了。”

听了妻子的话，又看了看扑到他身上孩子的脸，石洪久终于被感动了。

“就冲侯队长对我家人这样，我就招了。”

接着，石洪久长叹一声，向警方交代了他帮何少康雇凶杀妻的犯罪过程。不过侯镇觉得，他还有一些问题没有交代。这也许还要再做他的思想工作，使他彻底放下包袱，交代全部问题。又过了几天，侯镇再次提审石洪久，经过一番斗智斗勇的较量，在政策攻心和铁证如山的事实双重高压下，石洪久败下阵来，抵抗防线被攻破，最终认罪伏法。

2011 年 12 月 1 日这天早上，何少康睡了个懒觉。近来，他经常做噩梦，感到有一种无形的危险正向他袭来。他试图说服自己，这是一种幻觉，绝不会出什么事的。但为了慎重起见，他觉得还是去国外更安全，于是积极筹备出国手续，并大量兑换美金。起床后，他坐上平西粮库的帕萨特轿车，从和悦楼出来，向西驶向江水火电厂。在电厂附近兜了一个圈子后，轿车在一家洗头房门前停住，一名小姐模样的人，提包上了轿车。何少康这是准备送小姐回内蒙古通辽市老家，然后出国。昨晚，黄标和贡成已给他办完了出国的签证送到他手上，他准备送走小姐后，逃往国外。随后，轿车掉头回向市区。在一个小区停了两分钟后，轿车又开出来了，沿公路向平西镇方向疾驰。

一直监控何少康行踪的江水警方，把这消息立即向上级报告。与此同时，郑光达副市长的电话指令也随着电波传到江水：立即执行第一套方案。

捷达轿车里，接到指令的侯镇关上手机，拍了拍坐在驾驶员位置的李春晓肩膀，嘱咐她盯住何少康的车，准备实施抓捕。坐在前排的徐庆和也把手枪拿出来，顶上了子弹。

在通向平西镇方向的柏油马路上，警方的捷达轿车在疾驰，可怎么也追不上帕萨特，眨眼之间，目标竟消失了踪影。警方的车不如嫌疑人的车速快，质量好，这是改变不了的事实。侯镇真的有些着急，他同李春晓急忙换了座位。侯镇坐到驾驶的位置，他紧握方向盘，目视前方，把脚下的油门踩到了最低点。车子加速了，像离弦的箭一样射了出去。一眨眼工夫，他们在车里又看到了何少康所坐的帕萨特的踪影。

田野间的公路上，两辆车在飞驰。眼看就要到平西镇了。李春晓坐在后排座位上，提醒侯镇说：

“队长，何少康把车开得这样快，可能已经发现我们了。”

“是呀，我也觉得他好像发觉了。”侯镇一边开车一边说。

徐庆和说：

“队长，我看这样追下去，怕不保险啊。再说到了前面镇区，街里有老百姓，要实施抓捕可就不容易了。”

“要是过了这片开阔地路段，前面就是内蒙古山区呀！那里山高林密，犯罪嫌疑人要是到了那里，我们下一步就更难了。”李春晓说。

此时，侯镇的脸上挂满了汗珠。李春晓递过一条白毛巾，侯镇用手接过来，使劲擦了擦汗，又把毛巾扔给了徐庆和。侯镇非常担心何少康越过省界，向内蒙古北部山区潜逃。一旦让何少康溜之大吉，那几个月的侦破努力将付诸东流，复杂而又艰苦的工作，就可能前功尽弃了。那样，自己有何脸面向上级汇报，又怎能对得起江水市的父老乡亲呢？为防万一，他突然想出一个办法：请平西镇警方配合行动，设路障堵截帕萨特轿车。想到这儿，他左手握紧方向盘，使车子摆正方向，右手从腰间摘下手机。他一边开车一边打电话。

“喂，甄勇队长吗？有一辆帕萨特轿车正向你处逃窜，里面坐着犯罪嫌疑人，我们正在追赶，请你处增派警力，协助拦截。”

这时候，侯镇心里只有一个念头，今天不管怎样，都必须抓到何少康。他紧咬牙关，全神贯注，把车速开到了极限。路上来往的其他车辆，不知道出了什么事，只知道两辆车一定发生了什么纠葛，或是打赌飙车，或是追回付错的账款，或是其他别的什么事……于是他们都自觉放慢了车速，缓缓地跟在两车后面。

经过一阵汽车拉力赛般狂奔之后，两车的距离越来越近了。离平西镇也越来越近了。侯镇已经看到了这个小镇外围的轮廓，高高的瓦房，袅袅的炊烟。隐约地看到甄勇领人设的路障，民警们晃动的身影。突然，帕萨特再次提速，于是两车再次拉开了距离。侯镇可是真急了。他紧咬牙关，上身前探，右腿伸展，立起直追。徐庆和一见，情急生智，立即打开车窗。向右一侧身，把头探出车窗，一手举枪，一手擎臂，枪口向前车瞄准，随即扣动了扳机。“啪!”一声枪响，徐庆和一枪打中帕萨特车后胎，帕萨特车速立即减了下来，停在了离路障 30 米远的路面上。刹那间，呼啸的警车超越了何少康的轿车，随后“吱”的一声，一个急转弯，来了个车头对车头，迎面挡住了去路。侯镇第一个跳下车来，举枪对准了何少康……

第二十章　南下缉凶

侯镇单手持枪，冲上去将车上的何少康揪下车来。徐庆和上前，正要给他砸上手铐时，何少康大叫：

“哎，哎，你们为什么抓我，我犯了什么法？”

“何少康，你不要再演戏了。”

“等等，你刚才叫我什么，你们有没有搞错，我叫郑保来呀。乱抓人可是侵犯人身权利的，当心我要去告你们。”那个人大声叫嚷着。

“抓错了？你车上的小姐是怎么回事？先以嫖娼罪拘留你。”

徐庆和厉声吼道。边说边上去扭住他的胳膊，给他戴上手铐。侯镇和徐庆和仔细看了他，眉毛、眼睛、个头无一不像何少康，可仔细端详起来，他的确不是何少康，何少康胖，这个人瘦，何少康当了这么多年领导，经过那么多场面，气质和风度是这个人所不能比的。侯镇想了想，派另一辆车子把郑保来送到刑警队。并立即把情况报告给局长夏令标，夏令标命令侯镇马上执行第二套方案。同时夏令标下令，调动所有警力，在全城各路口设卡，检查外出车辆，同时在市内展开搜捕行动，抓捕何少康。

警车呼啸着在粮食收储公司办公楼前停下，侯镇和徐庆和走下车来。两人直奔四楼。在章董事长办公室，董事长向侯镇介绍着何少康近来的情况。

“章董事长，我们是公安局刑警队的。你们公司总经理何少康，涉嫌多起凶杀案，我们要抓捕他，请看，这是逮捕证。”

侯镇掏出逮捕证，递给章董事长。

“何总失踪好些天了，公司上下整天议论纷纷。我也搞不清他现在在哪！”章董一脸无奈地说，“这不，我也不消停。前几天的一个晚上，我给岳母过生日回来，走在大街上，一辆三轮车直冲我开过来。我当时吓傻了，不知道躲了。千钧一发之际，一个当兵的飞身过来，推了我一把，使我倒向路旁，才躲过了那辆车。我是躲过去了，可那三轮车却因车速太快，跟前面开来的一辆大货车擦边撞上了，开三轮车的人头上受了点轻伤。据说那人是外地人，长相也挺凶的。”

“对，是有这事。目前，交警队正在调查此事。初步判定，肇事责任在三轮车一方，但三轮车主已经逃逸。”

“哎，真是乱了套，我也不知道那辆车是不是故意来撞我的。我跟谁也没冤没仇哇。哎，对了，我们机关抽调的小胡和小盛，最近不知去向，失踪了。这是何总打发走的，跟我无关呀。何总一走不要紧，弄得公司的工作都不好开展呀！因为，以前这些事都是他一手经办的，现在他不见了，上级也没指令让我接，大家却都来找我。前后不好衔接，把我整天都搞得焦头烂额。哎！二位累了吧。来，先喝杯茶。”

章董亲自给两位沏了两杯绿茶，侯镇真渴了，他已经大半天没喝水了，抓起茶杯，大口喝了起来。

“当当!”有人敲门。“啊，请进!”

章董一抬头，见公司人事科长屠维高拿着工资表走了进来，来到章董面前，笑嘻嘻地说：

“章董，咱们公司机关干部已10个月没发资了。何总不在，您看您是不是批一下。”

章董拿过工资表，仔细看了一遍。皱着眉说：

“哎，还是等何总回来吧。”

“可也是，不过，这损犊子还能回来吗？哎，占着茅房不拉屎呀!”

章董默不作声，轻蔑地朝他笑笑。

“章董，要不，我发动职工选你当总经理吧。”

“别，别，看看上级咋安排吧。我这有外人，你先回避一下。过会儿，咱俩再商量。啊!”

屠维高左右看看，讪讪地走了。屠维高刚走，党办魏主任就进来了：

“章董，组织部来电话，下午两点在政府宾馆开一个落实三讲（讲学习、讲政治、讲正气）调度会，要求党委书记参加。要请假的话，得向市委书记请假。您看，这事咋办?”

章董挥挥手说：

“这样吧，过一会儿，我再给你打电话。”

魏主任走后，计调冯科长又进来说：

“章董，外地来了两位老客，要买咱们玉米，你看啥价卖呀？要是拖下去，过段时期，粮价可就要下跌了。”

“这个，我抓紧开党委会，你也列席。咱们集体研究决定。”

送走三位科长，章董关门上锁，回过头来说：

“你看，一天的事情太多，我都不知道跟你们从哪说起。再说，我还是个戴罪之人，一粮库和米业公司失火的事，给我记了个大过。哎，怪谁呢?

谁让咱管的那片出事呢？昨天，市纪检委也来了解何总的情况。说实在的，许多实际问题我也不了解。现在是经理负责制，粮食买卖价格都是何总自己决定。按说，也该集体决定才是。还有许多事，也不符合制度，就说前些天我们机关发生的事吧，说来令人痛心啊！”

章董提起暖壶，又给二位续水。

“章董，你给我们谈谈你了解的情况。”侯镇一边喝水一边说。

“哎，我刚才说到哪了？你瞧我这记性。”

侯镇放下茶杯说：

“章董，你坐。我看，就先说说你们机关近期发生的事情吧！”

章董坐在侯镇身旁的沙发上，讲了起来。

……

那天下午，粮食局财会的小盛来到公司党办找小胡。他俩都是健谈之辈，一有事就好发议论。

“何总失踪了，你知道不？”一进门小盛便对小胡说。

“是吗！他不是去北京看病去了吗？”

“谁说的？”

“他跟市长请了假呀！”

“那是掩人耳目，现在公司几个副总整天打电话找他，他都不开机。”小盛一脸神秘地说。

“他可是总经理兼党委书记呀！他要是长期不来，我们公司“三讲”教育和各项活动可怎么进行啊！”

小胡显得一脸茫然。

“我看正是‘三讲’教育，才让他这个腐败无能分子坐不住了。”

小盛和小胡原来都在第三粮库工作，现在分别被抽调到粮食局财会和收储公司党办工作。两个单位在一个办公楼里，原来本是一个单位，1998 年 7 月粮改后，由原粮食局分出一个收储公司。他俩也是这年被抽调出来的。小胡是个笔杆子，领导讲话稿和公司大的文字材料，都出自他一人之手。小盛是名牌财院毕业，除了在局工作之外，业余时间，还给本局副局长家里的大养殖场当兼职会计，每月给 300 元工资。

小盛是个大嗓门，说起话来老远都能听到。小盛心有怨气，因为上公司家属楼，他家七楼西大山裂了两公分长缝，可公司领导就是不承认是工程事故，只答应修理，不给退赔。气得小盛四处告状，也没任何结果。小盛一说起来就滔滔不绝。小胡忙把食指贴向唇边，示意小盛小声点，又起身去插上

门栓，然后转回身来说：

“我也看出来了，总经理的前景不妙。”

他坐在椅子上，喝了口水，继续道：

“今年5月，何总岳父去世了；8月他儿子结婚；9月他自己去北京看病。这三件事都不吉祥。”

小盛把椅子向前拉了拉，俯身过来，问道：“我说胡秀才，那就谈谈你的高见吧。”小胡稳了稳神，喝了口茶，拿起一支铅笔来，装作不慌不忙的样子，在白纸上写了一个阿拉伯数字“1”字。然后一字一板地说：

“这一嘛，岳父叫什么？别名叫泰山，岳父没了，可谓泰山倒了。”

小胡又写了一个“2”字，继续道：

“再说儿子结婚，本来吉祥，可是福兮祸之所伏，儿子结婚要生孙子，孙子是小儿，可称得小人要来。”

小胡又写了个“3”字，接着说：

“还有他本人去北京看病，正如人们常说的，再大的官到北京就小了。你看，这一是泰山倒了，二是小人来了，三是官要小了。何总的官怕是要当不成了。”

“咣！咣！”小盛对着小胡肩头就是两拳。

“啊！好你个小诸葛，你是这么看的。不过，原来我不这么认为。这些年他虽然干了一些工作，可钱财，也搂柴禾打兔子，捎带着没少划拉呀！至于吃吃喝喝，吃拿卡要报这都不算事。就单看三件事，我就看他长不了。”

“哪三件？”小胡提起暖壶，边给小盛续水边问。

“一倒粮，二盖楼，三卖官。”

说到这儿，小胡显得义愤填膺。

“先说倒粮，省厅答应陈化粮让咱公司自己卖，价格低得很哪！才630元一吨，可市面上这种粮被小贩子一炒作，就能卖到900元一吨。每吨差价270元。他拥有卖粮这个权力，先跟小贩谈好好处费，然后在党委会上一宣布，就成了党委集体决定。实际上是他一人操纵。好处他一个人得，就连专管这项工作的计调股长要批点，他都说不行。他自己批了上万吨，要收多少回扣哇！

“再说盖楼，公司账上，本来有几百万元盈余资金。按说，应从长计议，留做企业发展之用，可他偏偏要盖家属楼。我当时还没反应过来，我们每月400多元的工资，都不能按时发放，干吗急着盖楼呢？后来我明白了，他这样做，可以把钱转入建楼工程款中，再通过包工头的手，把钱拿进自己

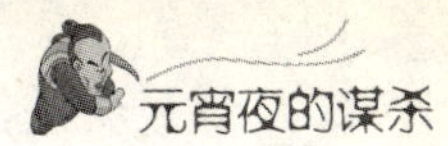

腰包。

“还有卖官，就是提拔干部严重违反组织程序，把没有考核的，没有后备干部身份的，一步登天，全都突击提拔成粮库副主任、主任、党支部书记。就连应该由财办、组织部任免的干部，一律由公司党委任免。为了党委会成员都能同意他的意见，对每名班子成员都给提拔指标，封住了这帮人的嘴。”

说到这儿，小胡也有感而发，来劲了，一件一件历数何总罪状。接着又说：

“民间有四大憋屈的说法，挖菜窖，写材料，当王八，睡不着觉。你瞧，我一个人占了三条。”

“哪三条？”

“挖菜窖，写材料，睡不着觉哇！就差当王八了。你看，何总他家的仓房是带地下室的。地下室没铺砖，让我从外面往里搬砖铺地，这不是挖菜窖吗？整天我为他起草讲话稿，就像他自己说的，该不该我写的，他也都来找我写了。这不正是写材料吗？因写材料，要看书、谋篇、布局、费脑筋，自然要失眠睡不着觉了。我说得不正对吗？”

听到这儿，小盛气愤地大声道：

“这小子太损了，什么何总，应叫他坏种。我们都 8 个月没开一分钱了，鞍前马后，累死累活给他干，他却丢下我们不管了。胡子头还要有个四梁八柱呢！咱们埋头苦干，他一不提拔，二不进编，反把基层单位职工测评票过不了关、给他上泡的一把手，提到公司当科长，抢先进编。咱在这儿干好几年了，还有比咱先来的，干十多年和 20 年的，工资才 400 多元。而他们那些有编的，每人每月都 1600 多元，这贫富差距太大，太不合理，太不公平了吧！”

两人越说越气，直拍桌子。

“啪！”小胡喝水的玻璃杯突然碎了。这种杯本来也不结实，是买罐头吃剩下的那种口杯。两人正忙着收拾残局的时候，“咚咚！”有人敲门，敲门声很紧。

“来了来了！”

小胡忙去开门，等他打开门一看，见何少康正面无表情地站在门口。小胡的心一阵发紧。但他很快镇静下来。

“你好，何总！听说您病了，我们正想上医院看您呢！”

二人异口同声。何总沉默了一会儿说：

“是吗？我那份在廉政工作会议上的讲话稿，写出来没有？”

何总面沉似水，目光冰冷，静静地立在门口。

“正在写，一会儿打出来，我给您送过去。”

小胡低声温柔地说。何总“嗯”了一声，随后下楼走开了。

一周以后，没有编制的小胡和小盛又被退回到粮库工作，理由是公司减编。可别人并没有被减下来，只有他俩。离开公司时，小盛气愤地说：

“这年头，哪有公理可讲，我真想拿炸药包把他家楼房给炸了。”

小胡说：“我去买一把杀猪刀，把这小子捅了算了。”

……

“也许何总怕真有人暗害他，所以才躲起来了。现在，小胡和小盛突然失踪了。这不，两人的家属，找所在粮库的领导要人。粮库把情况也向我们反映了，我们做上级的也没办法呀，只好派人在附近地区找找。但愿平安无事。”

章董摊开两手，无奈地说道，说着，从抽屉里拿出一盒中华，不好意思地说：“我不抽烟，忘了敬烟了！”说着从中抽出两支，递给两人。

徐庆和说：

“章董事长，据我所知，何少康的儿子只有十几岁，你刚才说的他儿子结婚是怎么一回事，还有他岳父去世，到底是哪一个岳父。”

“啊，是这么回事。何少康早年跟一个女青年处对象，没成。但那女的怀上了何少康的孩子，嫁给了一个偏僻山村的农民。孩子长大成人，没处安排工作。正好那年他养父得病离开了人世。母亲把真相告诉了孩子，那孩子千里迢迢找到了何少康，认了父亲。还想把姓氏改过来。何少康当时没同意，但对这孩子的生活还是给予照顾的。至于岳父吗，是第一个妻子许明芳的父亲。”

“哦，何少康的背景够复杂的。看来，我们还真得深入了解。”

“这样吧，我们先回去。你这里一有何少康的消息，请立即与我们联系。”侯镇郑重地说。

回到刑警队，侯镇又开始对郑保来进行审问。徐庆和在一旁记录。

“你叫什么名字？”

“不是说了吗，郑保来。”

“职业？”

“农民。”

“跟何少康是什么关系？”

“我是他表弟。”

通过审问得知，郑保来原来是个农民，外形酷似何少康。由于不愿干农活，整天游手好闲，他母亲就托何少康，在城里给他找了个当保安的差事。干了没仨月，嫌工资太少，就借助何少康的力量，开始做倒粮生意。得手之后，又倒卖粮食器材。几年下来，赚了好几十万。因此，他万分感激何少康。近期，何少康为了金蝉脱壳，就让郑保来穿跟自己一样的衣服，开一样的轿车，企图迷惑警方，躲避追捕。在一昼夜的政策攻心下，郑保来同意与警方合作，说出了何少康现住处的详细地址。原来，正当何少康在雇凶杀害章董之时，何少康突然得知警方要抓他，于是，连夜逃往广州观察动静。他居住在一个亲属家，每天由郑保来给他打电话，反映本地情况。为了稳住何少康，不使他逃往国外，警方释放了郑保来，令其与何少康继续保持联系。

这时，侯镇的手机响了。电话是章董打来的，他刚刚从市委组织部得知：何少康已写了辞职报告，上交到市委周副书记那里。报告称自己有病，需再次去北京住院治疗，为了不影响工作，愿辞去本任及所兼一切职务。侯镇了解这一情况后，立即给本市设在北京的办事处打电话，请其协助查询何少康的下落。

傍晚，北京办事处来电话，北京各大医院都没有何少康的踪迹。这时，郑保来提供了一个线索，说何少康在北京有一个姐姐。侯镇立即召集刑警队干警开会，研究分析案情。会上，大家纷纷发言。侯镇集思广益，根据何少康想逃往国外这一情况判断，他去广州的可能性比去北京要大。

侯镇向夏局长请示下一步工作。公安局党委立即召开会议，会议研究决定：派侯镇带人去广州，由郑保来引路，在广州实施抓捕何少康。

从公安局回到刑警队，侯镇找来刑警队指导员杨明光和副队长巩长成。他说：

“我最近很忙，因为案情变化，明天还要去广州。家里的事，你们就多担待点吧。回来我请客，怎么样？”

巩长成笑着说：

“这你得说清楚，到底是哪个家。我要是去你家照顾嫂子，你同意吗？要是同意，可得签个君子协定。”

“哈哈！当然是公家的事了。”

“那好，现在世界各国时兴搞政变，你不在家，我俩党政一联合，这一个综合科，四个大队，60来人可就是我们的天下了。”

杨明光说：“别开玩笑了，侯队长一天够累的了。你就放心去吧，家里的事我俩一定挑起来，不让你操心。”

清晨，沈阳桃仙机场，一架波音737飞机腾空而起。侯镇坐在飞机靠舷窗位置，俯瞰大地。飞机的轰鸣声，使侯镇思潮起伏，浮想联翩。他凭窗俯望，蜿蜒流淌的辽河，茂密的森林，繁华美丽的城市，尽收眼底。人间多美好啊。看了一会儿，随着飞机继续爬高，景物也越来越小了，渐渐什么都望不到了。飞机穿越云海，瑰丽的云朵，像一串串美丽的蘑菇，向下飘落。侯镇无心再去欣赏这多姿多彩的景色，他转过身来，拿出一张报纸，粗略地浏览着。心想，要是人间没有凶杀、犯罪、暴力，大家共同生活在一个祥和的世界里，那该有多好！可是，这是不可能的，也许，有人类就要有犯罪，因为从《圣经》角度来讲，在亚当和夏娃时代，人就开始犯罪了。

几个小时过后，波音737飞机在广州白云机场降落。下飞机后，侯镇一行乘车直奔广州市城区，并与广州警方取得联系。

晚上8点，郑保来领着侯镇来到广州市郊。他们在小巷里转了几个弯，来到一个没有院墙，只有三间老式小瓦房的菜农家。侯镇环视了一下四周，这里的破旧老房与新建的小洋楼夹杂在一起。郑保来上前敲了敲门。

“表姨，我是保来呀！”

好半天，门开了，一个老太太站在门里。老太太弓腰驼背，目光呆滞，满脸皱纹。

“表姨，少康住这吗？”郑保来问。

“住这儿！不过，今天早上他出去了，到现在还没回来。你们到屋里坐吧！”

老太太普通话说得不好，带着浓重的白话（粤语）口音。郑保来回头瞅了瞅侯镇。侯镇略一思索，把头往后扭了扭。

“不了，我们这些人是来广州做生意的，想找少康办点事。我们还挺忙，表姨，改天我再来看您。”

侯镇一行离开表姨家，徐庆和问：

“队长，咱们还真走哇？”

“不能在老太太家里等，那样容易暴露。我们以这个房子为中心，在周围设伏，专等何少康露头。”

几个人离开这里，在附近的几棵椰树下埋伏起来，目光紧紧盯住表姨家。

可惜，从白天守到晚上，何少康也没有出现。又盯了一夜，也没见动静。何少康始终没有回来。难道临时又换了地方？侯镇让徐庆和出去买方便面。回来后，每人分了两包。大家真是饿坏了，拿起方便面干嚼起来。徐庆和走到郑保来近前，说：

“姓郑的！你是不是耍我们呀?”

“我，我哪敢啊。”

侯镇也转过脸来说：

“郑保来，你可要说实话，何少康到底在什么地方?”

“是……是实话呀!”

“何少康在广州还有什么亲属?”

“没有，真的没有了。要是有，你毙了我都行。反正我所知道的就这些。”侯镇见再问不出什么，就不再问了。

李春晓说：

“队长，我们就这样耗着，怕也不是办法。不如再回广州市区看看。”

侯镇说：

“山不转水转，我们也不能死盯着一个地方不放。那咱们就换换方式。”

于是，几个人临时商量了一下，最后决定，到广州市城区寻找何少康。在广州市警方的大力配合下，他们对全城各大宾馆饭店和娱乐场所进行了大搜查。

“小姐，请问见过这个人没有?”

“我查查，没有。”

民警们举着照片一家家查询着……

傍晚，劳累一天的侯镇，靠坐在一家小吃店房间的一把椅子上，围桌而坐的，还有徐庆和和李春晓。服务员端来三杯啤酒，两碟小菜，一盘螃蟹。

“来来，队长，先吃饭吧!”

徐庆和劝道。侯镇端起酒杯，一饮而尽。

“春晓，我问你，何少康到底跑到哪去了呢?”

“队长，别想他了，时机到了，他自然就会出来。唐僧取经，九九八十一难，必须都要经过，少一难也取不到真经。这就叫好事多磨。”

侯镇夹了一口菜说：

“我有一种预感，他一定还在广州市。”

徐庆和说：

“我也有同感。凭多年工作经验，我的眼睛能告诉我，如果犯罪分子在本地，我的眼睛就亮，否则就发暗，发呆。”

“何少康是个狡猾的家伙，从他一边谎称去北京看病，一边辞职，一边又去广州躲起来看，他可能有两三个隐藏地点。而这两三个地点又是常常更换的。”

说到这儿，侯镇咬了一口辣椒，用牙一嚼，辣得他直“哎哟”，侯镇吃不下去了。

李春晓递过一杯水说：

“来，喝口水解解。队长，你可真行。啥苦都能吃。”

侯镇喝了一大口水，觉得不那么辣了，他停了一会儿，好像想起来什么，大声说：

“对了！你刚才说我什么？”

“能吃苦耐劳呗！”

“那么，何少康能吃苦耐劳吗？他……他平时花天酒地，三陪五陪享受惯了，现在躲起来。没吃没喝，他肯定受不了这份苦。对，他可能已回到表姨家，他表姨那番话也不是实话实说。”

说到这儿，侯镇放下筷子说：

“快，我们回来再吃吧。再去趟表姨家，这次要进屋搜查。”

侯镇从徐庆和嘴里抢下螃蟹，扔在桌子上。三人正要出门，一辆飞驰的警车在小店门前戛然而止。从车上下来两名警察，这是广州警方派来的警员。

“报告侯队长，郑保来刚才给何少康打手机，何少康说他现在在表姨家。”

“太好了！我们猜对了。走！上车！”

侯镇向前走了几步，边开车门边说。

夜色朦胧，警车在郊区的一个路口停下。侯镇一行人等持枪下车，他们分散开，从四周悄悄向表姨家靠近。这时，“吱”的一声，侯镇发现表姨家的门开了，从门中闪出一个人来，浓妆艳抹，穿着真皮超短裙。一看就知道是个小姐，小姐一步三摆走出院子。徐庆和低声对侯镇说：

“要不要把她扣下。”

“不用，何少康还在屋里，别惊动他。再说，这是本地小姐，是他临时找的女人，不会知道他什么事。”

过了一会儿，从屋里又走出来一人。那人戴着墨镜，穿着一身白西服，扎着黑底彩点领带，手里提着一个皮箱。那人先贼头贼脑地向四周看看，正要出门。侯镇借着微弱的散射灯光，辨认出此人就是何少康。

“站住！”

侯镇喊了一声，随即一个箭步冲了上去。周围的几个人也一齐冲上来。何少康见状，拎起皮箱夺路而逃。离此不远，前面就是一片甘蔗林，侯镇一干人急忙随后追赶。眼看何少康就要跑进甘蔗地了，侯镇大声喊道：

“站住！再不站住就开枪了!”

侯镇朝天鸣枪示警。可何少康已是惊弓之鸟，什么也不顾了，眨眼之间钻入了甘蔗林。侯镇心说，这下坏了，这么大一片地，找人可太难了。就是调来一营武警，也难以在短期找到哇！侯镇把带来的人分散开，大家一齐往前找，这样可以扩大搜寻范围。一旦发现何少康，立即鸣枪报警。这时，天上淅淅沥沥地下起了雨，而且越下越大。有时雨点打得人睁不开眼睛，就只好等天上打雷时，借着闪电的光亮来观察外面的景物。

侯镇踏着湿漉漉的泥水，目视前方。他一手举枪，一手扒开甘蔗的叶子，一步一步艰难地往前走着。

过了一会儿，雨停了，天上露出了星星，不远处不时传来几声猫头鹰的叫声。

上半夜就这样过去了，没有发现何少康的任何踪迹。难道何少康没有进甘蔗林？他又虚晃一枪，返回去了。侯镇真有些发愁了，因为在这里找人简直是大海捞针。就是等到天亮，在这找人也非常困难。而且，何少康可以待在这里一个角落不出来，因为有甘蔗，渴和饿的问题都可以解决，嚼甘蔗就行了。我们可和他耗不起呀。侯镇正在发愁之际，忽听甘蔗地里传出两人打架声。侯镇急忙加快了脚步，顺着声音传出的方向走去。等走到离现场十几步远的时候，借着手电的光亮，一眼看出，何少康已被两个小青年逮住，他俩正把何少康仰面按在地上，一下一下地扇嘴巴子。小青年见侯镇拿着枪赶来才停住手。

侯镇大声报了自号：

“不许动，我是警察。”

两个青年一见来了警察，顿时高兴起来。他俩松开了何少康，朝侯镇喊道：

“警察同志，坏人何少康被我们抓到了。”

侯镇急忙朝他们跑来。跑到近前一看，哪里有何少康。

“喂，人哪？”

“啊，刚才还在这儿，让我俩给揍趴下了。哎呀，哪去了。”

原来，就在二人撒手喊人之际，一眨眼的工夫，何少康从地上悄悄爬起来，又钻进了茂密的甘蔗林。一见何少康从自己手里丢了，两个青年都责怪自己大意，把事给办砸了。侯镇仔细一问，才知道这是收储公司失踪的小胡和小盛，小胡和小盛也埋怨自己，说再抓何少康可就难了。

事情也确实是这样。要想抓何少康，这下可真的不容易了。穿过甘蔗林，对面就是一座山。何少康要是逃跑到山上藏起来，要抓到他可就事比登天了。侯镇望了望这一大片甘蔗林，他估计何少康不会跑得太远，命令所有队员分散追捕。他悄声道：

"大家先别急，我估计：何少康目前还没有出这片甘蔗林。现在我们能追上他，当然更好。如果找不到，就到甘蔗地外，把这片地围起来，发现目标，互相通报。开始行动吧。"

他们几个人沿着甘蔗林一口气跑到外面，没有发现何少康的踪影。几个人分散开，200多米一个人，把甘蔗地合围起来。准备在外面等待何少康的露面，一旦发现何少康的踪影，大家立即相互呼喊报信。

天亮了，太阳升起来了。火辣辣的阳光晒在人身上，把肉皮子烤得火烧火燎地疼。他们静静地等啊，等啊，等到了中午，仍不见何少康的影子。小胡对徐庆和说：

"何少康这小子身体好，初中时是学校的长跑冠军。加上他长年练长跑，会不会已经上山了，我们在这儿不是傻等吗?"

"不会的，这是我的预感。"侯镇说，"咱们就赌一把，不信的话，庆和可以带你俩上山去搜一搜。我们这些人留在这等着。"

"那样最好，不过，我和小盛两人就够了，就不劳徐警官费心了。再说人是从我们手里丢的，我们一定要把他找回来。"

说完，小胡和小盛从侯镇手里拿过几块干粮，嘴里嚼着甘蔗，转身向山上跑去。他俩的背影一会儿就在侯镇的眼前消失了。

黄昏时分，天上下起雨来。不知从哪里飞来几只猫头鹰，不停地鸣叫着。夜幕开始降临了，徐庆和来到侯镇面前，说：

"队长，咱们是不是避一避雨?"

侯镇看了看天，又看了看眼前的甘蔗林说：

"别急，凭我多年的经验，大鱼好像该露头了。你看，那是什么?"

徐庆和顺着侯镇手指的方向看去，见一个黑影从甘蔗地里钻出来，连滚带爬，朝山上跑去。

"是何少康?"徐庆和问。

"正是他。来吧，这回我们可以动手抓他了。"侯镇举枪在手，大声喊道，"站住，何少康。你跑不了。"

侯镇鸣枪报警。队员听到枪声，立即围拢过来。可何少康并没有站住，等待束手就擒，而是没命地往山上跑。侯镇领人踏着蒿草，紧追不舍。一群人一直追到山上。眨眼间，一直跑在前面，盯住何少康的侯镇，觉得何少康在眼前不见了。大家正四下寻找之际，从一棵松树下传来喊声：

“侯队长，抓到了。”

原来，大松树的枝叶掩盖着一个山洞口，这个洞是两头通开的，从这头可以跑到山外。侯镇扒开松枝，领人钻进洞口，见小胡和小盛已经把何少康按在一块岩石上，岩石一侧淌着清清的溪水。

侯镇把何少康拉起来，一支亮晶晶的铁环，先把他的右手腕箍上，另一支又将他左手腕封牢。这时的何少康反倒来劲了，大声疾呼：

“为什么抓我，我是人大代表，省十大杰出青年。”

何少康不知哪来的精神，大声吼着。这时，小胡才急忙用右手来挤左手臂上的伤口，因为他被毒蛇咬伤了。侯镇在洞外找了半边莲、鹅不食草等几样治蛇咬伤的药草，用嘴嚼碎，给小胡敷上。

“你们俩可真行，都找到山洞里来了。”

“不行咋办？给你们写举报信，你们查吗？”小盛不无怨气地说。

“你写过举报信？”

“是的，不只写过一封，而是很多封，都是控告何少康的。”

“都写给谁了？”

“公安局、刑警队、纪检委。”

“寄过几封？”

“五六封信吧。”

“那可能遗失了，你寄的是平信吧。”

“是，是。”

侯镇思考着，这样多的信，为何公安局机关和刑警队一封也没收到呢？肯定是有人暗中截流，等回去再好好查查。

“哎，差点忘了，那本《塞外文学》是谁寄给纪检委的？”

“啊，那你算问着了。就是我寄的。”

“那篇小说作者是谁？”

“是宇文静默，他上千山了。我知道他常年写小说。当我看到我订阅的《塞外文学》的那篇《上楼下楼》时，就知道是他写的。因为他用的笔名在咱市文联刊物上也用过。”

“你为什么采用这种方式？”

“这可能与人的阅历有关。我听人说，人可分为四个层次：第一层次的人是生而知之，这种人不用学，天生什么都会；第二个层次为学而知之，这种人天生好学，他的知识是通过刻苦学习得来的；第三个层次是感而知之，这种人不好学，生活中遇到问题，解不开，感到学习的重要，所以才开始学习；第四个层次的人是愚昧无知，不懂，不学，不悟。我想，机关干部一定是这四个层次中的上两个层次，他们一定会理解我的用意的。所以就寄给纪检委了。”

“哟，看不出呀，你这样小的年纪，懂的挺多，知识面挺宽嘛。不过，我记得这好像是《论语·季氏》里的一段话，原文是：生而知之，上也；学而知之，次也；困而学之，又其次也；困而不学，斯下民也。”

“那，也许我记混了，还是你说得对。”

“队长，你看，前面来了一辆警车，可能是广州市警方派车来了。”

徐庆和打断了他们的对话，侯镇朝前一看，前面果然来了两辆警车。他拍了一下小盛的肩膀，兴奋地说：

“太好了，来，咱们一起上车!”……

第二十一章　拒不认罪

何少康被塞入警车，徐庆和坐在他身边。囚车里，何少康扬着头，一言不发。徐庆和说：

“不认罪是吧！听听，这是用手机跟踪仪录下的你的电话内容。”

何少康见一个那样的小东西，把他的谈话内容全放出来了，顿时一愣。心想这下完了，看来不招供也没用了。但转念一想，心存侥幸，他还是装出很绅士的样子，轻蔑地一笑。

随着车轮的旋转，何少康也渐渐感到有些累了，他靠坐在车窗旁，合上了眼睛。过了一会儿，朦胧中，他仿佛又有了自己当总经理时的感觉，坐着轿车，一天前呼后拥，悠哉游哉地多美呀。要说吃的，山珍海味任你挑，常年不用回家做饭；要说穿的，要啥名牌都有人给买；想要女人，一天到晚投怀送抱的有的是，想怎么玩就怎么玩……

“咣当!”这时，车子压到了地上的一块石子儿，颠簸了一下，把何少康惊醒。他揉搓了一下眼睛，才知道刚才这是自己的幻觉。

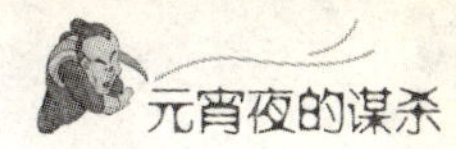

何少康被押到广州市一家看守所，侯镇连夜对其进行审问。

“何少康，你到广州干什么来了?”何少康没有回答。

“何少康，你为什么要雇凶杀人?”何少康还是没有回答。这时侯镇的手机响了。他打开手机上盖，见是江水刑警队的电话号，就立即接听了电话。电话是指导员杨明光打来的，说法医老张今天早上6点12分在医院去世，患的是肺癌。侯镇放下手机，没有说话。他眼望窗外，把放在桌上的双手紧紧地攥了起来。

何少康死活不开口。侯镇决定把他带回江水再说，因为他还要赶回去参加老张的葬礼。第二天，侯镇一行押解着何少康来到广州白云机场，他们要乘飞机先回沈阳。

中午时分，飞机在沈阳桃仙机场徐徐降落。一下飞机，侯镇就给江水市公安局打电话，要求派车接应。回到江水市已是夜里9点，夏局长亲自前来迎接，在听取侯镇简要汇报后，决定于次日上午再次审讯何少康。

次日上午，江水市公安局刑警队办公室。何少康戴着手铐，坐在一把椅子上。对面办公桌后面，坐着夏局长和侯镇。夏局长亲自审问何少康。

夏局长问何少康：

“你叫什么名字?”

何少康答：

“哎，老夏，我叫什么名字你还不知道吗?人大会上，表彰会上，十大杰出人物会上，咱们也是一桌喝过酒的。”

夏局长说：“呀，是吗?还是你记性好哇！不过，你怎么变成这副尊容了?你一定学过川剧变脸吧?”

何少康说：“你……你怎么这样说，可是……可是……”

夏局长说：

“可是什么?!可是不幸得很啊，这里不是领奖台呀。你现在身份变了，我就没法在这儿为你摆酒夸官了。昨日座上客，今日阶下囚。看来，谁要是不珍惜党和人民给的权力，就会到这里来，就会成为犯罪嫌疑人。也就必须回答国家公安机关的提问。你说，对吧!”

听着这一句句诙谐幽默而又铿锵有力的话语，何少康干张着嘴，说不出一个字，他自知不是对手，无奈地低下头去。

侯镇继续问：你叫什么名字?

答：“何少康。”

问：“职业?”

答："江水市粮食收储公司干部。"

问："职务？"

答："公司总经理、党委书记、平西粮库主任兼党支部书记。"

问："你职务够多的。"

答："职务多就该抓我吗？"

问："知道你犯了什么罪吗？"

答："不知道。"

问："初步认定，你涉嫌犯有谋杀、雇凶杀人罪。"

答："是吗？我可是不知道我有这么多罪名。"

问："请你交代一下你的犯罪动机和犯罪经过。"

答："你这么问，我可要告你诬陷罪。而且，你再这样问我，我将保持沉默。好！我的话到此为止。"

何少康到此一言不发了。不论你怎么问，他就是不开口，怎么办？侯镇和夏局长交换了一下眼色，侯镇让身边的民警把何少康带下去。何少康走出门口时，突然大声说：

"我已给我大哥打过电话，到时候看你们怎么放我。"

何少康的话，让侯镇一下子想起了何少康的大哥——江水市委常委、市政府秘书长何德康。如果何少康让他大哥出面干涉此事，恐怕对办案将产生不利影响。

"夏局，何少康刚才说了，他大哥是咱市政府秘书长，他会不会……"

没等侯镇说完，夏局长就接过话头，斩钉截铁地说：

"不要怕，听蝼蛄叫还不种地了呢。现在，何少康已被抓捕的消息，暂时不要透露给任何人。对何少康的犯罪证据要进一步整理。只要他真的有罪，谁也保不了他。同时，还要注意工作方式方法，何少康不是普通人物，他是一个经验丰富、有钱有势的犯罪高手。对于他，你们要抓紧研究一个可行方案，看来，不采取非常措施不行。"

"是！"侯镇坚定地回答。

晚上，回到家里，侯镇躺在床上，望着床头挂着的一副条幅。上书：

我也曾为冤枉痛入心来，敢糊涂忘了当日？

汝不必逞机谋挣个胜去，看终究害了自家。

这是侯镇托本省书法家钱义洋写的。侯镇想，古人这副对联写得多好哇！我必须以此时刻警醒自己，为人民伸张正义。铃铃铃，床头的手机响了。侯镇打开手机，里面传出一个沙哑的声音：

“侯队长吗？我是何少康的一个朋友，听说你们正在追捕他。侯队长，我看这样吧！你也不宽裕，我出 30 万元，求你高抬贵手，放过何少康这一回。好吗？我也是受人之托。如果你同意，要活期存折、银行卡，还是要现金都行。我派人送到你家里，绝对安全。怎么样？三项由您挑，得意哪个整哪个。”

听了对方说这样的话，侯镇气不打一处来。这叫什么人，你有钱有势就可以胡作非为，杀人不偿命吗？不！我活一天，就不能让邪恶势力存活一天。他想起一件事，他爷爷当年，就是因坏人贿赂伪满警察被活活打死的，这使他父亲 2 岁就成了孤儿。想到这儿，侯镇大声地说：

“这些我都不要，我要让凶犯抵命。”

“侯队长，可不要敬酒不吃吃罚酒，咱们骑驴看唱本，走着瞧。”

侯镇觉得没工夫跟这种人废话，“啪”的一声关掉手机。晚上，侯镇辗转反侧，难以成眠。他想了很多，想到人为什么会变。何少康原来曾是本市十大杰出青年，省级十大青年企业家。这样一个好人，怎么会变为一个十恶不赦的杀人罪犯呢？看来，人的思想是关键。任何人，如果忽视对自己世界观的改造，忽视自律、自警、自省，整天陶醉于一个又一个荣誉里，他就一定会腐化变质，一定会走向反面。还是古人说得对，要一日三省吾身，不断修正自己的缺点和错误。否则，就会忘本，忘形，忘法，忘义；从而自高，自骄，自败，自毁。最终堕落为人民的公敌。

第二天一早，乌云翻滚，寒气袭人，不一会儿就下起雨来。雨里夹杂着雪花。

参加完老张的葬礼，侯镇的心情很不好。为了使自己摆脱这种不良情绪，侯镇想用加倍工作的方法，使自己忘掉失去战友的痛苦。于是又一次提审了何少康，可何少康还是拒不交代问题。侯镇又一个人来到了公安局一楼收发室。侯镇问收发室的老头：

“这里如果有写给公安局机关收的信，一般都分发给谁了？”

“啊，你问这个呀，都让庄副局长拿去了，他常上这儿来看看，一看他订的那份电视报，再就是看信件。”

侯镇明白了，小盛给公安局写的信都是让庄德相给扣下了。

侯镇又打电话把徐庆和和李春晓叫到一起，共同研究如何对付何少康。徐庆和为侯镇点燃一支香烟，李春晓沏了两杯绿茶。

“队长，这回咱用测谎仪，审讯前把测谎仪给他戴上，他再说假话，必然有所顾忌。”

徐庆和边喝茶边说，李春晓接过话茬说：

“那他要是不开口呢？”

侯镇皱了皱眉，想了一会儿说：

“不怕他不开口。这样，我们可以先这样说，何少康，你现在只是犯罪嫌疑人，我们是想澄清事实，你可以通过回答我们提出的问题，把事情说清楚。如果这三起杀人案跟你没关系，我们可以立即放你回去。”

李春晓和徐庆和听到这里，互相对视了一下，觉得队长这个主意不错。纷纷点头表示同意。李春晓又提议：

“我看，把石洪久、郑保来找来一同审问。何少康看这两个人已经招供，他再顽抗下去也是死路一条，他的心理抵抗防线就会全面崩溃。”

侯镇看了看徐庆和，没有说话。侯镇沉思了一会儿，轻轻摇了摇头，把手中香烟，往茶几上的烟灰缸里轻轻掸了掸。然后抬起头来说：

“这样不好吧！何少康知道其团伙多数被抓，觉得事已至此，不如保持沉默对他更有利。那时，我们的工作将会举步维艰。”

侯镇低着头，喝着茶，仔细地斟酌着两个人的谈话。他站起身，来到窗前，仰望窗外，大槐树上的小鸟，正啁啾地叫着。看了一会儿，然后转过身来说：

“车到山前必有路。从现在的情况看，就用测谎仪跟何少康斗一斗。后边的事，看缘分，有缘才有机，有机才能随机应变。就这么定了。”

“何少康，我们怀疑你是304凶杀案的主谋，你有什么话可以为自己辩解吗？”

刑警队审讯室里，侯镇坐在一张办公桌后，在他两侧，分别坐着李春晓和徐庆和。何少康戴着测谎仪，坐在对面一个方凳上，显出紧张的样子。他在回答对他的询问。

“我不是主谋。我与许明芳关系很好，而且还有孩子，街坊邻居也有目共睹。”

“那么，207案呢？我们怀疑你雇凶杀害哈丽娜，你承认吗？”

“无稽之谈。这是哪有的事，我跟她结婚时间不长，干吗要杀她？”

“在哈丽娜被杀未遂当天，你跟石洪久一天打了十几个电话，谈的是什么事情？”

“这可能是凑巧。在哈丽娜出事那天，我们确实打了不少电话，不过是粮食生意上的事。他要做粮食买卖，让我在铁路方面给他联系车皮。啊！当然还有一些别的事。”

“薛丽白是不是你杀的？”

何少康被侯镇突然间严厉的提问吓得一激灵，脸色骤然发白，但很快又平静下来。

“你说的这个人我不认识。”

何少康的嗓子一下子哑了，低声说道。

“何少康，我们这儿有举报信。举报你指使他人在一粮库和米业公司放火，你说，这是不是事实？”

“没有，哪有的事。你们不要搞恶意诬陷好不好？”

何少康一下子又强硬起来。哑着嗓子喊道：

“我说警官先生，我觉得，怀疑一个人，一定要有根据。还是毛主席说得对——没有调查研究就没有发言权。你们总不能把萨达姆、本·拉登干的事，都怀疑是我干的吧！问了这么长时间了，嗓子都哑了，是不是，给弄杯水喝！”

听了何少康的话，侯镇感到很气愤，但他忍住了，没有表现出来。只见他摆了摆手，平静地对何少康说：

“好了，今天就到这里，改天再谈。不过，我们会用事实来说话的。”

话音刚落，何少康不干了。“怎么？不释放我了？”

何少康一副无赖的样子。徐庆和走上前，从何少康身上摘下测谎仪。另外进来两名狱警，按住何少康的肩膀，把他带出屋去。走廊里，何少康还在叫嚷着：

“你们答应过的，放我出去，我要出去，出去！欺骗，全是他妈的欺骗！”

侯镇让徐庆和检验测谎仪结果。徐庆和报告说，数据显示：何少康在说谎。但测谎仪上的数据，只能作为一项辅助方法，不能作为法律证据。

侯镇拿着审问何少康的记录本，来到夏局长办公室，准备把情况向夏局长汇报。一推门，见夏局长正坐在办公桌前接电话。

“啊！是何秘书长，您好！我们目前还没有找到何少康。对对！不过，何秘书长，法律上的事，我看，谁都无能为力呀！我不能以个人之私枉法，你也不能以个人之私强求，这样才能真正体现法律面前人人平等，我说得没错吧？您作为市里领导，我想比我明白得多！好，好，再见。”

夏局长撂下电话，望了一眼侯镇说：

“你瞧，政府办何秘书长来电话了，问我们抓没抓到何少康。并要我们有所关照，我对他说的话你已经听到了。看来，搜集何少康的罪证，必须抓紧时间，才能把案子办成铁案。”

侯镇坐在办公桌前的沙发上，等夏局长一说完，就把审讯何少康的情况和测谎仪显示的结果，向夏局长作了汇报。接着，两人又研究下一步工作方案。

“局长，我觉得庄副局有些地方很可疑。”

“你是怎么发现的?”夏局长问。

“你看，从前他对工作一贯积极主动，作风严谨。可在何少康的案子上，他总是设置障碍，不让我们对案子进行深入细致的调查。而且，我们有些破案机密我也怀疑是他通风报信的。”

“侯队长，这样，今后重大事件可以不让他知道，同时要派人监视他的行动。”

“是!”就在侯镇与夏令标研究下一步工作之际，庄德相推门进来。

“噢，侯队长，在这儿呀，我正找你呢。案子有什么进展吗？哎，这最起码……”

“目前还没有，不过我们正在扩大侦查范围，不断调整工作思路，力求重点突破。”

侯镇转过身来对庄德相敷衍着，夏令标接过话茬说：

“老庄，你来得正好，政府让咱们派一名副局长支农包村，我觉得你去比较合适。跟咱局其他的几位领导一商量，也都是这个意见。明天你就先到市委报到吧。我还有个会，现在就得去。我走了。”

没等庄德相回话，夏令标已走出屋去。庄德相望着夏令标的背影，自言自语地说：

“我去，合适吗？这最起码……”侯镇回敬了他一句：“庄局，你不是常说，个人服从组织吗。”

侯镇、李春晓、徐庆和又聚集在一起，侯镇同他们进一步分析案情。

“我看应该揭开谜底了。”

李春晓说：

“何少康还没有招供，怎么揭开谜底呀?”

侯镇说：“从我们目前掌握的材料看，就是没有何少康的供词，我也能揭穿事实真相。我们就从 304 案说起。1997 年 3 月 4 日，农历二月初六，这天是许明芳的生日，也是她被害的日子。她的被害，原来我以为一定是何少康当法人代表，得罪人了，所以个别职工报复他。那天，他爱人又披着他的大衣，可能认错了人，又因伤害他本人不太方便，于是就从他爱人身上下手了。这也许是向他示威，让他别太张狂，有所收敛。后来，我觉得我的判断有误。根据多年办案经验和本人的第六感觉，我认为，真正的凶犯应该就是何少康本人。当然他不会亲自出马，那么，他会雇外地人动手吗？不会。那次他是派手下杀手作的案。而这个杀手就是石洪久。石洪久因为平时也认识许明芳，由于他常到何少康家去，许明芳心地善良，迎来送往，沏茶倒水，待他可能也不错。人处长了有感情，所以作案时他有些怯手。没有达到杀死许明芳的目的。"

"队长，为什么一定是石洪久？而不是别人呢？"

徐庆和有些不解地问。侯镇站起身，走到办公桌前，从中拿出一张纸来，递给徐庆和说：

"把凶手定为石洪久，不是我异想天开。而是根据资料分析得出的结果。"徐庆和拿过来一看，只见上面写着：

直接杀害许明芳的嫌疑人：

收储公司总经理何少康 43 岁

第一粮库副主任黄标 42 岁

第一粮库保卫科长石洪久 41 岁

第一粮库保卫科经警金一邦 38 岁

第一粮库工人胡十二 35 岁

……

"上面的这些人我都仔细调查分析过，第一次杀许明芳时，何少康在一粮库陪客人吃饭，这可以从客人提供的时间表上得到确认。黄标当时也在场。金一邦那天晚上给他母亲过生日，案发时有许多人见到他在家里，没有外出。只有石洪久那个时间不在家，而且我还了解到在事发后的几天里，他心神不宁，还到市医院看过医生。这是我从医院查病历得出的结论。所以说他的嫌疑最大。"

"既然第一次没杀成，何少康为何不让石洪久来第二次？"李春晓问。

"这可能，他也看出来石洪久有点下不了手，或许，他也想到这么大张旗鼓地杀人，影响不好，不如采取更稳妥的办法。于是，何少康一计不成便生二计，就开始策划用药物杀人。这可以从许明芳骨灰调查中得出结论。许明芳是服用慢性毒药——砒霜致死的，而不是被外人用凶器杀死的。那么，许明芳自己会服砒霜自杀吗？不会的，她还有一个孩子需要照料。不为自己，也得为孩子着想啊！而且，据说，她每次吃药都是何少康亲自递给她，而把真药倒掉，换成砒霜装入胶囊的人，又能是谁呢？除了何少康，还能是谁？”

“照你这样说，杀死许明芳的一定是何少康了？”徐庆和说，“可她自己能没有觉察吗？”

“有，有觉察。可她一个女子，天性柔弱，等她知道是她丈夫害她时，已经到了晚期。我分析，她不将此事声张有三点原因：

其一，她是不想让自己的孩子在失去母亲的同时，再失去父亲。如果她将此事揭发出来，自己已无可救药，何少康一进监狱，孩子怎么办？”

李春晓问：“那么，其二呢？”

侯镇冲李春晓笑了，用手指了指他桌前已经喝干的茶杯，说：

“欲知后事如何，请先倒杯水再说。”

李春晓拎来暖壶，给侯镇和徐庆和的水杯中续满了水。

“行了吧，这回说吧。”李春晓放下暖壶说。侯镇呷了一口茶说：

“哎呀，好烫。这其二吗？我们知道，许明芳后期信佛了。而佛家是讲因果报应的，就是说种什么样因，就有什么果。她有了这种思想，就会认为她今天之所以被丈夫下药毒害，一定是过去生中，也下药毒害过她现在的丈夫。而今天，她被丈夫迫害就是报应，就是应该的。据佛经记载：当年佛祖释迦牟尼佛被歌利王抓住，被一刀刀肢解了，佛都一点不怨恨对方，反而说，我若成佛，一定先度此人。后来，释迦牟尼成佛后，真的这样做了。他的第一个弟子乔陈如就是歌利王转世。正如《金刚经》里说：这叫忍辱波罗蜜，无我相无人相无众生相无寿者相。”

李春晓说：

“这人可真愚昧，我就不信这些东西。天底下真是啥人都有，听说有些西藏牧民，把一辈子积攒下来的钱，都捐给寺庙。还一步三叩首地不远万里朝拜，真是可怜，可叹，可悲。可我又纳闷了，有不少国家首相、总统、元首、国王也信这些，不知是犯了什么邪了。这些人智商都不低呀！”

“队长，那么第三点呢？”徐庆和问。

“其三，许明芳是出于报恩考虑。”

李春晓说：

“报恩？报什么恩？”

"这你就又不懂了。你不常爱唱《白狐》这首歌吗？再给我俩唱一遍好吗？"

李春晓说："这跟破案有关吗？"

侯镇笑着说："有关。再说，我也想再听听我们警花悦耳的歌喉。"

徐庆和一听李春晓要唱歌，立即鼓掌欢迎。李春晓不好意思回绝，于是就说："那好吧。我就少数服从多数了。"

她理了理秀发，低声唱道：

我是一只修行千年的狐，
千年修行，千年孤独。
夜深人静时，
可有人听见我在哭，
灯火阑珊处，
可有人看见我在跳舞。
我是一只等待千年的狐，
千年等待，
千年孤独。
滚滚红尘里，
谁又种下了爱的蛊，
茫茫人海中，
谁又喝下了爱的毒，
我爱你时，你正一贫如洗寒窗苦读。
离开你时，你正金榜题名洞房花烛。
能不能为你再跳一支舞，
我是你千百年前放生的白狐。
你看衣袂飘飘，衣袂飘飘，
海誓山盟都化做虚无。

"唱得太好了。"

徐庆和第一个鼓起掌来。侯镇对李春晓说：

"正如你那歌中唱的那样，何少康对许明芳家是有恩的。据说许明芳的家原在农村，父母是农民，两个哥哥家里也很穷。何少康当粮库主任时，给岳父家翻盖了三间大瓦房还不算，粮库的东西也没少往其岳父家送，就是那两个哥哥，何少康也没少接济。何少康给大舅哥全家不仅办了农转非，还让他收粮，卖给粮库，给特批价。并帮助大舅哥把孩子送去当兵。如果许明芳真的去告何少康，他的两个哥哥的生济就会断掉，他父母还要为此伤心。所以她就选择牺牲自己了。”徐庆和觉得分析得有道理，又问：

“那 207 案又是怎么回事呢?”

“这是何少康精心策划的第二起谋杀案。实际上，何少康在许明芳没去世前，就同哈丽娜有过来往，当时只是非法同居关系。可哈丽娜是想同何少康做长久夫妻的。怎么办？于是，何少康就用药物让许明芳和平地死去。何、哈二人结婚后，性情不和，经常吵架。何少康又开始喜新厌旧了。可哈丽娜是知道何少康如何杀死许明芳的，所以，她也就开始担心自己的安全了。可她还是没有算计过何少康，却被他雇凶杀害了。我估计，哈丽娜最后是在医院被害的。”

“为什么?”

“我单独去医院查过了。哈丽娜输液用的药瓶被人换了，里面换上了一种让人不易查出的慢性毒剂。不然哈丽娜不会死得那样快。而换药之人一定是他雇的那个凶手秦柏发。”

李春晓说：“侯队长，那么 409 案又跟何少康有什么关系?”

侯镇点燃一支烟，边吸边说：

“这个薛丽白，是何少康在酒店认识的，何少康是个敢闯禁区，喜欢拈花惹草的人。他见薛丽白年轻貌美，就把她包养起来。可是好景不长，薛丽白怀上了何少康的孩子。何少康知道后已经是半年之后了，薛丽白要把孩子生下来，何少康不同意。二人发生了争吵，何少康一气之下踢了薛丽白一脚，薛立白当时疼得嗷嗷直叫。当晚，薛丽白早产了，生下一名女婴。薛丽白在医院里住了一个多月，总算母女平安。何少康当时与哈丽娜已经结婚，可哈丽娜因生理原因是不可能再生一男半女了，于是何少康以领养孩子为名，把那女婴接回家里抚养。可他是答应过薛丽白，要跟她结婚的。孩子抱去，可结婚的目的始终没有实现。薛丽白就又找到何少康，要他兑现自己的诺言，要不就把孩子还给她。何少康为难了。正好他的手下黄标也喜欢薛丽白，他就把薛丽白私下许给了黄标。黄标来到薛丽白的住处，要强行非礼，薛丽白至死不从。黄标一气之下将其勒死，并抛尸西郊。”

“那胡十二又是怎么死的?”徐庆和问。

侯镇说：

“他是何少康为掩人耳目，稀里糊涂地当了替死鬼。2001 年 2 月 7 日这天晚上，胡十二去会情人，偏偏走的是哈丽娜被害的胡同。2 月 21 日，也就是胡十二死的当天，有人看见何少康请他吃晚饭。何少康在酒里下了毒。其实，胡十二在这天晚上也预谋毒死自己的妻子。胡十二死的当天晚上，在现场，我从死者胡十二的手提兜里，发现了许多方奶糖。他带那么多糖干什么？后来我明白了。胡十二是想用它毒死自己妻子的。他买来老鼠药，把毒药注入奶糖里。做好之后，正准备把糖给自己妻子吃下去，可情人来了电话，急着要会面。如果糖放在家里，还怕自己儿子吃了，于是就带着糖急忙赶到大桥下面。俩人调情过后，胡十二突然感到肚子痛，他就打开手提兜，从里面取出几张手纸，到不远处的灌木丛去解手。实际上，胡十二肚子疼是药性发作了。胡十二离开后，那个情人打开胡十二的提兜，发现了里面的奶糖，她随手抓起一块奶糖吃了。那奶糖味道很好，她就多吃了几块。当胡十二回来时，两人再一次亲吻。情人将口中没吃完的奶糖，用舌头传入胡十二的嘴里。工夫不大，胡十二两次中毒，痛苦失声，手脚颤抖，不久就一命呜呼了。情人一见大惊，想背上他去医院，可自己也药性发作，疼痛难忍，没几分钟，也同胡十二一样到阴曹地府报到了。于是就出现了两人双双殉情而亡的假象。这时的何少康，正派人监视着胡十二。他得知手下人的电话报告后，就派石洪久把哈丽娜身上的血粘在胡十二身上，让人觉得哈丽娜是胡十二谋害的，然后胡十二畏罪自杀，力求转移视线。本来何少康只是想毒死胡十二，因为是胡十二掌握他不少犯罪证据，而且还多次威胁过他。但哈丽娜住院期间，正赶上胡十二已死亡，他就起了嫁祸于人之心，来个一箭双雕，把杀哈丽娜的罪名背在胡十二身上。”

“那薛丽白的遗书又是谁伪造的？”

“是黄标和贡成。他们是受何少康指使，才这样干的，目的只有一个，干扰警方视线，让案子永沉水底。”

李春晓问：“那粮库失火又是怎么一回事呢？”

侯镇在烟灰缸上掸了掸烟灰，继续说：

“这个案子，跟前面的案子好像没有关联，但实际上也是有关联的。幕后的主谋都是一个人——何少康。从我目前掌握的材料和对这个人的了解，他这个人，可不是个笑看青竹胜我高的人。他这个人，嫉妒心特强。就是说，身边的人比他低还可以，要是高于他就不行，就要把对方打掉，至于打掉对方自己能获得什么好处，这些先都可以不管。我听人说他上小学时，成绩不错，在班里常是第一。可一次有个同学考试成绩超过了他，他就花钱雇人把人家课本撕碎，还往人家书包上撒尿。所以，从他这种品质来看，粮库失火这件事，很可能是有人故意纵火，而且主谋还是何少康，目的就是阻止章董外调升职。”

李春晓说：

“怎么是纵火呢，不是火车机车引发的吗?”

“我问你，火灾报告你看了吧。上面说火车机车烟囱冒的火星，被风一刮，落入器材库窗户内。可是，火车专用线是东西方向的。失火那天，火车头朝西，器材库在专用线南侧，那天是南风。按常理，就是真有火星，火星应刮在专用线北侧才对呀。怎么会逆向刮到南侧器材库呢？所以，这里面一定有蹊跷。以上就是我认为火灾是有人放火的依据。”

徐庆和说：“队长，以上这些事，你是怎么想象出来的?”

“哎，根据资料呗。你也读过《史记》吧，里面有一篇《项羽本纪》，现在高中课本从中截取了一段，取名《鸿门宴》，那里面的许多具体细节，司马迁也是想象出来的，因为他没参加鸿门宴。他是汉武帝时期的中书令，刘邦出生于公元前 256 年，死于公元前 195 年。司马迁生于公元前 145 年，两人出生相差 100 多年，也就是说就是到了刘邦死的时候，司马迁还没出生。从汉高祖刘邦到汉武帝刘彻，中间有刘盈、刘恒、刘启三个皇帝。那么，司马迁怎么把鸿门宴写得那样栩栩如生呢？你看，人物怎么坐，坐在什么方向，吃肉怎么吃，表情如何，等等。他当时又没出生，又没在现场，怎么能知道呢？哎，这就是作者的丰富想象，当然，想象要有依据，合情合理。你看，写史书也有作者的想象成分。古人尚且如此，所以说，合理的想象是可以的。尤其我们破案，哪个犯罪分子会主动说自己有罪呢？不会的。那么我们公安人员，就要透过现象看本质。把犯罪分子没说没交代的，通过合理分析，把案件真相复原。”

李春晓说：“你所得到的资料我也都知道，那我为什么没想到呢?”

“这就对了，要是都想到了，得出多少个刑警队长啊！那我早该辞职了。”

徐庆和说：

“队长，我还有一件事搞不明白，就是何少康为什么不配合我们，他为何不据实招供呢?”

“啊，这件事，我也在琢磨这个问题。我想，他不招供主要是三要一没有。”

“哪三要一没有呢?”

“一要抵赖，二要减刑，三要活命。要达到上述目的，怎么办？对了，就得没有真话。这就是三要一没有的内涵。”

“队长，你推理得很好，分析得也不错，还十分符合逻辑。只是法官不能按我们的推论给犯罪分子定罪。所以，即使这种推论是正确的，也不能以此定罪。所以，要想击败犯罪分子，取得决定性的胜利，还得靠我们今后的审问结果和能不能找到有力证据做支撑。”徐庆和不无赞叹地说。

“你说得对。不过，我可是有信心啊。咱们可以拭目以待，打个赌也行。看看最终结果如何。”

徐庆和一听，赶紧走到近前，笑着说：

“赌什么？”

“赌你搞对象。如果我赢了，你就领个女朋友给我看。如果我输了，那我真的就改行了。”

徐庆和瞅瞅李春晓，不好意思地笑了起来。侯镇说：

“哎，对了，这里面，还有我们内部腐败分子的问题。就是他，给犯罪分子通风报信，给我们的侦破工作造成很大影响。”

“那人是谁？”

“啪哒！”门口传来一声响动，侯镇把食指顶在嘴边，示意止语。他走出门一看，见一个身着警服的胖大背影已闪身下楼，楼道里传来一阵急促的脚步声。门旁地上有一支小手枪。侯镇把它轻轻捡起来，仔细看了看。李春晓说：

“小心呀，这可是枪啊！”侯镇笑着说：

“这不是枪，你看！”

说着按动机关，从枪嘴燃出一束火苗。徐庆和说：

“这支火机我知道是谁的。”

“我也知道，就是那个好说‘最起码’的那个人！”侯镇说着，从兜里拿出一支香烟，用这支枪喷出的火，将烟点燃……

第二十二章　遗书揭开谜底

正当案件审讯处于僵局之际，一个女人敲开了刑警队的门。

侯镇开门一看，见这人中等个，穿一件绿底绣花连衣尼裙，眉清目秀，白净俊俏，好像在哪见过，但一时又想不起来。不等侯镇开口，对方说话了：

“您就是侯队长吧！我叫哈美娜，是哈丽娜的妹妹。”

侯镇一下子想起来了，难怪是姐俩，她长得跟哈丽娜很像。在哈丽娜葬礼上，侯镇见过她。来到屋里，哈美娜坐在沙发上，从手提包里取出几张信纸。然后站起身，双手递给侯镇说：

“这是我姐姐的遗书。”

侯镇接过这份遗书，打开一看，只见上面写着：

绝命书

亲戚朋友们、同志们：

你们好！

本人哈丽娜，出生于1962年8月20日，高中文化，东北B省辽城人。当你们读到我这封信的时候，我已经不在人间了。有人说了，活着的时候干吗要写这个呀？这也许是没有亲身感受的人是不会理解的，一个在世上活得无聊的人，那真是生不如死呀！不然，从古至今，怎么会有那么多人选择自杀呢！

哎！真是一失足成千古恨。有漂亮的容貌，本来是件令人愉快的事，可是，它却使我走向自我毁灭之路。高中时，就有不少男生追我，差不多一周就能收到一封求爱信。当时，家长和老师管得很严，我没敢乱来，也没给任何一个男生回过信。毕业了，在家待业期间，媒人又纠缠不休。为了不因此得罪更多的人，我父亲决定，把我嫁给一个铁路工人。那人叫毛令军，比我大三岁。当时，我父亲很尊重我的意见，先让我跟那人见了面，征求我同意才答应人家的。婚后，我们过得还不错。毛令军除了文化低，脾气暴点之外，勤劳朴实，没有不良嗜好。可是，这时高中时的一个同学——裘福全又找上门来。他是因为想我而得了相思病的。他也不小了，二十好几了，就是不找对象，也不打算结婚。裘福全比我小两岁，长得也不错，勤快、没脾气。他没有正当职业，却常常买东西来看我，真让我有些过意不去。我丈夫当时正当火车司机，一走班就是一个星期。我一个人在家，也挺寂寞的。一个大雨天的晚上，裘福全又来到我家。都说烈女怕缠郎，真是不假。我经不住诱惑，晚上就留他在我家住了一宿。不巧，我俩的好事被来我家找哥哥的小叔子发现，他把这事告诉了他哥哥。我丈夫那脾气，点火就着。哪能容得下这些，他大打出手，我一气之下，与他离婚。离婚那年我第一个儿子才5岁。孩子被丈夫留下，我只身一人离开家。离婚后，我就与裘福全结婚了。一年后，我生了个儿子。眼见儿子一天天

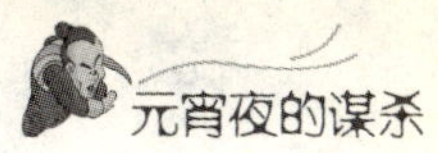

长大，裘福全每天出外打工，一月挣300多元，家里人靠这点钱维持生活，真是太难了。而我又是一个天生好穿好戴，讲究排场的人，这样的日子，我一天也过不下去了。为了挣钱，我承包过中巴车，倒过粮，开过一锅香饭馆。但这些都没干长，干得时间最长的，就是倒粮。倒粮是季节生意，秋冬两季是忙季。在倒粮期间，我认识了何少康。为了把收到的粮顺利地卖给粮库，我给何少康买过烟，送过酒，一起下过饭店。最后一次送礼，何少康说，干吗捧着金碗要饭呢？我不明白他的意思，后来他就直说了，他说我送的这些东西他都不需要，只要晚上陪他跳跳舞就行。我怕影响不好，没有答应他的要求。这惹恼了他。为报复我，第二天，他就告诉粮库化验室不收我的粮。还说我收的粮有杂质，掺水拌土。这是哪有的事？要想不凭力气挣钱，我早当小姐去了，那钱来的不是更快更容易吗？粮已收上来了，已是傍晚，粮库不收，不仅自己受损失，雇的车怎么办？装卸小工在车上冻了一天了，拿什么付工钱？真是货到地头死，从这家粮库拉到别的粮库，只能等到明天，再说除了要赔许多钱外，能保证何少康不打电话暗中使绊子吗？没办法，司机要我再找找何少康。我厚着脸皮来到他的办公室求他开恩。在我答应陪他跳舞之后，他得意地笑了，提笔给我写了张条子，不光同意收粮，还每公斤调高1分钱。当我正拿着批条走出办公室时，他突然抱住我，“喳喳”亲了我脸两下。胡楂扎得我很痛，可我忍住了。之后，他领我入舞厅、下饭店、泡茶吧。一时间，出双入对，宛如夫妻一般，一切花销又不用我掏。后来我到粮库一律绿灯，钱确实赚了不少，可也失去了女人最宝贵的东西。我认识何少康的妻子许明芳，觉得我这样做挺对不起她的，可是没办法。后来，许明芳去世了，我想这一定是何少康搞的鬼。一次酒醉，何少康说，他用最巧妙的办法让他的黄脸婆消失了。最可恨的是，何少康在死了第一个老婆之后，非要娶我。而我实在是舍不得我的小丈夫呀！他对我体贴入微，对我外面的事从来都不干涉。不管回来多晚，他都问我吃没吃饭，喝不喝水，要是没有，立即动手。临睡还要给我打来洗脚水，帮我按摩。我怎能抛弃一个对我这样好的丈夫呢？然而，何少康说话了，谁敢不听就会招来杀身之祸。一次，他对我说，给裘福全10万元，作为离婚补偿，问我的意见。我还能有什么意见，我明知道手插磨眼，拔不出来，只好答应下来。

在离开家门回头看到裘福全抱着孩子送我那一刻，我真是肝肠寸断，心如刀割。这让我想起了我读过的小说，柔石写的《为奴隶的母亲》。小说中，因为生活所迫，春宝娘离开丈夫和孩子，把自己的身体租给地主生孩子。当时我气得昼夜难眠，觉得地主家真狠。可跟今天的大公仆何少康比起来，我真感到他比地主还要黑呀！

结婚后，江水市也越来越开放起来，藏污纳垢的角落如雨后春笋。何少康在外面狂嫖滥赌，每次输赢都在数十万元以上。这些公仆们，这哪里是公仆哇！分明是老爷、蛀虫、毒蛇猛兽。有一天，一个小姐抱着孩子来到我家。一进门，那小姐就给我跪下了。说她未婚先孕，她求我收留她的孩子。正好我跟何少康不能再生了，正准备领养一个，就一口答应了。这孩子就是后来的小菊。再后来，何少康酒后吐真言，说出了他杀害许明芳的具体细节。原来，他在派石洪久用刀刺杀许明芳不成后，就变换招数。从电脑互联网上找到一个地址，买到了可以让人慢慢死去的砒霜。那种药是胶囊包装，外形上跟普通药胶囊一样。何少康利用许明芳每次吃药都是他亲自倒水这一生活习惯，把砒霜胶囊掺进了许明芳的药里。这样许明芳就会慢慢死去，不至于因暴死而引起不必要的麻烦。我担心何少康觉得我不新鲜了，还像杀第一个妻子那样杀我，就找人算命。算命先生说我寿禄不长，何少康将来也有牢狱之灾。这都是命，躲也躲不过去的事。于是我就坦然了，活一天算一天吧！所以先写下遗书，装在一个绣花枕头里，在妹妹过生日时，作为礼物留给妹妹，以便有一天，让天下人知道事实真相。

哈丽娜绝笔

2000 年 9 月 13 日晚上

放下遗书，侯镇一拳捶在桌子上，大声骂道：

“这个败类，有了这个，不怕你不招供了。”

他又问哈美娜：

“您在哪工作？”

“我现在没有工作，自己开个发廊。”

“哎，我好像听人说你在咱市剧团工作。二人转《杨三姐告状》唱得最拿手了。”

“杨三姐告状。哎！我唱的是戏。谁愿意那样的事真发生在自己人身上呀！可今天，这场戏正映射到我自己身上来了。我真的成了杨三姐了。”

“你现在工作忙吗？还有演出吗？”

“我已经离开剧团了。我在剧团没有正式编制，再说，剧团经济不景气，不如自己找点事做。于是我就自谋职业——开起了发廊。”

“嗯，这个，遗书究竟是不是你姐姐的亲笔，还需要有关方面鉴定。同时，要找一些你姐姐生前写过的字，进行对比，才能确认。因为，法官是注重证据的，如果证据不充分，就是某些事真是犯罪嫌疑人干的，也是不能定罪的。”

“侯队长，这确实是我姐姐的笔迹。我姐姐一定是何少康杀的。我姐姐死得冤啊，你要我说什么，你才会相信呢？何少康啥事都干得出来的，有一次他竟然要强奸我。”哈美娜急得流泪了，哭着说，“有一天，我去他家，正好我姐姐出去了。他拿手枪逼我就范。”

接下来，哈美娜讲述了那尘封在心底，从没跟人讲过的痛苦经历。

那是夏季的一天下午，哈美娜从大城市演出回来，给姐姐带回一条漂亮裙子。哈美娜很喜欢这条裙子，在一个商厦，她自己相中了一件紫底碎花连衣裙，自己买了一件，见穿上很好看，就给姐姐也买了一件。她想姐姐见了一定喜欢。

她穿着那件连衣裙，一个人拿着裙子来到何少康家。一进门，见姐姐不在，就想返身回去。何少康穿着刚从日本买来的和服，笑嘻嘻地说：

“别走哇，你姐姐马上就回来了。”

“不，我还有事，过会儿再来。”

“哎，你怎么这么难请啊。我认识你们剧团团长，他让我问你，想不想变个正式编制？”

“怎么，他向你提过此事？那他为何不直接找我呢？”

“哎，这你就不对了。你唱得再好，也得有人赏识才行呀。这年头，啥事不得有点人情。”

“他要什么条件？”

“没条件。只要你坐下再待一会儿就行。”

哈美娜这才把带来的裙子盒放到茶几上，自己坐在沙发上。何少康回身从冰箱里取出两瓶听装饮料。打开后，递给哈美娜一瓶，自己喝一瓶。并挨着哈美娜坐在沙发上。

“怎么样，味道不错吧？这是地道的椰子做的。哎，对了，还是说你工作的事吧。你想不想把自己变成正式编制的？”

“这谁不想啊，我在剧团都干了多少年了。工作上没差错，还获过省里大奖，可就是不让进编。”

“哎，今天你来对了。我帮你进编吧。”

“进编？那可太好了。不然，有编和没编差距太大了。一个月差好几百块钱呢。”

何少康说着把饮料瓶轻轻放在茶几上，又拿出一支掏耳勺儿，一边掏自己的耳朵，一边对哈美娜说：

“哎，你说这掏耳朵，是掏耳勺儿得劲呢，还是耳朵更得劲呢？”

哈美娜一听笑了，看了看他，没有说话。何少康以为哈美娜上钩了，一下子把手伸进了哈美娜的裙子，去摸哈美娜的大腿。

“浑蛋，你要干什么？”

哈美娜吼道，立即站了起来。

“哎，别怪姐夫不是人，而是小姨子太迷人。常言说得好，小姨子有姐夫半个屁股嘛。”

说着又要搂抱哈美娜。哈美娜气愤已极，“啪啪”打了何少康两个耳光。这两下，哈美娜是下力气的，打得何少康两腮通红，眼冒金星，他还是第一次尝到被女人打嘴巴的滋味。何少康顿时恼羞成怒，回手从沙发坐垫下抽出一把手枪，一下子顶到了哈美娜的头上。

“认识这个吧，看你还敢动吗？他妈的，还没人敢跟老子说不呢，老子给你脸了，是不是？哼，剧团里，团长奸演员，不是常事吗？”

“你，你……”哈美娜也知道手枪的厉害，一见手枪，吓得真不敢动了。何少康一手持枪，一手扯开了哈美娜连衣裙的上衣领口。正在这时，楼道里传来了脚步声，随后有人敲门。何少康家里养的一只鹦鹉开口了：

“谁来了，谁来了？”

何少康有心想不开门，但鹦鹉的问话跟人声一样。外面的男人说：

“是我，开门呀！”

何少康还是不动，而鹦鹉还是一个劲儿地说“谁来了”。外面的人以为屋里的人故意跟他兜圈子，等得有些不耐烦了，就使劲地拽门把手，喊道：

“你们家怎么回事，再不交水费就上法院，通过司法解决。法院的人正好就在下面。”

何少康也怕把事闹大，于是才收起枪，打开房门。门口站着一位40多岁，穿浅蓝色工作服的男子。他是小区物业管理人员，是来看看水表，算一下水费。他已经来过好多次了。何家3个月的水费，都因屋里没人而没有及时收缴。哈美娜见那人进了屋，如同见了救星，急中生智，装出笑脸说：

“大哥，好久不见了。上这儿收水费呀！”

“啊，啊……是呀，是呀！”

那人虽不认识哈美娜，但见一个女子主动说话，也不好说不认识人家。也许是自己记性不好，给忘了呢。哈美娜也不敢多停留，来了个一百八十度转弯，一边说话一边飞身下楼。……

“他私藏枪支？这件事我们公安局可是一点都不知道。如果是真的，那他就死定了。可是，他潜逃时为什么没带在身上呢？”

“也可能是匆忙中忘了呗。”……

两天后，哈美娜再次来找侯镇，一见面就问：

“侯队长，鉴定出来了吗？”

侯镇请她先坐下，没有正面回答她的话，问道：

“您是怎么得到这份遗书的？”

“这是从我姐姐送我的一个绣花枕头里翻出来的。我姐姐跟何少康后来感情不和，她的死我一直就怀疑是被人谋害的。近来，一个偶然的机会，我在拆洗姐姐送我的枕头时，发现枕套里有一封信。我打开一看，才发现是姐姐的遗书。当时我的头“嗡”的一下，泪水像剪落的头发，刷刷直下。警察同志，我姐姐死得冤啊！你们应该严惩凶手何少康，替我姐姐报仇！”

说着，哈美娜又哭了起来。侯镇不知怎样劝好，就打电话让李春晓过来帮忙。刚撂电话，就闯进来一个人。

“忙什么呢？侯队长。”

庄德相不知从哪得到了消息，于此时来到侯镇的办公室。

“啊，哈丽娜的妹妹，哈美娜来了。她向我们提供了一个新情况。”

“啊，啊。说给我听听。”

侯镇把情况先向庄副局长作了简要汇报。庄德相听了之后，笑着说：

“小侯啊，最近，咱局人事可能有变动啊。你没听人说吗？上面要让我当政法委副书记。侯队长，好好干，将来我好提拔你。”

“谢谢庄局，不过，我才疏学浅，恐怕难当重任。”

“好，不说这些。你再把哈美娜的事跟我说说。”

李春晓见哈美娜再待下去不方便，就领她下楼。

侯镇又把情况仔细说了一遍。庄德相说：

“办案要注重证据。哈美娜跟何少康有私仇，她提供的证据可靠吗？”

“这个，我查了哈丽娜的个人档案。把她过去填履历表上的字与遗书上的字作过比较。经过咱们技术科的同志鉴定，是哈丽娜的字。”

“这么大的事，咱们技术科的文检水平能行吗？这样大的案子，鉴定工作一定要去请知名专家。那样，人家才信服。最起码，上法庭咱才有底气，懂吗？”

侯镇没有说什么，他觉得庄副局长近来说话总是怪怪的。是更年期提前到来，还是脑筋僵化，还是有意帮助犯罪分子逃脱法网？总之，侯镇跟他谈话的时候，总有一种不可同日而语的感觉。

晚上，侯镇和徐庆和一起分析案情。侯镇说：

“哈美娜说何少康有枪。不知这是不是真的？”

“那好办，咱们再次提审何少康。”

“他要是不承认呢？”

“搜他家。”

“嗯，对。应该这样，可以说早该这样。我们说不定会有意想不到的收获。我看，不论他承不承认，我们都要搜查他家。”

第二天，侯镇把这几天来的新动向和他的工作打算，向局长夏令标作了汇报。夏局长听后，同意侯镇的下一步工作方案。

侯镇领人到和悦楼搜查了一天，也没搜查到什么有价值的东西，只搜查到一支仿真玩具手枪。难道，这就是何少康威胁哈美娜的那支手枪吗？侯镇想让哈美娜再辨认一下。

这天上午，侯镇又来到办公室，他把哈丽娜的遗书又看了一遍。然后动笔写了份汇报材料。这时，桌上的电话铃响了。

“喂，我是刑警队侯镇。什么？啊，好。”

侯镇接到的是哈美娜丈夫的电话，哈美娜的丈夫在电话里说，哈美娜昨晚受到坏人惊吓，今天精神失常了，好像得了癔症。他要撤回遗书。放下电话，侯镇领着徐庆和立即驱车前往哈美娜家。

警车在怡芳亭发廊停下来，侯镇和徐庆和走进发廊。

这是一个十几平方米的小屋，两个玻璃镜下，放着一个小桌子。上面摆着梳子、推子、电吹风和几瓶洗发水。发廊后墙有门，直通后院。这里便是哈美娜的家。侯镇一看，后院还很宽敞，三间大瓦房，院内种有几棵果树。哈美娜确实有些精神失常了，在院子里披头散发，哭笑无常。侯镇一进院，她就喊起来：

“别过来，别过来，快挡住他，他是狗，他要咬我。他是鬼，他要抓我。”说着急忙躲在她丈夫身后，用手指点着侯镇。侯镇问：

“她这是怎么了，怎么突然间变成这样？”

“昨天从你那里回来，我家发廊就突然来了一个人，是个不三不四的流氓，掏出刀子，说是要她小心点。要是敢报警，就毁我们全家。这不，昨天晚上她就犯病了。半夜里大哭大叫，说是她父母被人杀了，又说看见了鬼，凶神恶煞的，看，这都是那人把她吓的。”

“那人长得什么样？”徐庆和问。

“大眼，圆脸，留着黑胡子，一脸凶气，一米七的个头，外地口音，好像不是本地人。”

哈美娜的丈夫一边用手抚摸哈美娜的头发，一边回答。侯镇感到，犯罪分子太狡猾了，他们也时刻在监视警方的行动。

“你应该带她到医院去看一看。”

“我也想这样，可她就是不去。昨晚我去找巫医来家看病，可巫医是个农村妇女，怀孕要个二胎，来不了，你说咋办？我看还是把哈丽娜的遗书还给我们吧，我把它烧了，也就没事了。咱斗不过人家呀!”说着，哈美娜的丈夫竟给侯镇跪下了，苦苦哀求道，“我求求你，警官大人，把遗书还给我们吧。我一辈子都忘不了你们的大恩大德。你看我们家，都成啥样子了。她一有这疯疯癫癫的病，我的女儿都没法上学了。”

看着哈美娜小女儿和丈夫痛苦的表情，侯镇感到深深的自责，这都是我们当警察的没有把工作做好，才使人民群众遭受打击报复。“不要怕，我先帮你把她送去医院，先治好病再说。来，庆和，用咱们的车送她上医院。”……

把哈美娜送到医院回来，在车上，侯镇问徐庆和：

“你说，何少康已经被抓了，怎么还有人为他做事？”

徐庆和回答说：

“这可能是何少康入狱前跟那人有约定，给那人一大笔钱，让他按预先的计划办事。哈美娜丈夫说的这个人，我能猜出大概。这人是外地人，现在有可能还被何少康利用，正在给何少康做事。这个人我已经盯了一段时间了。哎，对了，这个人很可能就是开三轮车撞章董的那个人。”

“他不是受伤了吗？”

“哎，对一个亡命之徒来说，那点伤早就出院了，再说也许根本就没住院。”侯镇转眼看了看开车的徐庆和，说：

“走，把这个人的材料拿给我看看。不行的话，我们就提前逮捕他。”

回到刑警队，侯镇打开铁皮立柜，翻了半天，也没找到哈丽娜那份遗书。过了一会儿，侯镇才觉察出，他锁着的保险柜有被撬的痕迹。是谁干的，这么大胆？直到晚上，侯镇才了解到今天庄副局长来过他的办公室。对，那材料一定是被他拿去了。怎么办？侯镇真想立即去他那里把东西要回来，可又一想，这么办好像有些莽撞，他现在还是副局长。党的纪律也说下级服从上级，全党服从中央。万一他不承认怎么办？可转念一想，不行，庄德相现在已转化为公安局内部的腐败分子，他是人民的敌人，他已不再是我们的上级，必须找他问个明白。武王伐纣，也是以下反上，历史证明也是正义的。侯镇真有些火了，他急匆匆来到庄副局长办公室。可庄副局长不在，侯镇又到附近几个办公室找了找，可还是没有找到，于是，侯镇又回到刑警队。刚一进办公室，内勤民警就送给他一封信。信封上写着刑警队侯镇警官亲启。侯镇仔细看了看，只有收信人地址，没有寄信人地址。侯镇用剪子把信的一边剪开，从里面抽出信瓤。只见上面写着：

尊敬的侯镇警官阁下：

你好！

得知你破案屡屡不能得手，真为你感到遗憾和羞愧。作为一个警官，最起码，要有辨别真伪的能力。你连这个都不具备，还当什么警官。何少康是我市有名企业家，你们就不问青红皂白把他逮起来，这合适吗？还有，这么一个简单的案子，杀手也明明白白，你们却不抓，不结案，却把案子搞复杂化。请问，你们办案都这么长时间了，最起码要对全市人民有个交代呀！可是你们的办案效率太低了，破案手段也太拙劣了，人员素质可能已出现负数了。你这样低能，竟然有人还为你吹捧。是什么草原上的福尔摩斯，请问，福尔摩斯是你们这样的水平吗？304 案，案犯是胡十二；207 案，案犯是胡十二；409 案，案犯还是胡十二；胡十二已死，案子已完全可以了结了。干吗还兴师动众，胡抓乱绑呢？

不妨让我替你作如下分析：

一是 304 案。胡十二要借大笔公款，秉公办事的何少康当然不能答应。胡十二在下班半路多次拦住他，进行人身威胁。可何少康不怕他，从身体素质上胡十二也不是何少康的对手。于是，胡十二把报复目标，转移到他爱人身上，于 1997 年 3 月 4 日将其爱人扎伤。于是就有了 304 案的发生。你可能会问，为什么不对何少康儿子下手，你错了，何少康的儿子当时在外地上学，到外地作案，要花大笔路费和食宿费，再说也未必就能得手，因为那里是封闭式教学。

二是 207 案。胡十二恨何少康，在借钱问题上已结下深仇大恨。不报复他，报复得不狠，他都不肯罢休。在何少康重新结婚后，他就发誓要把何的妻子干掉。他对哈丽娜进行了多次盯梢，以便掌握她的行踪，伺机下手。2 月 7 日，农历正月十五，这个机会终于来了。胡十二在和悦楼外等了一天，看到机会终于来了。他骑摩托车尾随哈丽娜进了小胡同。在她送完孩子，回来的路上，几斧子就结果了她。虽然杀人未遂，可胡十二并不知情。事后，他也深感罪责难逃，与在酒店认识的情人一起，双双服毒自杀。

三是409案。薛丽白是酒店小姐。一次，一个客人对其进行性虐待。薛丽白跑出来，正碰上胡十二。当胡十二听了薛丽白的讲述后，拔出身上的匕首，冲进包房，找到那位客人。胡十二进屋后，用刀威胁对方给薛丽白下跪，赔礼道歉，又左右开弓，给了那人一通嘴巴子。事后，薛丽白就依附于他，并想同他结婚。当薛丽白得知胡十二死去的消息时，泪如雨下，痛不欲生。几个月后，由于伤情伤志，再加上她整天愁眉苦脸，在酒店也招不来客人，被老板骂了一顿，遂生短见，上吊自杀。

四是913失火案。案子已有结论，是烧煤的火车头喷发的火星，被风卷入器材库所导致的火灾。其实很简单，是不是？你们还在这样简单的问题上大做文章。那不是下笔千言，离题万里了吗？

以上我说的话，阁下是否能听得进去呢？你不妨做一个分析，如果觉得我说得有理，就不妨悬崖勒马，赶紧回头。对自己的过失尽快补救。亡羊补牢，犹未晚啊！不然，等到过这个村，就没这个店的时候。不仅是脱下警服的事，还会把关押罪犯的位子给自己人腾出来，最后自己坐上去，那个滋味好受吗？那里的窝头好吃吗？那里的凉水好喝吗？

我今天写这样的信，最起码，就是要告诉你们一件事，那就是你们抓错了人，得赶紧释放何少康。不然可是要负法律后果的。一旦把你们抓错人的消息公开，那时候，你们做人民警察的，有何面目面对生你养你的家乡父老？有何面目面对上级党委的殷切希望？有何面目面对自己作为一名人民警察的身份？

忠实于你们的朋友

2001年12月10日

看完信，侯镇对徐庆和说：

“你看，对手狗急跳墙了。用写这样信的方法来转移我们的视线。结尾还用了一个‘忠实于你们的朋友’的字样。哼，说得好听，他到底要忠实于谁呀。恐怕是忠实于向他行贿的朋友吧。”

徐庆和接过信又看了一遍，然后说：

“队长，依照信上面说的，好像有些道理。我想，他既然想干扰我们的侦破工作，这信不可能只往我们这儿寄一封，他一定还会向管理我们的上级寄，你说对吗？”

侯镇听了，点了点头。

“队长，你能估计是谁写的吗？”

“能，别看这是打印稿，看不出是谁的字体来。但是，措辞语句上露了马脚。这一定是庄德相写的，你看，只有他才常用‘最起码’这句口头禅。”

徐庆和说：“上边不是要提拔他当政法委副书记吗？他怎么可以这么干啊。不过，他这样做，虽意在扰乱我们的视线，可弄不好不是要暴露自己本身吗？那他的仕途也就不会长了。

“他也是要顾及自己的政治生命的。可是，何少康让他帮忙，他能不帮吗？他是吃过何少康好处的。再说，何少康要是把他咬出来，他不是同样要完蛋吗？所以，他已经顾不了许多了。你看，这上面，他常说的口头禅都没来得及删掉。这不是正说明他乱了手脚，惊慌失措了吗？再说，上级提拔他，说不定也是欲擒故纵。”

……

第二十三章　大鳄浮出

下雪了。东北的天空，降下了入冬以来的第一场雪。

截止到2001年12月12日，207案4名凶犯（何少康、石洪久、金一邦、秦柏发）已有3人（何少康、石洪久、秦柏发）落网。从犯罪嫌疑人的供词中得知，这是一起蓄谋已久、精心策划的雇凶杀妻案。

晚上，何少康穿上4号囚服，被关进监狱的一个房间里。这里有一铺8平方米左右的大炕，炕上横七竖八地躺着5个人，加上何少康，这屋里一共有6个人。屋里，没有开灯，所以四下昏暗。借着外面一点点光亮，隐约地可以看到一个便桶摆放在房间的一角。空气里散发着脚臭、汗臭、便臭等各种难闻的气味。何少康没有上炕睡觉，他只在炕下靠边的一角找了个位置。用一块小木板做垫子，屁股往上一坐，后背靠在炕墙上。他想这样靠一会儿，休息一下疲惫不堪的身子。哎，这就叫过哪河脱哪鞋。再想像当企业法人代表时那样享受，恐怕是不可能了。何少康坐下了，可他的大脑里却并没有休息，而是思潮起伏，翻江倒海，回想着他这一生所犯下的罪行。

那天，何少康的几个朋友约他们两口子吃饭。席间，何少康讲了个市长老婆的趣事：

“昨天早上，我从公园回来。在一辆马车前，看见咱市的黄副市长和夫人正在买大白菜。我和黄副市长夫人是同学，就凑过去打了招呼。等黄副市长挑完菜，一掏钱包，啊，没带！他夫人也没带，这下可急了。这事正好被我赶上，我忙掏出十元钱，递了过去，并说不要了。这时你听市长夫人说啥？——这损犊子啥也不知道带。这样的女人，真让人笑掉大牙。黄副市长只是笑了笑。我说，今后，找媳妇可不能啥样的都要。要找有文化有素质的，不然，整天像个泼妇似的，咋整？像这样的，白给都不能要。”

哈丽娜听了何少康的一番话，也没说什么，只是撇嘴笑了笑。等她举起杯时，她环视了一下在座的几位客人，然后没头没脑地说：

“你们四哥就得对我好！他要不对我好哇，我能把他送进去。”

说着把一杯白酒全干了。在场的几位朋友见了她的举动，面面相觑，因为哈丽娜这句话没有前提，缺少铺垫，为何要这么说，他们不得而知。谁都不知道这两口子葫芦里卖的什么药。其实，哈丽娜的话只有何少康听明白了，哈丽娜这是在暗示他，他的那些埋汰事她全知道，要是敢得罪她，她就可以把他告倒。何少康虽然表面上不露声色，但内心里如同吃了一只苍蝇，恶心至极。这更坚定了他要杀死哈丽娜的决心。

原来，何少康与哈丽娜结婚不到一年，由于家庭矛盾引发的意见分歧越来越大。又因别人挑唆和两人忙于各自的事务，致使二人长期分居。此时哈丽娜心情郁闷，常以打麻将化解心中不快。由于夜不归宿，致使赶回家团圆的何少康怀疑她另有所爱。邻居有位霍二嫂，常来串门。为了得到何少康的小恩小惠，她经常没事找事，背着哈丽娜，在何少康面前给哈丽娜打小报告：

“他四叔哇，有件事不知当讲不当讲？”

“什么事？说吧。”

“你那媳妇，跟一个到你家吃饭的小伙子可热乎了！”

“他四叔哇，市里一个副市长说你家媳妇漂亮，他俩好像去过二人茶吧。”

“他四叔哇，你媳妇上网吧聊天，跟一个男网友打得火热。”一次次听到这样的话，何少康心里像刀扎一样。一天，何少康终于忍不住，向哈丽娜摊牌了。

“丽娜！要不，咱好散好合，分手算了。我给你50万。”

“多少？50万？你何少康有多少钱别人不知道，难道我还不知道吗？依我说最好这样，你那300万存款，咱俩半儿劈。”

“什么？结婚两天半，就想半儿劈，你也太黑了。”

“姓何的，我看不多，你手上官司不少吧！人命，几条了？放火，贪污，几次了？卖官，行贿，几回了？嫖娼，洗钱，数得过来吗？……”

“那你哪，跟多少个男人了，情人，几个了？连老头子也跟过吧？”

“姓何的，我是什么样的人，结婚前你难道不知道吗？你不是愿意吗？再说了，我结婚、离婚都是法律允许的。说我养情人，跟过老头子，那是流言蜚语，捕风捉影的东西，你拿得出证据吗？而我说你，可件件有根据，事事有着落，我能拿出证据。你信不信，不信咱们上公安局、纪检委、检察院，你敢不敢去呀？”

何少康一听哈丽娜这么说，吓得脸跟白纸一样，哆哆嗦嗦地说：

“好好好！别说了，姑奶奶，是我错了。我再也不谈离婚了。”

何少康真的害怕了，这些事，要是让这娘们儿抖搂出去，他这条命不知要枪毙几个来回呢！为稳住哈丽娜，第二天，他就去金店买了条白金项链，亲手给哈丽娜戴上。哈丽娜尝到了甜头，从此更加有恃无恐。何少康想，这女人真是要不得了，一定得想办法干掉她。于是，2000 年 8 月的一天，何少康找到了他的救命恩人——石洪久。

“洪久啊，过来呀！老地方。”

何少康打手机联系石洪久。在芳草地大厦，二人找了小姐，先洗了一回鸳鸯浴。然后来到一间密室，要了一桌酒菜。

“老六，最近忙啥呢？还在做玉米生意吗？”

“是收了点粮，可现在粮价高，也没挣啥钱。卖贵了老客不要，收贱了又收不上来。单位现在只给我开 345 元工资，而且还不能按月开。难啊。”

“你要是想做发粮生意，我可以帮忙。你可以买粮库的粮往外卖。那样，成车皮走货，虽一斤挣个分八的，可多发就挣钱了。我再给黄标写个条，给你批点特价，一千元一吨。现在粮价是一千二百元一吨，让你一吨挣二百，批你一千吨，你可挣 20 万。怎么样？”

“哎呀！那可太好了。最近，还真有个老客要粮，说有多少要多少。我还正愁粮源呢，这下好了。那，那我怎么谢大哥呀！”石洪久眉开眼笑地说。

“你可别这么说，当年我出车祸，路上一个人没有，要不是你把我背到医院，我哪有今天。不过，话又说回来了，有件事你还真得帮大哥办办。”

何少康把嘴凑到石洪久耳边，小声嘀咕了几句。石洪久听了，不禁大惊失色。沉默了一会儿，石洪久说：

“不能过，就离婚吧！杀人绝非儿戏呀！”

“你说的也对，可咱们过去的那些事，她可是都知道了。万一他抖搂出

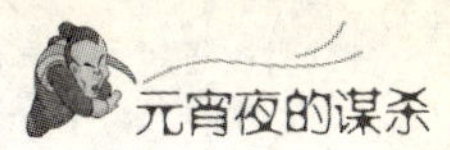

去，那咱们哥们儿后果可不堪设想啊！谁愿意蹲笆篱子呀。唉！我也是没办法。嗯，还是《圣经》说得对。《圣经》上说，人类的始祖亚当和夏娃在伊甸园犯了罪。犯了什么罪呢？就是偷吃了禁果。可也是夏娃先偷吃了，然后又把果子给了亚当吃。亚当是在不知情的情况下吃了禁果。所以说，人类一代代败坏，都是先从女子败坏的，男人即使学坏，也多是因女人造成的。妻贤夫祸少。孔老夫子在两千年前就看透了女人，他说：唯女子与小人难养也。看看，女子是小人，不好养啊。小人难道不该杀吗？"

何少康端着茶碗，饮了一小口茶，继续道，"我四叔何本奎你认识吧，他被害多少年了，至今尚未破案，所以，你千万不要担心。根本出不了事，一切由我撑着呢！"

说着，何少康又往石洪久酒杯里斟满了法国路易十三……

这些天来，石洪久蹲在小号里，待得也不舒服。他后悔了，后悔不该贪图名利，甘心给何少康当狗使。他想，他这一进来，恐怕就再难出去了。他一想起那天的事，就后悔不已。那次，他虽然接受了何少康的批条，但并没有马上行动。他怕由此连累自己的家小，一直不忍下手，于是时间一拖再拖。后来发粮的事也泡了汤，石洪久也有点泄气了。何少康再一次找到石洪久，一见面就有些不高兴地说：

"咋的，兄弟，不处了？"待了一会儿，又缓和了一下态度说，"无毒不丈夫哇！一个人要想干大事，必须从敢杀媳妇开始。古代有个军事家，名叫吴起，他就曾杀妻求将。还著有《吴起兵法》，你看，现在谁不说人家是英雄！"

看石洪久沉默不语，何少康又威胁道：

"干一次是干，干一百次也是干。干吗不干呢？你用刀扎许明芳，不也干了吗！不也没出什么事吗！"

石洪久一听这话，不由得吓得浑身一拘挛，他低下头去，等他抬头看何少康时，见他此意已决，就不再说什么。因为他要是说不干，何少康甚至会说到公安局告发他的话。那样的话，哥们儿情意可就彻底掰了。但是，毕竟是人命，他又不敢自己下手。这件事，把他折磨得好几天没睡好觉。看到镜子里日渐憔悴的身影，他觉得这样下去不行了，于是，就找到同一单位上班的邻居金一邦。问金一邦对四哥（何少康）吩咐的事该如何处理。两人经过一番谋划，最后决定雇一个杀手。因为这次，他俩谁也不愿意亲手杀人了。

石洪久想着想着就睡着了，睡梦中，他又梦到了过世的父母和小时候的趣事：小时候，他爸爸教他背《三字经》，那是南宋王应麟写的。那时候，社会上正在批判孔子。有一天，爸爸在他的一本初中课本里，看到一页附有王应麟的《三字经》节选，另一页是批判文章。爸爸就让他背《三字经》里面的内容："人之初，性本善。性相近，习相远。苟不教，性乃迁……教之道，贵以专。昔孟母，择邻处。子不学，断机杼。窦燕山，有义方。教五子，名俱扬。养不教，父之过。教不严，师之惰。子不学，非所宜。幼不学，老何为。玉不琢，不成器。人不学，不知义。……幼而学，壮而行。上致君，下泽民。扬名声，显父母。光于前，裕于后。人遗子，金满籯。我教子，唯一经。勤有功，戏无益。戒之哉，宜勉力。"

背完了，爸爸还问他，你看，这两篇文章哪个说得对，石洪久说，《三字经》里说得对。爸爸说，既然《三字经》里说得对，就照着去做。可是，自己真的照着去做了吗？要是真照着去做，还能有今天吗？该怪谁呢？怪父母教育不严，怪二老去世太早，还是怪自己鬼迷心窍，痴心妄想呢……石洪久一觉醒来，觉得应该给儿子留点东西，于是他开始背写《三字经》。

两天后，妻子领着孩子来看他。他透过铁栏杆，把自己背着写下的一本《三字经》交给妻子，流着泪说："回去好好看看，拿它教育儿子。长大千万别学我。"

12 岁的儿子好像很懂事，双手拿起《三字经》。仔细地看着，流着泪说："爸，你放心接受改造，争取重新做人。我一定好好学习，活出个样来给你看。"……

又起风了，北风猎猎，寒气袭人。吴明花到刑警队来领秦柏发的尸体，因为秦柏发在鹤岗的亲属不愿再管他的后事。吴明花是一个人赶着毛驴车来到刑警队的。她是个长相不错的农村女子，初中毕业，炕上的地下的都是一把好手，可就是命不好。干警们看到她一个弱女子，两任丈夫都死于非命，觉得她怪可怜的，把秦柏发的尸体从冷藏箱里拿出来，帮吴明花抬到驴车上。吴明花也常想，人都得信命啊。死生由命，富贵在天。谁会想到秦柏发 30 多岁会死呢？嗨，也怪自己不好，没有能及时劝阻，要是他不摊上那杀人的事，能会死吗？她一个人赶着驴车，向西郊的火葬场走去。望着旷野中的衰草，触景生情，她又一次回忆起金一邦来她家那一天的事情：

为了完成何少康交办的事，2000 年 9 月的一天，金一邦只身来到他连襟女婿秦柏发开的饭店。"唉，老姨父来了，快请进。"吴明花见金一邦来了，笑着把他让进屋，并沏了一壶云南滇红，给金一邦和秦柏发各端上一杯。三个人闲谈几句后，金一邦看店里生意冷清，就借题发挥，说有个挣大钱的机会，问秦柏发是否愿意干。秦柏发亲自给金一邦点燃一支香烟，扔掉火柴说：

“老姨父，这年头哪有什么挣大钱的事儿。就是有，也轮不到咱头上。”秦柏发又叹了一口气说，“你瞧，不是我懒，不干活，不想挣钱，而是没人来我这儿吃饭，这钱怎么挣。”

这时吴明花出去了，金一邦瞅瞅四下没人，就对他招招手。两人从前厅来到里屋，进行了推心置腹的单独交谈。

“有人想拔掉一个人，事成之后可给两万元，不知你是否愿意干啊？”

秦柏发一听这话，确实有些犹豫了。不错，他是蹲过大狱的人，大风大浪，三堂会审见得多了。可这是杀人啊，无怨无仇的，怎么好下手呢？秦柏发心里确实有些矛盾。

为了不让金一邦看出来，他说：“老姨父，我给你把茶端过来，再拿点瓜子过来嗑。”

说着来到外屋，把金一邦的茶杯端了过来，又拿了一塑料袋瓜子。金一邦嗑着瓜子，品着香茶，低声说道：

“这件事谁也不知道，公安局也查不出来。再说，东家公安局里有人，现在，监狱里的刑事犯很多，有的警察可是真打呀，人是呛不住打呀，有的他承认了，没有的也屈打成招了。所以，你尽管干去，到时候指不定谁替你担着罪名。”

秦柏发还是犹豫不决，他给金一邦的南泥茶杯又续了一些水。喝了一会儿水，金一邦见秦柏发始终不多说话，于是就站起身说：

“你要是害怕不愿意干，就当我没说。”

说着，起身要走。秦柏发被金一邦一激，一把拉住他说：

“老姨父，我干。”

金一邦又坐下了。秦柏发又跟金一邦唠了几句题外话，当秦柏发得知对方一定要把人杀死时，也想到人命关天，于是就想退而求其次，问道：

“老姨父，弄残行不？”

金一邦说：“东家说了，一定要咽气的。不这样，人家不给钱啊！”

秦柏发沉吟了片刻，为挣大钱，贪婪和侥幸心理终于占了上风，顾不得什么天理良心了。他稍稍犹豫一下就点头答应了。二人约定，酬金两万元，事后付款。

这期间，秦柏发常常到和悦楼附近，窥视哈丽娜的行踪。又仔细查看周边的地理环境。由于原计划由秦柏发夜晚潜入和悦楼，用绳子勒死哈丽娜的方式被何少康拒绝（担心以后楼房不易出售），继而作案时间一再顺延。

对金一邦的到来，吴明花隐约知道，不是给他家带来什么好的生意。晚上，她就向秦柏发询问他们的谈话内容。秦柏发说没什么，说是介绍一个倒运煤的生意。他觉得“倒煤”跟“倒霉”同音，加上没那么多本钱，所以就没答应。吴明花将信将疑，过了几天，见没什么事也就不再过问了。可事发后才知道，是自己的老姨父把秦柏发引向了深渊……

何少康蹲在房间的一角，难受极了。到了这一步，他只觉得是自己运气不好，而没有感到有任何的悔意。哼，比我干坏事多的大有人在，不还在逍遥法外吗？全国有 13 亿人，我杀个人算得了什么，九牛一毛呀！他又回忆起他派人杀害哈丽娜的情景：

2001 年正月时节，何少康与石洪久分别在江水市收储公司、第一粮库和平西粮库 3 个单位上班，联系起来很不方便。于是，何少康决定自己花钱给石洪久买一部手机。2001 年正月十三下午一时，何少康从江水市华都商城楼下柜台选了一部手机，还配了一张长白卡。随后，他只身来到石洪久家，把手机交到石洪久手中。又到邻居金一邦家中坐了一会儿，留下 500 元给金一邦。何少康走后，金一邦从 500 元中拿出 400 元，送给秦柏发做事前活动经费。

2001 年 2 月 7 日（农历正月十五）这天，何少康突然间心血来潮，与地处乡下的平西粮库的领导班子开了一天长会。这天，何少康感到是有生以来最闹心的一天。原因是魔鬼在向他招手了。他想到蓄谋已久的杀人计划，只能在这个晚上付诸实施。错过了这个千载难逢的机会，自己下决心的勇气也许会越来越小，而后患又令他寝食难安。于是，他决定，必须在当天晚上寻找各种机会杀死哈丽娜。

这天上午，他先后召开了两个班子会，一是副科长一级班子会。二是副主任以上领导班子会，既然开会，他又不能不谈工作。可实际上没有太多的事来议，也没有太多的话好讲。他把几个副职召集到一起，先在他的办公室谈了一会儿。他煞有介事地说：

“把几位请来，是想研究一下我们粮库下一步的工作计划。我不常在这里，这里的事还要多仰仗各位了。各位，谁先说说？杨主任，你管仓储，要不你先说说。”

“我，我也没啥好说的，就是好好干呗。反正，仓储吗，就是要活完底清，按时检温，别坏粮。在粮库工作这么多年，我始终保持兢兢业业的作风。我不好争功，有成绩是大家的。我绝不争风吃醋，那有啥用啊。”

接着管后勤保卫的尚主任也表了个人决心，听完尚主任的话，何少康插了几句，他吩咐金主任：

“为了把咱粮库的精神文明搞好，要在办公室、业务室，机修车间贴上

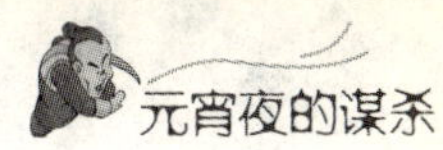

不准嫖娼的条幅。”

几位领导听了，都抬头看看何少康，觉得这样做好像不对头……

晚上5点多，何少康回到和悦楼。见亲戚们都来了，就趁此机会虚情假意，热情待客，欺骗众人，意在灌醉大家，伺机外出联络，好让石洪久等人按计划行事。

“二哥！喝啥哪？啊！您怎么能喝饮料，来来来，喝点白酒，我才带回来的五粮液。这个据说毛主席爱喝。”

何少康说着，拿起五粮液，给哈福顺斟满一杯。一阵推杯换盏，见大家都已醉意朦胧，他觉得这个目的终于神不知鬼不觉地达到了。他以买烟为名，外出给石洪久打了个电话，很快，石洪久就给他回了电话，告诉他已安排就绪。于是，在酒席散后，何少康找出一大堆理由，让哈丽娜非把孩子送走。因为哈丽娜觉得累了，准备明天再送。为掩人耳目，何少康还让大舅哥陪他看灯，有意制造一个不在作案现场的假象。

案发后的第三天，石洪久一人去何少康家取酬金。何少康将各装一万元的两个牛皮信封递了过来。石洪久见除了付杀手的钱外，自己什么好处也没有，就借口给金一邦点费用，让何少康再给点钱。何少康就又从上衣口袋里掏出两千元，交给石洪久，并解释说不是自己小气，而是哈丽娜躺在医院，也花了不少钱。石洪久从何少康家出来，去找金一邦给杀手付款。一路上，他觉得何少康真像人家说的，一花到自己的钱，就小气起来。金一邦从石洪久那里拿到自己分得的一千元钱后，也觉得太少，又向石洪久借了一千，然后外出打工去了。

“喂，四哥吗？胡十二死了，在大桥下，还有一个女的。”

石洪久躲藏在大桥头的一片树丛里，一边看着夜光表一边在给何少康打电话。夜光表清晰显示出2001年2月21日，星期三；时针指向8，分针指向3。何少康听见手机响了，看了看手机的来电显示，急忙走到一个阴暗的角落里，接了电话，他吩咐石洪久：

“啊，丽娜现在医院。你把丽娜的血弄他身上点。你来一趟吧。”

石洪久骑着摩托车来了，照着何少康的意图，把哈丽娜的血粘到了胡十二身穿的衣服上。又来到胡十二家，以送粮库发的困难补助为名，把血染到胡十二在家的衣服上。然后，面带冷笑，逃之夭夭。

在杀死哈丽娜以后的日子里，一天，何少康找到了黄标。

“兄弟，你要是喜欢那小妞，就拿去吧。”

黄标笑笑说：“大哥就是大方，这样好吗？”

“有什么不好。古人不是说，兄弟是手足，妻子是衣服吗？你拿去随便用，要是不从，你也可以随便处理。”

黄标一听心花怒放。他早就对薛丽白垂涎三尺了，薛丽白的美貌让他一见就神魂颠倒，碍于她是何少康的人，才没敢下手。当晚，他就来到薛丽白的住所。这时的薛丽白已单独住在一幢华丽的大楼里，这是何少康为她租的。黄标用何少康给他的钥匙把门打开，轻轻地走进屋去。

见薛丽白正坐在梳妆台前梳理头发，黄标欣喜若狂，急不可耐，像一只老虎逮猎物一样，一下扑过去，把薛丽白拦腰抱住。薛丽白见是黄标，至死不从，黄标欲火焚身，气急败坏地把她压在床上，薛丽白从床边小桌上摸到一把水果刀，对准了黄标。黄标吓得退了下来，一步步退到门外……

天开始蒙蒙亮了，何少康醒了，他就这么坐了一宿。他抬眼瞭了瞭走廊里传来的微弱亮光，判断着时间。现在大概有五六点钟了吧。

这时，一个大汉要下地撒尿，也许是睡毛愣了，他从炕上突然下地，一只脚丫子踩到何少康的头上，何少康身子一栽歪，那汉子踩秃噜了，由于用力过猛，“噗”的一声，整个身子摔到地上。

“他妈的，这是个啥×玩意儿。”

等那人爬起来仔细一看，是地上坐着个新来的囚犯使他摔倒时，那人上去就给何少康一个大耳光，骂道：“你妈的×，电线杆子上插鸡毛——好大胆子，你敢挡老子的道。”

那人还不依不饶，腾地一下站起身，一把揪住了何少康的头发。何少康好美，就是来到监狱，本该给他剃去头发，可何少康就是不干，并以死相威胁。所以，政府部门也只好作出让步。

“呀，你他妈鸡巴毛还没剃。呀，这好哇，正好老子整着得劲，来呀！肉串，老球子，快起来，照顾照顾他。”

说着，那人一手揪着何少康的头发，一手薅着何少康的一条腿，把他拎起来，甩到炕上。“噗”的一声巨响，何少康一下子被扔到了炕上。炕上躺着的所有人一下子被惊醒了。

“大颠，咋的啦！”

何少康一听，这才知道，刚才打他的人叫大颠。

众人纷纷下地。这时，那个被人叫做大颠的大汉又说：

“来，你们几个，给他坐土飞机。”

他的话刚说完，立即上炕去了两个人，炕下站着两个人，一头站在炕头，一头站在炕尾。每头两个人，上下扯拽着何少康，从炕头抛到炕尾，又

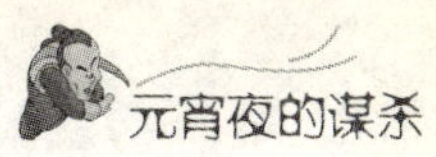

由炕尾抛到炕头，炕上来回响起“咣咣”的磕碰声。不一会儿，何少康就被磕晕了。何少康像死狗一样昏死过去。那个大汉又恶狠狠地说：

“没事，这狗操的玩意儿死不了。来，看看他的家伙，那玩意儿说不定祸害多少大姑娘呢。”

说着，就在炕上，几个人把何少康又扒了个精光。有个家伙拿出剃刀，把何少康的阴毛剃下来，然后塞入他的头发里。这时，叫大颠的好像想起了什么，一拍后脑勺说：

“哎！你瞧让这小子闹的，老子这泡尿还没地方撒呢？来吧，就给他喝下，接接风吧。”

他这样一说，一脑袋秃疮的老球子走上来，一边用筷子撬何少康的嘴一边说：

“这叫醍醐灌顶。”

酒糟鼻子肉串走过来说：

“嘿，平日里，给这小子吹箫的姑娘一定不少，今天让他也吹一下大哥这根长箫，再品尝一下人造啤酒的味道，啊，是不是，蛮不错吗。”

说着，两个人一左一右，用手拉开何少康的上下嘴唇，大颠骑在何少康身上，下体对准何少康的口，把一泡尿给他灌了下去。之后，他们给何少康穿上衣服，炕上炕下几个人又把他抬起来，抬到屋里一角的便桶旁，把他放下，又把便桶打开，把何少康的头放了进去。这时何少康的头脑有些清醒了，但意识还在朦胧中，在他眼前，出现了一番他从没见过的景象：

胡十二成了乞丐，衣衫褴褛，来到他面前，让他给点吃的。他一低头，想从裤兜钱包里掏几个硬币给他，一抬头，胡十二突然间变成一个可怕的恶鬼，青面獠牙，口吐长舌，一步步向他逼来。何少康撒腿就跑，胡十二追了上来，手执长矛，挺身便刺。何少康刚向右一闪身，哈丽娜从右侧面朝他走来了，哈丽娜头发已经全白，看上去已是一个贫穷的农家妇女，穿一件补丁摞补丁的大褂，步履蹒跚，好像祥林嫂，她上前一把拉住何少康。何少康刚想说声对不起，哈丽娜一甩头，猛然间变成一个面目狰狞、披头散发、满嘴流血的恶魔，她两只手长满利爪，张牙舞爪地向他扑来。他又向左一躲，正面碰上了薛丽白，她已变成一个女妖，满脸灰红，身穿蓝色长裙，手舞双剑，瞄准何少康，挥剑便砍。何少康一看无处可躲，只得向后急退。可没走几步，就掉进一个预先挖好的5米左右的陷坑里。上面几个人一起过来，冲下大骂何少康……

阳光从走廊折射到班房里，何少康也渐渐醒了过来。开饭了，外面的警察给关在里面的囚犯送来了小米粥、大馒头，还有咸鱼、咸苤蓝、咸黄瓜等小咸菜。

第一天，何少康一整天都没吃饭。他的伙食都被同屋的几个囚犯分享了。第二天，囚犯不敢再这样了，他们也怕把何少康饿死，那样，他们就要加刑了。这天，何少康只是简单地吃了点饭。三天后，何少康胃口大增，什么都吃了。大颠也又开始折磨他了。

一等到开饭时，何少康的饭盒就被人放在便桶上，不能就让他这样随随便便地吃饭。他得等过了好一会儿才能吃。这还不算，白天期间，几个囚犯谁要是想放屁，就坐上去，等放完再下来。这样，几个回合下来，何少康的饭盒，就不知被这种不良气体熏染了多少次了。等何少康面对着饱受别人臭气熏染的饭菜时，真想一下子把它扔出去，可那样，咕咕作响的肚子怎么办？这儿可不是自己家里，更不是当总经理那会儿了，要知道，这是监狱，是专装坏人的监狱。没办法，到了这儿，就不是正常人了，也就不能当正常人对待，什么都得忍了。因为，这就是对那些侵害别人利益的人的惩罚。

第二十四章　困兽的挣扎

在灯火通明的一幢住宅楼里。庄德相坐在一间卧室的沙发上，翻看一本法律方面的书。他一会儿眉头紧锁，一会儿蠕动嘴唇，口中念念叨叨。这几天，他的确很烦心。前天，他从乡下支农包村回来，又跟侯镇吵了一架，夏局长为这事还批评了他，再加上他乱搞女人，出麻烦了。昨晚，酒店小姐任怀香又去找他了，问他什么时候离婚，逼他在一周内办完离婚手续，因为她怀孕了。庄德相已经跟老婆谈过多次了，老婆不离，他要起诉离婚。他一根接一根地吸着烟。整个卧室笼罩在一片烟雾中，烟雾从卧室门口冲入大厅，把大厅里的老婆呛得直咳嗽。老婆走进庄德相的卧室，站在庄德相的面前。

“老庄，你都这么大岁数了，干吗非跟我离婚，又为啥非娶我外甥女？”

这是庄德相的妻子，在家里第 N 次劝庄德相了。庄德相见妻子进来，扭过脸去，背对着他的妻子，把脸朝向窗外，看着楼下，嘴里叼着一根粗大的雪茄烟。他用手把嘴里的雪茄烟拿开，脸一扬，胸脯一挺，厉声说道：

“黄脸婆，现在，最起码，我们的缘分尽了。俗话说得好，好狗不挡道，知道不？”

“你，你……我告你去。”

“告吧，最起码，法律上结婚自由，离婚也自由。你也顶多告我不讲道德，可是，法律上是奈何不了我的。我还一样当我的公安局副局长，说不好，还会当更大的官。因为，上级组织已经找我谈过话了，我就要当咱市政法委副书记了。副书记，知道吗，知道是什么官衔吗？就是管全市政法战线的领导，是正局级，将来还会升到副部级或是更大。你一个平头百姓，想告我，就是鸡蛋碰石头，能赢得了吗？”

“呸，亏你还是有二十几年党龄的共产党员，真给共产党抹黑。当官不讲官德，你连个人格都不够，还升什么官。”

“人是不想做了，只想升官发财，自己享乐，我就是为了我自己。你，你骂吧，反正我是跟你离定了。”

“那好，姓庄的，你不仁就别怪我不义，咱们骑驴看唱本，走着瞧。告不倒你，我不是出家就是自杀，你就等着瞧好了。”

一听妻子这样说，庄德相好像有些害怕，眼睛里闪出一丝恐惧的目光。

“哎，哎，我说，最起码，你讲一点道理好不好？”

庄德相转过身来，来到妻子身边，拍了拍妻子的肩头说：

“你看看，我这也是为你好。不然，我常不回家，你在精神上和肉体上，都得不到应有的慰藉。离婚后，我可以给你一笔钱，最起码，你买座像样的楼，你可以找一个比我更好的，有一个好归宿。那时候，你吃好的穿好的，整天有你心爱的人陪着，又可以花前月下，卿卿我我。如果厌倦了，还可以养小男人，享受生活，其乐无穷，这有什么不好？”

“不行，我高家世代书香门第，信奉的是儒家思想，讲究的是三纲五常、三从四德。如今，你跟我外甥女结婚，老夫少妻，又不顾辈分伦理，不顾礼义廉耻，天理难容。我死也咽不下这口气。”……

次日一早，庄德相的妻子怀揣着一张50万元的存折来到了市纪检委。纪委纠风办主任接待了他。庄德相的妻子把存折放在桌上，平静地说：

“我叫高鹤湘，是公安局副局长庄德相的妻子。你们看看，这张存折就是庄德相收受贿赂的证据。一个靠工资生活的人，家里怎么会有这么多钱。”

纠风办主任听了庄德相妻子反映的情况后，立即报告了市纪委书记。

三天后，在公安局领导的陪同下，市纪检委的两名干部走进公安局副局长办公室。

“你就是庄德相同志吧，我们是市纪检委的。现在宣布上级决定，你被双规了。”

“什么，什么叫双规？”

“真的不知道吗？那我告诉你，就是在规定时间、规定地点，交代问题。”

“有没有搞错，最起码，我可是公安局，局……局级领导。”

庄德相弓身坐在沙发上，装着无所谓的样子。他从上衣兜里抽出一支香烟，独自抽了起来，这是别人刚刚送他的大中华牌香烟。可他的眼神里现出了异常惊惧的神色。两周以后，庄德相被刑事拘留，移交司法机关立案调查……

这时，409案又有了新线索。据一位放羊老人讲：液化气站的女尸，即薛丽白的尸体，是一天晚上被一辆奥迪轿车抛下的。老人偷偷记下了车牌号。侯镇等人经过详细核查，这正是一粮库一把手黄标的车。侯镇早就想抓黄标了。这件事，又一次提醒了侯镇，侯镇想通过敲山震虎，再看一下黄标的反映，他领人以了解情况为名，到一粮库再一次进行了调查。黄标自然矢口否认，并说他的车从没去过西郊。但侯镇凭着多年的侦查经验，已经看出黄标心惊肉跳，惶恐不安了。

次日一早，黄标突然乘火车外逃。指挥部决定对其抓捕。侯镇领人开着警车追上火车，将化装出逃的黄标逮捕归案。拘留所里，一经突审，黄标就招了。

“黄标，薛丽白是不是你杀的？”

“是。是我杀的。”

“为什么杀她。”

“她是我四哥何少康的情人，四哥见我喜欢她，就把她转让给我。一天晚上，我来了两个朋友，就找几个小姐作陪，薛丽白也去了。车不够了，就借了华先生的车。喝完酒，哥们儿说上郊外玩玩，野外泡妞更爽。于是大家一起上了车，我和另一个哥们儿自己开车。在郊外树林里，别人都派了对，个个如愿以偿，可薛丽白对我却有令不行，她硬是卷了我的面子。于是我来气了，借着酒劲，强行非礼。因卡住了她脖子，就把她掐昏了。为了多玩她一会儿，在她肛门里顶入一枚戊巴比妥栓剂。这样，是想让她处于睡眠状态，让她安静，我才能随心所欲。”

“后来呢？”

“可能是我头一次掐狠了，她没脉了。我当时也害怕了，原也想送医院抢救，可又一想，半路上死了咋办？别人告发我咋办？为掩人耳目，我就对同来的人说，你们哥俩儿先开华先生的车回去吧。我跟小薛再多玩一会儿，他们就挤一车先回去了。他们走后，我把薛丽白的尸体搬下车，又用绳子把

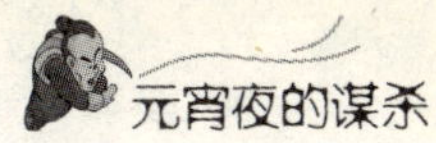

她吊到树上。我还到段百阳家去恐吓，让他别说真话。”

“这件事华先生知道吗?”

“他，也许知道，也许不知道。不过，我想，他不会告发我的。因为他要在我的粮库搞建筑。”

别看黄标平时不可一世，一副滚刀肉的样子，这回可真是出乎意料。同时，他还交代了他在一粮库和米业公司纵火，伪造薛丽白遗书的整个经过。没过几天，贡成见同伙纷纷落马，大势已去，在其离休老父亲陪同下，主动到公安局自首，承认了他参与纵火和贪污挪用公款等犯罪事实。这时，许明芳骨灰的化验结果也出来了，骨灰里含有大量砒霜，证实了侯镇的判断。

又是一个艳阳高照的上午。刑警队审讯室里，何少康在接受审讯。审讯前，侯镇作了周密部署，拟定了三套方案。配备了录音机、录像机和监控仪器，营造威严态势，力求使他认罪伏法。同时，还想出了一个小小的计策，让法医小朱假扮催眠大师，听说何少康相信催眠术。

“何少康，今天我们再谈一谈，来，这回我们为你准备了茶水，你可以先喝一点。”

何少康面露喜色，端起茶杯，慢慢饮着说:“这还不错!”

“何少康，这回你该认罪了吧?”

何少康把茶杯放下，两眼向上一翻说:

“你们抓错了人，我没犯罪，你让我认什么罪?”

一听何少康这样说，侯镇微微一笑，说:“何少康，今天我赢了，你是输定了。”

何少康也笑了，又喝了一大口茶说:

“不见得吧，还没审就说自己赢了，急了点吧。哎，喝杯水不算赖吧。今天这茶味道清鲜，慢着，请再来点水。”

李春晓走过来，用暖壶给他续水。

侯镇说:“何少康，今天我可是有备而来，你看，我已经从上海请来了催眠大师，他可以通过催眠让你说出一切事实真相。”

“侯大队长，这么做有点太小儿科了吧。你知道，催眠的书我读了不少。要催眠也得双方配合才行。”

“这你可错了，现在有一种新方法，只要一方喝下一杯特制的茶，催眠大师就能让他说出实话。何总，你今天喝几杯茶水了?”

听侯镇这么一说，何少康顿时惊恐地看着屋里的人。那穿白大褂的法医，那身着藏蓝色警服的警察，那审讯室的灯光，一下子整倍数地放大，放大……

何少康突然有些晕了，他好像一下子掉进了地狱。恶鬼们青面獠牙，手持刀杖，在给他用刑，他的头被铡刀铡下了，他的手脚被斧子剁下了，小鬼们用烧化的铜水硬往他嘴里灌。

侯镇又把哈丽娜的遗书和在他家中搜出的105万元现金、两万美金、12块劳力士手表摆在何少康面前时，何少康顿时呆若木鸡，傻眼了。他的心理防线到此全面崩溃，顿时面色灰白，嘴唇哆嗦着。

侯镇问："何总经理，你是自己交代呢，还是让医生给你催眠交代？"

"我坦白，我认罪。"

何少康低下头去，吞吞吐吐地说。侯镇又让李春晓递给他一杯红茶，何少康喝了一小会儿，然后，开始交代自己的罪行。他说话声音很轻很慢，但能听得清楚：

"……我一共杀了3个人。一是许明芳。在派石洪久杀许明芳之后，因许明芳没被杀死，我也不想再用这个办法了，所以我亲自出马，把砒霜掺进每天她吃的药里，好神不知鬼不觉，让她慢慢死去。二是让石洪久和金一邦雇用秦柏发杀哈丽娜。哈丽娜在医院治疗期间，我又让人调换吊瓶里的药水，用老鼠药杀死了哈丽娜。三是让黄标杀害薛丽白。她是个酒店小姐，原来还不错，后来不听我的。不经我同意就怀了我的孩子。还嚷着要跟我结婚，不结婚就得给她30万，否则，就要告我强奸罪，把带有我精斑的裤衩交给警察。我见黄标喜欢她，就想把她让给黄标，可她宁死不从。后来我对黄标说她死活都是你的人了，黄标就把她给强奸了。在她要告发黄标时，黄标把她给勒死了。另外，105万赃款是我通过恐吓职工，说搞企业内部改革，下岗分流，职工一百一百地给我送来的。还有，我们单位在四川设了一个办事处，专门卖我单位发运的玉米。我个人也做发粮生意。我派我的亲信石洪久，通过做假账把公款划入我个人账户。我想这样做，别人无法知道……"

2001年12月14日，经过江水市检察院批准，由公安机关正式对何少康、石洪久、黄标、贡成宣布逮捕，游街示众。有不少下岗工人指着车上的贡成大骂：

"哼！家里盖房子，买点粮库苇苫子都不批。这回好，想批好使吗？"

还有一些粮食企业的女工对黄标指指点点，咬牙切齿：

"这小子，一肚子坏水。女工产假工资全给扣下，想要工资，就得晚上到你办公室去。这回好，报应啊！"

最有意思的是裘福全。他赶着一辆毛驴车，跟在游街卡车后面，站在车

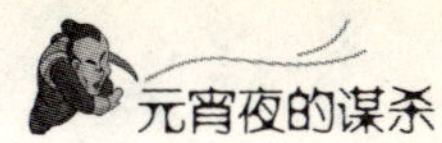

上，用鞭子指着何少康大骂：

“你这披着人皮的狼，你没长人下水，你不要哈丽娜了，干吗还要杀她？我……我操你八辈祖宗……”

“死生由命，富贵在天，是她该死，你怪我也没用。不过，你也不亏，不是还得了十万块吗！”何少康大声冲车下的裘福全说。

“你要这么说就是驴养的。你什么时候给过我钱，你敢起誓吗？”裘福全越气越骂，越骂越气。最后骂累了，就让自己的毛驴跟何少康对话，“畜生，去！跟你那哥们儿打打招呼！”

那驴真就“嗡啊嗡啊”叫了起来，引来众人一片大笑。游街途中，一名妇女领着孩子一直跟着车队，边哭边冲车上的何少康叫骂。她就是石洪久的妻子。

“姓何的，你这挨千刀的，干吗连累我家洪久？洪久，有啥话你就都对政府说了，别再替那个姓何的捂着盖着。”

有时何少康被骂急了，就冲车下吼几句：“臭娘们儿，妻贤夫祸少，你也不脱鞋底照照，你凭什么穿金挂银，住100多平方米的大楼，还不是因为有老子的照顾。”

“……洪久，别信他的话，把知道的就都跟政府说，争取减刑，早点出来！”

……

到了中午，刑车向拘留所方向缓缓开去。这时一个破衣烂衫的疯子，追上了刑车。他手持一根高粱长秆，上面插着一串糖葫芦，送到何少康的嘴边。何少康一看，原来是他的同学史诗明。他张开大嘴，使劲地咬了两口，连说谢谢……

2001年12月16日上午，三辆蓝黑高级轿车停在了市公安局大楼前。从车上走下一行人来。这是江水市委市政府领导，到公安局慰问207案全体干警。公安局长夏令标领着十多名干警出门迎接，来到二楼会客室。夏令标向市领导班子详细介绍了整个案件的侦破过程。市委书记洪涛同志听完汇报，高兴地说：

“207案子侦破成功，同时还挖出了公安内部的腐败分子，说明公安局领导班子，是有凝聚力和战斗力的领导集体，是公安战线经得起考验的中坚力量。你们之所以取得成功，是你们努力奋斗的结果，是公安干警把党和人民的生命财产放在第一位的充分体现。这次，你们全体公安干警为全市人民贡献不小。我代表市委市政府、全市人民以及我本人，向你们表示衷心的祝贺和诚挚的谢意。”

“谢谢市领导的夸奖，我们还做得很不够。今后还要加倍努力工作，恪尽职守，履职尽责，严打犯罪分子的嚣张气焰，不辜负市领导和全市人民的厚望。为我市构建平安和谐社会，作出新的贡献。”

临别，市委书记拉着夏令标的手说：

“我说夏局长，成绩我就不再说了。下一步，你们要再接再厉，乘胜追击，拘捕逃犯，深挖腐败根源，使我市的公安工作再上一个新台阶。我恭候你们的好消息。”

市领导走后，夏令标局长召开全体干警代表大会。会上，他首先对前一段侦破案件工作进行了总结。表扬了侯镇领导的刑警队，记集体二等功一次。还特别表扬了徐庆和和李春晓，给他俩记三等功一次。会后，刑警队指导员杨明光和副队长巩长成一出会场，就跟侯镇商量着刑警队全体成员开个庆功会，大家热闹一番。于是，当晚在凯歌大酒楼订了三桌酒席。

“今天，是我们刑警队高兴的日子，也是咱们全市人民高兴的日子。因为在我们全体干警的共同努力下，我们成功破获几起连环大案。这是我们公安战线的一件大事，也是全市人民的一件大事。案件的侦破，大长了我们广大公安干警的志气，大灭了犯罪分子的威风。现在我提议，为我们更好地开展下一步工作，干杯!”

这是在酒席宴上，侯镇首先作的开场白。接着副队长巩长成说：

“哎，小徐，你给大伙儿唱首歌怎么样?”

“行啊，副队长说话了嘛。”

“啊，对了，你就唱你平常哼哼那个《知道不知道》。”

徐庆和说：“我说副队，你记错了吧。那是别人唱的。我看，今天这个场合，唱个京剧《智取威虎山》选段正好。”

“好哇！不管你承不承认，你唱就行。那就来吧。”

徐庆和站了起来，清唱道：“今日痛饮庆功酒，壮志未酬志不休，来日方长显身手，甘洒热血写春秋!”

小徐这段京剧把酒宴推到了高潮。酒桌上，不知谁先说了一句：“哎，小徐还没对象呢。”

指导员杨明光说：

“那没关系，有机会我给他介绍一个。哎，听说春晓京剧《西厢记》唱得好，让她给我们来一段好不好?”

“对，最好是让他俩共同给我们唱一段《西厢记》。”

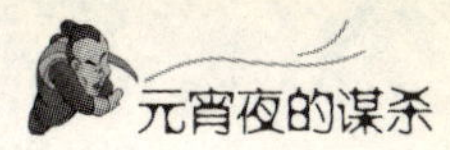

侯镇说着带头鼓起掌来。“好——”大家异口同声。

副队长巩长成说：

“我听说徐庆和会拉京胡，今天我让他把京胡带来了。让他伴奏，怎么样？”“好——”

随后又是一阵热烈的掌声。杨明光说：

“那不行啊，他俩一起唱，那谁伴奏哇？还是小徐先唱吧。小徐，你先来。”于是，小徐自拉自唱，学了《西厢记》里的张生的一个唱段：

扬鞭催马长安往，
春愁压得碧蹄忙。
风云未遂平生望，
书剑飘零走四方。
行来不觉黄河上，
怎不喜坏少年郎！
拍长空逐浪高百丈，
归舟几点露帆樯。
真乃是黄河之水从天降，
你看它隘幽燕，分秦晋，带齐梁。
浩然之气从何养？
尽收这江淮河汉入文章。
琴童带马把船上，
艰难险阻只寻常。

掌声过后，徐庆和又继续拉起京胡，为李春晓伴奏。李春晓站起身，唱了一段《西厢记》里崔莺莺的一段二黄原板：

斟美酒不由我离情百倍，
恨不得与张郎举案齐眉。
张郎啊！
学梁鸿与孟光夫高妻贵，
又何必到长安去候春闱。
做一对并头莲朝夕相对，
不强似状元及第衣锦荣归？

京剧唱完，杨明光笑着说：

“你们二人真是珠联璧合，配合默契呀。”

不知是谁说了一句：“天生一对。”

弄得小李小徐不好意思地低下头。为了解围，侯镇换了个话题：

“哎，诸位，革命尚未成功，同志仍需努力。207案虽然破了，可案犯还没有全部抓到。一粮库职工金一邦，目前在外地打工，我们还没有搞清楚他现在何处。所以，我们还要牢记党的宗旨，振奋精神，再接再厉，争取最后的胜利。”

是的，207案真相大白后，还有一个人没有受到法律制裁，这人就是金一邦。秦柏发刺杀哈丽娜后的第三天，金一邦就乘火车南下了。金一邦拿着石洪久给的两千元去了广州。在广州，他被一家私营企业骗了。一进那家企业，他就被流氓工头抓起来，像奴隶一样给人家干活，还整天挨打受骂，身上剩下的钱也被搜了去。一天夜里，他从工棚里偷着逃出来。在火车站，他爬上了北上的货车。几天后，在货车上，他看到了“北京站”三个大字的站名。于是，溜下了货车，走出站台。在北京站候车，他从旅客丢弃的塑料袋中，拣到一点点零星食物。吃完之后，坐在一张椅子上休息。在北京站转悠了几天，他也没找到合适的工作。渐渐地头脑也不好使了，整天昏昏沉沉。这天上午，金一邦想知道是几月几日了，就朝着北京火车站候车室的电子钟走去，电子钟上，显示着2001年12月16日上午10点13分。金一邦看了看电子钟，然后转身朝一个空着的座椅走去，他闷坐在座椅上，想着下一步自己该怎么办？因为他身无分文，已经好多天没正经吃东西了。他后悔了，因为哈丽娜，是在他的牵线搭桥下被杀的。自从哈丽娜被杀后，哈丽娜的影子就成天在他眼前晃悠。使他吃不好饭，睡不好觉。尤其是从哈丽娜那两眼发出的哀怨目光，直射得他恨不得钻进地缝。他一米八的个头，待在哪儿都很显眼，他只好把头压得更低。这几天有逃犯流窜，北京站也加强了检查。当值班警察看到金一邦蓬头垢面、一脸恶相时，觉得他跟上级要追查的逃犯有点像。又看他贼头贼脑，凭着多年的职业敏感，一看这人就不是正道上的。

为了试探一下，值班民警走过来，一只手放在腰间的枪套上，走上前大声问：

“哎，你想上哪？我看一下你的车票。”

就这一句话，把金一邦吓得魂飞魄散。他以为，这是江水老家派警察来抓他来了，于是他也不答话，起身就往外跑。可凭他那点本事，哪是训练有素警察的对手，没跑几步就被警察追上，一个腿绊将其撂倒，警察趁势将其骑住，把他两只手向后一对，给他扣上了手铐。金一邦在北京火车站落入法网后，经过初审，然后被江水警方派人押解返回。

“金一邦，你老实交代。”

这是刚刚从北京押送回来的金一邦在拘留所接受审问。

“是，是，我一定交代。”

“你到南方干什么去了。”

“打工啊。”

“多家老板不要我。有一家虽然要我，可后来还被老板骗了。逃出后扒了货车，在北京下车。”

“在北京为什么不打工？”

“我也不知道。后来有个人告诉我，说我头顶上有黑气，还能听到女人的哭声。就为这，谁敢要我呀？”

“你上南方是不是何少康派的？”

“不是，要是的话，我能连路费都没有吗。走时还管石洪久借了一千，不信，你可以问他们。”

“你为什么帮何少康雇凶杀人？”

“我也不愿意。只是他给过我好处，对我有恩，我就没好意思说不行。这件事，一般人不知道内情。”

“那，为什么你不亲自动手？”

“起先，他是让我亲手去杀哈丽娜的。我虽然不是什么好东西，吃喝嫖赌啥都好，可也知道，杀人不是闹着玩的。无冤无仇，我可下不了手。”

“那你就给他找了个杀手？”

“嗯，就是这样。到了这个地步，我知道我也隐瞒不了。”……

2001年12月19日清晨，初升的阳光，给刑警队大楼这座新型仿古建筑涂抹上了一层灿烂霞光。楼前两排一人高的翠绿青松，在晨光里展现出勃勃生机。侯镇、徐庆和、李春晓从大楼里走出来。三人有说有笑，一同上了一辆警字轿车。

上午8时，福田市中级人民法院在江水市法院办公楼开庭，公开审理此案。大厅内人山人海，座无虚席，大厅两侧及过道上，都挤满了前来观看的各界人士。大厅里灯火通明，主席台正中墙上，高高悬挂着共和国国徽。审判庭主席台上，坐着一名审判长、两名审判员、一名书记员。8时30分，审判长拿起木槌，在桌台上敲了一下。随着一声清脆的木槌声，大厅顿时静了下来。审判长大声宣布：

“何少康杀妻一案，今天正式开庭审理，全体起立！……坐下，传被告人到庭……”

伴随着审判长铿锵有力的声音，被告人、辩护人、公诉人都一一来到大厅。

首先，作为公诉人，江水市检察长宣读了起诉状，然后，审判长开始了法庭调查。

“何少康，你为什么要雇凶杀死哈丽娜?”

审判台上的审判长开始讯问被告人。

“我没有雇凶杀她，只是想找个人打她几下，教育教育她就得了。可谁知他们出手过重，竟把人给打死了。”

“可是，在你的案宗里，我们看到了你的口供。你是承认了雇凶杀妻的。”

“那是被警察逼的。”

“怎么，他们打你了吗?”

“打倒是没打，不过折磨得可是够呛。”

“怎样折磨?”

“不让睡觉，还不够吗?”

“那你是在不得已的状况下承认的吗?”

“是，是呀。我说法官，我是不是雇凶杀妻，只问我还不行，你可以问一问其他被告。”

“那好。石洪久、金一邦，两位被告，何少康有没有让你们雇凶杀人。”

“没，没有，当时何总只是说让我们找人打哈丽娜两下。”

听了两人的回答，在场的人惊诧不已，一片唏嘘声。都觉得被告人回答得太出人意料了。是不是他们串供了，定下了攻守同盟。

对了，就在一天前，何少康为了开脱罪责，给同一狱所的石洪久和金一邦发出了狱中指令。

狱警送饭来了。石洪久打开自己的那份盒饭，饭盒里一半是菜，一半是饭，石洪久用筷子夹了一口炒蘑菇，又扒了一口饭。这时，他发现饭盒的蘑菇里有一个手指大的小玻璃瓶，瓶口有一个小橡胶塞。石洪久没有吭声，他装着被饭噎着的样子，在屋子里找水喝。走到墙角，趁人不备，把小瓶放入兜里。吃完饭，他装作倒在床上休息，侧身过去，把小瓶打开，取出里面的字条。打开一看，见上面写着：

明日开庭，你们要翻供。只承认让你们打人，不可说是雇凶杀人。

我会救你们出去的。

何2001年12月18日

与此同时，金一邦也收到了同样的字条。

“石洪久，金一邦，法律是重证据，轻口供的。我可以负责地告诉你们，我国刑事诉讼法中规定，没有犯罪嫌疑人口供，但有证据表明其犯罪的，可依照证据对其实施刑罚。所以，即使你们不承认，法院也可以根据实事宣判。”

审判长严肃的话语，把二人从回忆中拉回到现实中来，他们一听审判长这么说，不由得低下头去。审判长又问何少康：

“被告人何少康，你是以你以前的供词为准，还是以现在的供词为准？”

“哼，当然是现在了。”

何少康理直气壮地说。审判长又问石洪久和金一邦：

“被告人石洪久、金一邦，如果你们说的与事实不符，那么合议庭在量刑的时候可要加重处罚。这一点我必须事先声明，免得你们后悔。”

这时，辩护人——何少康请的律师开始为被告人进行辩护了：

“我的当事人刚才已经说了，他只是派人打妻子哈丽娜几下，出出气。我认为情有可原，不能认定他是有意杀害。而且，在实施过程中，执行人出手过重，致人死亡，那是执行人的事。对执行人来说，他没有按照当事人的意图办事，造成了过失伤害。他是违背了当事人的意图的。我觉得，这起过失伤害案，是当事人和执行人之间的误解造成的，所以，法官应从误伤角度对双方进行判决。”……

在长达6个小时的庭审中，石洪久、金一邦、黄标3名被告的供词虽有反复，但最后决定以第一次供词为准，承认了犯罪事实。只有何少康抱有幻想，否认了前面的供词。

与此同时，2001年12月20日、23日，江水市纪委和粮食收储公司分别作出决定，撤销何少康、黄标、贡成党内外一切职务，开除公职。同一天，第一粮库也作出决定：将该单位职工石洪久、金一邦开除公职。

2001年12月29日上午8时30分，福田市中级人民法院，又在江水市法院大厅开庭。警铃响起，何少康等犯罪嫌疑人被法警押上法庭。大厅内外挤满了人。

上午9时，审判长宣布：

“何少康，犯受贿罪，判处无期徒刑，剥夺政治权力终身；犯巨额财产来历不明罪，判处有期徒刑3年；犯雇凶杀人罪、判处死刑；数罪并罚，判处死刑。黄标，犯故意杀人罪、纵火罪，判处死刑。石洪久，犯协助雇凶杀人罪，判处死刑，剥夺政治权力终身。秦柏发，犯杀人罪，判处死刑，剥夺政治权力终身。金一邦，犯协助雇凶杀人罪，判处无期徒刑。贡成，犯巨额财产来历不明罪，判处死缓，抄没所有财产。”

听完审判长宣读的判决书，何少康第一个喊起来：

“我不服，我冤枉。警察搞刑讯逼供，我要向高等法院申诉！”

一审判决：何少康、石洪久、金一邦、黄标、贡成五名被告中，四名不服，虽然石洪久一人服从判决，但因同案人上诉使判决没有生效。

在江水市看守所，何少康整天坐立不安。他对死亡是恐惧的。虽然他的案子已经上诉到省高级法院，但他知道，一旦驳回，他将立即被押赴刑场，执行枪决。那时候，什么都完了。

“何少康，你家人来看你了！”

何少康抬头一看，是狱警在门口叫他。他从牢房走出来，来到接待室。透过大玻璃窗，他看到了他的大哥——江水市委常委、市政府秘书长何德康，何少康一下子像看到了救星，顿时两眼放光。他忙走上前，拿起电话，啼笑皆非地说：

“大哥，现在只有你能救我，我还想活呀！”

何德康拿起电话说：

“你呀！没想到你竟走上了犯罪道路，真不知咋说你好。犯这么大罪，真是福享够了，作到头了，傻实心了。”

何德康又用手指了指他带来的一提包东西，叹了一口气说：

“这里有我给你带来的食物，和一些生活日用品。另外，我已托人再找一个律师为你辩护，帮助你挽回局面。你就安下心来，等候消息吧！”

“大哥，咱俩可是一奶同胞，你可要救我，真的，大哥，你可别忘了。大哥，我要是出去了，你爱吃烤全羊，我可以给你买10只，100只，多少只都行。”

“你就是不这么说，我也是要救你的。咱爸咱妈都70多岁了，整天为了你的事，吃不好饭睡不着觉。为了二老，我也得帮你呀。”

“哎，你请的律师什么时候到啊？”

“你呀，干啥都性急。不知道古人说的求福速祸，安然得福的道理吗？”

“哎呀，到这个时候了，你还教我这个有什么用。”

“你要是多读读圣贤古书，多明白点做人的道理，哪有今日之祸。”

临别，何德康又说道：

“你要好好接受改造，别想太多。哎！死马当活马医吧！”

两天以后，有狱中在押犯向何少康出卖警方未破案线索。何少康为了活命，想通过举报线索立功减刑，花好几万元买了大量这方面的线索。

“报告，我要交代问题。”

这是何少康在向警方检举立功，他天天向警方检举，以便获取立功机会。同时，业余时间，他全部用来读法律方面的书，时刻准备为自己翻案。然而，他举报的有些线索并不重要，而太大的案件线索他想搞到也很难，所以他没有多少立功机会。

“赵老钻，你还有要卖的吗？求求你，卖给我吧。”

何少康这是在向一个犯强奸罪的人要案件举报信息，此时的他已经不羞于与盗贼、流氓、强奸犯为伍。每时每刻悉心听取他们的教唆。他头脑中，整日思考着如何翻供、翻案，以及通过检举别人来减轻自己的罪行。

第二十五章　苍天的判决

“报告，何少康疯了。整宿不睡觉，还乱踢乱咬。”

这是2002年1月4日，一个跟何少康同一寝室的囚犯在呼唤狱警。

一个狱警走到二人牢房前，见何少康确实与往日不同了。满脸黑灰，光着膀子，白裤衩也被撕成一条一条的，嘴巴流着血，牙齿上下嚅动着，同一狱室里的另一个囚犯被他咬得鼻子窜血，一边手捂鼻子一边喊人……

一辆医院救护车，把何少康带到了福田市精神病院。这是一家在全国同行业中享有盛誉的医院。

何少康在家人、律师、狱警的陪同下，走进这家医院的后楼住院部。在住院部的一个房间里，何少康有气无力地坐在一把凳子上，面色苍白，直翻白眼，接受医生的入院询问：

“姓名？”

“黄天霸。”

何少康一听医生问话，突然来了精神，大声答道。

“家里有几口人？”

“存栏数150头。其余的都杀了，上天堂了。”

"你是做什么工作的?"

"杀猪的。一天能宰肥猪一大口,煎炒烹炸样样都精通。大夫,你家要办事情吗?"

"不!"医生摇摇头。

"你家办事情,我帮你办。我不仅能杀猪做菜,还能当司仪。不信,你听,女士们、先生们:大家好!今天,晴空万里,艳阳高照。面对大好时光,猫小姐和犬公子喜结良缘,真是可喜可贺。下面,请允许我代表犬家老小,对你们这些狐朋狗友、鱼鳖虾蟹、鸡鸣狗盗之辈的到来,表示衷心的感谢。沧海横流,飞黄腾达,视死如归,事半功倍。哎!我说的是不是成语?"

"是,是成语。"医生随声应付着。

"是成语,说明我是有水平的。"

"是呀!是呀!!"

"那你看我当个市长行不行,当个省长行不行,当中央军委主席呢?"正说着,何少康起身大声喊道,"噫——呀——死鬼呀!冤家路窄,我总算找到你了。"

何少康猛地蹿起来,像一头暴怒的狮子,冲上去用力扇了医生两个耳光。

狱警急忙过去把他拉下。住院部主任走过来,对医生说:

"先给他服几片氯丙嗪,让他安静一下。"

何少康服药后被拉到病房一个房间,由护士看护起来。带队的狱警问:

"大夫,何少康是我们的在押犯人,他真的患有精神病吗?"

住院部主任说:

"从症状上看,很像精神病。不过,要确切鉴定的话,还需要观察。因为精神病临床症状多种多样,不一而足。目前,常见的精神病有7种:一是精神分裂症,二是躁狂忧郁症,三是周期性精神病,四是症状性精神病,五是反映性精神病,六是器质性精神病,七是更年期精神病。"

狱警问:"那么何少康患的是哪一种精神病呢?"

"从他刚才表现上看,他患的是精神分裂症。"

"大夫,他是个犯人,怎么会突然患精神分裂这种病呢?"

"这个,病因还很多。主要是大脑功能紊乱的结果。具体又分为精神因素、遗传因素、躯体疾病和自体代谢因素和不明因素。就精神分裂病症而言,关于它的病因问题,至今在医学领域还没有得到解决。近一百年来,病理生理、病理解剖、生物化学、遗传学、社会心理学、神经病学等诸多学科专家，利用现代科技手段，通过多种实验，都没有对精神分裂症的病因作出很好的回答。任何事物都是不完善的，这也是医学上的一大憾事。”

“大夫，他是个杀人犯，你知道，精神病杀人是没有死罪的。他会不会装出病来，以逃脱法律的制裁呢？”

“警官先生，法律上的事我知道的不多，不过，病人犯病的时候，可以不受法律惩罚，但他正常情况下犯罪，就不能不受法律惩罚了。这又涉及一个精神病周期性问题。有些患者发病，与月亮周期有一定关系。每次发病和终止都比较突然，有时如晴空霹雳，有时又骤然开朗。”

“眼下这个问题，我真不知怎么办好。这样吧。今天我们先把何少康放在这儿治疗，我再打电话请示上级，看如何处理为好。”

“那好吧。我们也再观察一下。”……

2002 年 1 月的一天，徐庆和与李春晓来侯镇家串门来了。他们提着一兜水果、两盒点心。侯镇把他们让进屋，叫爱人给他俩沏茶，拿糖果。

“喲，这是我妹妹从南方带来的糖果，来，吃一块。哎，对了，什么时候吃你们俩的喜糖呀？”侯镇的爱人笑着说。

“双方老人都见面了，他们没有意见，一致同意。只是结婚证还没申请。再说，眼下太忙，我说明年五一，春晓说等何少康案子结束再办。”徐庆和喝了一口茶说。

李春晓说：“队长，最近听说，何少康以自己有间歇性精神病为名，准备翻案。可有此事？”

一听李春晓说要翻案，侯镇先是一愣，然后说：

“不会的，我们这个社会，虽然还有许多不正常现象，但我还是相信司法是公正的。骗得了一时，骗不了一世，终究会水落石出的。来，剥个橘子吃。”

侯镇嘴上这么说，但心里暗想，自己要尽一切努力，维护法律尊严，可不能让何少康这样的人，再钻法律的空子。那样，自己和战友们这么长时间的心血就会白流。现在，社会上，一些地方不良风气猖獗，黑白颠倒，是非混淆。这样铁证如山的案子，也有人要把它翻过来，是钱在起作用吗？还是……

次日一早上班，毛令军领着孩子来到刑警队找侯镇。一进门就说：

“侯队长，听说何少康要翻案，可不能让他翻案啊！他要是再出来了，不知还要祸害多少人。你们这些做警察的，可得给我们老百姓做主哇！”

把毛令军和孩子让到沙发上坐下，侯镇笑着说：

“毛大哥，别急，请先坐下。您听我说，我国的公安机关、检察院、法院是用来惩办罪犯，保护人民的。职责和案件管理范围，也是各司其职，各有分工的。《刑事诉讼法》里有明确规定：公安机关负责对刑事案件的侦察、拘留、预审；检察机关负责批准逮捕、检察以及提起公诉；人民法院负责审判。现在，何少康的案子已移交市检察院处理。我们的任务就是搜集罪证，抓捕犯罪分子。目前我们的任务已经完成，下一步该由检察院起诉，法院判决了。不过，你可以相信政府，何少康的案子，已经大白于天下了。尽管何少康不服判决，上诉到高级法院，但法律是公正的，天理昭昭，我想，他一定会得到应有的惩罚。你手上不是有我的名片吗？如果遇到了什么危险，可直接打手机给我，我 24 小时开机。”

“我听说，他现在想以自己有抑郁型精神病为由，进行上诉。还从北京请来 3 名大律师，组成 3 人律师团，人称铁三角，就是要逃脱法律的制裁。”

“法院不是他家开的，不能他想咋样就咋样。”

“那好吧！听你这么一说，我这心里敞亮了不少。但多少我还是有点担心。”侯镇又劝了毛令军一会儿，然后送他们父子下楼。一回屋，徐庆和说：

“队长，我也听说何少康一家在四处托人，力图减刑。”

“我相信，善恶终究必有报。让他托人吧，看最后法律怎么判。你敢不敢打赌？”

正说着话，哈美娜哭天抹泪地走了进来。一边走一边哭诉：

“侯队长，听说何少康说我姐姐的遗书是伪造的，要找人重新鉴定。这怎么是伪造的呢？我们干吗伪造呀！”

“别急，别急。你的病刚好，可不能着急上火。我敢说，他最后一定要败的。”

“何少康要是不判死刑，谁能替我姐姐申冤呀！”

“我替她申冤。”

众人抬头一看，见裘福全走了进来，裘福全接着说：

“侯队长，要是法律不能惩罚何少康，我豁出去这一百多斤，一个人把他宰了，为民除害。”

“这可不行，你还有孩子，千万可不能再干傻事了。”……

晚上，侯镇回到家里。他爱人在厨房正忙着洗碗，一见侯镇开门回来，就大声问道：

“听说何少康翻案了，可有此事？”

“现在还没有最后定论。”

“人家在北京请了有名的大律师，他的案子一定得变。”

“一定得变？儿子你说能变吗？”

上小学的儿子在背古诗：

“出塞——王昌龄

秦时明月汉时关，万里长征人未还。

但使龙城飞将在，不叫胡马渡阴山。”

“儿子，说得对！说得好！”

侯镇从床桌上拿起一支烟来，用打火机点燃，慢慢地吸着。他听着儿子背的唐诗，心里不由得生起对王昌龄的赞叹之情。古代的仁人志士，能有这样的襟怀，我作为一个现代人民警察，一定要忠于党和人民，把坏人绳之以法。确保国家财产和人民生命安全。爱人洗完碗筷，从厨房走出来，给侯镇沏了一杯茶，对侯镇说：

“想啥哪？哎，人家两千多年前的孔子就曾说过：‘刑不上大夫。’就说明中国缺少法制，法律面前不能人人平等，高官显贵可以不受法律约束。这句话……我不知当今作何解释？”

“嗨，那是有人曲解孔子的原意。现在有专家考证，说孔子的原意是说作为一个士大夫，应该洁身自好，不能知法犯法。一旦将有刑具加身，则赶紧自杀也不能受辱。”

侯镇一边喝茶一边解释道。

夜里，等妻子睡熟了，侯镇起床来到客厅。他点亮台灯，拿出纸笔，笔走龙蛇，挥挥洒洒，飞速写了起来。他这是在写请愿信，准备通过召集警队人员共同签名，然后上交检察院和法院，以阻止何少康翻案的阴谋。

这天一早，天上飘着轻雪，村长郭景海一个人走着来到刑警队。侯镇一见，赶忙迎上来，以为他又要报新的案情。郭景海见面就说：

“侯队长，上次，你托我给你们队里的法医介绍对象，我好长时间也没找着。这回有了，就是我们村的吴明花，她可是好人啊，就是命不好。这不，他第二个丈夫秦柏发死了，她又孤身一人。她母亲托我给她再找一个，我就介绍了你们那位法医。她一听就同意了。她说年龄比她大点无所谓，人好就行。这不，我就急着赶来了。”

侯镇一听，皱起眉头，半天没说话。他又回忆起老张的许多长处，他刚到刑警队那会儿，住的是砖平房，是老张常帮助他。搭火炕，装暖气、砌院墙、维修房子……一想起这些，侯镇就鼻子发酸。

“侯队长，看来，这事是我办错了吧。”

“哎呀，不好意思，我光顾想心事了。跟你说吧，我们那位老张已经去世了。我对不起他呀，只顾工作，没有关心照顾好他。哎，谢谢你呀。还记得这件事呢。”

侯镇急忙擦了擦眼角，站起来跟郭景海握手。然后拿出香烟，亲手给他点上……

2002年1月25日，何少康雇凶杀妻案被转到了东北A省高院。高院对何少康律师提出的，何少康本人患有抑郁型精神病，要求从轻或免于处罚的辩护进行了一个多月的审核。根据北京、上海等权威专家鉴定，何少康没有精神病，只不过精神受了一定刺激，有轻微的精神失常。不是无刑事责任能力的人，所以，是要承担刑事责任的。经过反复审理，省高院决定：何少康应退出精神病院，回看守所关押。同时派出专案组，亲临江水市，展开了对此案的全面复查工作，以便作出公正的终审裁决。

2月27日，一辆警车把何少康从精神病院又送回到江水市看守所，一回到看守所，他就愤愤不平，整天骂骂咧咧。生活上不修边幅，不讲卫生。经过一个多月的折腾，何少康胡子和头发白了许多，人也瘦了一大圈。为了给其他人一个安定的环境，他被关进了单间。

“他奶奶的，都他妈是婊子养的，两箱茅台酒白搭了，几万块钱白送了。20块劳力士表打水漂都不响，连他妈了个精神病证明都没开回来。”

拘留所里的何少康恨恨地骂道。他一天到晚不安分，不是下床踱步，就是吵吵嚷嚷。只有狱警出来阻止，他才能消停一会儿。

这一天下午，白惠珊来看何少康了。

“少康，少康，你可瘦多了。”白惠珊一见何少康就泪眼婆娑，哭个不停。

“别难过，过几天我就出去了。那时候，还是咱的天下。”何少康不无吹嘘地说道。

“是吗？少康，那可挺好。”

一听何少康这么说，白惠珊止住了哭泣，她打开提包，拿出几件东西。

“看，我给你买了一套新内衣，是名牌。还有，这是5只烧鸡，两瓶酒。鸡是沟帮子烧鸡，你爱吃的。”

“太好了，晚上可以喝两盅了。”何少康一看吃的，哈哈大笑了起来。一看何少康高兴的样子，白惠珊问：

“那，那你出来后能娶我吗？”

“能，能。”

“来，咱俩拉钩。拉钩上吊，一百年不再变。”

“不过，你得先替我办件事。马上办，要快。”说着何少康把一封信递给了白惠珊……

在一个阴云密布、狂风怒吼的漆黑夜晚，何少康的姐姐何德楣来到看守所，她要看看何少康。接待室里，何德楣递给何少康一本书——《论语新说》。

“看看这本书吧，读后你会受益匪浅的。”

何少康说：

“都这个时候了，还看这种书干什么？”

“这你就不懂了。孔子早就说过，朝闻道，夕死可矣。”

“死——？说点吉利的。哼，我不能死。我还检举过贪腐大案呢。从这点，最低也得判死缓。”

“这是一本解读孔子思想的书。我最近读了很受启发。所以，我想让你也读读，如果你们狱中有人愿意读，我可以多买几本，免费赠给你们。”

“哈哈，我说大姐，你可真是越来越糊涂了。在官场上混，得看李宗吾的《厚黑学》呀。怎么能看这种现代无名小卒写的东西，什么孔老二新说呀！”

“你，你怎么这样。真是抹不上墙的泥，朽木不可雕哇。”

“哎，从北京请的律师怎么说？”

“律师说愿意奉陪。这件事我一直在努力，不过，我还是担心呀，从目前的情况来看，还不敢说一定能成功。关键还要看法官怎么判。”一说到这，何德楣有些哽咽。

“法官那面也得找找人，我就不信他们不爱钱。”

何德楣没有再说什么，掏出手绢擦着眼泪……

“最近身体怎么样？”

哥哥何德康又来到看守所，给何少康带来一条香烟和一些日用品。

“少康，在这里，你要老老实实接受政府改造。”

“这个我不听，我只是想知道，我什么时候出去。”

“出去？你造得那些业，还能出去吗？贪污受贿、买官卖官，搁在一边不说，单就304杀人案、207杀人案、409杀人案、913纵火案、雇凶谋杀章董事长案，还有许许多多的强奸案，哪一个，不是跟你有直接和间接的联系？人家要是锥子剃头——一根根深挖，咱枪毙几个来回都不知道哇！现在，检察院只是以207杀人案对你进行起诉，你干的其他那些事，没有深究。可咱自己知道，你干了多少坏事呀！我看，就是托关系，走门子，送大礼，也是难逃一死啊。谁让咱造的业太大呢。”

听何德康这么一说，何少康脑袋耷拉下去，过了一会儿，他抬起头来问：

“杀章董那人现在在哪？”

“前几天喝大酒，得脑出血死在饭店了。”

“哎，真是，不行的话，判个无期或是死缓也可以。啊，是不是呀。如果缺钱的话，我可以给几个粮库一把手写信，要他们再捐点。哪个敢他妈的不出血，哈哈，我正好想立功呢。”

“哎，别乱咬了。我一定尽力而为，谁让你我是一奶同胞呢。这也怪平时我没有好好帮助你改造思想，一任你的错误行为随波逐流，泛滥成灾，才酿成今天这种局面。”……

这天中午，侯镇外出回来。

“小徐，小李，告诉你们一个好消息，何少康的案子终于有定论了。”

侯镇只轻轻这么一说，刑警队就围上来一群人。

“哎，队长，咋判的？快说说。”

“暂时保密。”

“嗨，队长，快别卖关子了。”

“何少康死罪。”

“那其他人呢？”

“这个，只有徐庆和与李春晓知道。你们去问他们好了。”

“嗨，我们怎么知道。”

李春晓瞅瞅哈哈大笑的侯镇，不好意思地说。这时，一辆红色轿车来到刑警队停下，从车里走下来副乡长门喜。侯镇和徐庆和一见，忙迎上去。

“侯队长，我来给你贺喜来了。怎么样？双喜临门吧。”

“还是老兄有眼力呀。别走了，留下来喝酒，庆贺一下吧。”

“侯队，庆和，是什么酒啊？我可是要喝喜酒的。”……

与此同时，白惠珊又来看守所看何少康了。

“少康，对不起，那，那件事我，都怪我不好，没，办成。”

白惠珊怯生生、结结巴巴地说。

“怎么没办成？”何少康怒道。

“你让我找的那个福田市聂副市长，在我去的前一天，被双规了。”

何少康听了这话，迟疑了一下，皱起了眉头。白惠珊把那封信掏出来，又交还给何少康。

“你马上去了吗，你去晚了吧?”

“是，是……晚了两天。完了……完了……就去了。”

“什么完了？不，我不是说好了吗，让你马上去！好了，这里没什么事了，你走吧。”

“我不走，怪我，真的怪我，事没办成。还有什么事，我这就去办。”

“走，走。”

“我不走，我再待会儿。”

“哼，老娘们儿，能办啥事？啥事也办不好。滚，滚吧，滚得越远越好!”何少康咆哮着，抓起那封信，当着白惠珊的面把它撕得粉碎……

2002年5月25日，徐庆和与李春晓，终于领到了他们盼望已久的结婚证。为表彰徐庆和与李春晓在侦破案件中取得的成绩，公安局党委决定，于5月26日为徐庆和与李春晓在公安局大会议室举行婚礼，要公安局全体公安干警来为这对新人祝福。在鼓乐声中，徐庆和身着深蓝色西装，挽着一身白纱的李春晓，站在主席台上。主席台两侧，挂着本市书法家写的一副对联：比翼双飞同事同心同志，喜结良缘新人新岁新婚。正中挂着大红双喜字。

副乡长门喜提前两天就来了。他要为这对新人主持婚礼。作为主持人，他一天跑前跑后，忙得不亦乐乎。

5月26日上午8点，公安局大会议室里座无虚席。门喜走上前台，他身着一身深蓝色的西装，打着猩红色领带，看上去十分潇洒。他用那浑厚悦耳的男中音说道：

各位领导，各位来宾，各位朋友、同志们：

大家好!

今天，我们广大公安干警欢聚一堂，来到这里为我们公安干线的一对新人祝福，我感到无比欣慰和自豪。在这充满美好向往的二十一世纪之初，作为这对新人的同学加朋友，请允许我，代表这对新人以及他们的家人，向今天到场的各位领导、各位来宾、各位朋友、全体同志们表示衷心的感谢和诚挚的祝福。祝大家在新的一年里，百事百顺，喜上添喜，吉祥如意，合家幸福。

下面，让我介绍一下新娘。看新娘，警校毕业，业绩辉煌。看新娘，我们的警花，面如芙蓉，英姿飒爽，赛过五月丁香。再看今天的新郎，寒窗苦读，文武高强。看新郎，英俊潇洒，磊落大方。看新郎，我们的优秀警探，机警果敢，威猛雄壮……

同志们，在这美好的日子里，让我们再一次为两位新人，献上新世纪美好的祝愿：愿天空飘洒的白雪为他们降下吉祥的祝福，愿美丽的白鸽高飞蓝天，带去他们美好的期盼，愿大地青松，为他们的幸福保驾护航。愿他们二人在人生的道路上，携手并肩，同舟共济，乘风破浪，地久天长。……

下面，请证婚人、主婚人、介绍人入席。

随后，夏局长、侯镇、杨明光、巩长成走上台来……

2002年5月26日，农历四月十五，这是个不平常的夜晚。因为明天就要开公判大会了。那时何少康就要离开这个世界，走向另外一个空间。这时，何少康想起许明芳说过的话：现在科学家已证实，宇宙有十一维空间。佛家讲有十法界，分别是：佛法界、菩萨法界、声闻法界、人间法界、畜生法界、地狱法界、饿鬼法界、阿修罗法界、天神法界、缘觉法界。人死了以后，灵魂就依据自己生前功德多少，来走向未来的法界。那么我何少康死后，能到哪里去呢？是上天堂还是下地狱？谁能告诉我？谁能告诉我？……

清凉的月光，透过铁窗，射进了牢房。牢房餐桌上，洒着稀疏的光亮。上面有一壶酒，一付碗筷，一只烧鸡，一盘猪蹄和一盘他爱吃的驴肉饺子。明天就要行刑，这是专门给他准备的最后的晚餐。从精神病院回来后，他就再没有举报什么案情，在装精神病不果的情况下，他想再做出努力，可还能做出点什么努力呢？他一直没有想出来。今天，自从送进来晚餐，何少康就一直坐在床上，桌上的东西一动也没动。他在回想着他一生来所做过的事。回想来回想去，他觉得人的一生，最美不过童年，人一旦长大了，思想就复杂了。假如自己不过分追求名利，假如自己不过分追求美女，假如自己不杀害那么多人，假如说……咳，没有那么多假如，现在说什么都晚了，想什么都晚了，如果有来生，来生从新再来吧。也许，明天，会有奇迹出现，法外开恩。古代刑场上，不是也有喊刀下留人的吗？但愿明天，会有意想不到的好事出现……

2002年5月27日，天色阴沉，细雨菲菲。上午9时，江水市体育场上万人聚会，人头攒动。福田市中级人民法院和检察院，联合在这里召开严打整治公开处理大会。省里的《都市晚报》、地区的《福田日报》和本市的《江水日报》都派出记者采访报道这一新闻。镁光灯频繁闪烁，记录着这历史性的一页。

主席台上，挂着横幅。上书：江水市严打整治刑事犯罪公开处理大会。

主席台正中，坐着福田地区中级人民法院的审判长、江水市市领导、公检法司领导。主席台西侧，坐着江水市公检法工作人员，侯镇、徐庆和、李春晓坐在其中。靠近主席台下，并排停放着四辆敞篷卡车。车上警察们押解着罪犯。每个罪犯胸前都挂着牌子，低头面向群众。何少康站在西起第二个车上，穿着囚服，剃着光头，依然傲气十足，只是脸上已没了血色。其他几名囚犯脸上也都没什么大的变化。当昨天家人去看何少康时，何少康还对他大哥说："我要活呀！我要活呀！"大哥何德康没有说什么，只是无奈地拍了拍他的肩膀。侯镇朝台下看了一眼，发现毛令军、裘福全、哈美娜各自领着孩子，站在人群中。这时，侯镇有点内急，就从侧面走下去上厕所。在他回来的路上，见裘福全领着孩子走过来，一见着他就说：

"侯队长，太好了，我终于盼到这一天了。"

侯镇一下子把小科科抱了起来，小科科拉着侯镇的手说：

"侯叔叔，我再给你背一首词：

忆秦娥·娄山关

西风烈，长空雁叫霜晨月。

霜晨月，马蹄声脆，喇叭声咽。

雄关漫道真如铁，而今迈步从头越。

从头越，苍山如海，残阳如血。"

"这孩子真聪明，得好好培养啊！"

侯镇抚摸着小科科的头，裘福全从侯镇身上把小科科接过来说：

"下来吧，叔叔忙，别跟叔叔闹了。侯队长，今天何少康能判死刑吗？"

"能。一会儿就宣布了。"

"那可太好了。这可真是不是不报，时辰未到，时辰一到，必然得报哇。我想，哈丽娜的在天之灵可以安息了。谢谢你，侯队长，您忙去吧。"

毛令军也走过来说：

"侯队长，辛苦了，你可为全市人民办了件大好事呀。"

"谢谢你呀，侯队长，我代表我姐姐，我父母，我们全家谢谢你。"

哈美娜急忙走过来，流着眼泪说。

"别谢我，要谢就谢党和人民。我只不过尽到了一个民警应有的职责。"

侯镇回头要走，见一粮库的金丝眼镜肖少陪走过来，手捧一包鞭炮和二踢脚，笑嘻嘻地说：

"侯队，是不是判完就这个。啪！"他用手比画了一下枪的姿势。

"对，对。"

“那就好，不然我这东西就白准备了。”……

9点15分，大会开始。首先，江水市委书记洪涛同志代表市委市政府作了重要讲话。内容主要是对前一个时期严打整治活动的总结，和对后一个阶段工作的部署。重点提到了何少康一案。他说：

“同志们，一个时期以来，我们江水市的社会治安不好，案件频繁发生，给国家财产和人民群众安全带来严重影响。今天，在省市两级政府的正确领导下，在我们广大公安干警的积极努力下，我们江水市的治安工作取得了阶段性成果，成功破获了多起案件，一举打掉了犯罪分子的嚣张气焰，给广大市民创造了一个平安的生活环境。这是我们公安战线的一大喜事，也是全市人民的一件喜事。同时，仅从207这起案件来看，作为反面教材，它也为我们广大领导干部敲响了警钟。作为领导干部，作为人民的公仆，一定要常修为政之德，常怀律己之心，常做利民之事。时刻牢记全心全意为人民服务这一党的宗旨，时刻保持共产党员的崇高品质，时刻发扬勤俭节约、艰苦奋斗的工作作风，时刻践行“三个代表”重要思想。要学古人那样，一日三省吾身，天天查找自身的缺点和不足，天天缩短与模范英雄人物的距离，天天学习新的知识和技能，天天改进自己的工作作风。要努力做到戒色、杜贪、拒贿、防骄，只有这样，才能继承和发扬革命传统，永葆革命本色。否则，思想滑坡，道德沦丧，利己主义思潮泛滥，享乐腐化作风横行，那就是与人民为敌，就要成为人民的罪人，就会被历史所抛弃。我们今天宣判的案子就是最好的例证。”……

随后，福田市中级人民法院审判长，宣读了东北A省高级法院的终审判决：

“根据中华人民共和国刑法第一百六十条、第一百三十四条之规定，判处凶手秦柏发，犯杀人罪，判处死刑，剥夺政治权力终身；石洪久死刑，立即执行，剥夺政治权力终身；判处黄标死刑，立即执行，剥夺政治权力终身；何少康因检举贪腐大案，有立功表现，但因其罪行累累，又系主谋，不杀不足以平民愤，判处其死刑，立即执行，剥夺政治权力终身；贡成因认罪态度较好，又在办案期间立功，与金一邦一同被判处无期徒刑。”

听了判决书，群众中议论纷纷。

“太好了，没想到哇！这可真是善有善报，恶有恶报，不是不报，时辰未到啊！”

“还是那句话说得对，人善人欺天不欺，人恶人怕天不怕。今天，老天惩办恶人的时刻到了。”

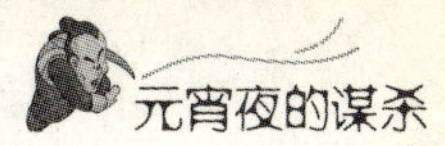

这时，人群中，有人点燃了一挂鞭炮，噼噼啪啪地响了起来。

9 点 58 分，会场高音喇叭传出法官庄严的吼声：

“将罪犯押赴刑场，执行枪决!”

听了这句话，何少康脸上的肌肉一哆嗦，脸“刷”的一下变白了，随即大声骂道：

“他妈的，我冤枉！不能杀我呀！我还要检举，我还要举报，我还要立功，我对国家还有用啊!”

何少康号叫着，浑身晃动着。三个死刑犯中，只有何少康一人不服判决，两边的警察按住了何少康。

10 点 5 分，三名罪犯戴着镣铐，分别被押上三辆卡车。每辆卡车押一名囚犯，囚犯站在卡车正面护栏前，两边由法警按住。刑车发动了，载着三名死刑犯驶向西山口。车队在乡间土路上行进，汽车的轰鸣声，和囚徒的镣铐声响彻田野。突然，三辆卡车的后车胎都爆了。车子不得不停下来修理。何少康一见，又来了精神，又吵又闹。

“看看，这是天不灭曹呀！古人说：要是杀错了人，老天就要发怒。什么地震、暴雨、大风、冰雹，雷电等，等着吧！还要有好戏看呢!”

一个警察按了按他的脖子，是想要他别再胡言乱语。何少康不说话了，可等了一会儿，他又开始喋喋不休了。

“他妈的，杀女人算什么，女人是衣服，越换越舒服。吴起将军杀妻还成了英雄呢！是呀，你们说的全对，许明芳是我让石洪久杀害不成，给她吃砒霜毒药杀死的；哈丽娜是我花钱雇秦柏发杀的；薛丽白也是我让黄标杀的，米业公司的火也是我让黄标放的。咋的吧，不就是一死吗？我都如实招了，省得上阎王殿那再说二遍。”

一路上，何少康唠叨个没完，嘴始终没闲着。

在沙砣下一片开阔地上，喜鹊喳喳，春草萋萋。蒲公英、瓜叶菊、蝴蝶梅和一些不知名的小花，欢欢喜喜，竞相开放。武警战士在四周布置了警戒线。

法医、监察、现场指挥人员和中院的同志等站在一棵老榆树下，注视着即将被枪决的犯人们。

这时，吴审判长从小轿车中走出来，向前面的死囚犯面前走去。开始执行验明正身程序。

“你叫什么名字?”

“何少康。”

“年龄?”

“43 岁。”

“职业?”

“江水市粮食收储公司总经理兼党委书记。”

“你叫什么名字?”

“石洪久。”

“年龄?”

“41 岁。”

“职业?”

“江水市第一粮库保卫科长。”

“你叫什么名字?”

“黄标。”

“年龄?”

“42 岁。”……

10 点 9 分。何少康、石洪久、黄标跪在沙丘上。子弹上膛，法警手持半自动步枪对准了罪犯后脑壳。

“请等一等!”

何少康又说话了。

“你还有什么要说的?”

“我们想唱一首歌——《不白活一回》。”

法警队还没来得及向身后的上级请示，何少康一伙就已经大声吼叫起来。

……不白活一回，大鹏腾空往高飞。活就活它个船撵浪呀，活就活它个龙摆尾，活就活它个云生霞呀，活就活它个地增辉，活它个拼命三郎才有滋味……

三个人摇头晃脑，何少康唱上句，石洪久和黄标接下句。三人越唱越来劲，声浪一浪高过一浪。眼看三个死刑犯在一展雄风，大闹法场，法警们真想立即开枪，把他们赶下地狱。但没有命令，他们是不能轻易开枪的。侯镇一直站在众人后面，见罪犯如此猖狂，义愤填膺。他冲上前去，没等法警队长下令，就大声疾呼：

“预备——放!”

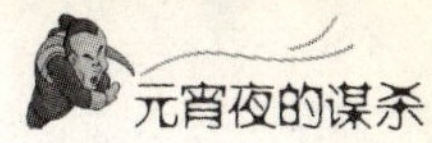

刹那间，法警们立即扣动了扳机。

“啪啪啪!”一阵清脆的枪声过后，三具血浆飞溅的尸体，静静栽倒在草地上。

法医上前依次检验尸体。然后作出“脑体射穿，人已死亡”的鉴定报告。

一行车辆载着三具尸体走远了。此时，日上高杨，风轻云淡，万籁俱寂。“呱呱!”几只惊飞的乌鸦向远方飞去，鸣叫声在旷野中回荡。

在山坡一棵大柳树下，白惠珊身着素裙，望着远去的车队，一个人在抹眼泪……